고양이섬
민박집의
대소동

와카타케 나나미 지음

서혜영 옮김

작가
정신

차례

고양이섬
지도

● 바위해변

쇠사다리
신사 소유의 선착장
산의 제단
바다의 제단
전망대
고양이섬 신사
고양이의 배부름
신관의 거처
고양이의 평안
구 민박 스가노
캐츠 앤드 북스
세 번째 도리이
고양이섬 민박집
두 번째 도리이
모카 고양이 카페
메인스트리트
고양이의 휴식
고양이섬 여름철 임시 파출소
캣 아일랜드 리조트
고양이의 단잠
선어정
첫 번째 도리이
선착장
고양이섬 관광 안내소
선창 계단
고양이섬 해안
고양이섬 해안 선착장

등장인물과 고양이 소개

스기우라 마쓰코 ……… '고양이섬 민박집'의 주인

스기우라 교코 ……… 마쓰코의 손녀, 하자키 히가시 고등학교 이 학년

스기우라 고지로 ……… 마쓰코의 죽은 남편의 동생

호소이 쓰루코 ……… 고양이섬 민박집의 요리사

매그위치 ……… 고양이섬 민박집의 마스코트인 흑백 얼룩고양이

스가노 고테쓰 ……… 교코의 소꿉친구

와타누키 요시하루 … 고양이섬 신사의 신관

모리시타 미사 ……… 와타누키 신관의 손녀

모리시타 데쓰야 ……… 미사의 남편

메르 ……… 고양이섬 신사에 살게 된 페르시아고양이

사키 고타 ……… 고양이섬 신사의 허드렛일꾼, 통칭 곤타

미타무라 시게코 …… 선물 가게 겸 서점 '캐츠 앤드 북스' 주인, 번역가

하라 아카네 ……… 고양이섬 민박집의 장기 숙박객, 일러스트레이터

바닐라 ……… 아카네를 따르는 크림색 고양이

곤도 게이타로 ……… '하자키 캔버스' 사장이자 마린바이크 라이더

다자키 이치조 ……… 하자키시 고양이섬 휴양소 '캣 아일랜드 리조트' 지배인

고마지 도키히사 …… 하자키 경찰서 수사과 형사반장

후타무라 기미코 …… 하자키 경찰서 생활안전과 경위

나나세 아키라 ……… 하자키 경찰서 고양이섬 여름철 임시 파출소에 근무하는 순경

DC ……… 하자키 경찰서 고양이섬 여름철 임시 파출소에 근무하는 폴리스 고양이, 길고양이

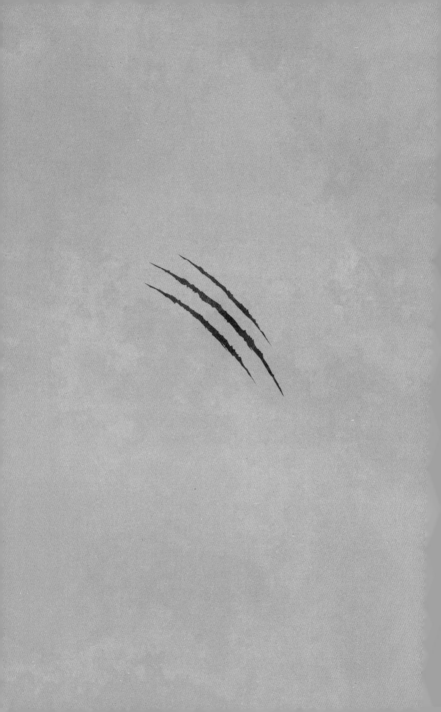

1장

개나
고양이나

1

눈부신 태양. 밀려오는 파도. 볕에 탄 피부. 선 오일 냄새. 신이 나서 떠들어대는 소리. 그리고 여자 젖가슴이 가득.

여름은 좋구나, 하고 스가노 고테쓰는 자기도 모르게 빤지레한 얼굴을 문질렀다.

이곳, 가나가와현 하자키는 태평양으로 가늘고 길게 뻗은 반도에 위치한, 인구 칠만 명이 채 되지 않는 작은 시다. 가나가와의 변방, 깡촌, 벽촌이며, 한가로운 도시다. 거의 모든 주택에서 바다를 볼 수 있다는 말이 나올 정도로―실제로는 설마 그럴 리 없지만―온통 바다로 둘러싸인 곳이다. 교통이 조금만 더 편했더라면 가마쿠라나 쇼난 같은 관광지로, 혹은 별장지로 나름대로 번영했을 텐데, 하고 하자키 시민은 인사 대신으로 종종 푸념을 해댔다. 특히 부동산업자나 관광업자들은.

그런데 삼 년 전이었나, 가마쿠라에서 하자키 반도를 일주하여 후지사와에 이르는 미니 페리라는 것이 취항하자마자 적어도 여름만큼은 상황이 돌변했다. 고양이섬猫島 해안을 비롯한 모든 해수욕장이 저 잘난 맛에 우쭐대는 타지인들에게 점거되기 시작한 것이다. 어렸을 때의 여유로웠던 해변을 떠올리기가 매우 힘들어졌다.

하지만 뭐, 좋잖아? 덕분에 뜻하지 않게 얻는 것도 있고.

색색의 수영복을 입은 여자들이 깍깍 소리 지르며 앞을 걸어간다. 걷기만 하면서 잘도 웃어댄다고 고테쓰는 생각한다. 솔직히 말해 타지에 와서 우쭐대며 남자를 물색, 그 녀석 앞에서 일부러 젖가슴을 흔들어 보이고, 그런 끝에 방금 만난 남자랑 눈 깜짝할 사이에 일을 벌이는 여자라니, 쓰레기가 아니고 뭐란 말인가.

그러나 결점이 없는 사람은 없다. 더욱이 결점을 보충하고도 남을 만한 무엇을 갖고 있을 수도 있다. 그러니 사내대장부라면 편협하게 굴다가 체면이 깎이는 일은 없어야 한다.

스가노 고테쓰가 지금 서 있는 곳은 고양이섬의 선창 계단 옆이었다. 고양이섬 신사의 첫 번째 도리이(신사나 신성한 곳의 입구에 세우는 문 형태의 기둥 — 옮긴이)에 기대 한가로운 시간을 함께 보낼 상대를 물색 중이다. 이른 아침에 내린 비가 꿈인가 싶게 여름다운 여름날의 정오 전, 이미 맞은편의 고양이섬 해안에서는 많은 수의 해수욕객들이 헤엄을 치거나 엎드려 일광욕을 하거나 이성을 꼬이거나 하는 데 정신없었지만, 이쪽 고양이섬에도 슬슬 사람들이 모이기 시작했다.

"뭐야, 혼자야?"

고테쓰는 아까부터 그의 시선 앞에서 알짱거리는 비키니 차림의 여자에게 웃음을 날렸다.

"응, 그런데."

여자의 시선이 고테쓰의 전신을 쓱 훑었다. 키는 170센티미터, 볕에 탄 온몸, 여섯으로 나뉘는 복근. 색 바랜 알로하셔츠에 짧게 자른 청바지, 고무 슬리퍼. 하자키 토박이가 입는 스타일이다. 검고 짧은 머리에 매끄러운 피부, 아버지 쪽 유전자를 그대로 물려받은 조금 순박해 보이는 처진 눈. 강렬한 이름 '고테쓰(한자로는 쇠호랑이虎虎를 뜻한다 — 옮긴이)'는 날카로운 눈매의 무사를 떠올리게 했지만, 눈이 처져 친구들이 놀리곤 했다. 그런데 여자를 꼬일 때는 이 처진 눈이 의외의 효력을 발휘한다. 상대를 적잖이 안심시키는 모양이다. 그 후로 고테쓰는 조상님께 깊이 감사하고 있다.

"남자 친구랑 못 만났어? 뭐하면 파출소에 데려다줄까? 바로 저긴데."

"같이 왔어. 그런데 그 녀석이 어디론가 가버려서."

고테쓰 쪽도 빈틈없이 그녀를 훑어봤다. 작년에 입던 건지 조금 낡은 느낌을 주는 왠지 야한 빨간색 계통의 비키니. 멍하니 벌린 입. 유행하는 메이크업으로 뒤덮은 거친 피부. 기미투성이 팔, 다리에는 반창고가 여러 개. 몸 전체가 왠지 늘어진 느낌이다. 시시때때로 길가에 쭈그리고 앉아 스낵을 먹는 여자다. 안 봐도 비디오다. 나이는 아마도, 스무 살이 넘었을 거다. 어쩌면 스물다섯이 넘었을지도.

결혼하는 것도 양녀로 삼는 것도 안 될 타입이지만, 그럭저럭 시간 때우기에는 괜찮을 듯. 죽은 할아버지가 자주 말했었다. 누구에게나 알맞은 자리가 있다고.

"너, 여기 사람이니?"

불분명한 코맹맹이 말투로 그녀가 말했다. 어쩌면 축농증일지도.

"응. 하자키 토박이."

"고등학생?"

"그래."

"아, 우연이네. 나도."

거짓말. 고테쓰는 싫증이 나기 시작했다. 본인의 의사와는 무관하게 자기 존재를 주장하는 신체의 일부분만 없었다면, 급한 용무를 생각해낼 상황이었다.

"저기 있지, 여긴 너무 더워."

여자의 목소리가 어리광 피우듯 통통 튀었다.

"그럼, 서늘한 데로 갈까? 여기서 조금만 가다가 내려가면 사

14

람들이 오지 않는 서늘한 장소가 있어. '고양이의 휴식'이라는 이름이 붙은 아늑한 곳인데."

자, 이제부터 솜씨를 발휘해야 한다. 응, 이름이? 여하튼 이 여자를 어떻게 설득하지? 그런데, 그녀는 선선히 대답했다.

"좋겠다, 가보자."

쉬운 여자. 고테쓰는 의욕이 완전히 식은 것을 느끼며 후회했다. 그가 데려가려 한 곳은 비장의 장소였다. 고양이섬의 울창한 소나무 숲을 벗어나 조금 내려서면 세 평쯤 되는 모래사장이 나타난다. 바위해변으로 둘러싸인 고양이섬에 거의 유일하다 해도 좋을 작은 모래사장. 바다를 향해 가지를 뻗은 소나무가 안성맞춤으로 그늘을 만들어주고, 바위들이 주위의 시선을 차단한 로맨틱한 은신처였다. 이런 여자한테는 아깝다.

그 수학여행에서의 사건만 없었다면 사실 여기에 함께 오는 건⋯⋯.

그 생각은 그만 접자고, 고테쓰는 자신을 달래며 무거워지려는 다리를 분연히 내디뎠다. 여자 쪽은 머리가 텅 빈 건지, 고테쓰를 지나쳐 총총걸음으로 앞으로 나아간다. 괜스레 마음이 무거워졌다.

그런데 가보니 비장의 장소여야 할 모래사장이 그리 아깝지도 않았다. 로맨틱하다고 말하기 힘든 상태였다.

모래사장에는 먼저 온 손님이 누워 있었다.

몸 중앙을 파고들어간 나이프가 나무 사이로 내리비치는 한여름의 눈부신 햇살을 받아, 반짝반짝 빛났다.

2

"그러니까 몇 번이나 말씀드렸다시피."

고양이섬 신사의 신관 와타누키 요시하루는 애써 무표정한 얼굴을 한 채 말했다.

"이 섬은 고양이를 버리는 장소가 아니라서요. 고양이를 데리고 돌아가시지요."

"어머, 그래도 불쌍하잖아요."

영양 상태가 심히 좋아 보이는 중년 부인은 뻔뻔스럽게 받아쳤다. 이 부인의 팔에 안긴 페르시아고양이는 주인에게도 이 더위에도 이런 대화에도, 와타누키 신관 못지않게 진절머리를 내고 있는 것 같아 보였다. 하긴 페르시아고양이는 대부분 늘 지겨워 죽겠다는 얼굴을 하고 있지만.

"우리 집 근처에 버리면 메르는 보건소에 끌려가서 죽임을 당할지도 몰라요. 여기라면 안심하고 자유로이 살 수 있을 테니 두고 간다고 해도 벌을 받지 않겠죠. 어쨌든 고양이 신사에 맡기는 거니까요."

"벌 받는 게 무서우면 안 버리면 될 텐데요."

"하지만 긴 털 고양이는 여름에는 좀 곤란하잖아요. 게다가 버리는 게 아니에요. 맡기는 거예요."

와타누키 신관은 페르시아고양이에게 염력을 보냈다. 난폭해져라. 마구 할퀴어라. 이 자기밖에 모르는 주인을 쥐어뜯어라.

메르는 지겹다는 듯이 하품을 했다.

"어쨌든 애는 놓고 갈 테니까 잘 부탁드려요."

"안 된다고 하잖아요. 본래 우리가 모시는 신은 고양이는 보호하지만 무책임한 주인 같은 건 보호해주지 않아요."

"무책임하지 않으니까 이렇게 고양이의 낙원에 데려와준 거예요. 뭐예요. 잘난 듯이. 저는요, 애완동물을 죽이는 비인간적인 사람이 아니에요. 이렇게 넓은데 고양이 한 마리쯤이야."

"이 섬에는 현재 백 마리나 되는 고양이가 있어요."

"그렇다면 한 마리 더 들어갈 수 있겠네요."

이 이상은 무리라고 할 정도로 둥근 몸에서 고양이를 내려놓은 부인은 당당하게 말했다.

"자 그럼 메르야. 건강하게 지내렴. 이제부터는 이 아저씨가 봐주실 거야."

"이 아주머니가, 사람 얘기를 뭘로……."

"그만하지요. 이게 사료 값이에요. 이것만 내면 불만 없는 거죠?"

부인은 돈이 든 봉투를 신관의 코앞에 불쑥 내밀고는 빙그르르 방향을 틀더니 아장아장 돌계단을 내려갔다.

와타누키 신관은 볼품없는 가는 얼굴을 슬픈 듯이 찌푸리고 고양이처럼 굽은 등을 더욱 둥글게 구부리고 손에 들린 돈 봉투를 내려다봤다.

사와타리지마砂渡島 — 통칭 고양이섬 — 는 하자키 반도 서쪽에 위치한 직경 오백 미터가 채 안 되는 작은 섬이다. 주위가 거의 깎아지른 듯한 절벽이고 모래사장도 거의 없으며, 간조 때는 바닷물이 빠져 반도까지 모랫길이 만들어진다. 만조 때는 배로 건너야 하고 다리는 없다. 2차 대전 와중에야 겨우 담수가 나오는 우물을 파게 되었고, 그전에는 밤에는 고양이만 남는 무인도였다.

그러나 1955년 이후 사람들이 조금씩 정착하기 시작해서, 지금은 고양이섬 신사의 신관, 선물 가게와 편의점, 민박 겸 식당, 하자키 시영 휴양소 등에서 일하는 주민이 서른 명 넘어섰다. 단, 고양이의 수는 그 배 이상. 이걸 눈여겨본 어떤 사람이 고양이섬을 '가나가와현의 뉴질랜드'라고 선전해서 잿잇속을 채우려든 적도 있었던 모양이다. 그러나 사람보다 양의 수가 많은 남태평양의 독립국가와 사람의 수가 고양이보다 적은 지질한 섬을 같은 선상에 놓자는 그 아이디어는 역시 아무에게도 이해받지 못했다.

그러던 고양이섬이 지금은 유명한 관광지다. 몇 년 전 고양이 전문 잡지에 길고양이 사진으로 일약 이름을 날린 유명 카메라맨의 사진이 이십 페이지나 실렸는데, 그것이 계기였다. 고양이를 모신 고양이섬 신사 발치에서 평화로이 사는 고양이들. 생선을 맘껏 먹을 수 있어 털에는 윤기가 자르르. 얌전한 고양이들이 한가득. 사진을 마음대로 찍을 수 있고 쓰다듬는 것도 마음대로. 가나가와현 하자키시 고양이섬, 이곳은 고양이의 낙원!

사실 고양이가 얌전한 건 이 이상 늘어나지 않도록 중성화수술을 했기 때문이며, 카메라맨이 찾아온 게 한여름의 대낮이었으니 이 섬의 고양이가 아니더라도 기운이 있을 리 없었다. 고양이의 중성화수술 비용과 새끼 고양이를 입양시키는 데 드는 비용을 염출하는 것이 최대의 고민인 섬 주민 일동은 잡지를 보고 쓴웃음을 지을 수밖에 없었으나, 결과는 엄청났다. 고양이섬은 기삿거리를 찾던 다른 잡지나 텔레비전 프로그램에서도 다뤄지게 되었고, 고양이 마니아랄까 애묘가랄까, 하여간 그런 사람들이 줄줄이 섬으로 몰려오기 시작한 것이다. 그들은 고양이 마니아가 몰려드는 장소는 더 이상 고양이의 낙원이라고 부를 수 없다는 사실을 전혀 깨닫지 못했다.

하긴 관광객이 늘어난 덕에 선물 가게와 민박은 숨통이 트였다. 신사의 새전함에 들어오는 돈의 액수도 삼 년 전의 열 배 가까이까지 늘었다. 그에 비례하듯 고양이의 수도 늘어났다. 고양이를 버리기에 안성맞춤인 장소라는 걸 알게 된 패거리가 생겼던 것이다.

섬에서는 고양이를 가지고 들어오는 것을 금지했다. 선착장에 감시원을 두었다. 작년부터 여름에만 임시로 설치되는 파출소의 경찰관에게도 협조를 요청했다. 그러나 아무리 감시를 엄격하게 하고 고양이 잡지에 협력 기사를 싣고 섬 입구에 눈물 흘리는 고양이 그림 간판을 세워 '고양이를 버리지 마세요'라고 호소해도, 좀 전의 부인 같은 사람이 모기 유충처럼 꼬여들었다.

신사는 이제는 많이 낡아서 대규모 보수가 필요했다. 배례전의 지붕 안쪽에서 삐걱삐걱 소리가 났다. 얼마 전에는 손녀딸이 남편을 달고 들어왔다. 여름에는 방약무인한 관광객이 제멋대로 군다. 어젯밤에는 화장실에 가는데 묘한 소리가 나서 밖으로 나가 봤더니, 하필이면 신사 경내에서 세 번째 도리이를 버팀목 삼아 남녀가 일을 벌이고 있었다. 놀란 나머지 잠이 달아나버렸다. 그렇지 않아도 고민할 게 수도 없이 많은데…….

와타누키 신관은 하품을 억지로 참으면서 봉투를 열었다. 눈을 의심했다.

"얼마 들었나요?"

등 뒤에서 갑자기 말소리가 나는 바람에 그는 펄쩍 튀어 올랐다.

"자네, 사람 좀 놀라게 하지 말게."

고양이섬의 여름철 임시 파출소에 파견 나온 순경 나나세 아키라는 하얀 이를 보이며 씨익 웃었다.

"죄송함다. 교코가 가방에 고양이를 넣은 아줌마가 고양이섬 신사로 가고 있다고 알려줘서요. 신관님이 난처하시면 도울까 싶어서 왔는데 늦은 모양이군요."

"늦었어."

"신관님은 사람이 너무 좋으셔서. 그래 얼마 들었어요?"

"십 엔."

지켜야 할 파출소를 노상 비워놓고, 관광객이 고충을 호소해도 태연자약한, 낯가죽이 두꺼운 젊은 경찰관은 억 하고 말문이 막혔다.

"정말요? 무슨 그런."

"자네도 그렇게 생각하나?"

"그렇고말고요. 그 아줌마 고양이 주인이잖아요. 더구나 이렇게 비싸 보이는 고양이 주인이 사료 값이 얼마나 드는지 모르지는 않을 텐데요."

"아마도."

"제일 싼 고양이 캔이라도 하나에 오십 엔은 하죠?"

"아마도."

"그 아줌마가 들고 있던 백, 명품이라서 전당포에 맡겨도 삼십만은 될 것 같던데요."

"아마…… 아니, 그런가?"

"전 경찰관임다. 이래 봬도 여러 가지를 파악하고 있다고요."

와타누키 신관은 자기도 모르게 자신이 신관이란 직함을 가지고 있다는 걸 잊고 절규했다.

"망할 놈의 할멈 같으니라고, 고양이한테 저주나 받아라!"

와타누키 신관의 발치에서 메르가 멍한 눈빛으로 다시 하품을 했다.

고양이섬과 맞은편 해안을 잇는 갯벌에는 고양이섬으로 오르는 계단이 있다. 계단을 오르면 좁은 나무 통로가 이어지는데, 섬에서는 이곳을 선창이라 부른다. 선창을 빠져나오면 검고 큰 도리이가 있다. 그곳을 지나면 가게와 민박집이 늘어선 언덕길이 나오고, 그 끝에 붉은색의 두 번째 도리이가 서 있다. 여기서부터 돌계단을 올라가면 고마이누뜹犬(신사 앞에 마주 보게 놓은 한 쌍의 사자 비슷한 짐승 상 —옮긴이) 아닌 고마네코뜹猫이 큰 눈을 부라리고 있고, 그 조금 안쪽으로 갈색으로 칠해진 세 번째 도리이가 있는데, 거기서부터가 고양이섬 신사의 경내인 셈이다. 본래는 섬 전체가 신사의 경내라고 할 수 있겠지만, 선물 가게가 늘어선 세속과 선을 긋는다는 뜻으로 세 번째 도리이 안쪽을 경내라고 정했다.

고양이섬의 메인스트리트에 있는 십여 채의 가게 중 한 곳에 '선물·유럽식 고양이섬 민박집'이라는 간판이 걸려 있었다. 양철판에 페인트로 쓴 글씨와 고양이 그림은 모두 비바람에 씻겨

나가 눈을 가늘게 떠야 겨우 알아볼 수 있다. 일 층은 세 평 정도 크기의 작은 선물 가게와, 음료나 소프트크림 등을 제공하는 코너, 그 안쪽은 식당, 이 층은 모두 여섯 개의 방으로 이루어진 숙박 시설, 그리고 삼 층은 주거 공간인 구조인데, 고양이섬의 민박은 어디나 이런 구조였다.

스기우라 교코는 선물 가게와 음료 코너의 경계에 있는 카운터 앞에 두 다리를 버티고 서서 선물을 고르는 관광객의 손을 응시하고 있었다. 상냥한 얼굴이지만 눈은 웃지 않는다는 걸 누구나 알 수 있다. 처음에는 즐겁게 고양이 키홀더니 고양이 책갈피니 고양이 장식품이니 하는 것들을 만지작거리던 아줌마 둘이 재빨리 고양이섬 신사의 고마네코 미니어처—칠백 엔—를 골라 사들고 서둘러 가게 밖으로 나갔다.

흥이다.

교코는 제멋대로 흩어진 물품을 하나하나 정성스레 원래 자리에 돌려놓고는 다시 팔짱을 끼고 가게 중앙에 두 다리로 버티고 섰다. 방금 전에 '고양이섬 관광 지도'가 하나 없어진 걸 알아차린 터라 기분이 매우 나빴다.

스기우라 교코의 할머니 마쓰코가 '고양이섬 민박집'을 시작한 건 남편이 먼저 저세상으로 간 지 얼마 안 되는 1975년이었다. 당시 이미 섬에는 민박집이 몇 채 있었지만, 선견지명이 있었는지 다다미를 싫어한 마쓰코가 방 여섯 개를 모두 욕실이 딸린 서양식 침실로 한 것이 적중한 듯, 숙박객이 끊이지 않았다. 그래봤자 여름 한철뿐이고 겨울에는 돌김을 따러 다니거나 하자키의 도시락 공장에서 파트타이머로 일하거나 하는 등, 그 나름대로 고생은 있었던 모양이지만.

교코가 있는 선물 가게의 계산대 뒤로는 개업 당시부터 현재에 이르는 고양이섬 민박집 사진이 죽 걸려 있다. 하얀 벽의, 마치 작은 상자같이 심플한 구조로 되어 있는 고양이섬 민박집이 초록 나무들 사이에 서 있다. 실물보다 훨씬 멋스럽게 찍힌 이 사진은 가이드북에도 게재되어 관광객을 끌어준다.

고양이섬 민박집에 묵었던 가수나 작가, 탤런트 등 유명인의 사진도 여러 장 있다. 마쓰코 할머니가 자랑스럽게 그 유명인들 옆에 서 있는데, 아마도 할머니는 그 가수의 노래 같은 건 들어본 적도 없고 작가의 책을 읽은 적도 없으며 탤런트가 무슨 역을 맡았는지도 모를 것이다 ― 고양이섬 민박집에 텔레비전이 들어온 건 겨우 오 년 전 일이다 ―그래도 그 '유명인들' 옆에 선 할머니의 얼굴에는 천진난만한 기쁨이 가득하다.

교코는 사진이 장식된 벽을 뚱하니 바라봤다. 사진 대열 속에 사진이 없어져서 비어 있는 하얀 공간이 있었다. 이 벽은 원래 적어도 이 정도로 하얬던 거다. 지금은 완전히 노래져서 아무리 닦아도 깨끗해지지 않는다. 낡을 대로 낡은 서양식 민박집에 얼룩진 세월의 흐름. 언젠가는 다시 지어야겠지. 그것도 가까운 장래에. 물론 고양이섬 민박집을 계속할 마음이 있을 때의 얘기지만.

계속할 마음…… 있겠지.

할머니를 원망하는 건 아니다. 그러기는커녕 감사하고 있다. 외동딸을 결혼시키고 이것으로 어깨의 짐을 내려놨다고 생각한 것도 한순간, 딸과 사위가 해난 사고로 어이없이 죽어버리자 홀로 남은 다섯 살짜리 교코를 그 후로 십이 년간이나 키워줬으니. 할머니 덕에 고등학교도 다닌다. 세상에서 가장 소중한 할머니, 라고 자신 있게 단언한다.

그러나 열일곱 살의 미소녀—아마도—가 해가 쨍쨍 내리쬐는 여름방학에, 가나가와의 변두리에 있는 조그마하고 어둠컴컴한 선물 가게에 틀어박혀서 매일 가게를 보다니, 스스로 생각해도 너무 불쌍한 게 아닌가.

열일곱의 여름은 평생에 단 한 번뿐일 텐데.

도대체가 한 달 전 수학여행에서의 그 사건만 없었다면 이 여름은 지금쯤…….

교코는 고개를 흔들고, 생각하지 말자, 하고 자신에게 말했다. 가게 앞에 걸려 있는 고양이 무늬 주머니를 이리저리 돌려보며 만지작거리는 아주머니에게 강렬한 시선을 보내면서 남몰래 탄식했다.

이제 막 여름방학이 시작된 7월 말, 같은 고등학교에 다니는 친구들은 보충수업으로 반나절을 학교에 묶여 있든가 후지사와의 학원에 갇혀 있다. 어차피 놀 상대도 없다. 방학 때만큼은 내가 일해서 할머니를 쉬게 해줄게, 하는 말을 꺼낸 건 다름 아닌 교코 자신이었다…….

가게에 오는 건 고양이 말고는 눈에 보이는 게 없는, 고양이에 미친 아줌마들뿐이다. 가끔 젊은 남자들도 오지만 대개는 애인을 데리고 온다. 별 관심도 없는 그 남자와 눈이라도 마주쳤다가는 노려보는 여자의 시선을 받아야 한다. 노려보는 것 정도라면 그래도 괜찮다. 옆에 있는 매그위치의 목을 움켜쥐는 여자도 있다. 가끔은 물건을 도둑맞기도 한다. 눈치채고 주의를 주면 하나쯤 슬쩍하는 걸 가지고 도둑 취급 말라는 식으로 되레 큰소리를 친다. 물건을 슬쩍하는 게 바로 도둑질이자 절도야. 비록 훔친 것이 하나에 백오십 엔짜리 관광 지도라 할지라도. 여기가 하와이라면 구치소행이라고.

아, 여기가 하와이라면 좋을 것을.

갑자기 교코의 코끝에 농후한 국물 냄새가 감돌았다. 고양이섬 민박집의 레스토랑을 담당하는 사상 최강의 요리사 호소이 쓰루코가 자랑하는 요리는, 간장과 미림으로 맛을 낸 국물에 대합과 파를 넣고 살짝 삶은 다음 하자키의 토종닭 사육장에서 가져온 달걀을 풀어 덮은, 그 이름도 찬란한 고양이섬 덮밥이다.

계산대 옆 바구니 속에 둥글게 몸을 말고 누워 있던 흑백 얼룩 고양이 매그위치가 얼굴을 들고 야아옹 했다.

교코도 침을 꼴깍 삼키며 제정신으로 돌아왔다. 따뜻한 덮밥은 모든 불만을 해소해준다, 라는 말은 쓰루코의 명언이다. 어쨌든 매일매일 이 냄새를 맡으면 반사적으로 배가 고파오니 대단한 일이다.

불평을 해도 소용없다. 수학여행을 다시 갈 수도 없고 부모를 되살려놓을 수도 없다. 일하지 않는 자 먹지 말지어다.

아직도 고양이 무늬 주머니를 보고 있는 아줌마에게 다가가어서 오세요, 하고 애교스러운 목소리로 말하고, 가게 안에 다른 무늬가 있는데요, 하고 권해봤다.

"고양이도 있어요. 좋아하시면."

"고맙지만 내가 좋아하는 건 고양이 무늬지 진짜 고양이가 아니거든."

"그, 그래요."

기선을 제압당한 교코가 우물거리는데 다그치듯이 손님이 말했다.

"이것하고 이걸 살게요."

이천오백 엔짜리 주머니가 두 장 팔렸다. 기뻐해야겠지만, 고양이를 좋아하지 않는다면서 왜 고양이섬 같은 데를 오는 거야.

멍청하게 손님의 뒷모습을 보고 있자니 돌계단 위에서 "고양이한테 저주나 받아라" 하는 소리가 내려왔다. 자기도 모르게 신사 쪽을 올려다보니, 이백오십 단이나 되는 돌계단 위에 신관과 순경 아저씨의 모습이 작게 보였다. 훨씬 아래, 두 번째 도리이를 아장아장 걸어 나오는 건 낯익은 뚱뚱한 부인인데, 그녀는 얼굴이 굳어져 신사를 돌아봤다. 갈 때는 통통하게 부풀어 있던 가방이 완전히 납작해졌다.

역시 못 막아냈군.

교코는 혀를 찼다. 고양이섬 신사의 와타누키 신관은 호인 중의 호인이었다. 그래서 서둘러 나나세 순경을 그곳으로 가게 했는데 결국은 고양이를 강제로 떠맡은 거다.

그래도 그렇지, 저게 신관이 할 말이야?

교코는 가게 안으로 돌아왔다. 서둘러 선반에서 상자 하나를 내려 열고는 내용물을 꺼냈다. 그걸 손안에 감추고 가게를 나오자, 마침 살찐 중년 부인이 숨이 차서 고양이섬 민박집 앞에 멈춰 선 참이었다.

"아가씨. 방금 그 소리 들었어요?"

부인은 교코에게 다가왔다.

"글쎄요, 뭐죠?"

"여긴 고양이의 낙원이라고 텔레비전에서 그랬는데."

부인은 어깨로 크게 숨을 쉬며 가게 앞에 있는 작은 벽보를 역겹다는 듯이 바라봤다. 'SAVE THE CATS — 고양이섬의 고양이들에게 중성화수술을 해주기 위한 모금을 하고 있습니다'라고 쓰여 있고, 옆에는 복고양이 모양의 저금통이 놓여 있었다.

"텔레비전은 거짓말만 해. 고양이의 낙원도 뭐도 아니잖아. 중성화수술이라니, 고양이들이 불쌍하다는 생각은 안 하나?"

그렇게 생각한다면 버리고 가지 마.

"이제 막 태어난 새끼 고양이를 바다에 빠뜨리는 것보단 낫죠."

"어머. 무슨 무서운 소리를. 고양이에게 저주받아야 하는 건 당신들이야. 이런 곳에 단 일 초도 더 있고 싶지 않아."

중년의 뚱뚱한 부인은 흥 하고 콧방귀를 뀌고는 선창 계단을 향해 언덕길을 내려가기 시작했다. 변함없이 아장아장하는 걸음걸이였는데, 그녀가 걸어가자 언덕길을 올라오는 관광객 인파가 그녀를 사이에 두고 둘로 나뉘었다. 그리고 새전함이 있는 곳까지 즐겁게 울려 퍼지던 사람들의 웃음소리와 얘기 소리를 대신해 야옹, 야아옹, 그르르, 야아아옹, 하는 소리가 주변에 울리기 시작했는데, 그 소리는 점점 더 커져갔다.

부인은 걸음을 멈추고 돌아봤다. 그녀는 열 몇 마리의 고양이들에게 둘러싸였다. 흰 고양이, 검은 고양이, 갈색 고양이, 길고양이에 또 길고양이에 오렌지색 고양이, 카페오레색에 시궁쥐색 고양이. 크기도 다양했는데, 그중 가장 큰 검은 고양이는 꼬리 길이까지 더하면 일 미터를 너끈히 넘어서서 거의 작은 흑표범으로 보였다.

부인은 헐떡이는 소리를 냈다. 흑표범은 흥흥거리며 부인의 스커트 냄새를 맡았다.

"뭐, 뭐야, 너희들. 저기요."

부인은 도움을 청하며 주위 사람들을 둘러봤다. 관광객들은 두려운 표정을 하고 한데 모여서 고양이와 부인을 번갈아 쳐다봤다. 흑표범은 부인의 스커트에 얼굴을 처박았다.

"쉿. 쉿, 저리 가. 저리 가라니까. 따라오지 마."

부인은 다시 걷기 시작했다. 고양이들은 따라갔다. 부인의 발걸음이 차차 빨라지면서 아장아장 걷던 걸음걸이가 성큼성큼으로 바뀌었고, 고양이들의 움직임도 안단테에서 모데라토로 바뀌었다. 그렇게 해서 바다를 향해 언덕길을 곧장 내려가는 사이에 뒤를 쫓는 고양이의 수도 차차 늘어났다.

"잠깐. 너희들 그만둬. 왜 나한테서 떨어지지 않는 거야. 뭐야. 발로 찰 거야."

고양이들은 기뻐하며 부인에 대한 포위망을 좁히고 몸을 비벼댔다.

"으아악."

부인은 드디어 달리기 시작했다. 아마도 요 수십 년 동안 한 번도 달린 적이 없었을 것이다. 오늘 아침의 폭우가 거짓말이었던 것처럼 한여름의 태양에 말라버린 고양이섬의 길에 흙먼지가 일었다. 고양이들도 즉석에서 발걸음을 알레그로로 바꾸었고, 살찐 부인과 고양이들은 한 덩어리가 되어 정체를 알 수 없는 소리를 연주하며 선창을 향해 일직선으로 달렸다.

드디어 커다란 물소리가 들리고 물기둥이 솟는 것이 고양이섬 민박집 앞길에서도 보였다. 교코는 손안의 '개다래나무 러브'라는 제법 괜찮은 상품명의 라벨이 붙은 미니 스프레이에 눈길을 주고 중얼거렸다.

"잘 듣네, 이거."

3

"그래, 첫 번째 발견자가 너니?"

하자키 경찰서 수사과의 고마지 도키히사 형사반장은 발밑의 형체를 요모조모 살펴본 다음 크게 재채기를 하고 스가노 고테쓰를 올려다봤다. 고테쓰는 어깨를 움츠렸다.

"한 명 더 있었는데요. 어디론가 가버렸어요."

"친구니?"

고테쓰는 얼굴을 찌푸렸다. 그 여자는 일부러 그러는 것처럼 듣기 거북한 비명을 내지르고는 빨리 경찰에 알리라고 부르짖더니 고테쓰가 파출소로 달려가는 사이에 사라져버렸다. 이러니까 타지 사람은 못써.

"방금 알게 된 사람인데, 그러고 보니 이름도 못 물어봤네요."

"흐음. 그래."

고마지 반장은 영차 하고 자리에서 일어나 빙그르르 주변을 둘러봤다. 메인스트리트에서 조금 떨어졌을 뿐인데 바다를 건너오는 사람들의 외침 소리나 그 밖의 소란스러운 소리가 아주 작아지고 파도 소리마저 사라졌다. 마치 별세계에 있는 듯 조용했다. 아니, 바로 조금 전까지는 마린바이크의 폭음 탓에 다른 소리가 하나도 안 들렸다. 최근에 이 주변에 자주 출몰하는 '바다족'— 마린바이크를 탄 바다의 폭주족 —으로 보이는 웨트슈트 차림의 남자 하나가 화려한 파란색 마린바이크를 타고 이 모래사장이 펼쳐진 작은 후미(물가나 산길이 휘어서 굽은 곳 — 옮긴이)의 입구까지 왔다가 두 사람의 모습을 보고 놀랐는지 바이크를 탄 채 우왕좌왕해댔던 것이다.

고마지는 손을 휙 뻗어 꼼짝 않고 모래사장에 누워 있는 고양이를, 몸에 꽂힌 나이프를 잡고 들어 올렸다. 어렵지 않았다. 추정 몸길이 삼십 센티미터 안팎의 자그마한 고양이였다.

"그거 혹시 고양이 사체가 아니라 고양이 장식…… 아닌가요?"

나이프에 꽂힌 건 턱시도 고양이라고 불리는 검은 몸에 가슴과 앞발만 하얀 고양이였는데, 크고 또렷한 유리눈을 뜬 채 웃음을 참는 듯한 표정을 짓고 있었다.

"그래, 고양이 박제야, 아마도. 엄청 가볍군."

"전 뭐 별로 거짓말할 생각 같은 건 없었어요."

고테쓰가 변명했다.

"게다가 박제도 사체는 사체죠. 아닌가요?"

"그런지 아닌지는 둘째치고, 보통 신고자라면 사체가 있다, 라고 말하지 않고 고양이가 죽어 있다, 하는 식으로 말했을 법한 데 말이야."

"아, 그게 보통인가요? 죄송해요. 경험이 없어서."

"덕분에 난, 모처럼 휴일이라 마누라 대동하고 고양이섬에 놀러 온 김에, 동료를 격려할 겸 파출소에 들렀다가 순찰 중인 서원 대신에 이런 걸 보러 오게 된 거야."

"엇, 형사님, 오늘 쉬는 날이었어요?"

"그래."

"별로 그렇게는."

보이지 않는데요, 라는 말을 고테쓰는 힘들게 삼켰다. 고마지는 주름투성이 마 정장에 검은 구두, 하얀 칼라가 벌어진 셔츠에 파나마모자를 쓰고 벨트에 부채를 꽂고 있었다. 하자키의 해변에서는 찾아보기 힘든 패션이었다.

"마누라 취향이야. 최근에 DVD로 구로자와 아키라의 〈천국과 지옥〉을 봤거든."

"……네."

고마지 형사반장은 고양이를 들여다보는 걸 그만두고 얼굴을 돌려 크게 재채기를 했다.

"건강 조심하셔야죠. 감기인가요?"

"고양이 알레르기야."

"아, 그랬군요. 하지만 왜 고양이 알레르기인 분이 고양이섬에 놀러 오셨죠?"

"결혼하면 알아. 그런데 스가노 군, 이라고 했지?"

"네."

"이 섬에 사나?"

"전에는요. 할아버지랑 할머니가 이 섬에서 '민박 스가노'를 했었어요. 아버지는 그걸 물려받지 않고 공무원이 됐고, 두 분이 돌아가신 뒤에는 민박을 팔고 하자키 근처 뉴타운에서 집장수가 지어 파는 상자 같은 집을 샀어요. 그러니까 제가 이 섬에 살았던 건 오 년 전까지죠."

"이 박제를 본 적은?"

"그게, 본 것도 같고 아닌 것도 같고."

"어느 쪽이야?"

"형사님, 고양이섬 신사에 가본 적 없으세요? 거기 자료관에는 이 섬의 역대 고양이의 박제가 한가득 진열되어 있어요."

"그래? 얼마나?"

"십 년 동안, 악몽에 시달릴 정도로."

스가노 고테쓰는 부르르 몸을 떨었다. 덩달아서 고마지도 몸을 떨고 뒤이어 연달아 세 번 재채기를 해댔다.

"돌아가신 할아버지께 들은 얘기로는 고양이섬 신사 신관의 친척 중에 박제 명인이 있어서 그 사람이 고양이를 박제로 만들었대요. 무서운 얘기도 여러 번 들었어요. 사람 아이의 박제도 잘 만드는 모양이더라, 같은. 잘은 모르지만 신관 친척이 박제 같은 걸 만들어도 되나요?"

"사람 아이도 말인가? 물론 안 되지."

"그게 아니라, 고양이요."

고테쓰는 처음으로 칼에 찔린 고양이를 가리켰다. 고마지는 고양이에게서 칼을 뽑아 전체를 꼼꼼히 살폈다. 고양이의 눈에 넣은 유리구슬이 나뭇잎 사이로 비쳐든 햇빛을 받아 빛났다. 나이프에 의해 잘린 단면에서 하얀 구슬 같은 것이 몇 개 새어 나와 모래사장으로 떨어져 흩어졌다.

"뭐죠, 그거?"

"발포 스티로폼 구슬이야."

"그런 걸로 속을 채우는구나, 박제는."

"보통은 솜을 넣지. 솜도 들어 있는 것 같은데."

고마지는 칼이 꽂혔던 자리에 굵은 손가락을 넣고 고양이 몸을 꾸욱 밀어 벌렸다. 아직 새것으로 보이는 솜에는 불그스레한 섬유가 섞여 있었다. 뱃속 일부분을 다시 꿰맨 듯한 거친 바느질 자국이 보였다. 고마지는 코를 가까이 대고 냄새를 맡다 재채기를 했다.

"바깥쪽은 진짜 고양이 가죽이겠지."

"가짜로 만든 게 아니고요?"

"그렇다면 재채기는 안 나."

"그렇군요."

안정을 되찾은 고테쓰는 손목시계를 봤다. 정오가 조금 지났다. 불어오는 바람에 농후한 국물의 향기가 섞여 떠돌았다. 고양이섬 민박집 명물 고양이섬 덮밥이다, 하고 생각한 순간 뱃속에서 소리가 났다. 동시에 엄청나게 허전해졌다. 그 수학여행 사건만 없었다면 매일 고양이섬 덮밥을 먹을 수 있었을지도 모르는데. 아무래도 상관없는 여자를 꼬이려다 나이프가 꽂힌 박제를 발견했고, 거기에 놀라 얼굴색이 변해서 파출소로 뛰어갔다. 난바보도 한참 바보야. 올여름은 재수가 없어. 최악의 여름이다.

"저, 죄송합니다."

"뭐가?"

"이런 일로 일부러 진짜 형사님을."

"어쩌다가 내가 파출소에 있었으니 할 수 없지. 달리 경찰관도 없었고. 아니, 있긴 있었지만 그걸로는 이 일에 도움이 되지 않았을 테니까."

고마지가 말한 건 고양이섬 여름철 임시 파출소의 마스코트 고양이 DC 얘기였다. 임시 파출소가 만들어진 작년부터 이 파출소에 눌러앉은, 둥근 얼굴에 눈초리가 사나운 길고양이인데, 매스컴의 주목을 받는 걸 좋아하는 하자키 경찰서 서장에게서 임시 파출소 근무원 자격을 부여받았다. 덧붙여 말하자면 DC가 서장에게 별 표지가 달린 남색 목걸이를 받는 영상이 전국 뉴스에 나간 덕에 파출소에는 DC를 보려는 관광객들이 제법 찾아오게 되었다.

"그런데 여기는 자네가 좋아하는 장소인가?"

"네, 뭐."

"비밀 은신처란 건가?"

"그렇지도 않아요. 섬사람이라면 누구나 아는걸요. 고양이섬에는 밖에서는 잘 안 보이는 구석진 곳들이 이곳 말고도 몇 군데 있어요. 표지판도 없고 가이드북에도 안 나오지만. 고양이섬 선물 가게에서 파는 고양이섬 관광 지도에는 실려 있어요. 여기는 '고양이의 휴식'이라는 이름이 붙어 있어요."

"고양이의 휴식이라고? 누가 붙였지, 그런 이름을?"

"그야 고양이섬 관광협회겠지요. 그것 말고도 '고양이의 평안', '고양이의 단잠'이라는 곳도 있어요."

"어이없군. 그래 여기는 자주 오나?"

"그건 아니지만, 내려오기 쉽잖아요, 여기는."

고마지는 고테쓰를 따라 내려온 곳을 봤다. 고테쓰 말대로 완만한 언덕길이어서 늘 신고 다니는 가죽 구두를 신고도 쉽게 내려올 수 있었다.

"여자를 꼬여 데려오기에는 안성맞춤이군."

"네, 그래서…… 아, 아니요, 전 그런 건."

"바다 쪽에서도 들어올 수 있나?"

"작은 보트나 마린바이크로 입구까지 온 다음 여기까지 첨벙첨벙 걸어온다면야 뭐. 헤엄쳐 오는 건 어렵겠죠. 웨트슈트를 입고 있으면 좀 낫겠지만. 요 바깥은 바닷물의 소용돌이가 의외로 세서 잘못하다가는 바위에 쓸려 온몸이 갈기갈기 찢길걸요."

"흐음."

고마지는 뭔가 깊은 생각에 잠겼다. 고테쓰의 배가 다시 좀 더 큰 소리를 냈다.

"저, 형사님, 이건 사건이랄 것도 없는 거지요, 그냥 장난이죠?"

"그렇게 생각하나?"

"분명 누군가가 장난친 걸 거예요. 고양이섬은 최근에 고양이의 낙원이라고 해서 잡지나 텔레비전 같은 데 많이 나온 덕에 관광객도 늘어났고. 거기에 찬물을 끼얹으려는 녀석이 이런 일을 벌인 게 아닐까요?"

"어떤 녀석이?"

"으음, 비대한 프라이드와 채워지지 않는 욕구 때문에 이놈 저놈, 거기다 고양이까지 다 보기 싫어 견딜 수 없는, 마음의 어둠을 끌어안고 자기 존재를 주장하고 싶은 녀석, 아니었을까요?"

"있잖나."

고마지가 고테쓰를 힐끗 노려봤다.

"고등학생 신분으로 범죄심리학자 흉내를 내는 건 그만둬. 그리고 내 앞에서는 두 번 다시 마음의 어둠 같은 소리 하지 마."

"네."

"그런 표현 싫어하거든. 최근에는 개나 고양이나 다들 마음의 어둠이니 뭐니 하면서…… 뭐, 됐고. 그럼 하나만 묻겠는데, 그런 혐오스러운 벌레 같은 놈이 왜 이런 눈에 띄지 않는 장소에 남몰래 이런 걸 놔뒀다고 생각하나? 이왕이면, 관광객의 눈에 좀 더 잘 띌 만한 장소를 골랐을 것 같은데."

"그러고 보니 그러네요."

상관없잖아, 그런 거, 하는 생각을 숨기려고도 하지 않고 고테쓰가 내던지듯 대답했으나 고마지의 미간 주름은 더욱 깊어졌다.

"맘에 안 들어. 이런 건 도저히 맘에 들지 않는다고. 사람의 시체가 뒹굴고 있는 쪽이 훨씬 나아."

고마지는 고양이를 가능한 한 몸에서 멀리 떼듯이 하더니 초대형 재채기를 했다.

2장

뜨거운
양철 지붕 위의 고양이

1

　스기우라 교코는 칠기 쟁반을 고쳐 들고 삼 층으로 올라가는 계단 문을 열쇠로 열었다. 안으로 들어서서 문을 닫고 열쇠를 잠근 순간, 아까부터 몇 번을 불러도 딴전을 피우던 비스킷이 고양이용 문을 밀치고 굉장한 기세로 계단을 올라갔다.

　그 뒤를 따라가면 복도가 있고 막다른 곳이 자신의 방. 오른쪽이 할머니의 방이다. 말을 거니 바로 대답이 있었다. 쟁반을 복도의 작은 장식장 위에 놓고 신중하게 문을 열었다. 그와 동시에 크게 틀어놓은 라디오 뉴스 소리와 나무 바닥 위를 타다닥 이동하는 작고 빠른 발소리가 들리더니, 고양이 한 마리가 교코의 다리에 굉장한 기세로 태클을 걸어왔다.

　"아야, 정말. 주얼리 너, 이 바보 같으니라고."

　"그 앤 자기가 개인 줄 알아."

교코의 할머니 스기우라 마쓰코는 돋보기 너머로 고양이를 바라보며 목구멍에서 울려 나오는 묘한 소리를 냈다. 웃음소리다. 교코는 문을 닫고 라디오를 껐다. 얼마 전에 있었던 어느 은행에 대한 도쿄지검 특수부의 강제수사를 다룬 뉴스가 나오는 중이었다.

마쓰코의 방은 고양이섬 민박집 삼 층에 있다. 이 집에서 가장 넓은 방인데 욕실과 화장실을 합치면 열다섯 평이 넘는다. 하지만 그 방에 눈에 띄는 거라곤 거대한 침대, 오래된 페르시아 융단 위에 놓인 일인용 소파와 커피 테이블, 그리고 매우 훌륭한 불단佛壇뿐이다. 커피 테이블에는 조금 전까지 마쓰코가 만지작거렸을 주판과 가계부, 영수증 따위가 널려 있었다. 평소에는 작은 상자에 잘 정리해서 넣어두는 물건들이다.

이것들을 빼면 짐은 대부분 한 칸짜리 붙박이장에 깨끗이 잘 정리돼 있다. 언제 저승사자가 데리러 올지 모르니 가지고 있는 물건을 최소한으로 해두고 싶다고 마쓰코는 입버릇처럼 말했다. 훌륭한 각오라고 하지 못할 것도 없지만, 고양이만큼은 줄일 생각이 없는 모양인지 계속 늘기만 했다.

지금도 방 여기저기에서 살찐 것, 마른 것, 노란 것, 갈색 얼룩의 검은 것, 각양각색의 열 몇 마리나 되는 고양이가 일제히 교코에게 시선을 보낸다. 그중에는 폴리스 고양이 DC같이 친근한 시선도 있지만 대부분은 수상쩍어하는 눈빛이다. 매일 밥을 주는 게 도대체 누군지 알기는 하나. 교코는 울컥해서 창틀에 있던 와트니를 쫓고 창을 열었다.

사람은 냄새에 익숙해지는 생물이라고 한다. 어떤 악취라도 바로 적응이 되어 알아차리지 못하게 된다고 한다. 하지만 교코는 이 방의 냄새만큼은 익숙해지지 않겠다고 굳게 결심했다. 적어도 사람을 상대하는 장사다. 식사도 취급한다. 와이드 쇼에서 자주 거론되는 것처럼 이웃에 폐를 끼치는 고양이 저택이 되어버리면 보건소의 단속이 들어온다. 아니, 그 이전에 아무리 고양이를 좋아하는 손님이라도 더 이상 찾아오지 않게 된다.

그래서 교코는 씁쓸해하는 할머니를 달래고 얼러 매일 이 방을 청소하고 생각날 때마다 환기한다. 물론 평상시에 공기청정기를 작동시키고, 향을 피우고, 커튼도 일주일에 한 번은 빨고 있지만, 그런 노력을 조롱이나 하듯 방에 들어올 때마다 열 몇 마리나 되는 고양이의 체취가 교코의 콧구멍으로 확 밀려들었다.

"저기요, 할머니. 우리 그거 안 살래요? 스웨덴제 청소기."

교코는 점심 식사인 멸치회 덮밥을 맛있게 먹기 시작한 할머니 앞의 페르시아 융단에 앉아 다가온 고양이들—토마시나와 센트자일즈, 그리고 라스칼—로부터 자신의 점심밥을 지키며 말을 꺼냈다.

"또 그 얘기니? 비싸잖아."

"그렇지만 융단을 세제로 쓱쓱 비벼 빤 다음에 물기도 전부 말려줘요. 냄새도 없앨 수 있고. 소중한 사람한테서 받은 소중한 융단이라고 했잖아요, 할머니."

"지금도 이 주에 한 번은 중탄산소다를 팍팍 뿌리고 청소기로 냄새를 빼잖니. 일 년에 한 번은 빨고."

"그 청소기가 있으면 한 달에 한 번은 빨 수 있어요."

"요즘 젊은 애들은 편한 것만 생각하는구나. 쓸데없이 돈 쓰는 건 안 좋아."

그렇다고 다 마신 우유곽으로 꽃병을 만들어 객실을 장식하거나 낡은 속옷을 가늘게 찢어 짠 것을 욕실 앞 매트로 사용하지는 말았으면 좋겠다. 교코는 살그머니 한숨을 쉬었다. 정말이지 구두쇠라니까.

"벼룩 대책으로도 좋잖아요. 일단 벼룩이 생겼다 하면 그야말로 돈이 엄청 들어요."

"우리 집 애들은 벼룩 같은 거 없어. 게다가 융단에서 냄새가 조금 나는 쪽이 이 애들이 지내기 편하고."

마쓰코는 밉살스럽게 대답하고는 가까이 다가온 고양이들에게 멸치회를 나눠줬다. 교코는 다시 한숨을 쉬었다.

아무리 신경을 써서 주변을 깨끗하게 유지하려고 해도, 마쓰코는 이미 고양이 저택의 할머니였다. '우리 집 애들'은 나쁜 점이라곤 하나도 없이 완전무결하고, '우리 집 애들'에게 쏟아지는 비난이 있다면 비난하는 쪽에 문제가 있는 것이고, '우리 집 애들'에게는 잘못이 없다고 생각하니, 이거야 뭐, 고양이 저택의 할머니가 아니면 뭐란 말인가.

실제로 고양이에게는 잘못이 없긴 하다. 문제는 키우는 주인에게 있다.

마쓰코와 똑같이 비난하듯 이쪽을 바라보는 고양이들을 빙 둘러보고 교코는 깨달았다. 낯선 말라빠진 얼룩고양이 하나가 융단 끝에 자리 잡고 있다.

"……저건?"

"아, 저 앤 조프리야."

"조프리?"

"좀 전에 처음으로 놀러 왔어."

삼 층이라고 했지만 이 고양이섬 민박집의 뒤는 절벽이다. 삼층은 절벽 쪽으로 난 뒷길과 바로 연결된다. 따라서 고양이들은 자유로이 밖과 이 방을 오갈 수 있다.

그리고 고양이는 늘어간다.

아이구야.

"그래 오전에는 얼마나 팔았니?"

"자잘한 선물이 제법 팔렸고 고양이 무늬 주머니가 두 개 나갔어요. 그래 맞다, 아카네 아줌마의 고양이 티셔츠가 쏠쏠하니 잘 나가서 이제 곧 재고가 다 떨어질 거예요."

"그거 잘됐구나."

마쓰코는 생긋 웃었다. 덩달아서 교코도 생긋 웃었다. 하라 아카네는 한 달 전부터 고양이섬 민박집 2호실에 머무는 손님이다. 전해 들은 바에 의하면 그녀는 일러스트레이터로, 하라주쿠에서 성장했다는데 도쿄에 염증이 나서 하자키의 오래된 민가를 사서 이사를 왔단다. 목수의 도움을 받아 여기저기 칠 년이나 고쳐가면서 훌륭하고 아름다운 집으로 완성시켰는데, 그 집이 인테리어 잡지에 소개됐다. 그러자 사겠다는 사람이 나섰다. 엄청나게도 하라주쿠에 오십 평 땅을 사서 집을 짓고 게다가 외제차도 한 대 살 수 있을 만큼의 금액을 제시했다고 한다. 그녀는 집을 판 대금으로 두 번째 집을 샀다. 고양이섬의 뒷길에 있는 오래된 민박집이다. 그녀는 여름이 끝날 때까지 고양이섬 민박집에 머물면서 그 집을 매일 오가며 목수 일에 열을 내고 있는 참이다.

교코는 얼굴을 찌푸렸다. 그 민박집은 원래는 민박 스가노였다.

"아카네 아줌마한테 말해서 좀 더 만들 생각이에요. 여름이 끝날 때까지 앞으로 백 장은 더 팔릴걸요. 아카네 아줌마가 좋다고 하면 내일이라도 역 앞 인쇄소에 갔다 올 생각이에요."

"너 하고 싶은 대로 해. 선물 가게는 너한테 맡겼으니까. 지금은 누가 가게를 보고 있니?"

"미사 언니요."

"미사라면 신관님 손녀딸 말이니? 그 애는 은행원하고 결혼했다고 들었는데."

"했어요. 그런데 결혼하자마자 남편이 정리해고를 당했대요."

"에구머니나."

"신관님을 믿고 사흘 전에 신사로 돌아왔다나 봐요. 남편은 아는 사람이 하는 바다의 집(일본의 해수욕장에서 해수욕객의 편의를 유료로 제공하는 가건물—옮긴이) 일을 돕고, 미사 언니도 아르바이트할 곳을 찾고 있다기에."

"와서 일하라고 했니?"

마쓰코는 기가 막힌다는 듯이 고개를 저었다.

"내가 아는 사람 중에 가장 게으른 게 그 애야. 어렸을 때부터 언제 봐도 자고 있었어."

"고양이같이."

"그렇게 말할 수도 있지."

마쓰코는 웃음을 터뜨렸다. 교코는 어깨를 으쓱였다.

"미사 언니한테는 똑부러지게 말해놨어요. 사실은 내 친구를 고용하기로 되어 있다, 언니는 짧은 기간 빈자리를 메워주는 거고 언제든지 자를 수 있다고. 어쨌든 미사 언니한테는 어렸을 때부터 귀여움을 받았잖아요."

"그래, 그 애야 옛날부터 잘 아니까."

마쓰코는 마지못해 받아들였다. 자신이 고생한 만큼 다른 사람에게 관대한 것이 할머니의 좋은 점이다, 하고 교코는 생각했다.

"하지만 정말은 그거 아니었나? 민박 스가노네 손자, 고테쓰라고 했나, 그 애한테 아르바이트를 부탁할 거 아니었니?"

"그래서요? 할머니는 오전에 어디에서 뭐 했어요? 레스토랑
은 쓰루코 아줌마 혼자였던 것 같던데."

교코는 필요 이상으로 큰 소리를 내며 화제를 바꿨다. 고양이
들도 마쓰코도 모두 깜짝 놀란 듯 한순간 움직임을 멈췄다.

"어디에서 뭘 했느냐니, 늘 그렇듯 방 청소를 했지."

마쓰코가 중얼중얼 말했다. 나이도 있으신데 여름 한철이라도
객실 청소쯤은 사람을 고용해서 시키면 좋을 것을, 하고 몇 개월
전에 교코가 권해서 마쓰코도 그러겠다고 했지만, 결국 여름이
시작됐는데도 아무도 고용하지 않았다. 일하지 않는 자 먹지 마
라, 하며, 세월의 흐름에 저항이라도 하려는 듯 고양이섬 민박집
전체를 쓸고 닦고 했다.

"그래도 그렇지. 말하고 싶진 않지만 세상이 자꾸 험해져가지
않니? 옛날엔 말이지. 우리 같은 서양식 민박에 묵는 손님은 그
런대로 예의를 지킬 줄 알았어. 쓰레기는 쓰레기통에 넣고 사용
한 타월은 욕조 옆에 걸어두고 나갈 때는 침대 커버를 씌우고 잠
옷도 베갯맡에 개어놓았지. 그걸 못 하는 녀석들은 저기 어디 다
다미를 깐 민박집에서 떼로 몰려 뒤섞여 잤다고."

마쓰코가 뚱하니 코를 들었다. 이래 봬도 제법 프라이드는 높다.

"우리 집은 두 끼 식사를 포함해서 하룻밤에 만이천 엔이야.
고양이섬 안에선 최고의 민박집이지. 손님은 멋진 대접을 기대

하고 이쪽은 제대로 된 손님을 기대하는 거야. 그게 당연하지 않니? 그런데 어젯밤 5호실 손님 좀 봐. 수도꼭지를 안 잠가서 욕실 바닥을 온통 물바다로 만들어놓질 않나, 타월을 휙 던져놓질 않나. 옷장이니 뭐니 전부 다 열어젖혀놓고 테이블은 상처투성이로 만들어놓았어. 우리 집 테이블은 진짜 느티나무로 만든 건데 말이야. 게다가 화장대 위에 다 쓴 피임기구까지 놓여 있었으니 기도 안 차지."

"웩. 아, 혹시 그 젊은 커플?"

"그래."

교코는 녹차를 두 잔 따르면서 콧등에 주름을 잡았다.

고양이섬 민박집에 묵는 손님은 대부분 고양이가 있는 민박집이라는 선전 문구에 기대를 갖고 온다. 이 층 거실에는 손님의 요구에 부응하기 위해 다종다양한 고양이들이 모여 있다. 손님들은 계단을 올라와 거실에 한 발 들여놓는 순간 다가와 몸을 비벼대는 고양이, 뾰로통한 얼굴로 어리광을 피우는 고양이, 큰 눈으로 살그머니 바라보는 고양이 등 갖가지 고양이들에 둘러싸인다. 그래서 객실에 들어가기 전에 십여 분 정도 고양이들과 같이 시간을 보내는 게 보통이다.

그런데 어젯밤 커플은 고양이한테는 눈길도 주지 않았다. 머리를 이마까지 늘어뜨리고 몽롱한 눈빛으로 몸을 마구 긁어대는 남자와, 커플로 맞춘 알로하셔츠 아래로 이것 보란 듯 화려한 비키니를 드러낸 두껍게 화장한 여자. 객실에 들어갈 때 죽음을 두려워하지 않는 고양이가 한 마리 끼어 들어가려 하자, 여자가 글쎄 발로 찼다. 식사는 레스토랑에서 해야 한다고 했는데도 방으로 가져오라고 주장했다. 식사를 가지고 간 쓰루코 아줌마 얘기로는 둘 다 반라로 침대에 죽은 듯이 누워 있었다고 한다. 더구나 새벽에 몰래 나가서 돌아다녔는지, 아침에 일어나보니 뒷문 자물쇠가 열려 있었다고.

고양이섬 민박집의 체크아웃은 오전 열 시까지인데 그 시각이 지나도 내려오지 않아 마쓰코가 보러 가니, 여자가 겨우 문으로 얼굴을 내밀었단다. "이 할망구, 열 시는 너무 일러" 하고 있는 대로 고함을 쳐대고는 "이거 받고, 내가 알아서 갈 테니까, 내버려둬" 하며 만 엔 지폐를 다섯 장 복도에 뿌리더니 문을 쾅 닫았다고 한다.

"뭐야 그게, 최악이네. 돈만 내면 무슨 짓을 해도 된다고 생각하나."

"여자들만 있다 보니 옛날부터 별 이상한 손님을 수도 없이 봐왔지. 돈을 안 내고 도망치려던 야쿠자라든가, 물장사하는 여자랑 바람을 피우러 온 것까진 좋은데 만조가 되고 날씨가 나빠져 섬에서 못 나가게 되자 어찌할 바를 모르던 아저씨라든가. 멱살을 잡힌 적도 몇 번이나 있었어."

마쓰코는 차를 마시며 힐끗 불단에 눈길을 줬다. 분방하기 이를 데 없는 고양이들이지만 이상하게도 불단에는 손을 대지 않아서 불단은 상처 하나 없이 반짝반짝하다. 안에는 조상 대대의 위패, 교코 부모의 위패, 그 밖에도 옻칠을 한 금문자 위패가 몇 개 있고, 아무것도 쓰여 있지 않은 하얀 나무 위패도 다섯 개가 있었다. 아마 고양이들을 위한 것일 테지. 교코는 멋대로 그렇게 상상했다.

불단에서는 요즘 들어 자주 새 향이 타들어갔다. 고양이들이 다가오지 않는 건 단순히 선향 냄새가 싫어서일지도 모른다.

"이런 장사를 하다 보면 재미있는 일도 없지는 않아. 하기 싫은 일도 하다 보면 익숙해져. 적어도 고지로가 있어준다면 말이지."

교코는 당황해서 눈을 깜빡거렸다. 불상을 보면 늘 하는 말인 '할아버지랑 네 부모가 살아 있어준다면'이라는 말을 하겠거니 했다. 더구나.

"고지로란 건, 돌아가신 할아버지의 남동생 말인가요?"

"달리 또 고지로가 있겠니."

"그야, 그렇지만."

이 집에서 고지로란 이름은 금지어일 텐데. 교코가 아직 초등학생이었을 때 쓰루코 아줌마랑 할머니가 고지로라는 이름을 입에 올리며 소곤소곤 얘기하는 걸 듣고 나중에 누구냐고 물었다가, 쓰루코 아줌마한테 아주 험악하게 야단을 맞았었다.

"작은할아버지 이름은 할머니 앞에서는 꺼내지도 말라고, 쓰루코 아줌마가 말했는데. 어떤 분이세요?"

"벌써 십팔 년이 흘렀구나. 은행 현금 수송차를 덮쳐서 삼억 엔을 강탈했었지."

할머니는 무릎 위의 고양이를 천천히 쓰다듬으며 느릿느릿 말했다. 교코는 입에 머금고 있던 떨떠름한 차를 뿜어냈다.

2

사와타리지마라는 섬 이름의 유래는 일목요연하다. 바닷물이 빠지면 반도 쪽에서 섬까지 갯벌이 드러나 하나로 이어지고, 바닷물이 차면 갯벌이 바닷물에 가라앉아 섬이 고립되는 데서 비롯됐다. 하긴 이 이름은 전쟁 후에 문학적 센스가 없는 데다 고양이를 매우 싫어한 것으로 보이는 관리가 멋대로 명명한 것이다. 이곳은 가마쿠라 시대에 이미 고양이섬으로 불렸으며 현재도 통칭은 고양이섬, 우편물에도 고양이섬이라고 쓰면 배달이 되고, 가이드북에도 고양이섬이라고 기재되어 있다.

"그럼 왜 고양이섬이라고 불리게 됐는가. 거기에는 여러 설이 있어요."

고양이섬 신사의 신관 와타누키 요시하루는 고마지 형사반장과 스가노 고테쓰, 그리고 그대로 신사로 자리를 옮겨 차를 대접받고 있던 나나세 아키라 순경을 상대로 열심히 신사를 선전했다. 순진하고 소박한 관광객을 붙들고 같은 얘기를 반복해서인지 얘기하는 게 매끄럽기 그지없었다. 내용인즉슨.

"우선은 가마쿠라 시대 초기에 이 지역을 지배했던 호족의 공주님이 기타조 씨와의 전쟁에 져서 위험에 처했을 때, 후지마루 님이라는 고양이가 홀로 살아남은 공주님을 무사히 이 섬까지 모시고 왔다는 고사에서 비롯됐다는 설입니다. 고양이섬 신사의 선대 신관이 직접 손으로 쓴 설명판에도 이 사실이 기록되어 있고, 후지마루 님의 동상도 고양이섬 신사에 있는 것으로 미루어 이 설이 가장 유력시되고 있지요. 동상은 일 년에 한 번 묘혼猫魂 축제 때만 일반에 공개되는데 희망하신다면 형사님께는 특별히 보실 수 있도록⋯⋯."

"안 보는 게 나을 거예요. 닛코 도쇼구(일본의 관광 명소인 닛코에 있는 신사―옮긴이)에 있는 히다리 진고로(17세기 일본의 건축 조각의 명인―옮긴이)의 〈잠자는 고양이〉 조각을 서툴게 흉내낸 거라서."

"다른 유력한 설로는."

신관은 나나세 순경이 고마지에게 들으라는 듯이 속삭인 말에는 개의치 않고 테이프를 재생하듯 얘기를 계속했다.

"예전에 이 고양이섬은 더 멀리 이즈오시마 곁에 있었다는 전설이 있습니다. 나쁜 짓을 한 고양이들을 귀양 보낸 곳이었죠. 그런데 하자키 반도 일대가 쥐 떼의 습격을 받아 사람들이 고통을 받던 시절에 어쩌다가 이 지역을 방문한 홍법대사님께서 백성의 괴로움을 구제해야겠다, 하고 소리 높이 진언을 외고 지팡이를 휘두르니, 아이쿠, 신기하게도 저 멀리 있던 섬이 슬슬 하자키 반도로 이동해 오고 섬에서 수많은 고양이가 노도처럼 튀어나와 반도에 서식하던 쥐들을 순식간에 깨끗이 퇴치해버렸다고 합니다. 대사님은 역할을 끝낸 고양이들을 고양이섬으로 되돌아가 평화롭게 살게 하셨고, 다시 쥐들의 피해가 심해지면 섬에서 나와서 백성들을 구하라고 이르셨다고 합니다. 그 후로 고양이들은 하자키 반도의 호국의 상징이 되어 오래오래 이 섬에 살게 되었다고 하는데……."

"신관이 스님을 선전해서 뭘 어쩌시려고."

"또 하늘에서 보면 섬이 몸을 둥글게 말고 자는 고양이 형태를 하고 있다는 데서 섬의 이름이 비롯됐다는 설도 있지요."

"옛날 사람들은 하늘을 날았남?"

"유명한 연구가의 얘기로는 이 섬의 동굴에는 조로아스터교, 일본으로 치자면 배화교拜火教의 영향도 보인다고 해서."

"제단은 용왕신의 제단인데요."

"나아가 신화시대의 전설로는, 고양이섬에 장난을 좋아하는 흰 고양이가 살았는데 반도로 건너가 신나게 놀다가 그만 바닷물이 차는 바람에 섬으로 돌아올 수가 없었답니다. 그래서 지나가던 상어를 속여 깡충깡충 뛰어 건너는데 맨 마지막에 그만 말실수를 하는 바람에 화가 난 상어한테 털을 홀라당 벗기고 벌거숭이가 됐대요. 마침 오쿠니누시노미코토(일본 신화에 나오는 이즈모 국의 신—옮긴이)가 지나가다……."

"적당히 하십쇼, 신관님. 『고지키古事記』(일본에서 가장 오래된 신화와 전설을 기록한 역사서—옮긴이)를 멋대로 고쳤다고 소송당해요."

나나세 순경은 느긋하게 차를 홀짝이며 강의를 방해했다. 와타누키 신관은 굽은 등을 더욱 둥글게 구부리고는 슬픈 듯이 눈을 치뜨고 고마지를 바라봤다.

"요즘 젊은이들은 역사에 대한 존경이 부족하다는 생각 안 드세요. 이것도 전후 역사교육이 제대로 안 된 데서 비롯된 재앙이지요."

"재앙이라면."

초조해진 고테쓰가 끼어들었다. 고양이섬의 역사에 대한 존경을 기대하는 것도 난처하지만, 여름에 잠깐 나와 있을 뿐인 순경에게 신관이 놀림을 당하는 모습을 두고 볼 수 없었다. 아무리 배례전의 지붕 밑에서 삐걱삐걱 소리가 나는 가난한 신사라 할지라도 말이다. 이 배례전의 널빤지는 굵은 삼나무를 이음새 없이 통으로 써서 사치스럽게 만든 것이지만 세월은 이길 수 없는 모양이었다.

"고양이를 버리러 온 아줌마가 고양이에 쫓겨 바다에 빠졌어요. 머리부터 거꾸로 처박히면서 수면 위로 두 다리가 불쑥 튀어나왔어요. 꺼내느라고 사람이 열 명이나 달려들어 대소동을 벌였어요."

"그거 잘했군."

탄성을 내지른 건 놀랍게도 와타누키 신관이었다. 궁상맞은 얼굴을 생글생글 펴고는 말했다.

"야아 거참, 고양이란 게 정말로 영물이군요. 잘했어, 너."

조금 전부터 고테쓰의 무릎 위에 묵직하니 앉아 있던 페르시아고양이가 가는 눈을 뜨고 신관을 쳐다보더니 새치름히 고개를 돌렸다. 고테쓰는 피로감이 확 밀려오는 걸 느꼈다. 아래에서 소동이 일어났으니 어서 빨리 파출소로 돌아가라, 라는 뜻으로 말한 것이었는데. 나나세 순경의 소문난 얼굴 가죽은 그것쯤은 모기에 물린 정도도 안 된다는 듯, 엉덩이를 털고 일어날 기색이 안 보였다.

"참, 박제 건인데요."

고마지 반장이 턱시도 고양이 박제를 쓰윽 떠밀었다. 재채기를 하도 해대서 코가 비뚤어지고 눈도 새빨갛게 충혈됐다. 고양이 알레르기라는 말이 정말인가 보았다.

"이건 우리 것이 아닌데요."

와타누키 신관이 한눈에 그렇게 말했다.

"어떻게 그렇게 단언하시죠?"

"우리 고양이 박제는 가장 최근 것이 2차 대전이 시작되기 직전에 만들어진 겁니다. 그 후로 육십 년 이상 방충제로 절이듯이 해서 뒀기 때문에 지독한 냄새가 나지요. 오래됐기 때문에 털 같은 게 퍼석퍼석해서, 그야말로 볼품이 없어요."

"박제를 만드신 건 친척분이라던데."

"내가 태어나기 전 얘기니까 자세한 건 잘 모르지만 아버지의 백부 한 분이 취미로 만들었다고 합니다. 괜찮으시면 표본실을 보여드릴까요? 벌써 몇 년이나 환기만 시키고 청소도 하지 않았기 때문에 먼지가 많이 쌓여 있을 겁니다만."

"아뇨, 그런 거라면 사양하겠습니다. 그 밖에 이 고양이를 보고 짐작이 가는 건 없나요?"

"글쎄요."

와타누키 신관은 턱시도 고양이의 털을 세심하게 바라봤다. 고테쓰는 배고픔을 잊으려고 시선을 밖으로 돌렸다.

한여름의 한낮이 지나간 시간, 바람은 멈췄고 태양은 돌계단을 태울 듯이 이글거렸다. 그러나 경내는 느티나무 몇 그루가 그늘을 만들어 서늘한 느낌이었다. 참배객이 끊임없이 잔돈을 새전함에 던져 넣고 종을 울리고 손뼉을 치고 갔다. 배례전 옆에 있는 후다쇼(신사에서 참배객이 부적을 사거나 바치는 곳―옮긴이)에서는 깜짝 놀랄 정도로 못생긴 얼룩고양이가 부적이 들어 있는 작은 상자 위에 거대한 몸을 누이고 낮잠을 자는 중이었다.

후다쇼에는 또한 그 얼룩고양이는 저리 가라 할 정도로 못생긴 거구의 남자가 얌전한 표정을 짓고 앉아 있었다. 고양이섬 신사 유일의 허드렛일꾼, 통칭 곤타였다. 어린 시절 새전함에서 동전을 슬쩍하려 할 때마다 저 곤타가 어디에선가 그야말로 고양이처럼 소리도 없이 나타났었지. 그러면 도망칠 틈도 없이 목덜미를 붙잡혀서 할아버지 할머니에게로 끌려갔었다. 아직도 여기 있구나. 어쩌면 평생 여기 있겠지.

고테쓰는 부적을 바라보다가 다시 기가 막혔다.

복고양이 인형, 지갑에 넣는 행운의 고양이, 고양이를 그린 부적, 고양이를 수놓은 호화찬란한 부적 주머니 같은 것이야 그럴 수 있다지만, 고양이를 위한 부적이 이렇게 많다니. 고양이용 행운의 목걸이에 행운 구슬, 고양이 교통안전 부적, 고양이 건강 부적, 고양이 액막이, 게다가 고양이 길흉점! 저렇게 제멋대로 구는 동물이 길흉점 따위 관심이나 있겠어, 하고 들이대고 싶어졌다.

'고양이 액막이에 대해'라는 벽보가 붙어 있어서 읽어봤다.

인간과 마찬가지로 고양이에게도 액년이 있습니다. 고양이 액년에 암수 구별은 없지만 아래의 출생 연도에 태어난 고양이는 해당되는 액막이를 할 것을 권합니다.

2006년생 전액

2001년생 본액

2000년생 후액

1993년생 전액

1992년생 본액

1991년생 후액

……

1932년생 전액

1931년생 본액

1930년생 후액

1930년생 고양이가 아직 살아 있다면 액년은커녕 액 그 자체일 거다.

벽보 아래에는 액막이 기도의 요금표가 붙어 있었다. 최저가 오천 엔, 최고가는 무려 이십오만 엔.

고테쓰는 궁상맞아 보이는 와타누키 신관의 얼굴을 다시 봤다. 어릴 때부터 낯익고 친숙한 '신관님'을 너무 우습게 봤나 보다. 장사를 잘하는 정도가 아니라 탐욕 그 자체가 아닌가.

고테쓰가 그런 눈으로 보고 있는 것도 모른 채, 와타누키 신관은 느릿느릿 말했다.

"요놈은 시게코 씨한테 물어보시는 게 좋겠어요."

"시게코 씨?"

"고양이섬 큰 거리 중간쯤에 있는, '캐츠 앤드 북스'라는 가게의 주인인데 정확한 이름은 미타무라 시게코."

"고양이섬 고양이 애호 활동의 중심인물이지요."

"그건 신관님 아닙니까."

"아니, 아니, 입장 때문에 내가 간판을 내걸고는 있지만, 고양이에 대한 정보는 모두 시게코 씨한테로 모이지요."

"시게코 씨는 그쪽으로도 유명한 것 같습니다."

나나세 순경이 끼어들었다.

"그쪽이라니 어느 쪽?"

"여성용 포르노 소설을 번역한대요."

"에로틱 로맨스라고 해야 돼요. 안 그러면 시게코 아줌마한테 혼나요."

고테쓰의 말을 완전히 무시하고 나나세 순경이 계속했다.

"고양이를 위한 자잘한 물건들과 고양이 관련 책을 다루는 가겐데 이 섬에서는 좀 고급스러운 편이죠. 문턱이 높아서 손님은 적은 모양이지만 인터넷 통판으로 수입이 쏠쏠하고 고양이 잡화에 대한 책도 쓴대요. 난 읽은 적 없지만."

"조만간 고양이섬에 고양이 박물관을 세우고 싶다고 하더구먼."

와타누키 신관이 보충하자 나나세 순경이 질쏘냐 하고.

"파출소 앞에 하자키 시영 휴양소가 있는데 거기 일부를 빌려서 하고 싶다며 교섭 중이라네요. 다자키 지배인이 좀처럼 승낙을 하지 않는 모양임다."

"이 섬에 휴양소가 있다는 건 몰랐는데."

고마지가 고개를 갸우뚱했다.

"버블 직전 호텔 체인 계열사가 '로열 할리우드 고양이섬 호텔' 건축을 계획했었어요. 그런데 건축을 막 끝냈을 무렵 버블이 터져서 로열 할리우드 호텔 체인이 하시구치 코퍼레이션으로 넘어갔지요. 거 왜, 그 유명한 하시구치 이사오가 총수였던."

"하시구치 이사오라. 그 욕심쟁이가 여기까지 손을 뻗은 줄은 몰랐네."

요 몇 년 동안은 하시구치 이사오라는 이름이 안 들리는 날이 없었다 해도 과언이 아니다. 사회 정세 따위 거의 관심이 없는 고테쓰조차 하시구치 이사오는 알고 있었다.

그의 이름이 매스컴의 도마 위에 오른 것은 수년 전 신주쿠 로열 할리우드 호텔의 대화재 때문이었다. 열네 명의 사망자를 낸 이 화재 때 하시구치 이사오는 최상층 로열 스위트룸에서 파티를 열고 있었다. 일설에 의하면 정계나 재계의 중진들과 그들 나이의 절반밖에 되지 않는 젊은 여성들로 한정된 스페셜 파티였다고 하는데, 이 일의 진상은 분명치 않다. 다만 이때 하시구치가 파티 손님들이 사람 눈에 띄지 않게 하려고, 경비원에게 지시해 소방수들을 대피용 계단으로 다가오지 못하게 했다는 얘기는 아무래도 사실인 듯하다. 하시구치는 업무상 과실치사죄로 잡혀 들어갔으나 증거불충분으로 불기소되었다. 민사재판은 아직껏 결심이 나오지 않은 상태다.

다음으로 그가 매수한 대형 종합건설회사가 담합을 했다는 사실이 밝혀졌다. 그건 하시구치 본인의 지시에 의한 것이라고 보도되었다. 더구나 그 건설회사가 내진 강도를 속여서 호텔이나 아파트를 세웠다는 사실도 드러났다. 국회에서 추궁당하기 직전에 하시구치 이사오는 도쿄 도내의 병원에 입원했는데, 입원한 병실에서 여러 명의 젊은 여성들과 희희낙락하는 모습이 주간지에 게재되었다. 며칠 후 그는 퇴원해 홀연히 모습을 감췄다. 그러고 나서 보름 후 라스베이거스 카지노에서 슬롯머신을 하는 사진이 주간지에 실렸다. 와이드 쇼 스태프가 라스베이거스로 달려갔다. 웬만한 일에는 놀라지 않는 리포터들도 이번에는 경악을 금치 못했다. 그들 앞에 당당히 나타난 그는 스물다섯 살이나 어린 인기 여배우 사카키하라 유카리의 어깨를 안고 있었고, 엘비스 프레슬리로 분한 목사 앞에서 결혼식을 올렸다는 것이었다.

이처럼 자기 멋대로 사는 남자가 몰락하지 않을 리 없다. 일 년 전에 하시구치 코퍼레이션은 파국을 맞이했다. 부채 총액은 오백억 엔이라고도 하고 팔백억 엔이라고도 한다. 버블의 절정기에 마흔의 젊은 실업가였던 그는 지금은 환갑이 된 패배자다.

"사카키하라 유카리도 안됐어요. 자살한 지 벌써 일 년이 지 났나요. 역시, 하시구치의 바람과 파산이 원인이었나."

와타누키 신관은 연예계 소식 쪽에도 도통한 일면을 보였다. 하지만 나나세 순경이 질쏘냐.

"그 자살도 수상쩍다는 얘기가 있어요. 경시청 생활안전과의 아는 사람한테서 들었는데, 사카키하라 유카리는 꽤 중증의 약 물중독이었대요. 남편이 돈이 많은 걸 내세워 고가의 마약을 외 상으로 마구 사들였다는 거예요. 개중에 순도가 매우 높은 것이 섞여 있었다던데요."

"호오, 그것 참."

"자살이 아니라 사고였나?"

아저씨 둘이 몸을 앞으로 내밀자, 고테쓰는 헛기침을 했다.

"그 하시구치 코퍼레이션이 시영 휴양소하고 무슨 관곈가요?"

"아아, 에. 즉, 로열 할리우드 호텔이 경영을 축소하는 바람에 고양이섬 호텔이 오픈 직전에 매물로 나오게 되었어요. 그래서 마침 휴양소를 만들 계획이 있던 하자키시가 사들였다, 하는 얘 기죠. 지금부터 그럭저럭, 그래 십팔 년쯤 전 얘기가 되겠네요."

"흔히 있는 세금의 낭비입죠."

순경 아저씨 월급은 낭비 아닌가, 하고 고테쓰는 마음속으로 한마디 했다. 와타누키 신관은 팔짱을 끼고 말했다.

"그게 그렇지도 않아요. 처음부터 그 정도 건물을 세우려 들었다면 엄청난 비용이 들었을걸. 게다가 하시구치 이사오는 본래 하자키 어부의 아들인지라 다른 곳에서 더 비싼 가격에 사들이겠다는 얘기가 나온 걸 거절하고 하자키시에 팔았다더군요. 하자키시로서는 그야말로 호박이 넝쿨째 굴러들어온 셈이지."

"그렇다면, 선착장 앞에 있는 하얀 건물 '캣 아일랜드 리조트' 가?"

"하자키시 휴양소지요."

"지나치게 훌륭한 건물이라 휴양소라고는 생각 못 했네."

고테쓰가 아는 한 캣 아일랜드 리조트는 인기가 없었다. 1박에 아침저녁 두 번의 식사가 딸려서 이천오백 엔밖에 안 되는 저렴한 가격에다가 실내도 청결하지만, 밥은 맛없고 서비스는 나쁘고 술집도 없으니. 관청이나 기업에서 연수 장소로 종종 이용할 뿐이다. 일단 바닷물이 차고 오후 일곱 시에 정기 관광선 마지막 편이 나가버리면 섬에서 나갈 수 없으니 연수생들이 남몰래 밤놀이하러 나가는 등의 불상사가 일어나지 않기 때문일 것이다. 하지만 불법 택시 저리 가라 할 정도로 비싼 어선을 타고 빠져나갔다가 오거나, 팬티 한 장만 입고 맞은편 기슭으로 헤엄쳐 건너가 밤놀이를 하고 술에 취해 돌아오다 익사할 뻔한다거나 하는 바보가 끊임없이 나온다.

"거기는 시가 직접 관리하나요?"

"아니요, 외곽 단체가 한다. 하자키시가 큰 적자를 끌어안고 있어서 내년 4월쯤이면 하자키시로부터 완전히 독립한답니다."

"그래서 미타무라 시게코 씨가 현재 사용하지 않는 사 층에 고양이 박물관을 오픈하면 어떨까 하고 제안을 한 건데요. 일이 잘 풀려서 우리 박제도 맡아주면 좋겠는데."

고마지는 턱시도 고양이를 내려다보고 엄청난 기세로 재채기를 했다.

3

"그래서 말야, 나 지금 고양이섬 민박집에서 아르바이트 중이야, 데쓰야 씨."

모리시타 미사는 남편의 등에 기대면서 말했다. 땀범벅이 되어 카레 냄비를 뒤섞던 데쓰야가 미사의 몸을 자기한테서 멀찌감치 떼어냈다.

"너 말이지, 더워 죽겠는데 옆에 좀 달라붙지 마."

"좋잖아. 신혼인데."

"신혼은 신혼이고. 물리적으로나 생리적으로는 덥거든. 좀 떨어져줘."

미사는 뾰로통한 얼굴로 데쓰야에게서 떨어졌다.

고양이섬 맞은편 고양이섬 해안에는 바다의 집이 처마를 잇대고 늘어서 있다. 모리시타 데쓰야가 일하는 곳은 '바다의 집 야옹'이다. 지금은 보기 드문 1970년대풍 소녀 취향의 인테리어는, 숨길 것도 없이 미사의 아이디어였다. 이국적인 취향이나 고급스러운 분위기, 또는 클래식함을 내세운 다른 바다의 집들 사이에서 '야옹'은 묘하게 눈에 띄었다. 그래선지 장사가 꽤 잘된다고 할 수 있었다. 오후 두 시가 지났는데도 딸기 모양을 본뜬 테이블은 거의 가득 찬 상태였다.

"그래도 별나지? 이 가게."

"네가 그렇게 하라고 했잖아. 실행에 옮긴 건 오너지만."

"하지만 돈은 잘 벌잖아."

"그럭저럭."

"돈은 언제 받아?"

"그건, 시즌이 끝나야지."

"그래? 아직 한 달 반이나 남았네. 있지, 우리 언제까지 고양이섬 신사에서 지낼 거야?"

"뭐야, 불만이야?"

"그렇진 않지만, 할아버지가 내 얼굴을 보면 한숨을 쉬시잖아. 옛날부터 등이 고양이처럼 굽으셨지만, 점점 더 둥글어지는 것 같아."

"뭘 그래. 단 하나뿐인 귀여운 손녀딸이 돌아온 거잖아. 내심 좋아하고 계실걸. 도대체가 그렇게 넓은 신사에 혼자 계신다는 건 별로 좋은 일이 아니라고."

"곤타가 있잖아. 게다가 고양이도 많고."

"곤타는 허드렛일 하는 사람이잖아. 괜히 잘난 척이나 하고."

"곤타가 없었다면 할머니가 돌아가신 뒤로 할아버지 혼자 못 사셨을걸. 지금도 식사 준비니 신사 청소니 고양이를 돌보는 것까지, 곤타가 혼자 도맡아서 하고 있어. 부지런하다면 부지런해. 천장에서부터 창틀 틈새까지, 게다가 지붕 밑 청소까지 다 한다니까. 아아, 하지만 깍쟁이야. 오늘 아침에도 곤타가 세탁기를 돌리고 있어서, 이왕 하는 거 이것도 빨아줘요, 하고 데쓰야 씨 속옷을 뭉쳐서 건네줬더니 무서운 얼굴로 날 노려보잖아."

미사는 벤치에 턱하니 앉아 모래를 발로 차 모래먼지를 날리면서 눈을 가늘게 뜨고 고양이섬을 바라봤다.

고양이섬 해안에서 보면 고양이섬은 정말 작아 보인다. 등을 둥글게 만 고양이처럼 보이기도 한다. 갈색 벼랑은 다리와 배고, 울창한 초록 숲은 등이다. 고양이 방울에 해당되는 장소에는 고양이섬 신사의 두 번째 도리이가 빨갛게 빛났다.

"너 말이야."

카레 냄비를 불에서 내린 데쓰야는 땀을 닦으며 미사 옆으로 다가와 걸터앉았다.

"넌 옛날부터 그런 데가 있어."

"무슨 소리야, 뭐가 어떻다고?"

"상대가 어떤 기분인지 잘 알면서도 꼭 심기를 건드린다고. 곤타가 싫어하는 걸 알면서 빨래 같은 걸 왜 부탁해? 이왕이면 신사의 일도 도와주면 좀 좋아."

"나, 누가 시키기 전에 움직이는 거 아주 싫어해."

"그럼 누가 뭐 하라고 하면 하기는 해?"

"싫어, 귀찮아."

데쓰야는 혀를 차고 담배에 불을 붙였다.

"그래, 어때? 이번 일은."

"어떨 것도 없어. 그냥 가게 보는 일이야."

"남의 일처럼 얘기하지 마. 이번엔 정말 성실하게 일하라고."

"데쓰야 씨가 그래봤자 설득력 없어."

"나하고 싸우자는 거야?"

"글쎄, 결혼하자마자 은행을 그만뒀다고 하면 어떻게 해. 은행원의 아내가 돼서 안락한 생활을 누릴 생각이었는데."

"그러니까 말했잖아? 상황이 바뀌었으니 이혼해도 좋다고."

"그런 말을 하니까 더 그래."

"뭐가?"

"나한테 그런 말을 하니까 그렇다고. 그러니까 더 뒤로 물러설 수 없잖아."

데쓰야는 한숨을 쉬며 입을 뾰로통 내민 미사를 바라봤다.

"……카레, 먹을래?"

"빙수가 좋겠어."

"그럼 네가 해."

"응. 데쓰야 씨도 먹을 거야?"

"멜론 넣어줘."

잠시 후 젊은 부부는 사이좋게 나란히 앉아 빙수를 먹기 시작했다. 해변에 바람이 불기 시작하더니 고양이섬으로 건너가는 갯벌 길이 조금씩 다시 좁아져갔다.

"있잖아, 전부터 물어보고 싶었는데."

턱을 따라 흘러 가슴께로 떨어지는 얼음 조각을 손등으로 닦아내며 미사가 말했다.

"뭔데?"

"은행 왜 그만뒀어?"

"뭐, 여러 가지가 있었어."

"흐응, 그랬구나."

"그랬구나, 라니, 그것뿐이야?"

"여러 가지 있었다며?"

"보통은 조금 더 따지고 들지 않나?"

"그럼 가차 없이 묻겠는데, 여러 가지라는 게 구체적으로는 뭐야?"

"……뭐, 그냥, 여러 가지야."

"아, 그래."

"아, 그래. 라니 그것으로 끝이야?"

"어쩔 수 없잖아. 파고드는 건 데쓰야 씨 역할이고, 난 멍청한 역할 담당이거든."

"누가 결정했지?"

"데쓰야 씨가 다니던 은행이 유나이티드 뱅크였지. 그거 어디랑 어디가 합쳐진 거였더라?"

"갑자기 얘기 바꾸지 마."

"글쎄 말이야. 요 십수 년 사이에 은행이 요렇게 조렇게 합쳐지기도 하고 나뉘기도 하고 망하기도 했잖아. 원래는 뭐였지?"

"중앙동양은행하고 가쓰미은행이 합병한 거야. 삼 년 전에. 기억 안 나?"

"은행하고는 인연이 없는걸. 그, 중앙동양은행이라는 건 원래는 뭐였더라?"

"중앙은행이랑 동양은행이었을 게 뻔하지."

"그럼 가쓰미은행은?"

"긴토은행하고 우스이은행, 거기에 도레미신탁."

"아, 그거야."

"어느 거?"

"긴토은행. 교코가 말했던 거. 옛날에 교코네 작은할아버지가 그 은행 현금 수송차를 습격해서 삼억 엔을 강탈했었대. 알고 있었어? 그 사건."

데쓰야가 빙수를 먹다 사레들렸다.

"너, 너 말이야, 정말이야, 그 얘기?"

"글쎄."

"어이."

"글쎄, 정말로 글쎄라고밖에는 달리 말할 수가 없는걸. 교코도 바로 얼마 전에 처음 들었대. 놀란 것 같았어. 고양이섬 민박집 할머니가 얘기를 만들어낼 사람 같진 않은데. 있잖아, 데쓰야 씨는 알고 있었어, 그 사건?"

데쓰야는 한동안 말없이 관자놀이를 문질렀다.

"너, 은행원이 그거 모른다면 가짜야. 아니 그거 모르면 일본사람도 아니지."

"난 몰랐어."

"긴토은행 삼억 엔 사건. 십팔 년 전에 일어난 전설 같은 사건이지. 온갖 소문이 무성했던 괴사건이기도 하고."

"그렇게 옛날에? 난 아직 초등학교도 들어가기 전이네."

"범인은 긴토은행 신코쿠 지점에서 나오는 현금 수송차를 습격했어. 신코쿠는 후추府中 옆이니까 후추에서 일어난 원조 삼억 엔 사건하고 관련해서도 소문이 떠돌았어. 수송차 운전수와 경비원, 옆에 타고 있던 은행원 둘이 라이플총에 맞아 죽었지."

"엉? 네 명이나 살해당했어?"

"우연히 수송차가 습격당한 현장 가까이에 있던 경관이 총성

을 듣고 달려가 현장에서 도망치는 세 남자를 목격했어. 이틀 후
에는 그 범인들 중 두 명이 탄 차가 발견돼서 경찰이 추격전을
벌이게 됐지. 그러다가 도망치던 범인들의 차가 하필이면 탱크
로리에 쾅, 콰쾅!"

"그만해. 얼음을 쏟았잖아."

"헤헤. 하지만 정말로 폭발해서 불에 탔어."

"그래서 삼억 엔은 어떻게 됐어?"

"타버린 모양이야."

"몽땅?"

"그러니까 거기서 온갖 소문이 나온 거야. 감정 결과 자동차
안에서 발견된 재에 지폐가 섞여 있었던 건 틀림없는 사실인 모
양이야. 사고를 당한 범인은 둘뿐이었고 완전히 타버렸다는데,
나중에 체포된 공범 남자가 강탈한 삼억 대부분이 사고 차에 실
려 있었을 거라고 진술했어. 하지만 정말은 그게 아닐 거라는 얘
기가 있어."

"누구 얘기?"

"은행원들 사이의 전설이라고나 할까. 음모론을 좋아하는 일
본 매스컴이 퍼뜨린 얘기일 수도 있고."

"도대체 무슨 소리야?"

"어쩌면 사고는 고의가 아니냐, 그 사건에는 다른 배후가 있
었던 게 아니냐, 그리고 그 배후가 삼억 엔을 통째로 먹어버린

게 아니냐는 말이 떠돌았어. 원래 그 도둑맞은 삼억도 긴토은행의 상층부와 야쿠자가 관련된 검은 돈이었다는 얘기도 있고."

"그렇게 뒷얘기가 무성하면 오히려 재미없어. 영화도 아니면서."

"원래 영화 같은 범죄라서 그래. 십팔 년 전 일본에서 라이플 총을 쏘는 강도 사건이란 매우 드문 일이었으니까. 기껏해야 모형 총 정도였지. 후추 사건만큼의 임팩트는 없었다 쳐도 금액이 삼억인 데다 마지막엔 추격전을 벌이다 화염에 휩싸였잖아? 범죄도 단숨에 국제 수준이 됐다느니 글로벌스탠더드가 어쩌니, 하는 말도 나왔었지."

"데쓰야 씨, 말이야."

미사는 그릇 바닥에 고여 있던 얼음이 녹은 물을 다 마시고는 혀로 입술을 깨끗이 핥고 말했다.

"역시 은행원 그만두지 않았으면 좋았을 텐데."

"뭐야?"

"은행 관련 얘기가 나오니까 힘이 팍 들어가잖아. 그렇게 피가 끓어?"

"바보. 그런 게 아니야."

데쓰야는 빙수 그릇을 내던지고 담배를 꺼내면서 입 속에서 반복했다.

"그런 게 아니라고……."

3장

우는 고양이는
쥐를 못 잡는다

1

　"……보내드린 곡은 라벨의 〈밤의 가스파르〉였습니다. 오늘은 조금 한기가 느껴지는 이야기로 특집방송을 보내드렸는데요, 시각은 이제 곧 두 시, 헤어질 시간이 됐습니다. 오늘 하루도 더위에 녹초가 되었을 하자키의 여러분, 조금 시원해지셨나요? 그럼 오늘은 이만. 76.6메가헤르츠, 하자키 FM 방송 〈한여름의 오후〉, 디제이 와타나베 지아키였습니다."

　하라 아카네는 라디오 스위치를 껐다.

　팔짱을 끼고 일어나 칠을 끝낸 회반죽벽을 날카로운 눈빛으로 점검했다. 그러고 나서 비슬비슬 바닥에 주저앉아 아이스박스로 손을 뻗어 페트병 콜라를 꺼내 꿀꺽꿀꺽 마셨다.

　지, 지쳤어.

　몸 여기저기서 비명을 질러댔다. 무더위에 머리 꼭대기부터 발바닥까지 온몸이 땀으로 끈적거렸다. 여기서 뭘 하고 있는 거지, 하는 생각이 저절로 났다. 내가 살 집을 나 스스로 수리한다. 페인트를 벗겨내고 니스를 바르고 오래된 다다미를 들어내 바닥재를 깔고 못을 박고 모래벽을 벗기고 회반죽을 바른다. 최근 유행하는 슬로 라이프를 실제 생활 속에서 하는 건 잡지 기사로 볼 때는 정말로 멋있지만, 지금 같은 한여름엔, 특히 서른여덟 살짜리 여자에게는 허리가 휘는 중노동이다.

뭐, 목수 일쯤은 그래도 나아. 조금씩이긴 하지만 성과가 눈에 보이니까. 문제는 자재의 반입과 반출이었다. 전에 하자키 본토에서 비슷하게 오래된 민가를 개축했을 때는 그래도 좀 나았다. 홈 센터까지 차로 한달음이면 갈 수 있었다. 쓰레기는 재활용 센터에서 가지러 와줬다. 그러나 고양이섬에서는 모든 것이 다르다. 나무판 한 장 가지고 들어오려 해도 배편을 수배해야 하고 쓰레기도 맞은편의 고양이섬 해안까지 직접 날라 가야 한다. 모아서 한꺼번에 내가자고 생각해서 뜯어낸 낡은 건축자재들을 다다미와 함께 쌓아놓았더니 어느 틈에 고양이들의 공중화장실이 되어버렸다.

이렇게 쉬고 있는 지금도 어디랄 것 없이 온 집 안에 강렬한 냄새가 떠돈다. 거세된 수컷 고양이는 발정이 나지 않는다고 알고 있었는데 어쩌면 멀쩡한 고양이가 남아 있는지도 모르겠다.

정말 난 여기서 뭘 하고 있는 걸까.

고양이 같은 거 좋아하지도 않는 데다, 특별히 아름다운 것도 아닌 낡은 민박집을 살 만하게 고쳐보겠다고 땀을 물처럼 흘리며 이렇게 끙끙대다니. 머리가 어떻게 됐나 보다.

이런 날은 수영복 입고 헤엄을 친 다음 흐물흐물해질 때까지 푹 끓인 어묵에 겨자를 듬뿍 찍어 먹고 툇마루에 누워 낮잠을 자야 하는 건데.

축 늘어져 있던 하라 아카네의 눈이 갑자기 반짝반짝 빛을 냈다.

그래, 툇마루를 만들면 어떨까. 복도의 폭을 넓히고 창을 좀 더 크게 만드는 거야. 맑은 날에는 방석과 상을 내놓고 거기서 차를 마시는 거야. 할머니의 보라색 기모노를 뜯어 작은 방석을 몇 개 만들어도 좋겠다.

물휴지로 손을 닦고 스케치북에 대충 완성된 툇마루를 그려 봤다. 처마 끝에는 양치류를 놓고 오래된 화로를 수반으로 쓰자. 동향이니까 오후에는 그늘이 져서 서늘하고 좋을 거야.

그림을 다 그리고 나니 기분이 확 좋아져서 아이스박스에서 샌드위치를 꺼냈다. 피곤이 지나친 탓인지 공복이 느껴지지 않았다. 하지만 일단 입에 대자 고양이섬 민박집의 요리사 쓰루코가 자랑하는 특제 샌드위치—하자키 목장의 로스트비프와 홈메이드 치즈, 신선한 양상추와 토마토, 쓰루코 씨가 직접 만든 마요네즈, 서양 고추냉이, 머스터드 등을 고양이섬에 단 하나뿐인 베이커리 '체셔캐츠 치즈'의 빵에 끼운 뛰어난 제품—는 놀랄 정도로 맛있었다. 아카네는 게걸스럽게 먹어치웠다.

적어도 이 섬에는 제대로 된 식사라는 것이 있다.

그때 갑자기 다리에 뭔가가 휘감겨 오는 게 느껴져서 아카네
는 펄쩍 튀어 올랐다. 다리에는 걸레가 딱 달라붙어 있었다. 걸
레는 움찔움찔 몸을 일으켜 미심쩍다는 듯이 아카네를 보고 야
옹 했다.

"뭐야, 너 고양이니? 정말 더러운 고양이구나."

"너무해!"

아카네는 다시 한번 튀어 오르려다 정신을 차렸다.

"놀라게 좀 하지 마. 교코야."

"놀라게 하다니, 뭘요?"

교코는 양손에 소프트크림을 든 모습으로 어깨를 으쓱하고는
천진난만을 가장한 웃음을 지어 보였다.

"정말 고양이가 말한 줄 안 거예요?"

"아니."

아카네는 교코가 내민 소프트크림을 낚아챘다. 하자키 목장의
신선한 우유로 만든 크림에는 유지방이 이래도 먹을 테냐 할 정
도로 잔뜩 포함되어 있다. 메이플 시럽과 설탕까지 듬뿍 사용한
바삭바삭한 와플 타입의 소프트크림. 하자키 토박이 아가씨들은
모두 이 소프트크림을 포기하기만 해도 한 달에 살이 삼 킬로그
램은 확실히 빠진다는 걸 안다. 다만 그걸 실행할 수 있는 아가

씨가 거의 없을 뿐.

"오늘의 스페셜 아이스크림은 모카랑 바닐라가 섞인 건데, 꼭 애 같네요."

교코가 소프트크림을 먹으며 걸레 같은 고양이를 내려다봤다. 고양이는 가련한 소리로 울면서 아카네의 청바지 무릎에 발톱을 걸고 일어섰다. 아카네는 샌드위치가 들었던 케이스에 소프트크림을 반쯤 담아 바닥에 놓아주었다. 고양이는 한입 핥아보더니 이게 웬 떡이냐는 듯이 야옹을 연발하며 게걸스럽게 핥기 시작했다.

"분명 얼마 안 있어 고양이가 은혜를 갚을 거예요."

교코가 생각에 잠긴 듯한 태도로 말했다.

"고양이가 은혜를 갚는다고? 그게 뭔데?"

"고양이섬에 살겠다는 사람이 고양이의 보은을 모르다니."

"부모님이 동물을 싫어해서 키워본 적이 없거든."

"그래도 얘기를 들어보긴 했을 거 아니에요. 아침에 현관문을 열었더니 친절을 베풀었던 고양이가 감사 표시로 가지고 온 선물이 놓여 있더라, 하는 얘기. 쥐, 참새, 박쥐 기타 등등의 사체."

고양이가 얼굴을 들고 눈을 번쩍 빛냈다.

"왠지 우리 친척 아줌마 같아."

"네?"

"그 집 아이 입학식이나 성인식 때, 병문안을 갈 때, 선물을 들고 가면 그 보답으로 꼭 자기가 직접 만든 물건을 보내와. 지점토로 만든 브로치라든가 딱딱해서 씹을 수 없는 파운드케이크라든가."

교코는 깔깔깔 웃다가 소프트크림에 사레가 들렸다.

"그런데 가게는 어떻게 하고 온 거니?"

"미사 언니가 보고 있어요. 아, 아카네 아줌마는 모르죠? 모리시타 미사라고 고양이섬 신사 신관님의 손녀딸. 내가 초등학교 일 학년, 미사 언니가 육 학년일 때 서로 손잡고 하자키 서해안 초등학교에 다니던 사이예요. 남편하고 둘이 고양이섬 신사에 기거 중인데 용돈벌이로 할 만한 일을 달라기에."

"그랬구나. 하지만 전에는 이 민박집 원래 주인의 손자라고 했나, 같은 반 남자애한테 부탁했다고 하지 않았어?"

교코가 소프트크림 먹던 손을 멈췄다. 하라 아카네는 내심 미소를 지으며, 겉으로는 모르는 척 더 파고들었다.

"쓰루코 씨 말로는 교코 네가 6월 말 수학여행에서 돌아온 뒤로 그 남자애 얘기를 절대로 안 한다면서? 수학여행 가서 무슨 일이 있었니?"

"아무 일도 없었어요. 게다가 고테쓰는 내 남자 친구도 아니고."

아카네는 교코의 얼굴을 보고 그 이상 추궁하지 않기로 했다.

"뭐 어찌 됐건 간에 아르바이트할 사람이 생겨서 잘됐네. 덕분에 교코가 가게 보는 일에서 해방되어 하라 아카네 화백에게 손수 먹을 것을 갖다주러 왔다는 얘긴데."

"네, 맞아요. 티셔츠가 아주 잘 팔려서요. 요전번에 그려주셨던 일러스트로 좀 더 찍고 싶은데."

"좋을 대로 해. 일러스트 값은 이미 받았으니까. 그런데 어느게 제일 잘 팔렸지?"

"이거."

교코는 자기 가슴을 가리켰다. 고양이가 산처럼 쌓인 책더미 옆에 앉아 책을 펼치고 뭔가 생각에 잠겨 있는 도안이다.

"실은 우리 옆집인 캐츠 앤드 북스의 시게코 씨가 마음에 든다면서 갑자기 다섯 장을 사 갔어요. 아는 사람한테 나눠준다나, 그래서 생각한 건데, 티셔츠만이 아니라 가방도 만들어볼까 해요. 이 무늬라면 고양이를 좋아하는 사람뿐 아니라 책을 좋아하는 사람에게도 어필할 수 있잖아요. 책을 넣을 수 있는 두껍고 튼튼한 천주머니에 이걸 인쇄해서 가격은 삼천오백 엔 정도로 하면 어떨까요?"

"난 상관없어. 해봐."

"오케이."

교코는 쭉 뻗은 다리를 펴며 뛰어올랐다. 하라 아카네는 조금 복잡한 심경으로 그런 교코를 바라봤다. 티셔츠에 무릎께에서 자른 낡은 청바지, 고무 슬리퍼. 머리는 색색의 고무줄 여러 개로 여기저기 아무렇게나 묶고 얼굴은 햇볕에 타서 새카맣다. 열일곱 살 때는 나도 이랬을 것이다. 아침에 일어나 얼굴을 씻고 나서 우선 선 크림을 온몸에 처바르지 않으면 안 되는, 그런 미래가 기다리고 있을 줄은 꿈에도 몰랐다.

"……그런데, 고등학생이 장사 잘하네."

"삼억에는 훨씬 못 미치지만요."

중얼거리듯 말한 뒤에 교코는 입을 꽉 다물었다. 하지만 바로 웃는 얼굴이 되어 늘 입고 있는 살롱 에이프런을 잡아당겨 보였다.

"그래서 부탁드리는 건데요. 아카네 아줌마. '하자키 캔버스' 사장님과 아는 사이라고 하셨죠. 이 앞치마도 거기 천으로 만든 건데, 탄탄하고 빨면 빨수록 촉감이 좋아져서 마음에 들어요. 소개해주지 않을래요?"

아카네의 얼굴이 한순간 무표정해졌다. 하지만 바로 웃는 얼굴이 되었다.

"곤도 씨? 전화해줄게. 밤에라도 괜찮다면 말이지만. 도대체가 그 녀석 여름에는 어디 있는지조차 알기 힘들어."

"왜요?"

"푸른 바다, 마린바이크, 예쁜 비키니 아가씨들."

"하자키의 남자들은 다 똑같아요."

"튀어나온 배를 집어넣을 웨트슈트는 필수품이지."

"사장님은 몇 살이에요?"

"나랑 동갑. 서른여덟."

"그 나이에 여자한테 작업을요?"

교코는 믿을 수 없다는 듯 말했다. 아카네는 불끈했다. 서른여덟이 작업을 하면 이상한 거구나, 열일곱한테는.

하긴 나도 열일곱 때는 비슷한 생각을 했을 것이다.

"그럼, 슬슬 가볼게요."

"가게 보는 일, 교대해야지?"

"런치 타임 설거지, 커피 타임 손님 접대, 저녁 식사 장보기. 할 일이 산더미 같아요. 그럼 나중에 봐요, 아카네 아줌마. 바닐라도 또 보자."

고양이가 얼굴을 들고 야옹 하고 대답했다.

"잠깐만. 뭐야, 바닐라라니."

"그 녀석 이름이요. 지금 정했어요. 하여간 정해졌어요."

"고양이한테 이름 같은 걸 붙이면 여기 눌러앉을지도 모르잖아."

"대답한 건 고양이예요. 불만이 있으면 그 녀석한테 말해요."

교코는 긴 팔다리를 휘적거리며 마당을 뛰어나갔다.

하라 아카네는 고양이를 내려다봤다. 고양이는 소프트크림을 깨끗이 먹어치우고 만족한 듯 위를 향해 누워 등을 바닥판에 비벼댔다.

나무를 깔 작정이었는데 타일 쪽이 나을지도 모르겠어. 고양이가 걷기 힘들 매끈매끈한 타일.

고양이는 아카네의 생각을 다 들여다봤다는 듯이 큰 눈동자로 아카네를 뚫어져라 바라봤다. 그러고는 느린 발걸음으로 방구석으로 가서 지렛대를 가져와도 꼼짝 안 하겠다는 듯이 듬직이 자리 잡고 앉았다.

아이구야.

하라 아카네는 소프트크림을 담았던 종이 냅킨을 구겨 던지고 새로운 회반죽을 만들기 시작했다.

2

고양이, 고양이, 고양이가 우글우글!

오후, 쨍쨍 내리쬐는 햇볕 아래의 고양이섬 메인스트리트는 활기가 넘쳤다. 길 양쪽으로 늘어선 선물 가게에는 온갖 종류의 고양이 상품이 진열되어 있고 그늘에는 진짜 고양이가 축 늘어져 자고 있다. 오가는 사람들의 얼굴은 더위 때문에 대부분 느슨해진 상태다. 여기저기서 카메라와 휴대전화 셔터 소리가 울렸고, 사람들은 소프트크림이나 선물 가게 봉지를 안고 귀찮아하는 고양이를 상대로 말도 안 되는 소리를 해댔다. 고양이섬은 예전보다 제법 땟국물을 벗은 듯했다. 할아버지 할머니가 살아 계시던 시절과는 천양지차. 고양이섬에서 여자를 꼬이는 일은 있어도 섬 중심부에 발을 들여놓는 건 스가노 고테쓰에게 꽤 오래간만의 일이었다. 그는 놀라서 주위를 둘러봤다.

옛날에는 민박이 정말 민박이라서 필시 이불이 눅눅할 거라고 생각하게 하는 외관을 하고 있었다. 식당 앞에는 밀랍으로 만든 음식 모형이 먼지를 뒤집어쓴 채 놓여 있었고, 입구는 들어가기 불편해 보였고, 가게 안은 어두웠다. 선물 가게에는 색 바랜 페넌트와 장기말 모양을 한 장식품, 민예품과 어디서 본 듯한 죽세공품, 귀이개 등이 진열돼 있었다. 그런데 지금은.

"설마, 이렇게 변했을 줄이야. 정말 몰랐어요."

고테쓰는 나란히 걷는 고마지에게 속삭였다. 고마지는 대답 대신에 굉장한 소리를 내며 코를 풀었다.

개중에는 옛날 모습 그대로인 민박도 있지만, 대부분은 대나무와 전통적인 일본 종이와 돌로 만든 일본풍 외장으로 바뀌었다. 식당도 마찬가지. 전에는 '고양이섬 다방'이었던 곳이 지금은 '모카 고양이 카페'라는 이름으로 바뀌었다. 가게 이름만이 아니다. 창과 문에 필터를 붙여놓아서 어둠침침하고 들어가기 불편하게 느껴졌던 가게가 밝고 모던한 분위기로 바뀌었고, 가게 안에는 젊은 여자들이 가득했다. 카운터에 있는 폴로셔츠 차림의 아저씨와 모카색 고양이는 예전 그대로건만.

무엇보다 놀라운 것은 선물 가게. '고양이 손', 'G선상의 고양이', '캐츠 앤드 북스' 등 고양이 상품 가게가 세 채나 있다.

고양이 손 앞에는 시큰둥한 간판 고양이가 앉아 있고 그 뒤에는 그 녀석이 고양이 전문 잡지에 게재된 기사가 여러 장 붙어 있었다.

고테쓰는 고양이섬 민박집을 힐끗 바라봤다. 이곳만큼은 낡아빠진 서양식 민박 그대로였고 돈이 없는 티가 팍팍 났다. 청결하지만 뭔가 한 가지 색채를 결여하고 있었다. 간판도 가장자리는 칠이 벗겨졌고 구석에 놓인 고양이 그림 역시 색이 바래 꼭 유령처럼 뿌예져 있었다.

고양이섬 민박집의 선물 코너 의자에 의욕이 없어 보이는 젊은 여자 하나가 축 늘어져 앉아 있는 게 보였다. 고양이섬 신사의 모리시타 미사였다. 섬에 돌아와 있을 줄은 몰랐다.

그 옆 미니 카운터에는 스기우라 교코가 있었다. 고양이 그림의 티셔츠에 무릎까지 오는 청바지를 입고 살롱 에이프런을 두른 그녀가 이마의 땀을 닦고 생긋 웃으며 아이에게 작은 소프트크림을 건네주었다. 시원시원한 동작으로 거스름돈을 꺼내 활기찬 목소리로 "고맙습니다" 하고는 아이에게 손을 흔들었다. 그리고 바로 다음 손님을 돌아본다. 일 잘하고 사람 좋고 맵시 있는 하자키 여자아이의 전형이다.

쳇.

본래는 함께 가게를 볼 예정이었다. 그리고 가게 보는 일이 끝나면…… 수학여행에서의 사건만 없었다면.

고테쓰는 교코에게서 시선을 거두고 고양이섬 민박집 옆 가게를 향했다.

캐츠 앤드 북스는 영국 분위기를 풍겼다. 입구에는 영국 선술집 간판을 그대로 흉내 낸, 고양이가 책을 읽는 그림이 그려진 간판이 바람에 흔들리고 있었다. 창틀은 차분한 붉은색. 창틀 바깥쪽으로 나란히 놓인 화분들. 조금 기운 나무 문. 그리고 문 너머에는 기울 정도로 책이 쌓인 선반이 있고, 유리 제품, 나무 제품, 도자기, 주석 제품, 봉제 인형, 그리고 장소가 비좁을 정도로 빼곡히 진열된 고양이 인형들이 보였다.

쇼핑객이 두 종류의 고양이 북엔드를 살펴보며 어느 쪽을 살까 심사숙고 중이었다. 고테쓰는 방해가 되지 않게 살그머니 책꽂이로 다가갔다. 여기서 다루는 건 말할 것도 없이 고양이 관련 서적뿐이다. 아래 칸에는 고양이 사진집. 맨 위에는 닥터 헤리엇, 다이부쓰 지로, 보드레일, 야나기세 나오키, 가와노부 이치로, 니키 에쓰코, 요시다 루이코, 마쓰모토 게이코, 아카가와 지로, 시바타 요시키 등의 고양이 책. 최근 유행하는 고양이 만화 종류는 거의 없지만 P. D. 제임스나 하인라인, 크리스티아나 브랜드 등의 외국 소설이 눈에 띈다. 고양이가 나오는 작품들일 거다.

손님은 드디어 북엔드를 한 세트 사서 나갔다. 고테쓰는 밖에서 기다리고 있던 고마지에게 신호를 하고 카운터로 다가갔다.

카운터 너머로는 지금은 앤티크 숍에서도 찾아보기 어려운 오래된 계산기, 그리고 역시 그만큼 오래된 워드프로세서가 보였다. 워드프로세서와 옆에 놓인 고양이 모양 전원 보드, 두 군데 다 흘려쓴 색색의 포스트잇 메모지가 붙어 있는 게 꼭 꽃밭 같았다.

포스트잇에 둘러싸인 좁은 공간에 푸석푸석한 백발의 여성이 앉아 있었다. 그 여자―이 가게의 주인, 에로틱 로맨스 번역가 미타무라 시게코―는 고테쓰를 보자마자 이를 드러내며 웃었다.

"어머나, 고테쓰구나. 마침 잘 왔다. 너 음모陰毛를 고급스러운 단어로 한번 말해봐."

고테쓰는 아연해져서 말문이 막혔다.

"뭐…… 뭘 고급스러운 단어로 하라고요?"

"음모 말이야, 음모. 매일매일 여자아이를 꼬여서 절벽 아래 구석진 곳으로 데려가는 거, 다 알아. 너라면 매끄럽고 부드럽게 속절없이 흔들리는 언더헤어를 여자아이가 화내지 않게 뭐라고 부르겠니?"

"미성년자에게 하는 질문인가요, 그게?"

"어쩔 수 없잖니. 편집자가 고급스러운 말로 바꾸라고 하니. 아, 정말 뭐가 고급스럽다는 거야. 이런 여성용 포르노에서 품위 같은 건 왜 찾아?"

미타무라 시게코는 갑자기 손을 뻗어 푸석푸석한 머리를 쥐어 뜯었다. 다음 순간 백발이 야옹 하고 울더니 이쪽으로 다가왔다.

파란색과 금색, 좌우 눈 색깔이 다르다. 푹석푹석한 긴 털의 이 하얀 고양이가 미타무라 시게코의 머리 바로 위에 있는 선반에서 앞발과 뒷발을 척 늘어뜨리고 자고 있었던 거다.

고테쓰의 뒤에서 고마지 형사반장이 재채기를 했다. 미타무라 시게코는 목에 늘어뜨렸던 안경을 끼고 고마지를 뚫어져라 바라봤다.

"고양이 알레르기인 사람이 고양이섬에서 뭘 하고 있는 거죠?"

"형사님이에요."

"그래, 사건이라도 났니?"

미타무라 시게코가 호기심이 동한 듯 몸을 앞으로 내밀었다.

"오늘은 휴일이라서 부인에게 봉사하는 차원에서 함께 오신 거래요."

"뭐야, 김빠지네."

"하지만 저기서 내가."

고테쓰는 고양이 사건의 전말을 대충 설명했다. 미타무라 시게코의 얼굴이 진지해졌다. 고양이섬에서 고양이가 칼에 찔렸다는 건 농담으로 끝날 얘기가 아니다. 그게 비록 이미 죽은 고양이라 하더라도 말이다.

"흐음, 그거 보통 일이 아니군. 뭐든 협력할 테니 물어보세요."

"이 고양이를 본 기억이 있습니까?"

미타무라 시게코는 고개를 돌린 채 턱시도 고양이를 받아들었다.

"이거라면 우리 집에도 놔뒀었어요. 지금은 다 팔려서 없지만. 요코하마 쪽의 인형집에서 영업 사원이 가지고 온 상품인데 분명히 말해서 싸구려예요."

"고양이 가죽인데 싸구려라고요?"

재채기와 콧물에 전전긍긍하느라 말도 제대로 못 하는 고마지를 대신해서 고테쓰가 질문했다. 미타무라 시게코는 코웃음 쳤다.

"고양이 가죽? 이게? 농담하지 마. 중국제 아크릴이야. 한 개에 천이백 엔이야. 고양이 알레르기인 형사님이 진짜와 가짜를 구별 못 하는 건 어쩔 수 없다 치고, 고양이섬에서 자란 고테쓰 네가 이런 것에 속다니, 이해가 안 가네."

"글쎄, 증거물이라 난 안 만졌거든요."

고테쓰가 우물쭈물 변명하는 걸 무시하고, 시게코는 다음으로 나아갔다.

"그런데 왜 나이프에 찔린 거지?"

"그걸 알고 싶은 건데요."

"최근에 누군가 이 고양이를…… 엣취!"

"사지 않았나요?"

고테쓰가 고마지의 말을 마무리 지었다. 미타무라 시게코는 어깨를 으쓱했다.

"그야 산 사람이 있으니까 여기 없는 거지요. 열 개를 구입해서 가게 앞 바구니에 넣어뒀는데 차례차례 팔렸어요. 한 번에 세 개나 산 사람도 있어요. 이 더운 날씨에 몸에 쫙 달라붙는 검은 바지를 입은 징그러운 느낌의 라틴계 남자였는데."

"라틴계? 그럼 스페인 사람이?"

"아니요. 일본인이에요. 일본인이라면 일본 남자답게 징 박은 짚신이라도 신고 있을 것이지, 에나멜 구두에 머리도 딱 달라붙게 빗고 셔츠 단추를 네 개나 풀어헤쳤더라고요. 그럴 거면 차라리 다 벗는 게 나아요. 보기만 해도 덥게시리. 바지는 주머니까지 착 달라붙어서 지갑 말고는 아무것도 안 들어갈 것 같았어요. 그래서인지, 천이백 엔짜리 고양이 세 마리에 고양이섬 관광 지도를 한 장 사면서 사천 엔을 내기에 거스름돈으로 이백오십 엔을 건네주려 했더니 자기는 잔돈은 가지고 다니지 않는 주의라나 뭐라나 하면서 그냥 놔두라고 하잖아요."

"그건 현재 해기…… 에엣취!"

"그거 언제 얘긴가요?"

"그저께야. 로잔느가 알베르토를 스토킹해서 침대에 묶는 장면이었으니까."

"……네?"

"번역 중인 에로틱 로맨스 얘기란다, 꼬마야. 그걸 번역하고 있는데 정말 알베르토로 착각할 만한 사람이 가게로 들어온 거야. 고양이를 안고 말이지. 뭐, 물건을 사줬으니까 나야 좋지만."

"이상하지 않아요? 그 에로틱 알베르토가 고양이 인형을 세 개나 사다니."

"그야 어디로 보든 아이 셋을 둔 상냥한 아빠로는 보이지 않았지만, 사람은 겉보기하고는 다른 법이거든. 로잔느도 5장에서 헨리의 아이를 임신해놓고는 엉뚱하게 알베르토와 고난도 베드신을 연기하기도 하니까. 어쨌든 고양이섬에 올 정도니까 고양이를 좋아하는 거겠지. 남자가 수다쟁이였어. 이 섬의 고양이에 대해 이것저것 듣고 싶어 했고. 내가 그 고양이 인형 뭐에 쓸 거유, 하고 손님한테 물을 수는 없잖아. 고양이 인형의 용도야 뭐, 데리고 자든가 장식해두든가 그런 거 아닐까."

고마지가 손수건으로 입을 막은 채로 뭐라고 중얼중얼거렸으나 고테쓰는 알아들을 수 없었다. 미타무라 시게코는 미간을 찌푸리고, 혹시 아느냐며 얘기를 계속했다.

"옆에 간논시 외곽에 고양이 절이라는 게 만들어졌대. 애완동물 전문 장의사가 엉터리로 만든 사기성 짙은 절인데 그 절 앞에 고양이 마을을 만들자는 계획이 있다나 봐."

"고양이 마을이요? 이제 와서 새삼스럽다는 느낌이네. 애완동물 붐도 슬슬 가라앉는 중 아닌가요?"

"개발업자들에게 유행을 만들어낼 능력 같은 걸 기대하면 안돼. 남의 능력을 사기 쳐서 자기 것으로 만드는 사람들이니까. 어쨌든 고양이 마을을 만들고자 한다면 고양이섬은 방해물이지. 내가 말하고 싶은 게 뭔지 알겠지?"

"하지만 아직 완성도 안 됐잖아요, 그 고양이 마을. 그런데 벌써 고양이섬 평판을 떨어뜨리려고 할까요?"

"나는 아는 걸 애기했을 뿐이야. 고테쓰, 해석은 스스로 하거라. 고양이 인형을 나이프로 찌른 데는 나름대로 이유가 있었겠지. 세상에는 정신 나간 녀석들도 많지만 그 녀석들도 이보다는 나은 짓을 하지 않을까. 인터넷에서 남의 흉을 본다든가 여자를 습격한다든가 진짜 고양이를 죽인다든가 하는."

미타무라 시게코는 위험한 발언을 한 뒤에 문득 칼에 눈길을 줬다.

"이 나이프 어디서 본 것 같은데."

그건 버터플라이 나이프였다. 하자키에 오는 육지족—하자키산을 도는 하이패스 도로가 마음에 들어 그곳을 달리는 폭주족—이 흔히 이런 걸 갖고 돌아다닌다. 단, 손잡이 부분이 격자라 틈새가 있는 게 조금 보기 드문 물건 같았다. 상대를 쫄게 만들 목적의 칼이라면 거칠고 단단한 쪽을 선호할 테니까. 이 나이프는 멋을 부린 게 여성적으로 보인다.

"나도 하나 갖고 싶은데요. 이런 거."

"그만둬, 자기 손가락이나 자르려고. 맞다. 하자키 히가시긴자 상점가에 '폴 오스터'라는 흡연 도구 전문점이 있는데, 혹시 아니? '진달래 고서점'이라는 책방 세 집 앞의 가게."

"쇼윈도에 오리지널 지포 라이터만 여러 개 장식해놨죠. 옛날에는 '다하타 흡연 도구상'이라는 이름 아니었나요?"

"삼 년 전에 둘째 아들이 뒤를 이은 후 가게 이름을 바꾼 걸 거야. 오리지널 지포 디자인은 그 아들이 하거든. 올봄에 고양이 지포를 몇 개 만들어달라고 부탁했지. 이봐. 그 아래 케이스에 들어 있어."

고테쓰는 시게코가 가리키는 쪽을 봤다. 파도 타는 고양이를 그린 노란색 바탕의 지포가 하나, 에나멜로 유러피언쇼트헤어와 스코티시폴드를 그린 것이 각각 하나씩. 모두 다 칠천 엔의 가격 표가 붙어 있었다.

"가게 장식으로 놓아둘 생각이었는데 의외로 잘 팔리더라고. 파도 타는 고양이는 다섯 가지 색깔. 아메리칸쇼트헤어랑 샴이 랑 삼색 고양이도 여러 개가 있었는데, 이제 이 세 개밖에 안 남 았어……. 그런 것보다. 그 가게는 아들이 물려받고 나서 나이프 도 다룬다고 들었어. 이런 멋스러운 나이프 말이야."

"그럼 이 나이프도 그 가게의?"

"거기까지는 난 몰라."

미타무라 시게코는 끊임없이 재채기를 해대다 결국 얼굴까지 부어오른 고마지를 안됐다는 듯이 바라보다 카운터 아래에서 약 상자를 꺼냈다.

"항히스타민계 안약이라우. 비염약도 있고요. 괜찮으면 써요."

3

고마지와 고테쓰는 가게를 나와 메인스트리트를 따라 바다 쪽으로 걸어 내려갔다. 선착장에 도착할 때쯤 폴리스 고양이 DC가 느릿느릿 파출소에서 나오는 것이 보였다. 주위 팬들의 환성을 묵살하고 큰 걸음으로 천천히 다가온 DC는 고마지를 보자 거리를 두고 유연한 폼으로 고개를 끄덕이더니 순찰이라도 나갈 작정인지 고양이섬 메인스트리트를 향해 방향을 바꿨다.

둘은 그 뒷모습을 바라보고는 선착장 아래로 내려갔다. 마침 바닷물이 빠지는 간조 시간이라 고양이섬을 향해 신나게 걸어오는 관광객들로 갯벌은 통근 시간 때의 터미널만큼이나 혼잡스러웠다. 고마지는 고양이섬에서 멀어지자 순식간에 기운을 되찾았다.

"형사님, 어디 가서 점심 안 드실래요? 벌써 두 시 반이에요. 배가 고파 쓰러지겠어요."

"같이 와달라고 한 기억 없는데."

"오지 말라고도 안 하셨어요."

"그건 그래. 바다의 집에서 라면 정도는 먹여줄 수 있지."

둘은 맞은편 해안의 바다의 집 한 곳에 자리를 잡았다. 아저씨와 아줌마 단둘이서 일하는 아주 클래식한 타입의 바다의 집이었다.

"한 가지 질문해도 되나요?"

어묵에 김에 죽순, 신기에 가까울 정도로 얇게 썬 차사오(돼지 고기를 향료가 든 양념장에 쟀다가 구운 중국 요리—옮긴이)가 들어간 간장 맛 라면이다. 클래식한 라면을 후루룩거리며 고테쓰가 물었다.

"뭔데?"

"쉬는 날이라면서 고양이 한 마리를 갖고 어째서 그렇게 열심인 거죠?"

"이 소동을 시작한 건 너일 텐데."

"그야 뭐, 그렇지만."

고테쓰는 굉장한 기세로 라면을 후루룩거리는 고마지의 손을 바라보다 말했다.

"결국 고양이는 가짜였군요. 박제가 아니니 가죽도 진짜를 벗긴 게 아니고요. 그런데 왜 형사님은 재채기를 한 거죠?"

고마지의 손이 한순간 멈췄다. 그러나 바로 식사를 재개하면서 말했다.

"고양이 말고도 알레르기가 있어."

"그래요? 뭐죠?"

고마지는 그것에는 대답하지 않았다.

"넌 요즘 고등학생치곤 고운 말을 쓰는구나. 나나세 순경한테 좀 배우라고 하고 싶어."

"할아버지 할머니가 키워주셨거든요."

"민박을 했었다면서?"

"네. 손님 장사니까 바른 말을 쓰게 하셨어요, 할머니가. 뭐, 친구들하고는 존댓말 같은 거 안 쓰죠."

"두 분이 돌아가셔서 민박집을 판 건가?"

"우리 부모님은 처음부터 민박집을 할 마음 같은 건 없었으니까요. 내가 커서 뒤를 잇겠다고 하니까 할아버지 할머니도 기뻐하셨는데……. 어쩔 수 없죠. 민박 스가노는 생판 모르는 남의 손으로 넘어간걸요."

"지금은 고양이섬도 옛날보다 땅값이 올랐겠지?"

"아뇨. 고양이섬의 땅은 모두 고양이섬 신사 소유예요. 다른 주인은 모두 고양이섬 신사로부터 땅을 빌려 쓰는 것뿐이고요. 전해 들은 얘기론 고양이섬에 담수가 발견되고 전기가 들어오게 되어 사람들이 살기 시작하자, 고양이섬 신사의 선대 신관이 삼백 년간 가격을 올리지 않겠다는 조건으로 땅을 싸게 빌려줬대요. 그렇게라도 하지 않으면 아무도 살아줄 것 같지 않아서였겠지만요."

"흐음, 그랬군."

"건물은 본인 거니까 팔 수 있어요. 빌린 땅의 권리도 사고팔 수 있지만, 일단은 신사에다 권리를 되판 다음에 그걸 다시 신사가 살 사람에게 파는 거예요. 그렇기 때문에 신관님이 싫다고 하면 매매는 안 되는 거지요."

"그렇다면 와타누키 신관은 로열 할리우드 고양이섬 호텔이나 캣 아일랜드 리조트가 들어설 때 큰돈을 벌었겠네."

"글쎄요. 거기까지는 잘 몰라요. 하지만 토지를 빌려주는 걸로도 돈이 들어오는 건 틀림없어요. 좋은 팔자예요."

"정말 그렇군."

"그런데 형사님."

"질문은 하나만이라고 했잖아."

"아니, 그게 아니라요…… 형사님은 부인이랑 함께 오신 거 아니었나요?"

"큰일 났군."

고마지는 라면의 마지막 국물을 들이켜고는 손수건으로 이마의 땀을 닦았다.

"까맣게 잊고 있었어."

고마지 형사반장은 턱시도 고양이가 들어 있는 비닐봉지를 흔들흔들 늘어뜨리고 하자키 경찰서 생활안전과로 들어섰다. 피곤한 얼굴로 컴퓨터와 마주하고 있던 몇몇 서원이 일제히 얼굴을 들었다. 그중 한 명이 고마지를 향해 빙긋이 웃었다.

"오늘은 쉬는 날 아니었나요, 고마지 반장님?"

"그렇긴 한데 기미코 씨 얼굴이 보고 싶어서 말이야, 마누라를 따돌리고 왔어. 그렇게 서류 업무만 하고 있으면 엉덩이가 납작해질걸."

기미코 씨, 즉 후타무라 기미코 경위는 통통한 얼굴에 보조개를 만들었다.

"제발 그렇게 되면 좋겠어요. 아이 둘을 낳고부터는 작은 엉덩이하고는 인연이 없는걸요. 그럼 남편이 기뻐할 텐데."

"쉬는 날 보고 싶어서 일부러 들른 사람한테 그게 할 소리인가? 어쨌든 선물을 가져왔어."

"하자키 목장 특제 아이스크림? 아니면 '니세야'의 아이스 시모나인가요?"

고마지는 비닐봉지를 후타무라의 책상에 올려놓았다.

"어머나, 불쌍한 고양이네."

"조사해줘."

"왜요?"

"재채기가 나왔어."

후타무라는 잠자코 일어나서 보고용 상자를 가지고 돌아왔다. 얇은 장갑을 끼고 면봉으로 고양이 안쪽을 이리저리 훑은 다음 시약을 떨어뜨리고 기다렸다. 그리고 고마지의 얼굴을 봤다.

"딩동."

"마약이야?"

"마약 알레르기가 정말 있긴 하군요. 매번 그렇지만 감탄스러워요."

"내 코는 특제라니까."

"그렇긴 해도 고양이 인형에 메스암페타민을 채워서 거래하다니. 너무 낡은 수법이네요. 〈태양을 향해 외쳐라〉(1970년대 일본의 인기 형사 드라마―옮긴이) 시대도 아닌데."

"하지만 이 고양이에는 그리 많이 담지 못했을 거야. 공간이 작으니까. 기껏해야 다섯 팩 정도."

"고양이 인형을 가지고 있어도 이상하지 않을 아가씨들한테는 한 재산 될 양일지도 모르죠."

"그런데 알베르토로 짐작 가는 사람은?"

"……누구라고요?"

"라틴풍 패션의 일본인. 찰싹 붙인 머리에 가느다란 입수염, 거무스름한 피부, 셔츠 단추를."

"네 개 풀어헤친. 맞지요?"

"맞아."

후타무라는 컴퓨터 자판을 두드렸다. 드디어 화면에 니컬러스 케이지를 닮은 말상의 남자 얼굴이 나타났다.

"구와바라 모헤이…… 이거, 본명인가?"

"마약단속법 위반으로 두 번의 전과가 있어요. 첫 번째는 오 그램을 가지고 있어서 집행유예, 두 번째는 오십 그램 소지로 레벨 업, 징역 칠 년."

"아니, 이거 본명이냐고?"

104

"후쿠시마 교도소를 출소한 것이 올해 봄. 아니, 벌써 장사를 시작했단 거네? 요코하마에서 하자키로 장소를 바꾸다니, 시골 경찰이라고 우습게 보는 거야 뭐야?"

"정말로 이름이 모헤이냐고? 이 알베르토 군 말이야."

고마지는 컴퓨터 화면을 노려봤다.

"모헤이든 알베르토든 좋을 대로 부르면 되잖아요. 어쨌든 반드시 잡고야 말 테다."

"기세등등하군."

"그래, 어디서 발견했죠? 이 필로폰 고양이."

고마지는 경위를 설명했다. 후타무라는 얼굴을 찌푸렸다.

"위에 보고할게요. 고양이섬에서 고양이 인형을 이용한 마약 밀매라니 신문의 기삿거리로 딱이네요. 얼른 해결 못 하면 관광업으로 먹고사는 사람들이 서장님한테 들이닥칠 거예요. 여름 한철 바라고 일 년을 사는 거나 마찬가지니까요."

"서장한테는 딱 좋지 않나? 다이어트 중이라니."

"그런데 이 나이프는 알베르토 모헤이의 짓 같진 않은데요?"

후타무라가 나이프를 빼서 찬찬히 들여다보더니 나이프에 붙은 색깔 있는 섬유를 핀셋으로 집어내 증거품용 비닐봉지에 담으면서 물었다.

"그게 좀 걸려."

"감식반에 말해서 지문을 조사하도록 하지요."

"내 지문이 잔뜩 나올 텐데. 마구 만져댔으니."

"그럼, 이 섬유도."

"내 것일지도 몰라."

"고마지 반장님."

후타무라 기미코 경위가 다리를 꼬고 고마지를 노려봤다.

"남의 일을 복잡하게 만들어놓고 내심 좋아하는 거 아니에요?"

4장

고양이의 손이라도
빌리고 싶어

1

'고양이와 나이프' 사건이 일어나고 사흘이 지났다. 하자키는 아침부터 구름 하나 없이 쾌청했다. 여름 휴가철이 되면서 기온은 재빠르게 올라갔고 기상 캐스터는 열대야, 폭염, 최고기온 갱신 등을 전하며 연일 텔레비전에서 절규했다. 수도권의 대다수 사람들에게는 달갑지 않은 말이겠지만, 고양이섬이나 고양이섬 해안의 관광 관계자들은 일기예보를 들을 때마다 목구멍을 그르렁그르렁 울리지 않을 수 없었다. 하지만 어디든 삐딱한 사람은 있다.

고양이섬 부두에 캣 아일랜드 리조트의 입구가 있다. 그 옆에는 '고양이섬 관광 안내소'라는 간판이 내걸린 작은 집이 있는데, 그 주인은 어떤 훌륭한 상황에서라도 나쁜 면을 발견해내는데 천재였다. 이날도 아침부터 오두막 옆에 놓인 나무 벤치에 앉아 불평을 늘어놓고 있었다.

"옛날엔 말이지, 왕실의 별장이 하야마 같은 데가 아니라 이 고양이섬에 세워질 거란 얘기도 있었어. 아니?"

간판의 글자는 햇볕과 바닷바람에 색이 바래 주인의 머리카락만큼이나 부질없이 엷어져 딱 보기에도 초라한 풍정을 자아냈다. 가게 정면에는 탄산음료와 맥주가 든 냉장고가 놓여 있고, 테이블에는 고양이섬 특산품이라고 쓰인 미역과 잔멸치, 담배에 껌, 건전지와 일회용 카메라, 복고양이 핸드폰 줄, 그림엽서, 지도 등이 구차스럽게도 빈틈없이 놓여 있었다. 종이에 '고양이섬 관광선 티켓도 있습니다'라고 써 넣은 안내문은 햇볕에 타서 완전히 갈색이 되어 있었다.

"그렇게만 됐다면 오죽 좋았겠어. 아니, 분에 넘치는 소린 않겠어. 여기가 아니라 맞은편 해안 어딘가, 전망이 좋은 장소에 턱하니 세워주기만 했어도 좋았지. 그럼 그걸 따라서 별장족들이 이 주변에 차례차례 별장을 세웠을 거야. 그렇게만 됐다면 나도 좀 더 좋은 술을 마실 수 있었을 테고. 너도 좀 더 사치스러운 걸 받아먹을 수 있었을 텐데."

벤치에 몸을 한껏 뒤로 젖히고 앉은 주인에게, 바싹 마른 멸치를 앞에 둔 암컷 얼룩고양이가 아하함 하고 큰 하품으로 대답했다. 말로야 뭘 못 해. 고양이는 그렇게 말하는 것 같았지만, 주인은 불평을 들어줄 유일한 상대가 무슨 생각을 하는지에 대해서는 전혀 개의치 않고 계속했다.

"십오 년 전에 본토에 온천이 나왔을 때도 그래. 난 처음부터 그랬어. 뭐가 고양이섬 해안 온천이냐, 뭐가 해수욕객 상대 공동목욕탕이냐. 할 거면 유행을 따라서 고양이섬 스파랜드라고 이름을 붙이고 필리핀 댄서를 데려다놓고 노래방 설비를 갖추고 스트립 극장을 만들거나 온천에 아가씨를 부를 수 있게 해서. 응? 그렇게 하면 손님도 많이 모여들었을 거 아니야. 그걸 무슨, 천박하다느니 케케묵었다느니 떠들어대는 족속들 때문에 모처럼의 아이디어가 꽝이 됐어. 이놈 저놈 다…… 아, 또야."

먼 데서 천둥이 치는 것 같은 낮은 굉음이 서서히 다가왔다. 주인과 얼룩고양이는 바다로 눈길을 주었다. 블루와 골드, 두 대의 마린바이크가 엄청난 폭음을 내면서 부두에 닿을 듯 말 듯 질주해갔다. 마린바이크를 탄 두 사람은 프로 레슬러가 쓰는 것 같은 마스크로 얼굴을 완전히 가리고 있었다.

수년 전부터 여름에서 가을까지 바다의 폭주족이라 불리는 마린바이크족이 다른 사람에게 미치는 민폐나 위험을 전혀 개의치 않고 나 잘났다는 식으로 설쳐대는 광경이 종종 눈에 띄게 되었다. 소음에 괴로워하는 지역 주민은 물론이고 지나가는 여행객조차 그들을 볼 때면, 제발 다른 사람들에게 폐 끼치지 말고 자기네들끼리 충돌해서 물에 빠져버려라, 하고 빌지 않을 수 없었는데, 미움 받는 자가 도리어 세상에서는 행세를 한다고, 다행인지 불행인지 아직껏 그런 사고는 일어나지 않았다.

주인과 얼룩고양이는 자기들을 놀리기라도 하듯 팔을 흔들며 순식간에 모퉁이를 돌아 섬 뒤쪽으로 사라져가는 오토바이를 멍하니 바라봤다. 눈앞의 해수면에 거품이 일고 폭음이 희미한 메아리로 돌아왔다.

"아이구야, 저 녀석들을 깨끗이 쓸어버릴 새 법률이라도 안 생기려나."

주인은 기지개를 켜고 작열하는 태양에 눈썹을 찌푸리더니 탄산음료를 한 병 집어 들어 목구멍으로 흘려 넣었다.

맞은편 고양이섬 해안으로부터 사람들이 신이 나서 외쳐대는 고성과 바다의 집에서 호객하는 소리가 들려왔다. 열 시가 지나 해수욕객이 제법 늘어났다. 하지만 고양이섬 선착장 주위는 삼십 분마다 오가는 왕복선이 손님들을 내려놓고 가버린 지 얼마 안 되어 한적했다. 바닷물이 밀려나가 길이 생기면 관광객이 삼삼오오 재미삼아 걸어서 섬으로 건너오겠지만 그때까지는 아직 몇 시간 남았다. 후지사와나 가마쿠라에서 오는 관광선이 이 선착장까지 손님을 날라 오는 것도 한 시간 후의 얘기다.

조용한 파도 소리. 멀리서 들려오는 환성. 솔개 울음소리. 어디선가 흘러오는 소라구이 냄새…….

"여름 바다, 세상은 아무 일 없다, 인가. 재미없는 얘기군."

주인이 볕에 타서 반짝반짝 빛나는 머리를 쓸어 올리며 안에 들어가 잠시 누울까 하고 생각했을 때, 멀어졌던 마린바이크의 폭음이 다시 다가왔다. 주인은 눈을 가늘게 뜨고 눈부시게 빛나는 바다를 바라봤다. 희미했던 폭음이 순식간에 방약무인 굉음으로 바뀌더니 마린바이크가 모습을 드러냈다. 아까는 두 대였는데 이번에는 한 대, 파란 마린바이크에 탄 건 금색 마스크를 쓴 쪽이었다. 그는 미친 듯이 팔을 흔들어댔다.

"뭐 하는 거지?"

주인은 벤치에 올려놓은 엉덩이를 움찔움찔 움직이며 얼룩고양이에게 말했다.

"아까 시끄럽게 한 것 가지고는 성에 안 찼나? 어떻게 된 거야, 도대체? 저런 고얀 놈을 봤나."

파란 마린바이크는 부두를 지나쳐 가다 턴해서 다시 돌아와서는 팔을 흔들어대고, 지나쳐 갔다가는 다시 돌아왔다. 주인과 얼룩고양이가 그 모습을 따라가며 고개를 오른쪽으로 왼쪽으로 돌리면서 멍청히 바라보고 있자니, 드디어 부두로 접근한 바이크에서 남자가 뛰어내리더니 굉장한 기세로 주인과 고양이에게로 달려왔다.

"오늘 더위는 한결 심한 것 같긴 하지만."

주인은 얼룩고양이에게 말했다.

"더위 탓이라기보다는 어디서 머리라도 얻어맞은 것 같지 않니? 어떠니?"

얼룩고양이는 야옹 하고 찬성의 뜻을 나타냈다.

그렇게 말하는 사이에도 마린바이크에 탔던 사람은 점점 더 팔을 크게 휘두르면서 이쪽으로 다가왔다. 아무래도 큰 소리로 뭐라고 외치는 것 같다는 걸 주인이 알아차렸을 때는 그 사내가 냉장고 앞에 버티고 선 뒤였다. 주인은 갑자기 장사꾼 표정을 지으며 재빨리 엉덩이를 의자에서 떼었다.

"어서 오세요. 뭘 드릴까요?"

남자는 프로 레슬러 마스크 속에서 말문이 막혔다가 드디어 무슨 소린지 울부짖었으나 주인도 얼룩고양이도 전혀 알아들을 수 없는 소리였다. 멍하니 입을 벌리고 선 사람과 고양이에게 남자는 다시 뭔가 말하려다 겨우 알아차리고 복면을 잡아 벗었다.

"사람이……."

남자는 기침을 하고 말하기 시작했다.

"저런 데서 사람이 왜 튀어나오냐고."

"네에."

주인은 상냥하게 대답했으나 내심 생각했다. 하도 시끄럽게 붕붕거리며 다니기에, 스무 살이나 그쯤 되는 철모르는 젊은 녀석인가 했는데, 이게 뭐야. 하 참. 얼굴은 늙었고 웨트슈트를 입은 배는 너구리같이 볼록 나왔네. 이거 슬슬 불혹의 나이 아닌가.

"응, 사람이 왜 튀어나오느냐고. 우린 어쩌라고."

당신이야말로, 하고 주인은 생각했다. 어떤 스트레스가 쌓였는지는 모르지만 나이깨나 먹어서 프로 레슬러 마스크나 쓰고 다니다니, 쯧쯧.

"어쨌든 경찰. 아니 구급차. 해상보안청, 소방대원, 자위대든 뭐든, 이럴 경우에는 어딜 불러야 하는지 몰라도, 뭐든 좋아. 불러줘."

"엉? ……그걸 내가 말이오?"

"당신 말고 누가 있어. 관광 안내소잖아, 여긴."

남자는 온 얼굴을 입으로 뒤덮으며 부르짖었다. 주인은 고개를 갸우뚱했다.

"분명 관광 안내소 맞소만, 그것하고 이것하고 무슨 관계가."

"관광객을 살필 책임이 있잖아."

"이건 그저 가게 이름이에요. 간판을 잘 좀 보시구려. 관광 안내소 앞에 선물, 이라고 써놨지요?"

남자는 간판을 올려다보며 무슨 말인지 꺼내려다 급하게 고개를 흔들었다.

"그럼 전화, 전화 좀 쓰게 해줘."

"없소."

아무래도 이 녀석 손님이 되진 않겠군, 하고 깨달은 주인은 가차 없이 대답했다.

"없어?"

"난 여기 사는 게 아니라서. 하자키 시청을 정년퇴직하고 하릴없이 시간만 보내고 있는데 이 오두막을 양보해주는 사람이 있지 않겠소. 그래 마음 내킬 때 가끔 이렇게 가게를 보는 것뿐이라우. 전화 같은 거 있어봤자 고작 마누라한테 저녁 반찬 사오라는 소리나 듣지."

"당신 가정 사정 같은 건 아무래도 좋다고. 알아? 사람이……."

"꼭 전화를 걸고 싶으면, 저 앞에."

주인은 오른쪽을 가리켰다.

"부둣가에 가게가 몇 채 늘어서 있지요? 거기 여름철 임시 파출소도 있소. 하지만 사람이 있다는 걸 가지고 경찰이니 자위대 소동을 부렸다간 호되게 혼이 나는 수가 있다고. 먼젓번에 이 섬에 중국인 밀항자가 대규모로 상륙했다고 경찰에 신고한 남자가 있었는데, 그게 엉터리였다는 게 드러나서…… 거시기에 갔지, 아마. 사람이, 사람이라니, 사람을 본 게 처음도 아닐 텐데. 이놈 저놈 다 햇볕 탓인지 이상해졌어, 정말. 안 그렇냐?"

야아옹.

얼룩고양이는 아아함 하고 하품을 하고는 앞발 위에 턱을 올려놓고 눈을 감았다.

2

"그러니까 당신들 둘이서 이 고양이섬 주위를 마린바이크로

116

빙빙 돌았다는 거군요."

하자키 캔버스 사장, 곤도 게이타로는 말없이 고개를 끄덕였다. 고양이섬 여름철 임시 파출소의 나나세 아키라 순경은 메모를 보면서 계속했다.

"마침 이 부두 반대편에 가 닿을 무렵 절벽 위에서 사람이 떨어졌다. 당신보다 조금 앞서서 왼쪽에서, 즉 섬 쪽에서 달리던 고이케 마모루 씨가 그 사람과 부딪쳐서 둘 다 날아갔다. 그런 얘긴가요?"

곤도 게이타로가 고개를 끄덕였다.

"고이케 씨가 타고 있던 바이크는 앞쪽으로 전복됐고 그의 모습은 보이지 않았다. 절벽 위에서 날아온 남자는 바위해변에 큰 대자로 뻗은 채 머리에서 피를 흘리고 있는 것 같았다. 그래서 당신은 서둘러 부두로 돌아와 경찰에 연락을 했다는 거군요."

곤도 게이타로는 고개를 끄덕였다. 아까부터 고개를 끄덕이는 것밖에 하지 않았다. 나나세는 볼펜으로 귀 뒤쪽을 긁으며 선착장에서 해상보안청 사람과 소방청 쪽 사람하고 뭔가 얘기 나누는―대화 중에 왠지 이 장소에는 전혀 상관없을 것 같은 역 앞 술집 이름이 섞이는 걸로 봐서 무슨 얘기인지 의심스럽긴 하지만―고마지 도키히사 형사반장을 바라봤다.

사고 제1보가 나나세 순경의 귀에 들어온 건 오전 열 시 오 분이었다.

요코하마 역 앞 파출소에서 파출소 근무를 일 년, 후지사와 경찰서 교통과에서 주차위반 차량을 단속하고 곰 인형 옷을 입고 교통안전 연극하기를 이 년. 드디어 올 6월 1일, 하자키 경찰서 같은 한가로운 경찰서로 이동, 게다가 해수욕객 상대의 파출소 근무를 하게 됐으니, 근본부터 게으르기 짝이 없는 나나세가 아이구 반가워라 하고 내심 크게 기뻐한 건 당연한 일이었다. 무엇보다 경찰이야 망할 일 없을 것이고, 먹고살기에 어려움이 없을 것이다, 하는 것이 경찰관을 지망한 유일한 동기. 출세할 마음도 없었고 희망하는 직무도 없었으니, 합격한 것이 스스로도 신기할 정도였다. 소형선박 면허를 가지고 있던 덕에 바닷가로 근무지가 결정된 거겠지, 하고 한가롭게 생각했다.

그러나 여름 시즌이 시작된 순간, 눈이 핑핑 돌았다. 물에 빠지는 바보가 있는가 하면, 미아가 줄을 섰다. 고양이를 찾아달라는 민원도 들어왔다. 여름이 되면 바퀴벌레처럼 몰려나오는 오토바이에 걸터앉은 육지의 폭주족―통칭 육지족―과 마린바이크를 타고 돌아다니는 바다의 폭주족―통칭 바다족―의 대결도 쫓아다니며 단속해야 했다. 그래서 그는 가능한 한 파출소를 비워놓기로 했다. 오늘도 바빠지기 전에 달아나려고 의자에서 엉덩이를 든 순간, 운 나쁘게도 곤도 게이타로가 눈이 뒤집힌 채 달려 들어왔던 거다.

파출소는 생선 가게 겸 식당인 '선어정' 옆에 있었다. 곤도가 부르짖는 소리를 듣고 어부 몇몇이 당장 배를 띄워 관계자들이 도착하기도 전에 바위해변에 쓰러져 있는 남자를 구조했다. 게다가 우연히 근처에서 다이빙을 즐기던 '카하나모쿠 브라더스 하자키'라는 다이빙 숍 주인도 가세해 사고 후 삼십 분쯤 지났을 무렵에는 고이케 마모루도 찾아내 인양했다. 나나세가 한 거라곤 본서에 연락을 넣은 것뿐이었다. 그리고 이렇게 반복해서 곤도에게 얘기를 듣고 있는 것뿐.

안타깝게도 위에서 떨어졌다는 남자는 구급차로 이송 중에 숨을 거뒀다. 고이케 쪽도 인양 당시 이미 숨이 멎은 상태였는데, 병원에서 사망이 확인됐다.

가나가와의 해변에서 자란 나나세로 보자면 바다의 사고는 보기 드문 일은 아니었다. 한 선배 경찰은 길을 가다 투신자살의 길동무가 되기도 했다고 한다. 그러나 바다로 떨어지는 지점, 혹은 낙하지점에 있다가 함께 물귀신이 됐다는 얘기는 전대미문이다.

나나세는 망설임 끝에 아까부터 가장 마음에 걸렸던 의문을 입 밖으로 꺼냈다.

"그런데 고이케 씨는 왜 그런 마스크를 쓰고 있었나요? 당신도 쓰고 있었던 것 같은데."

7월 들어 검거된 바다족은 이미 쉰 명이 넘는다. 대부분이 흉기 소지 집합이나 미성년자 음주, 흡연, 경범죄로 잡혀 들어왔다. 상해나 부녀자 폭행 미수로 체포된 케이스도 있지만, 연령대는 대부분 미성년이거나 기껏해야 스물네다섯에 불과했다. 서른 두 살에 체포된 바보도 있었지만, 그 케이스는 사원 여행 와서 술에 취한 후 마린바이크를 훔쳐 타고 돌아다니다 취기에 모래 사장에서 시시덕거리던 커플을 날려버린 회사원이었다. 정확히 말해 바다족이라고 할 수는 없었다.

죽은 고이케 마모루는 마흔 살, 눈앞에 있는 곤도 게이타로는 서른여덟 살. 둘 다 하자키 대불 마스크를 쓰고 있었다. 하자키 중심부의 다이로쿠산大錄山에 산토지三東寺라는 절이 있는데, 그 경내에 태국의 아유타야에 있는 열반불을 모방한 것으로 보이는 극채색의 대불이 들어서서 하자키 시민을 깜짝 놀라게 했다. 지금으로부터 반년 전의 일이다. 너무나도 화려한 모습이 전국 뉴스에 소개되어 하자키에 그리 많지 않은 관광자원의 하나가 되었고 바로 특산품의 소재가 되었으니, 두 사람의 마스크도 얼마 전에 출시된 것일 게다.

그런 것만 안 썼어도 고이케 마모루는 익사까지는 하지 않았을 것이다. 인양됐을 때 마스크가 뒤로 돌아가 고이케의 얼굴에 착 달라붙어 있었다고 한다.

끔찍한 죽음이다.

"홍보용이에요."

곤도 게이타로는 끄덕이던 고개를 세우고는 불쑥 말했다.

"홍보? 뭘 말입니까."

"마스크요. 고이케 녀석이 마린바이크를 타는 녀석들에게 팔면 잘 팔릴 거다. 얼굴을 가리고 뭐든 마음껏 할 수 있다고 말하면 그 녀석들이 기꺼이 살 거라면서 이천 개나 발주를 해버렸어요. 덕분에 우리 회사 창고는 그 대불 마스크가 든 상자로 꽉 찼고요."

"……곤도 씨는 하자키 캔버스의 사장님이지요."

"아버지가 하시던 조그만 회사를 물려받았습니다."

"참고로, 어떤 걸 다룹니까?"

"그러니까 캔버스 제품이요. 캔버스로 만든 가방, 배낭, 파우치, 지갑 따위. 고양이섬의 선물 가게에서도 팔고요."

"아, 본 적 있어요. 저도 주머니를 하나 갖고 있지요. 런치박스용 작은 녀석으로요. 튼튼해서 제법 귀하게 쓰고 있다고나 할까. 그래 그 마스크도 캔버스……라는 건 아니겠죠."

"이건 고이케가 조달해 왔어요."

"그러고 보니, 고이케 씨는 잡화상이었네요."

"입만 나불대는 녀석이에요. 나한테 대불 마스크에 투자하지 않겠느냐고 하더라고요. 그만 그 감언이설에 속아…… 하지만 고양이섬에서는 신관이 안 된다고 하는 바람에 단 한 곳의 가게에도 들여놓을 수 없게 됐어요. 여기 신관은 마린바이크니 바다족이니 하는 걸 아주 싫어한다더라고요. 고양이섬 해안 쪽 가게들에는 조금 들여놨는데 돈벌이는 안 될 것 같아요. 게다가 고이케가 죽었으니…… 도대체 어떻게 하면 좋을지."

곤도 게이타로는 할 말을 잃었고, 나나세는 기가 막혔다. 죽은 사람 욕은 하고 싶지 않지만 돈벌이 욕심에 미성년자 범죄를 조장하려다가 그런 죽음을 맞이했으니 천벌, 아니 불벌佛罰이 즉각 떨어진 거다.

누군가 어깨를 두드려 돌아보니 고마지 형사반장이 턱짓을 했다. 나나세는 꼭 자기가 물에 빠진 것 같은 표정을 짓고 있는 곤도 게이타로를 남겨놓고 고마지 곁으로 갔다. 종잡을 수 없는 형사는 종잡을 수 없는 말투로 말했다.

"사고가 아닌 것 같아."

"넷? 아니, 하지만……."

"사람이 떨어져 마린바이크에 부딪힌 건 분명 사고야. 올해 세계 희귀 사건 베스트 텐에 들어갈 만한 사고지. 덕분에 매스컴도 취재하러 온 거겠지만."

고양이섬 위를 선회하는 여러 대의 헬리콥터를 올려다보면서 고마지는 말을 계속했다.

"아무래도 말이지, 해상보안청이나 소방청에서 하는 말로는, 곤도의 진술에 거짓이 없고 마린바이크에 바위해변을 달릴 능력이 없다면, 위에서 떨어진 남자는 발이 미끄러진 게 아니라 있는 힘껏 점프를 했다고 보는 게 자연스러운 모양이야."

"땅을 박차고 뛰어오르지 않았다면 도저히 마린바이크까지 다다르지 못했을 거라는 말이네요. 그렇다면 투신자살이라고 볼 수 있지 않나요? 유서는 없었다지만."

"누군가가 밀쳐서 그렇게 된 게 아니라면 말이야."

"네? 그럴 가능성이."

"없지도 않아. 그런데 자네 떨어진 남자를 봤나?"

"어부들이 작은 배로 부두로 옮겨 왔을 때 봤다. 어부들에게 하자키 해안 선착장으로 옮겨달라고 부탁했지요. 그쪽에 구급차를 대기시켜놓는 게 고양이섬같이 작은 외딴섬에 병자가 생겼을 때 취하는 방법이에요."

"어떤 남자였나?"

"얼굴은 피투성이였어요. 잘은 모르지만, 이 더운데 딱 달라붙는 검은 바지를 입고 셔츠 단추를 네 개 풀어놓은 말상의 니컬러스 케이지 같은 느낌의 남자였지요."

고마지 형사반장은 신음을 냈다. 나나세는 멍청히 말했다.

"무슨 일이죠?"

"무슨 일이죠, 라니. 자네한테는 생활안전과 기미코 씨가 연락 안 했나?"

"생활안전과 기미코 씨라면, 후타무라 아줌마…… 후타무라 경위님 말입니까? 그제 아침에 파출소로 나오기 전에 호출을 받고, 알베르토인지 모헤이인지…… 아차, 그랬구나!"

"어이 어이."

"아니, 섬은 다 조사했어요."

나나세는 열을 냈다.

"민박집하고 가게를 돌면서 그런 남자를 보면 연락하라고 부탁해뒀죠. 얼마 전에 본 사람은 몇 명 있는데, 후타무라 경위님의 지시 이후로는 제보가 없었어요."

"그런데 이 섬 절벽에서 떨어졌잖나? 그렇다면 적어도 오늘은 고양이섬에 들어온 게 아닌가?"

"그렇네요. 하지만 저는 오늘 아침 일곱 시부터 파출소에 있었는데 배에서 내리는 걸 못 본걸요. 배로 부두에 들어오는 사람들은 이 앞을 지나가야 하는데요. 이상하네. 지나갔다면 알아차렸을 텐데."

"자네 눈에 띄지 않게 고양이섬에 상륙했단 얘기지. 방법이 없나?"

"없지는 않죠. 배나 마린바이크로 와서 어디 후미로 올라오든가, 섬 뒤쪽의 오래된 선착장을 이용한다든가."

"이봐 잠깐. 오래된 선착장이라고?"

나나세는 파출소로 돌아와 벽에 붙어 있는 고양이섬 지도를 떼어내더니, 책상 위를 다 차지하고 잠을 자던 폴리스 고양이 DC를 밀쳐 자리를 만들고 거기에 지도를 펼쳐 손가락으로 한 곳을 가리켰다.

"이겁다. 원래는 고양이섬 신사 신관 전용 선착장이었다고 들었어요. 글쎄 선대에는 본토에 살림을 차려놓고 여기서 남몰래 건너갔다고 하는 얘기도 있었지요. 지금은 아무도 쓰지 않지만요. 여기는 절벽이 특히 가팔라서 녹슨 쇠사다리로 내려가야 해요. 특별한 사정이라도 있으면 모를까 아무도 사용 안 해요."

고마지는 지도를 노려봤다. DC가 몸을 슬쩍 움직여 책상에서 뛰어내렸다. 기다렸다는 듯 재채기를 한 고마지가 말했다.

"알베르토 모헤이가 떨어진 장소는 딱 이 제단 바로 밑이군. 오래된 선착장은 바로 그 옆이야."

"그렇네요."

고마지는 구깃구깃한 양복 윗도리를 책상 위에 놓고 나나세에게 말했다.

"그럼, 제단까지 안내 좀 해주게."

3

사고 때문에 섬으로의 출입이 일시 금지되었다가 해지되자 메인스트리트에는 다시 사람들이 늘어났다. 그들은 고마지 앞에서 모세 앞의 바다처럼 둘로 나뉘었다. 방독면으로 얼굴을 완전히 가린 고마지는 메인스트리트 중앙을 당당히 걸어갔다. 방독면에서 다스 베이더 같은 호흡이 새어 나왔다. 그의 발치에서 DC가

가슴을 쫙 펴고 따라갔다.

난, 그저 보통의 파출소 순경이라고요.

몸을 한껏 움츠린 나나세 아키라 순경은 그들 뒤를 따라가며 속으로 중얼거렸다.

미아 보호와 술주정뱅이 중재가 내 일인데요. 글쎄 내가 경찰관이 된 걸 놓고 다들 신기해한다니까요. 높으신 분의 밑을 닦아 준 보답으로 합격한 건 아니냐, 하는 말까지 들었어요. 실은 저도 신기해요. 이렇게 화창한 한여름 날에 이런 식으로 주목을 받다니…… 엉망진창으로 창피하다고요!

한편 고마지는 때때로 길가의 고양이를 노려보기도 하면서 기분 좋게 돌계단을 올라갔다. 메인스트리트에서의 소란을 알아차린 듯 와타누키 신관이 세 번째 도리이 부근에서 왔다 갔다 하며 기다리고 있었다. 허드렛일을 하는 사키 고타, 통칭 곤타도 배례전 옆에서 밧줄 사다리를 정리하고 있다가 이쪽을 보더니 일손을 멈추고 뭐라 표현할 길 없는 표정을 지었다. 고마지는 신경 쓰는 기색도 없이 상쾌하게 인사를 했다. 물론 마스크를 통해 나오는 음성은 심히 웅웅거렸지만.

"신관님, 지난번에는 여러 가지로 후우웃 하아앗. 그런데 또, 큰일이 일어났네요. 후우웃 하아앗."

"아, 예. 그러게 말입니다. 그래, 저…… 오늘은?"

나나세가 앞으로 나서서 제단을 조사했으면 한다고 간결하게 말했다. 왠지 내버려뒀다가는 복잡한 사태가 벌어질 것 같은 느낌이 들었기 때문이다.

신관과 곤타, 둘 다 안내를 자청했다.

"이거, 감사합니다만, 신사가 비지 않습니까?"

"손녀딸이 있으니까요."

"아, 에, 미사 씨? 그래, 그렇다면 괜찮겠네요, 그렇죠?"

나나세가 고마지를 봤다. 고마지는 고개를 끄덕였고, 일행은 제단 쪽으로 난 길을 걷기 시작했다. DC는 새전함에 뛰어오르더니 자신은 그 일은 사양하겠다는 듯이 자리에 떡하니 앉아 일행을 배웅하기만 했다.

고양이섬 신사의 배례전 앞에는 널찍한 마당이 있었다. 석등 가운데 구멍에 회색 고양이가 끼어서 꼬리와 다리를 늘어뜨린 채 낮잠을 자고 있었다. 고양이는 가는 눈을 떠 고마지를 바라보고 움찔 놀라 턱을 끌어당기더니 얼어붙었다. 고마지의 스타일은 고양이한테도 꽤나 임팩트가 있는 모양이었다.

돌계단을 마주 보고 오른쪽으로 좁은 산길이 나 있었다. 구불구불한 그 길을 때때로 우거진 식물을 헤치며 후우웃 하아앗, 하면서 앞으로 나아가자 다섯 갈래 길이 나왔다. 나무 표식이 서 있었는데, 각각 '고양이섬 신사 배례전', '제단', '전망대', '메인 스트리트'라고 쓰여 있었다. 표식 아래에 오늘 하루 고양이섬 여름철 임시 파출소로 파견근무 나온 신입 경찰관이 서 있다가 일행에게 목례를 했다.

"하나 부족하군."

"아, 그게 바로 그 오래된 선착장으로 내려가는 쇠사다리 길입다. 그죠?"

곤타가 잠자코 고개를 끄덕였다. 매번 그러하듯 이번에도 나나세는 조금 움츠러들었다. 직업상 하늘을 찌를 듯이 거대한 남자들을 많이 봐왔지만, 곤타는 특별했다. 클럽의 보디가드로밖에는 보이지 않는 무서운 얼굴. 이마 옆에는 오래된, 아마도 칼에 의한 상처. 볕에 탄 양팔은 쓸린 상처투성이. 짙은 남색 작업복을 입고 있지 않았다면, 절대로 신사의 허드렛일꾼으로는 보이지 않았을 것이다.

다섯 갈래 길은 모두 다 좁은 산길이었는데 전망대는 고양이섬에서도 가장 인기 있는 장소인 만큼 그쪽으로 향하는 길만은 콘크리트 포장이 되어 있었다. 그 하얀 길 한가운데 흰색, 갈색, 칙칙한 검은색 등 여러 마리의 고양이가 일 미터 간격으로 뒹굴며 게으른 낮잠 삼매경에 빠져 있었다. 보통 때라면 전망대 가는 길의 고양이들에게 관심을 집중할 관광객도 오늘만큼은 노란색 출입 금지 테이프가 붙은 제단으로 가는 길에 뜨거운 시선을 보냈다.

그 시선이 고마지의 얼굴로 옮겨와 고정됐다. 신입 경찰관도 흘끔흘끔 고마지를 바라봤다. 나나세는 서둘러 출입 금지 테이프를 들어 올려 일행을 안쪽으로 들어가게 했다. 오른쪽 길을 오 분쯤 나아가자 드디어 작은 제단이 보이기 시작했다.

"먼저 도착한 수사과의…… 에, 이치카와 씨던가 후쿠시마 씨던가 하는 형사님이랑 감식반 분들도 이쪽으로 안내를 했어요. 발이 미끄러진 흔적이 있다면서 쉴 틈 없이 사진을 찍더군요. 하지만 유서나 본인의 물건은, 하나도 없었어요."

"좁군."

고마지가 혼잣소리를 했다. 제단은 가로세로 폭이 약 일 미터 반 정도의 크기에, 땅에 직접 닿을 듯이 놓인 형태였다. 지붕은 완만하게 솟았고, 여닫이문 앞에는 먼지투성이 비쭈기나무와 신주神酒 병이 있었으며, 보통은 여우 장식품을 놓는 오곡신 정면에는 사기로 만든 작은 고양이 장식을 주르르 놓았다.

훌륭한 소나무가 제단을 지키기라도 하려는 듯이 바다를 향해 굵은 가지를 쑥 내밀고 있었다. 강한 바닷바람에도 지지 않는 씩씩하고 훌륭한 소나무다. 이 소나무가 없었으면 제단은 이미 먼 옛날에 바닷바람에 날아가고 없을 것이다. 그러고 보니 아래 가지가 꺾여나간 자리에 새로 돋는 속살이 그대로 드러났고 줄기 아래쪽에도 상흔이 있었다.

고마지 일행이 서 있는 제단 주변은 두 평 남짓. 제단과 소나무를 치우더라도 몸집이 큰 어른 셋이면 꽉 찰 넓이였다. 낙하지점은 제단 바로 못미처 땅바닥이 짓밟힌 곳인 듯했다.

"어이. 좀 들여다보고 와."

"제가, 말입니까?"

벼랑 가장자리에는 사람이 미끄러진 듯 풀이 꺾이거나 뽑힌 흔적, 지면이 깎인 흔적 같은 것이 있었다. 나나세는 멈칫멈칫 몸을 앞으로 내밀고 아래를 내려다봤다. 높이는 십 미터 정도? 바닷물이 사고 당시보다 더 빠져나가 바위해변이 꽤 넓게 드러나 있었다.

"이 제단은 바로 아래쪽 동굴 입구에 위치한 제단의, 이른바 출장소 비슷한 곳이지요. 저희는 이쪽을 산의 제단, 아래쪽을 바다의 제단이라고 구별해서 부릅니다."

무료한 신관이 등 뒤에서 고마지에게 말하는 소리가 들렸다.

"이곳에 모신 건 교룡, 즉 용신님이지요. 옛날부터 어부들이 믿어온 바다신인데, 기원은 잘 모르지만, 원래는 맞은편 해안에 있던 것을 메이지유신 이후 이곳으로 합사했습니다. 교룡 신사의 본사라고 하지요. 지금도 월말에는 바다와 산 양쪽 제단을 깨끗이 하고 축문을 올린답니다."

"이 아래에서 축문을?"

"아니요."

나나세가 그쪽을 바라보자 신관은 무표정해져서 말했다.

"그건 아무래도 어렵기 때문에 배례전에서 합니다. 이 교룡님 한테서는 배화교의 영향도 보인다고 전문가분이 얘기하데요. 동굴은 꽤 깊어서, 일설에 의하면 후지산 기슭 나무숲의 굴까지 이어지고 있다네요. 괜찮으시면 나중에 안내하도록 하지요. 요 앞에 쇠사다리가 있어서 간조 때는 바위해변까지 내려갈 수 있게 되어 있어요."

"안내해주신다니, 후지산까지? 시원할 것 같아 좋은데."

고마지가 땀을 닦으며 혼잣소리를 했다. 나나세는 눈대중으로 벼랑에서 바위해변까지의 거리를 쟀다. 중력이 존재하지 않는다면 모를까 그냥 뛰어들어서는 약 십 미터는 떨어져 보이는 충돌지점까지 도달하는 건 불가능이다. 제법 멀리서부터 내달려와서 뛰어내리든가, 누군가에게 있는 힘껏 들이받히든가 하지 않았다면.

……십 미터나?

그렇게 체중이 가벼워 보이지 않았는데.

"어이. 저 녀석은 뭐지?"

고마지가 갑자기 소나무 가지를 가리켰다. 와타누키 신관은 코밑의 희끗희끗한 수염을 휙 문지르고 뭔가 하는 표정으로 고마지의 손가락이 가리키는 쪽을 바라보더니, 아아, 하고 얼굴에 웃음을 지었다.

"실버예요. 여기서는 그렇게 부르지요."

소나무 가지 사이에서 한쪽 눈이 찌부러진 고양이가 힐끗 세 사람을 바라봤다. 그 이름대로 몸 전체가 은색으로 빛난다. 실버는 여봐란 듯이 크게 하품을 하고는 성큼성큼 소나무에서 내려와 제단 지붕으로 휙 올라가 앉았다. 제단이 흔들거렸다.

"엄청 큰 고양이군요."

나나세는 몸을 일으켜 뒤로 물러났다. 머리에서 꼬리 끝까지 합치면 초등학교 사 학년 여자아이의 평균 신장 정도는 될 것 같았다. 얼굴은 올해 만 두 살이 되는 나나세의 여조카의 얼굴만 해 보였다. 그 조카는 친척들 사이에서는 은밀히 '큰바위얼굴 아기'로 통한다.

"이 섬에서 두 번째로 큰 고양이예요."

"이것보다 큰 놈이 있어요?"

"웹스터리는 놈이 있는데요. 성격은 온화한 검은 고양이지만 고 녀석이 메인스트리트를 성큼성큼 걸어가면 애기가 놀라서 우는 바람에 부모가 히스테리를 일으켜 난리가 납니다. 검은 표범을 방목하나 싶을 정도라니까요. 사람에게 친근하게 구는 좋은 녀석인데 힘도 세지요. 청소용 빗자루를 가지고 장난치다가 몇 개를 부러뜨렸는지 몰라요."

"그래요?"

"그것만 주의하면 웹스터는 좋은 놀이 상대인데, 하지만 이 실버한테는 손을 대지 않는 게 좋아요. 피투성이가 되죠. 아무래도 사람한테 눈을 다쳐서 적대감이 있는 것 같아요."

"실버는 늘 여기 있나요?"

와타누키 신관이 곤혹스러운 듯이 눈썹을 찌푸리더니 곤타를 봤다. 곤타가 고개를 끄덕였다.

"이 주변은 녀석의 영역이에요. 이곳에 오래 있는 건 권하지 않습니다."

"뭐, 감식반 조사가 끝나면 곧 여러 가지를 알 수 있겠지. 가지."

"어디로 말입니까?"

나나세가 묻는데, 고마지의 모습은 이미 저 멀리, 더듬어온 길 저편에 있었다. 나나세는 서둘러 고마지 곁으로 달려갔다.

"무슨 일이십니까?"

"자네 말일세."

고마지는 등 뒤를 확인하더니 작은 소리로 나나세에게 말했다.

"기미코 씨가 부탁한 알베르토 모헤이 건 말이야."

"아니, 그러니까 확인을?"

"민박이나 가게에 물어보며 돌아다녔겠지. 휴양소 쪽은 어땠나?"

"캣 아일랜드 리조트 말인가요? 물론 갔습니다."

대답하면서 나나세의 눈이 허공을 떠돌았다. 고마지는 그를 무서운 눈초리로 봤다.

"숨기는 게 있으면, 토해내."

"숨기는 거랄까…… 조금 걸리는 거라면야. 거기 지배인은 다자키 이치조라고 하는데 전에 하자키 시청에 근무했었어요. 고지식하고 융통성 없고, 겉으로는 예의 바른 척하면서 속으로는 무례하다고 하나요. 하여간 겉보기엔 고양이한테까지 인사할 것 같은 아저씨예요. 구와하라 모헤이의 사진을 보여줬을 때도 특별히 이상한 덴 없었고, 그냥 생각나는 게 있으면 연락을 주겠다고만 했습다."

"뭐 마음에 짚이는 게 있는 것 같았어?"

"그게 아니라요. 실은 그 휴양소에는 사 층이 있어요. 밖에서 보면 삼 층 위에 오두막 같은 게 장식처럼 올라앉아 있는데, 거기에 방이 있는 것 같아요. 거 있잖아요, 원래 로열 할리우드 호텔이 될 건물이었으니까. 특별히 초호화 스위트룸을 만들었다는 얘기도 있고. 휴양소가 된 뒤로는 거의 사용하지 않아서 가구노 없다던데. 하지만 일주일 전쯤 밤에 거기서 불빛이 새어 나오더라는 얘기를 어디서 듣고. 그때 다자키 지배인한테 물어봤어요. 밤중에 청소라도 했느냐고."

"그래, 지배인이 뭐라고 하던가."

"횡설수설했어요. 하지만 그게 알베르토 모헤이 때문일 것 같지는 않아서 그 이상 캐묻지는 않았지요. 어쩌면 지배인이 여자라도 데리고 갔던 게 아닐까요?"

"고지식한 사람이라고 하지 않았나?"

"아, 그러고 보니까 그렇네. 이상하지요."

"좋아. 알았어. ……아, 신관님, 그 제단 말인데요."

갑자기 형사들에게 뒤처져 혼자 남게 되었다가, 숨이 턱까지 차서 겨우 오거리 길에서 따라붙은 와타누키 신관이 멍하니 고마지의 얼굴을 바라봤다.

"여기에 표지판이 있다는 걸 사람들에게 선전하나요?"

"고양이섬 관광협회에서 만든 고양이섬 관광 지도라는, 일러스트가 들어간 지도를 섬 안에서 팔아요. 거기에 실어놓았는데요. 하지만 따로 선전하지는 않아요. 보시다시피 그럴 만한 구경거리도 없고. 또 주위에 철책도 없는데 흉악한 고양이까지 있어서 어린아이는 오지 않았으면 싶기도 하고요. 일반 가이드북에는 물론 안 나와요. 섬 안을 탐험하는 기분으로 돌아다니는 사람들만 여기까지 오는 거죠."

"흐음. 그렇군요. 그럼 이거."

고마지는 표지판을 가리켰다. 표지판 기둥에는 일부 빈 공간이 있고 색이 바랜 곳에 못 자국이 남아 있었다. 나나세는 눈을 크게 떴다.

"본래는 다섯 개의 표지판이 다 있었군요."

"칠 년쯤 전이었나, 쇠사다리에서 굴러떨어져 다친 술 취한 관광객이 있었어요. 그 이후로는 떼어버렸지요. 위험해서 그쪽은 관광 지도에도 싣지 않았습니다."

고마지는 후우웃 하아앗, 숨을 내뱉으며 잠시 생각에 잠겼다. 나나세 아키라는 어울리지 않게 긴장했다. 뻐딱하지만, 신기하게도 누구나 다 고마지를 좋아한다. 안짱다리에 담배 냄새 나고 무심코 경찰서 복도에까지 가래를 내뱉는 아저씨지만, 일은 잘한다. 고마지 도키히사 형사반장은 하자키 경찰서의 일곱 전설 중 하나다. 하긴 그 전설이라는 것들이 예를 들어 '구치소에는 예전에 목을 맨 사람의 유령이 나온다', '경찰서 현관 앞에 있는 소철에 꽃이 피면 수사 중인 사건이 모두 미궁에 빠져든다'는 식의 미심쩍기 이루 말할 수 없는 것들이라서, 고마지 전설 역시 그다지 신뢰할 만하진 않다.

그런 사람과 함께 일을 할 수 있는 건 어쩌면 굉장한 일일지도 몰라. 실제로 보초를 서는 새내기 경찰이 동경의 눈으로 고마지를 보고 있지 않은가. 방독면을 쓴 형사를 동경의 눈으로 바라보다니, 이거 대단한걸.

나나세 아키라는 등을 쭉 펴고 자세를 바로 했다.

"고마지 반장님, 뭐 마음에 걸리는 거라도 있나요?"

"으음. 글쎄."

고마지는 심호흡을 크게 했다. 후우웃 하아앗이 한층 더 커졌다. 전망대로 가는 길에 누워 있던 고양이 몇 마리가 가늘게 떴던 눈을 동그랗게 뜨고 튀어 오르더니 등의 털을 곤두세웠다.

"도와줬으면 하는 게 있어. 곤타 씨한테도."

나나세와 곤타는 각자 고개를 끄덕였다. 고마지는 방독면 속의 눈을 깜빡였다.

"좀 위험한 일이 될지도 모르겠는데."

와타누키 신관과 보초를 서는 경찰관이 숨을 삼켰고, 나나세와 곤타는 말없이 얼굴을 마주 봤다. 고양이들도 불안한 듯이 그 자리에 멈춰 섰다. 고마지는 반복했다.

"거참, 어쩌면 꽤 위험한 일이 될지도 모르겠군."

"뭐, 뭘 하는 건데요?"

고마지가 무겁게 말했다.

"용의자 확보야."

5장

고양이가 살찌면
가다랑어포가 마른다

1

"……기상정보, 노하라 미도리 씨였습니다. 필리핀 앞바다에서 태풍이 발생했으니까 이대로 가면 이삼 일 안에 여기 하자키에도 영향이 미치겠군요. 바다로 놀러 나가신 여러분, 바다에서 일하시는 여러분, 지금부터 기상정보에 주의를 기울여주시기 바랍니다. 지금 보내드리고 있는 방송은 하자키 FM 〈이 로맨스가 굉장하다〉, 진행은 와타나베 지아키입니다. 그럼 다음 코너로 가보지요……."

스기우라 교코는 라디오를 듣는 둥 마는 둥 하며 소프트크림 기계를 청소하는 중이다. 모리시타 미사에게서 바로 십오 분 전에 전화가 왔었다.

"미안해. 오늘은 가게 보는 일 못 도와주겠어. 섬 뒤편에서 사고가 나는 바람에 할아버지가 바빠지셔서 말이야. 여기서 신사

일을 봐야 해."

사고 구조에 나섰던 선어정 출입 어부들에게 얘기를 들었기 때문에 특별히 놀라지는 않았다. 섬이 출입 금지가 된 건 장사에 영향을 미치겠지만, 그리 오래가진 않을 거야. 하지만 분명한 사실이 있었다. 오늘도 또 가게에서 한 걸음도 밖으로 나갈 수 없다는 것이다.

요즘 미사는 어떻게든 이유를 붙여서 고양이섬 민박집의 아르바이트를 계속 땡땡이쳤다. 별로 기대하지도 않았고, 있어도 크게 도움이 되지 않았지만, 어쨌든 가게 보는 사람이 있는 것과 없는 긴 큰 차이다. 레스토랑은 쓰루코 씨가 아는 사람 몇몇이 도와주러 와 있다. 하지만 가게 보는 일은 교코 혼자였다. 덕분에 하라 아카네에게 하자키 캔버스 건이 어떻게 됐는지 물어볼 힘도 없고, 본토의 복사집에 가서 티셔츠 프린트를 더 찍어 올 틈도 없고, 물론 도서관에 갈 짬도 없다.

무색소 재료를 기계에 넣고 스위치를 켰다. 손님이 적은 건 고마운 일인지도 모른다. 점심 식사 준비가 끝나면 레스토랑의 누군가가 이쪽으로 도와주러 와줄지도 모르고.

이런저런 생각을 하는데 등 뒤에서 소리가 났다.

"아이스커피랑 차가운 우유 주세요."

"네, 바로…… 아니, 뭐예요?"

하라 아카네가 생글생글 웃으며 서 있었다.

"아니 뭐예요, 라니. 나도 당당한 손님이야."

"그래요. 어서 오세요. 지금 바로 준비해드리겠습니다."

아카네는 소프트드링크 판매대와 선물 매장 사이에 있는 카운터 스툴에 걸터앉았다.

"오늘은 목수 일 쉬어요?"

"경찰관하고 소방관이 어슬렁거려서 말이야. 소방서 사람은 우리 쓰레기장을 멀리서 바라보고는 무슨 말인지 하고 싶은 것 같더라고. 누가 방화라도 할까 걱정인가 봐. 하지만 이렇게 습한데 불을 붙여봤자 타오르기나 하겠어?"

"그냥 냄새가 많이 나서 그러는 것 아니에요? 그거 정말 지독하거든요."

"역시 그런가."

아카네가 실망했는지 어깨를 떨어뜨렸다.

"나중에 처리하자고 생각한 게 큰 실수였어. 쓰레기를 내놓는 게 이렇게 힘들 줄 알았다면 이 섬에 집을 사기 전에 좀 더 생각했을 텐데."

"전부터 물어보고 싶었는데요. 그 집, 누구한테서 샀어요?"

"역 앞 부동산이 중개해준 거야. 고다마 부동산이라고 거구의 스킨헤드가 하는 곳. 먼저 집을 살 때도 그 아저씨가 중개해줬거든. 쇼와의 풍취가 나는 물건을 찾아달라고 했더니 민박 스가노가 딱이라면서 추천해줬어. 땅은 앞으로 이백오십 년은 빌릴 수 있다지, 임대이니만큼 가격도 제법 쌌거든. 무엇보다 한눈에 마음에 들었고. 로비의 나무 바닥도 그렇고 전화실도 그렇고, 검은 돌을 끼워 넣은 바닥, 등불 등등."

"흐음."

"청소를 하는데 장기판이랑 바둑판이 다섯 개나 나왔어. 정말 쇼와의 민박집, 쇼와의 향취야. 하긴 지금은 고양이 오줌 냄새가 진동하고 있지만."

교코는 웃음이 터져 나와 그만 얼음이 담긴 잔을 떨어뜨릴 뻔했다. 아카네는 콧등에 주름을 잡았다.

"빨리 어떻게 하지 않으면 냄새가 점점 심해질 거야. 하지만 그걸 배로 실어 날라야 한다는 생각을 하면 정말 우울해져."

"쓰레기를 치워주는 업자를 소개해줄게요."

"그런 게 있어?"

"당연히 있지요. 아카네 아줌마는 의외로 세상일에 둔해요."

"아, 감동이야. 쓰레기 처리업자를 알고, 게다가 '세상일에 둔하다'는 말을 쓸 줄 아는 열일곱 살짜리 여자아이가 이 세상에 있다니."

"아이스커피도 제법 맛있게 만들어요."

"업소용으로 나온 제품을 유리컵에 담아내는 것뿐이지만. 커피만 마시자고 들면 옆집 모카 고양이 카페가 맛있어. 외딴 작은 섬치고 이 섬의 식문화는 꽤 괜찮은 편이야. 하지만 혼자 살게 되면 장 보는 일이 큰일일 것 같아."

"생선은 선어정, 커피는 모카 고양이, 빵은 체셔캐츠 치즈에서 사면 돼요. 우유랑 치즈, 크림하고 달걀, 햄, 고기 같은 건 하자키 목장 것을 섬에서 공동구매로 구입해서 매일 아침 배로 날라 오니까 부탁하면 공동구매에 참가할 수 있을 거예요."

"우와, 편리해라. 그렇게까지 해주는구나."

"섬 전체로 보면 제법 주문량이 많은 데다, 하자키 목장이 아직은 인기가 없어 주문이 끊겼다 이어졌다 하던 시절에 고양이섬 신사의 선대 신관님이 이 섬의 모든 민박집들을 연결해줬어요. 목장주는 그걸 고맙게 생각하고 있는 것 같아요."

"그랬구나. 채소 같은 건?"

"그건 고양이섬 해안까지 건너가서 사야 해요. 일요일 아침에는 하자키 전체 농가의 아침 시장이 서는데 거기서 한꺼번에 사들이죠."

"으응. 아침, 에 사러 가야 한다는 거구나."

"전날 밤까지만 말해주시면 간 김에 사다 드릴게요. 일용 잡화 같은 것도 고양이섬 해안 근처의 '배 드러그'라는 커다란 드러그 스토어에서 살 수 있고. 저야 어차피 고양이섬 신사 것이라든가, 그 밖에 나가서 돌아다닐 수 없는 사람들 몫을 사 오니까요."

"신사 것을 사 오는구나."

"네. 신사답게 잔돈을 잔뜩 들고 가서 말이죠. 아침 시장이나 상점 상인들도 고양이섬 신사에서 사는 물건이라고 하면 불평 없이 잔돈을 받아줘서 좋아요. 요 앞의 고양이 손이라는 선물 가게는 술도 취급하는데, 미사 언니네 남편이 섬에 들어온 이후로 곤타 씨라는 허드렛일꾼이 매일같이 십 엔 동전을 잔뜩 가지고 소주를 사러 온대요. 신사니까 불평을 할 수도 없다며 고양이 손 주인이 말했어요."

"동전 바꾸는 기계는 없어?"

"없어요. 게다가 고양이섬 신사에는 평소에는 신관님하고 곤타 씨밖에 없고, 일 년 내내 바빠서 그런지 둘 다 섬에서 나가는 일이 없어요. 어쨌든 섬에서 나가는 걸 본 적이 없어요."

"나간 적이 없어?"

교코는 깔깔깔 웃었다.

"설마, 그렇진 않겠죠. 글쎄 은행 일 같은 경우엔 직접 가야 할 테니까. 은행이랑 우체국은 본토, 그것도 하자키산을 넘은 저 건너편에밖에 없어요. 이 섬 사람들도 은행은 역 앞의 은행을 이용하죠. 여름 동안은 현금지급기가 임시로 설치되지만 보통 때는 없거든요. 하지만 그렇게 걱정 안 해도 돼요. 현금이 없으면 외상도 되고, 돈을 서로 빌려주고 빌리는 게 가능한 시스템으로 되어 있으니까요. 좁은 섬이니까 돈 가지고 속이면 자기만 손해 봐요. 그러니까 없을 땐 서로가 마찬가지라서 어떻게든 해결이 돼요."

"그래⋯⋯."

하라 아카네는 약간의 불안을 느꼈다. 생각해보니 이제 이런 작은 섬에 처박히게 되는 거다. 작은 공동체, 긴밀한 인간관계, 서로 돕지 않으면 살아갈 수 없는 삶. 그 집에서 일에 열중하다가 문득 옆을 보면 고양이에 더해 섬사람까지 낮잠을 자고 있을지도 모른다. 이곳은 내 성이야, 라고 말해도 고양이는 물론 사람에게도 안 통하는 게 아닐까. 하긴 밤에 그 집에 혼자 있는 것도 쓸쓸할 거야. 고양이섬 민박집은 단단하게 지은 집이라 바깥 소리를 막아주지만, 그래도 한밤중이면 싸우는 것 같은 고양이 울음소리가 들리곤 한다. 고양이투성이 환경에 아직 익숙해지지 않은 탓인지 그럴 때마다 가슴이 철렁한다.

"그런데 사고라니 무슨 일이 있었던 거야? 아, 찬 우유는 팩으로 주면 좋겠는데."

아카네는 억지로 화제를 바꿨다. 교코는 가운데 매그위치의 얼굴이 그려진 고양이섬 민박집 특제 종이 받침을 아카네 앞에 놓고 그 위에 아이스커피 잔을 올려놓았다. 그리고 사건에 대해 간단히 설명했다. 아카네는 눈을 둥글게 뜨고 듣다가 말했다.

"잠깐만. 셔츠 단추를 네 개 푼 라틴 남자? 본 적 있는데."

"일주일쯤 전에 옆집에서 고양이 인형을 샀대요. 뭔지는 몰라도 경찰이 찾고 있는 모양이에요. 그저께 나나세 순경 아저씨가 와서 그런 사람을 보면 연락해달라고 했거든요."

"내가 본 건 사흘쯤 전이었을 텐데."

"어디서 봤어요?"

"어디라니, 여기서 봤어. 고양이섬 민박집 이 층 거실."

"뭐라고요?"

"숙박객 아니었어? 매그위치랑 놀고 있어서 완전히 그런 줄 알았지."

카운터 구석 바구니 속에 몸을 둥글게 말고 있던 흑백 얼룩고 양이가 얼굴을 들었다.

"그런 손님은 본 적도 들은 적도 없어요. 남자 혼자 묵는 경우 는 좀처럼 없는걸요. 그런 사람이 투숙했다면 모를 리 없는데."

"숙박객을 찾아온 건지도 모르잖아. 내 방으로 들어가서 침대 에 쓰러져 있는데 어느 방인지 방문이 삐걱거리는 소리랑 얘기 소리가 들려왔거든."

"그래요? 누구랑 얘기한 걸까. 인형은 갖고 있었나요?"

"글쎄. 거실에는 진짜 고양이가 여기저기 뒹굴고 있었으니까. 인형이 서너 개쯤 섞여 있었다 해도 알 수가 없지. 난 고양이에 미친 사람이 아니랍니다."

"호응."

교코는 의미심장한 콧소리를 냈다.

"그럼 이 우유는 뭣 때문에?"

아카네가 가볍게 혀를 찼다.

"저기 있잖아, 우연히 한 남자랑 사귀게 된 여자가 있다 쳐. 그 여자를 두고 남자를 밝힌다고 하진 않잖아? 걔하고는 왠지 모르게 마음이 맞는 것뿐이야."

"걔?"

"바닐라 말이야."

아카네는 마지못해 대답했다. 그러고 나서 굉장히 빠른 어조로 말을 이었다.

"꼭 뭐 함께 살 생각이 있는 건 아니야. 내 주변에 왔다 갔다하는 거야 별 상관 않겠다는 정도? 게다가 식사는 따로 하는 게 좋지 않겠어? 내가 먹는 음식을 빼앗기는 건 싫거든. 생선은 별로 좋아하는 것 같지 않고."

"그렇게 열심히 설명하지 않아도 돼요."

교코가 눈을 가늘게 뜨고 아카네를 쳐다봤다.

"아, 맞다. 하자키 캔버스 사장님을 소개해준다고 했잖아요."

"그게 말이야. 매일 밤 전화를 하고 휴대전화에도 메시지를 남겨놓았는데, 통 어디 있는지 알 수가 없네. 도대체 어디서 뭘 하고 다니는 건지. ……아."

교코는 아카네의 시선을 좇았다. 배 언저리가 볼록 튀어나온 웨트슈트 차림의 남자가 초췌하기 이를 데 없는 얼굴로 가게 안으로 들어왔다. 남자는 아카네를 보자마자 그 자리에서 엉엉 울며 무너졌다.

"아카네! 내 말 좀 들어봐, 나 참혹한 일을 당했어."

"소개할게."

아카네는 차갑게 남자를 내려다보면서 교코에게 말했다.

"이쪽은 하자키 캔버스 사장, 곤도 게이타로 씨."

모리시타 미사는 무녀 옷차림으로 갈아입고 후다쇼의 방석에
멍청히 앉아 있었다. 얼마 전 주인에게 버림받은 페르시아고양
이 메르가 언제 그런 일이 있었느냐는 듯이 태평스럽게 미사의
장딴지를 베개 삼고 누워 평화로운 콧숨 소리를 내고 있었다. 배
례전 지붕 밑에서 가끔씩 나는 삐걱삐걱 소리와 그 콧숨 소리는
신기하게도 하모니를 이루었다.

아무리 그래도 그렇지 신사의 후다쇼에서 부적을 훔치는 녀석
은 없을 거라고 미사는 생각했다. 그런데도 곤타는 절대로 졸지
말라는 엄명을 내려놓고 외출했다. 오전에 일어난 사고 때문에 할
아버지가 외출하는 거야 당연하다 쳐도, 굳이 곤타까지 같이 갈
필요는 없지 않았나 싶다. 똑같이 가게를 보는 일이지만 고양이섬
민박집 쪽은 돈이 되는데. 손님이 많아서 별로 졸리지도 않고.

옛날부터 미사는 잘 자는 아이였다고 한다. 처음에는 부모와
친척들도 잘 자는 애가 잘 큰다며 좋아했지만, 유치원에 들어간
뒤로도 계속 너무나 잘 자는 미사를 보고 걱정이 됐던 모양이다.
이곳저곳 의사에게 데리고 가고 검사를 받았지만 결과는 이상

무었다.

부모님은 그 후로 미사를 게으름뱅이라고 단정 짓고 괜스레 야단을 치거나 소리를 지르게 되었다. 미사를 내버려두는 건 "미사는 분명 고양이의 환생일 거야"라고 말하는 고양이섬의 할아버지뿐이었다. 할아버지는 세상과는 좀 인연이 멀어서인지, 요코하마에서 열린 미사와 데쓰야의 결혼식에도 오지 않았지만, 세상눈에 개의치 않는 할아버지의 그런 열린 자세를 미사는 아주 좋아했다.

그런 걸 생각할 때, 고양이섬 신사는 미사에게 편안해 마땅했다. 곤타만 없다면 말이다.

그러고 보니, 하고 미사는 고쳐 앉았다.

곤타는 언제부터 여기에 있었던 걸까? 유치원 다닐 때 어머니를 따라 이 섬으로 놀러 왔었다. ……그때는 아직 할머니도 살아 계셨고, 지금은 요코하마에서 회사원이 된 삼촌도 여기서 살고 있었다. 아니, 잠깐만. 초등학교의 첫 여름방학 때, 어머니가 남동생을 낳으러 입원했을 때 미사는 여기 맡겨졌었다. 그때 벌써 곤타가 있었다. 매일 아침 억지로 깨워 얼굴을 씻게 하고 아무 데나 드러누워 자고 있으면 억지로 빗자루를 들려서 경내 청소를 시켰다. 할머니는 그 모습을 보고 생글생글 웃으며 말하곤 했다.

"곤타야. 부드럽게 하거라."

그러면 곤타는 잘난 듯 대답했었지.

"전 곤타라는 이름 하나로 충분합니다."

고양이 울음소리에 미사는 백일몽에서 깼다. 새전함을 감시하려는 양 그 위에 진을 치고 있던 DC가 소리를 낸 거다. 보니까 참배객이 두꺼운 지갑을 한쪽 손에 들고 부적을 요리조리 만지며 흩어놓고 있었다. 선글라스를 낀 멋진 대머리 중년 아저씨였는데, 결국 금색의 둥근 고양이 부적 방울을 사 갔다. 아니, 산 게 아니라 이쪽은 방울을 내려주고 그쪽은 그 감사 인사로 돈을 내고 간 것이다. 신사에서는 그런 식으로 말하는 법이다, 라고 곤타가 가르쳐줬다. 결국 사 간 사실에는 변함없다고 생각하지만. 매번 감사다.

미사는 손을 뻗어 방금 참배객이 엉망으로 흩뜨려놓은 부적들을 정리했다. 곤타가 있든 없든 옛날에는 고양이섬에서 지내는 여름방학이 아주 좋았다. 지금은 별로 즐겁지 않다. 데쓰야는 매일 바다의 집에서 일하느라 새카맣게 타서 돌아온다. 할아버지와 곤타도 데쓰야가 마음에 드는 모양이다. 매일 밤마다 미사는 제쳐놓고 남자 셋이서 '고양이섬 소주 노라야'를 비우며 신이 나곤 한다. 하긴 이 소주를 마시면 마지막에는 다들 울음을 터뜨리고 말지만.

왠지 말이야, 하나도 재미없어.

〈캐츠 아이〉—애니메이션이 아니라 스티븐 킹의 영화—의 엔

딩 테마가 미사의 휴대전화에서 흘러나왔다. 미사는 내키지 않는 목소리로 전화를 받았다.

"어때? 뭐 좀 물어봤어?"

"아닌 밤중에 홍두깨 격으로 무슨 소리야, 데쓰야 씨?"

"부탁했잖아. 그 삼억 엔 사건에 대해서 조사해달라고."

"어제, 하자키 도서관에 가서 신문 기사를 복사해 왔어. 데쓰야 씨 머리맡에 놔뒀는데."

"몰라, 그런 거."

"무슨 소리야. 스무 장이나 복사를 해 왔는데. 어젯밤에 데쓰야 씨한테도 보여줬잖아."

"어젯밤에는 할아버지랑 곤타 씨가 권하는 바람에 술을 너무 많이 마셨거든."

"기억 안 나는구나. 너무해."

"미안. 집에 가서 볼게. 저기 있지, 할아버지한테도 사건에 대해서 물어봐줘."

"물어보라니, 내가? 할아버지한테는 직접 물어보면 되잖아. 데쓰야 씨가 더 신뢰를 받고 있다고 할까, 더 사랑받고 있는 것 같으니까."

"그렇긴 한데, 할아버지와 곤타 씨가 둘 다 그 사건에 대해서는 말을 안 해. 피하는 것 같아. 아, 그래, 고양이섬 민박집의 할머니한테 자연스럽게 얘기를 꺼내보라고. 그쪽은 당신만이 할 수 있잖아. 마침 잘됐네. 거기에서 일하고 있으니까."

"오늘은 안 갔어."

"어, 설마. 너 말이야……."

"어쩔 수 없잖아. 도서관에 복사하러 가라고 하지 않나, 빨래 니 청소니 다 나보고 하라면서? 데쓰야 씨가 그랬잖아. 게다가 오늘은 사고가 있어서 할아버지랑 곤타가 경찰하고 나가서 아직 안 돌아왔어. 그래서 지금 여길 내가 보고 있다고."

"사고 처리 같은 건 벌써 끝났을 텐데."

"그래, 그래도 아까 뭔가 굉장한 복장을 한 형사랑 나갔어."

"형사? 해난 사고에 어째서 형사가 나오지?"

"몰라. 아무래도 상관없어, 난."

"사건이라는 얘기잖아. 아무래도 상관없지 않을 텐데."

"나하고는 관계없는걸. 그보다도 오늘 밤 어디 가서 밥 사줘. 신혼인데 단둘이 좀 있어보자. 매일 밤 피곤하다면서 술만 마시고, 누우면 바로 잠들어버리고."

"이제 일해야 돼."

데쓰야는 미사의 말에는 대답하지 않고, 같은 말을 반복했다.

"어쨌든 사건에 대해서 물어봐줘. 놀러 가는 건 그다음이야."

미사는 휴대전화와 메르를 내던지고 다다미 위에 대자로 누웠다.

"뭐야, 정말. 이혼해버릴까 보다. 넌 어떻게 생각하니?"

메르는 아무래도 좋은 듯 하품을 하고는 어슬렁어슬렁 냄새를

맡으며 작은 방을 돌아다니다 쓰레기통을 뒤엎어놓고 밖으로 나
갔다.

"아아. 의논할 가치도 없는 녀석이네."

귀찮아 죽겠다는 듯이 쓰레기통을 바로 세우던 미사의 손이
문득 멈췄다. 쓰레기통에 버려져 있는 건 미사가 하자키 도서관
에서 복사해 온 십팔 년 전 강도 사건의 기사였다.

2

나나세 아키라 순경은 엉거주춤한 자세로 서서 벼랑 아래를
내려다봤다.

양팔이 붉게 부풀어 올라 따끔거렸다. 곤타와 함께 용의자를
확보하다가 날뛰는 용의자에게서 입은 상처다. 공무 집행 방해
를 저지른 용의자의 이름은 실버.

신관이 말한 실버의 포악함은 결코 과장이 아니었다. 뭐, 그쪽
입장에서 보자면 자기 영역에 들어온 인간에게 갑작스레 습격을
당해 그물이 씌워지고 앞발을 꽉 잡혔으니 난폭하게 날뛸 수밖
에 없었을 것이다. 그야 동정해 마지않는 바지만, 어쨌든 이 상
처는 너무 심했다. 특히 이 얼굴.

표지판 아래 서 있던 신참 경관이 나나세의 얼굴을 보고 깜짝

놀라 입술을 깨물며 고개를 옆으로 돌렸다. 웃지 말라고, 응? 한 술 더 떠서 고마지는 실버의 발톱 안쪽을 닦아낸 티슈—그 작업 이 끝날 때까지 한 시간은 족히 걸렸다—까지 챙겨 넣었다. 그러고는 "수고했네. 그럼, 이제 오래된 선착장에 못 보던 배가 없는지 확인해주게나"라는 말만 남기고 자기는 후우웃 하아앗, 후우웃 하아앗 하면서 재빨리 본서로 철수해버렸다.

조금 전에 와타누키 신관이 설명한 대로, 제단으로 가는 길과 전망대로 가는 길 사이의 쇠사다리로 가는 작은 길은 금방 끝났다. 벼랑 끝에 콘크리트로 굳힌 부분이 나오고 거기서부터 벼랑 아래로 쇠사다리가 늘어져 있었다. 그 쇠사다리란 것이 맨 끝이 보이지 않을 정도의 길이와 높이를 자랑하는 데다, 여기저기 녹이 슬고 묘하게 휘어 있었다. 곤타가 나나세의 얼굴을 봤다.

"내가 먼저 내려갈까요?"

"아니요……. 제가 가겠습니다."

적어도 경찰관이 민간인의 뒤를 따라갈 수는 없지 않은가. 나나세는 침을 꿀꺽 삼키고 흠칫흠칫하며 돌아서서 나뭇가지를 잡고 발을 사다리에 올려놓았다.

끼이이익.

쇠사다리가 비명을 내질렀다. 동시에 나나세도 비명을 질렀다. 고마지 형사반장에게 고양이 알레르기가 있다면 자신은 높은 곳이 무섭다. 농담이 아니다. 아직 죽고 싶지 않아. 도대체 이러다 죽으면 순직 처리가 되기는 하는 걸까? 재기할 수 없게 되면 연금은 나오나? 수사 중이라고는 하지만 단독 행동인데 직무 중 사고로 인정되기는 할까?

끼이이익.

"히이이익."

"괜찮아요?"

곤타의 감정 없는, 냉정한 목소리가 위에서 들려왔다.

"뭐, 그런대로."

"조심하슈. 오늘 아침에 왔을 때는 쇠사다리 아래에 고양이 사체가 둥둥 떠다녔어요."

왜 이 순간에 그런 얘길 하는 거야.

"고양이는 높은 데서 떨어져도 아무렇지도 않다고 하는데, 이 정도 높이에서는 아닌가 봐요. 죽은 건 페르시아고양이를 닮은 어린 잡종이었는데, 조그마한 머리에서 액체가 쭈욱 흘러나와서……"

"내려갑니닷."

나나세는 필요 이상 큰 소리로 곤타의 말을 막고 손에 난 땀을 닦으며 마음을 다잡고 쇠사다리를 내려가기 시작했다. 쇠에서 나는 특유의 비릿한 냄새가 코에 와 닿았다. 발과 손이 닿는 위치에서 끼익, 끼익, 소리가 났다. 녹이 슨 사다리를 꽉 쥐었더니 손이 아팠다. 아래를 힐끗 내려다봤다. 등줄기가 서늘해졌다. 저

멀리 아래로 바위가 보였다. 여기서 떨어지면 볼 것도 없이 산산
조각이 나겠지. 와타누키 신관이 말했던 '여기서 굴러떨어진' 관
광객은 과연 정말로 다친 것 정도로 그쳤을까.

에잇, 생각을 말자.

눈을 감고 오로지 내려가기를 오 분, 드디어 발이 땅에 닿았
다. 필사적으로 아무렇지도 않은 표정을 지으며 숨을 가라앉히
고 손바닥을 보니 죽을 동 살 동 매달렸던 탓인지 새빨개져 있었
다. 바위해변에 걸터앉아 시계를 봤다. 경찰이 된 뒤로 시간만
신경 쓰게 된 것 같다. 그런데 두 시 십오 분이라니. 말도 안 돼,
점심밥도 안 먹었는데.

전에도 두 번인가 위에서 내려다본 적은 있었지만 아래로 내
려온 것은 처음이었다. 주위를 둘러보니 절벽 아래로 바위가 그
대로 드러나 보였다. 간조 때가 된 바다가 조금씩 멀어져가면서
딱딱한 바위들이 모습을 드러내는 것이었다. 바위들 사이로 목
조 선착장 같은 것이 또렷이 눈에 들어왔다.

보트의 모습은 없었지만.

"저게 선착장이에요."

가볍게 술술 내려온 곤타가 가리켰다. 곤타는 앞장서서 바위
해변을 날렵하게 나아갔고, 나나세는 비틀비틀하며 그 뒤를 따
랐다. 이쪽저쪽에 물웅덩이가 있고 바위 표면은 미끌미끌했다.
게와 잔고기, 소라게의 강렬한 냄새로 머리가 어질어질했다. 나

나세는 무거운 경찰관 장비를 진심으로 증오했다. 권총에 경찰봉, 무전기에 목이 긴 안전화. 이 더운 날에 칼날을 막기 위한 조끼까지 입고 일해야 하다니.

그렇다 쳐도 이 차이는 뭐란 말인가, 하며 자세히 보니 곤타는 맨발이었다. 기분이 좀 안 좋아졌다. 이 남자는 어쩌면 발바닥에 쇠심줄이 있을지도 몰라.

겨우 선착장 나무판 위에 섰다. 7월의 햇살을 받아 땀이 흐르는 얼굴을 나나세는 팔의 윗부분으로 닦았다. 곤타가 나무판에서 조금 떨어진 바위 위에 서서—저 발바닥 아프지 않을까—태연한 얼굴을 하고 주변을 둘러보며 말했다.

"죽은 사람, 여기에 보트로 온 거 맞아요?"

"네, 뭐요?"

"보트가 안 보여서 하는 얘깁니다."

아, 그랬지. 나는 알베르토 모헤이가 섬에 상륙한 흔적을 찾아 이 바위해변에 내려온 거였어, 하고 뒤늦게나마 나나세는 생각해냈다. 곤타가 가리키는 곳은 선착장 맨 앞부분이었다.

"바위가 이렇게 많이 튀어 올라와 있는데, 정말로 이런 곳에 보트를 댈 수 있었을까요?"

"물에 뛰어들어 끌고 왔을지도 몰라요. 저기에라도 밧줄로 걸어두면 떠내려가지는 않을 테고."

"흐음, 그럴듯해요. 와타누키 신관님의 아버님이 육지에 살림

을 차린 여자는 무척이나 괜찮은 여자였나 봐요. 그렇지 않고서
야 바닷물에 뛰어들면서까지 만나러 가진 않았겠죠."

곤타는 소리 없이 희미하게 웃었다. 아무래도 이 사내, 나쁜
사람은 아닌 모양이다, 하고 나나세는 생각했다.

맨 끝부분 가까이에 배를 걸어놓는 쇠고리가 있었다. 나나세
는 별 생각 없이 다가가서, 어라 하고 생각했다. 그 고리에는 로
프가 단단히 묶여 있었다. 단단히, 라고 했지만, 자세히 보니 어
설프게 여러 번 반복해서, 아마추어 냄새가 나는 방식으로 묶은
것이었다. 가나가와의 바다 근처 출신으로 2급 선박 면허를 갖고
있는 나나세는 나름대로, 나는 바다의 아들이다, 하는 자부심을
갖고 있었다. 어린 시절 보이스카우트를 하면서 로프를 묶는 다
양한 방법을 배웠다. 고양이섬에 사는 어부가 이런 어설픈 방식
으로 로프를 묶었을 리 없다.

거참, 로프를 남기고 배만 저어서 갈 리 없는데.

"고마지 반장님이 말한 대로 어쩌면 여기로 해서 섬에 들어왔
을지도 모르겠네요. 하지만 어째서 앞쪽으로 오지 않았을까요?
경찰이 주시하고 있다는 걸 알았나."

바위해변은 마치 자연의 성벽같이 해수면에서 삼 미터쯤 위까
지 튀어나와 고양이섬을 빙 둘러싸고 있었다. 구와하라 모헤이
는 이런 곳에 보트를 세워놓고 도대체 어디를 가려고 한 것일까.

그야 산의 제단임이 분명하다, 고 나나세는 생각했다. 거기에

서 추락했으니 말이야. 하지만 어째서 그런 성가신 짓을 한 걸까? 여기는 관광지니까 머리 모양을 조금 바꾸고 고양이 티셔츠에 버뮤다팬츠를 입고 선글라스라도 끼면 당당하게 모랫길을 건너올 수 있다. 아니면 관광선을 타고 와도 된다. 그러면 아무도 수상하게 생각하지 않았을 텐데.

"저, 곤타 씨? 그 교룡의 동굴까지 여기서 걸어서 갈 수 있나요?"

곤타는 대답하지 않았다. 그 대신에 고개를 갸우뚱하며 말했다.

"순경 아저씨, 그 로프 말인데요."

"네?"

"앞에 보트가 매달려 있는 것 같아요."

"네에?"

나나세는 무의식중에 만지작거리던 로프를 쑥 잡아당겨봤다. 무거운 느낌이 손으로 전해져 왔다. 제복을 더럽히지 않으려고 무릎을 꿇고 로프를 잡아당기면서 바다를 들여다봤다.

낡은, 반쯤 썩은 것 같은 보트가 로프에 이끌려 수면으로 떠올랐다.

"엇, 뭐야 이거."

"엄청 낡은 걸로 봐서 물이 들어가서 가라앉은 거군요."

"그렇게 덤덤하게 말하다니…… 말 그대로긴 하지만."

힘을 줘서 계속 끌어 올리니 수면이 쩍 갈리면서 보트가 나타났다. 벗겨지기 시작한 하얀 도장, 흘수선吃水線과 가장자리는 원래 빨갛게 칠해져 있었던 모양인데 그 페인트도 너덜너덜 벗겨졌다. 옆쪽에 서툰 글씨로 보트 이름이 쓰여 있는 것이 보였다.

"닉타이타…… 별난 이름이네요."

"그거 '타이타닉'이라고 읽는 거 아닐까요?"

"아, 그렇구나. 그래, 타이타닉? 이런 쪼그만 보트가, 뻔뻔하네. 뭐, 이름대로 되긴 했지만."

나나세의 말에 화가 났는지, 낡아빠진 보트가 갑자기 옆으로 쓰러졌다. 그 바람에 물이 선착장으로 확 밀려들어 나나세는 머리부터 발끝까지 물을 뒤집어썼다.

"앗, 젠장, 이게 뭐야."

나나세는 욕설을 퍼부으면서 허둥지둥 뒤로 물러섰다. 실버의 손톱자국에 바닷물이 닿자 갑자기 쓰라려서 엉겁결에 로프를 놓고 말았다. 보트는 기분 나쁜 비명 소리를 내며 다시 바다로 가라앉았다. 아악, 안 돼. 상처의 아픔도 젖은 제복도 다 포기하고 로프로 달려들었건만. 신발 밑창이 선착장 바닥에 쭉 미끄러지면서…….

나나세 순경은 머리부터 바다에 처박혔다.

3

오후의 간조 시각이 다가오자 수위가 낮아져 갯벌이 드러났다. 수많은 관광객들이 무릎까지 잠기는 물을 마다않고 고양이섬 해안에서 고양이섬으로 건너오고 있었다. 선착장에도 가마쿠라에서 온 소형 관광선이 정박해 관광객을 토해냈다. 벌써 돌아갈 작정인지 배에 올라타는 관광객도 몇 명 눈에 띄었다.

낡을 대로 낡은 간판에 '고양이섬 관광 안내소'라고 쓰여 있는 가게 앞에 얼룩고양이 한 마리와 한가해 보이는 아저씨가 앉아 있었다. 거기를 지나가자 흰 건물이 보였다. 나나세 순경이 말한 대로 삼 층 건물 중앙에 지붕이 올라앉은, 옛날 초등학교 건물을 하얗게 칠한 것 같은 형태였다. 문에는 멋을 부린 가로 글자로 '캣 아일랜드 리조트'라고 새겨져 있었고 그 아래 굉장히 작은 글자로 '하자키시 고양이섬 휴양소'라고 쓰여 있었다. 소철과 야자 가로수가 정면 현관을 향해 곧장 뻗어 있는 이 건물은 사진으로 본다면 분명 호화로운 리조트 호텔 같을 것이다. 그러나 실제로 와서 보면, 손질이 잘되어 있기는 하지만 어딘지 모르게 추레한 느낌을 주는 건물이었다. 마당에도 건물의 분위기에도 흥겨운 맛이 전혀 없기 때문일 것이다. 언뜻 보아도 방대한 부지에는 고양이의 모습이 전혀 없었고, 당치 않게도 고양이를 쫓는 물을 담은 페트병만이 여기저기에 보였다.

"형사님이십니까?"

캣 아일랜드 리조트의 다자키 지배인은 방독면을 쓴 고마지와 그가 쑥 내민 경찰수첩을 번갈아 봤다. 지배인은 얼굴색 하나 변하지 않았다. 그것이 공무원 생활을 하며 몸에 익힌 포커페이스인지 접객업으로 전향한 뒤에 체득한 위기 상황 대처 방식인지는 분명치 않았지만.

"죄송합니다. 송구스럽지만 그런 모습이면 저희로서는 신분증명서의 사진과 일치 여부를 알기 어렵습니다만."

"아, 죄송."

고마지는 방독면을 벗고 조심스레 호흡을 해보더니 눈을 크게 떴다.

"여기 고양이는 없죠?"

"네. 고마지 반장님은 고양이 알레르기시군요."

다자키 지배인이 파안대소했다. 그러나 눈은 웃고 있지 않았다.

"안심하십시오. 이 휴양소는 고양이는 한 마리도 들이지 않는 것을 원칙으로 하고 있습니다."

"고양이섬 휴양소인데?"

"휴양소이기 때문입니다. 1998년 9월 하자키 시의회에서 결정된 규칙인데 고양이섬이라고 해서 고양이를 좋아하는 손님만 맞아들이는 식으로 운영할 수는 없습니다. 이 휴양소의 고객들은 대부분 연수나 회의 목적으로 오는 단체 손님이니까요."

"흐음."

고마지는 로비를 둘러봤다. 숙박 시설에서 오후 두 시란 하루 중에서도 가장 한가한 시간대일 것이다. 시영 휴양소의 이미지에 맞지 않게 너무 사치스러운 소파 세트와 융단이 깔린 로비에는 손님은커녕 종업원의 모습도 보이지 않았다.

물론 고양이의 모습도.

아니 실은 딱 한 마리, 고마지의 뒤를 따라온 폴리스 고양이 DC가 기둥 그늘에 몸을 숨기고 있기는 했지만 다자키와 고마지 둘 다 알아차리지 못했다. DC는 여기서는 자기가 환영받지 못한다는 걸 알고 언제라도 도망칠 수 있는 자세로 두 사람의 모습을 엿보고 있었다.

"오늘은 아무 데서도 연수하러 오는 사람이 없는 것 같군요."

고양이가 숨어 있다는 사실은 눈곱만큼도 모르는 고마지는 오래간만에 긴장을 풀고 탐문을 개시했다.

"오늘은 유산균음료 메이커의 회합과, 하자키에 사는 하드보일드 작가 쓰노다 고다이 선생님 팬클럽의 모임이 예약되어 있습니다. 양쪽 다 오후 네 시에 하자키 동해안에서 정기 관광선을 타고 오실 예정이라 저희도 지금은 대기 상태로 잠시 쉬고 있습니다. 그제부터 오늘 오전까지는 택배업체의 가나가와 지부 신입 사원 연수가 있었습니다. 많은 짐을 등에 지고 고양이섬 신사의 돌계단과 그 뒤쪽 산길을 오르거나 달리는 훈련을 한다고 하던데요."

"이 더위에 그런 걸 하다니 힘들었겠군요."

"네, 맞습니다. 개중에는 열사병에 걸려 쓰러진 분도 계셔서 바로 본토의 병원으로 이송하는 조치를 취해드렸습니다."

"참고로 어떤 조치를 취하는지 가르쳐주실 수 있나요?"

"네. 지금은 여름이니까 낮에는 파출소에 젊은 경찰관이 한 분 상주해 계십니다. 그러니까 긴급 시에는 부탁을 드려서 우선은 고양이섬 해안의 선착장에 구급차를 대기시키고 이쪽에서는 소형선박으로 병자를 그리로 보냅니다. 어제는 나나세 씨라는 젊은 경찰관분이 배를 내주셨습니다. 젊은데 일을 열심히 하시는 분이라서."

고마지는 다자키 지배인의 얼굴을 뚫어져라 바라봤다. 지배인은 헛기침을 하고 말을 이었다.

"네, 때때로 파출소가 비어 있는 건 알고 있습니다만 그거야 섬 안을 열심히 순찰하느라 그런 거라고 생각하고."

"열심히, 라고요."

"사람에 따라서는 제각각 생각이 다른 부분이 있을 테지요."

"뭐, 그렇겠죠. 그래, 파출소의 경찰관이 본토로 돌아가고 나면 어떻게 되나요?"

"고양이섬 신사의 신관님을 중심으로 하는 고양이섬 주민자치회 비슷한 조직이 있습니다. 이른바 도민회島民會지요. 저희도 이 섬에 살진 않지만 고양이섬 도민회에는 특별히 참가하고 있습니다. 십 년쯤 전에 긴급용 십인승 보트를 두 대 새로 구입했습니다. 보트는 파출소 옆 수납고에 있습니다. 경찰분들도 저희 배를 사용하고 계시죠."

"그렇군요. 우리 서의 예산으로는 보트 한 대 사려고 해도 대소동이 나는데. 두 대나 살 수 있었다니 섬의 경기가 좋군요."

"듣기로는 고양이섬 신사를 찾는 관광객이 해마다 늘고 있다고 하더군요."

"그래요? 신사가 여기저기 상해서 큰일이라고, 와타누키 신관이 얘기하던데."

"그런가요?"

다자키 지배인은 이 한마디로 모든 감정을 나타냈다. 고마지는 씩 웃었다.

"신관이 구두쇠라는 말을 하고 싶은 건가요? 그렇다면 보트를 두 대나 사지는 않았겠죠."

"한 대는 사람용, 또 한 대는 고양이용으로 알고 있습니다."

"아니, 고양이용이라고요?"

"고양이가 위급한 병에 걸렸을 때나 수의사를 불러 오기 힘들 때 이용하는 모양입니다."

"수의사가 왕진도 해주나요? 이 섬의 고양이들은 정말 팔자가 좋군."

"예. 그렇지요. 하지만 대부분의 고양이들은 은혜를 모르는 존재라 요즘은 수의사의 모습만 보면 도망치기 때문에 검진 한번 하려면 아주 애를 먹는다고 합니다."

"그래 누가 배를 조종하나요?"

"이곳 사람들은 대부분 배를 움직일 수 있어서 그때그때 다르지요. 저도 이 일을 하게 된 뒤로 소형선박 면허를 취득했습니다."

"지배인은 언제부터 이 휴양소에?"

"오픈 때부터입니다. 그럭저럭 십팔 년이 되나요?"

"으음, 그렇군. 그거 긴 기간이네요."

"덕분에 시청에서 일하던 시절에는 생각도 못 했던 일들을 많이 배우고 있습니다. 아무리 본토의 코앞이라고는 하지만 육지와 떨어진 작은 섬이라서, 막상 어떤 일이 일어났을 때를 대비해 연락 수단을 확보해두는 것이 손님에 대한 저희의 의무이기도 하고요. 섬 주민과 서로 협조하며 해나가야지요. 해수욕장 개장 직전에도 저의 아이디어로 섬 주민 모두가 다 같이 대피 훈련을 실시했었습니다."

"확실히 이런 자그마한 섬에는 훈련이 필요하겠죠."

"제가 공을 들여 시나리오를 준비했습니다."

다자키 지배인은 다시 헛기침을 했다.

"해수욕장 개장 당일 고양이섬 동쪽에서 다이버가 물에 빠지고, 그걸 구조하러 가려던 보트 두 대가 고양이섬 부두에서 충돌, 두 사람이 바다에 빠져 행방불명이 됩니다. 보트를 조종하던 사람이 전날 과음을 해서 몽롱한 상태였다는 설정인데요."

"뭐, 많지요, 그런 사람이야."

"각 관련 기관에 통보를 하는 한편 섬 주민들로 구성된 구조단이 구조 활동을 개시합니다. 도민회의 부녀자들은 이재민을 위한 취사를 담당하는데, 밥을 하다 그만 불이 다른 곳으로 옮겨 붙어서 메인스트리트에서 화재가 발생합니다. 불을 끄는 와중에 이슬람 원리주의자 테러리스트가 고양이섬 신사에 설치한 폭탄이 터지고 신관과 고양이 몇 마리가 크게 다칩니다."

"이슬람 원리주의자 테러리스트가 어째서 이 섬에 폭탄을?"

"전 원리주의자 테러리스트에 대해 아는 바 없지만, 이슬람교에서 고양이를 싫어한다고 들었습니다."

"잠깐, 무슬림이 싫어하는 건 개 아니었나?"

"그런 의견도 있다고 들었습니다만. 그러고 보니 이 섬에 오시는 관광객 중에 중동계 분들도 가끔 보이는 것 같습니다. 이 휴양소가 세워졌을 무렵에는 페르시아 융단을 취급하는, 그쪽 출신으로 보이는 업자분들도 오셨었습니다."

다자키 지배인은 쉽게 앞의 말을 철회했다.

"다음번부터는 '고양이 알레르기 환자 모임'이 고용한 테러리스트로 설정하도록 하겠습니다."

"……그거 괜찮군."

"물에 빠진 다이버에 보트 충돌 사고로 다친 두 사람, 불이 나서 화상을 입은 소방대원과 도내 부인회의 멤버 다섯 명, 그들에게 응급처치를 하면서 본토로 옮기는 한편 폭발로 신사 기둥 아래 깔린 신관님과 고양이를 구조해야 합니다."

"굉장한 훈련이었겠군."

"그리고 구조대와 경찰분들이 섬으로 올 무렵, 대지진이 일어나는 것이 제가 준비한 시나리오입니다."

"채택되었나요, 그 시나리오?"

"불행은 타이밍이 매우 나쁠 때 일어나는 법입니다. 비관적으로 준비해두면 낙관적으로 대응할 수 있기 때문에, 그런 시나리오를 쓸 때는 재난을 최대한 많이 설정합니다만, 예산 사정도 있고 해서 폭발과 대지진은 생략되었습니다."

"거 아쉽군."

"네, 정말 아쉬웠습니다. 특히 고양이섬 신사 신관님의 반대가 예상 이상으로 강경했어요. 다쳐서 배로 본토로 이송되는 걸 완강하게 거부하셨지요. ……아니, 이거 완전히 쓸데없는 얘기를 했군요. 오신 용건도 아직 여쭙지 않았는데."

"아, 거 아시다시피 오전 중에 사고가 있어서."

"네, 알고 있습니다. 돌아가신 분 중 한 분은 최근에 하자키 경찰서의 높은 분들이 크게 관심을 두셨던 분이라면서요."

"그렇긴 한데."

고마지는 방심하지 않고 다자키 지배인의 새침한 얼굴에 눈길을 주며 말했다.

"어떻게 알았지요?"

"며칠 전에 나나세 순경이 구와하라 모헤이라는 분에 대해 물어보러 오셨습니다. 매우 독특한 분이더군요. 셔츠 단추를 네 개……."

"셔츠 단추 얘기는 이제 지긋지긋해. 그래서요?"

"우연히 우리 객실 담당 직원의 남편이 선어정 조리장을 하고 있어서요. 오늘도 맨 먼저 현장에 달려가 구조를 했는데 나중에 그 상황을 모두 아내에게 얘기해줬다고 합니다. 그래서 그 객실 담당 아주머니가 동료한테 얘기하고 동료가 식당 요리사한테 얘기하고 요리사가 라운지 웨이트리스에게 얘기하고 웨이트리스가 회계 직원한테 얘기했지요. 저는 그 회계 직원한테서 셔츠 단추 얘기를 들었습니다. 아, 이거 또 쓸데없이."

"복잡한 인간관계로군. 그래 어때요? 문제의 구와하라 모헤이를 본 적은?"

"적어도 이 휴양소하고는 인연이 없었던 것 같습니다."

"밖에서 본 적은 없나요?"

"봤다면 기억하고도 남을 분인 것 같은데요."

호박에 침놓기, 겨에 못 박기 식의 다자키 지배인에게 고마지는 공을 들였다.

"하지만 이만큼 큰 건물인데 말이지요. 예를 들어 밤에 간조 때 걸어서 섬으로 건너와 이 휴양소 어딘가에 숨어 있었다, 하는 일이 없었다고는 할 수 없겠지요."

"저도 눈은 두 개밖에 갖고 있지 않아서요. 그런 사태가 전혀 없다고 단언할 수는 없지만, 있었다 할지라도 침입자의 흔적 등에 대해서 보고받은 바는 없습니다."

"일 층에 몰래 들어오는 건?"

"밤에 문단속은 앞뒤 창 모두 엄중히 하고 있습니다. 한여름 밀애를 나누던 남녀가 어처구니없는 장소에서 발견되는 일이 있긴 한데요. 들은 바로는 지난번에도 새벽녘에 고양이섬 신사 배례전 앞, 세 번째 도리이가 있는 곳에서…… 천벌 받을 일이 있었다고 하더군요."

고양이섬에서 남 몰래 무슨 짓을 할 수는 없을 것 같다. 누군가가 휴양소 사람에게 한마디 해주기만 하면 순식간에 휴양소 안에 퍼질 것이다. 그래도 고마지는 세심한 주의를 기울였다.

"정원은?"

"오늘 아침 정원사를 만났는데 아무 말 없었어요. 참고로 그는 전직 경찰관으로 저희 휴양소 경비도 담당하고 있습니다."

"그럼 사 층은?"

막힘없이 대답하던 다자키 지배인의 말문이 막혔다.

"사, 사 층은 현재 사용하고 있지 않아서 비상계단에도 자물쇠를 채워놓았고요. 열쇠는 제가 가지고 있는데."

"하지만 엘리베이터라면 갈 수 있지요?"

"네? 네, 뭐, 못 갈 것도 없지만 아무도 볼일이 없어서."

"있었던 것 같은데?"

고마지가 가리켰다. 프런트 옆에 있는 엘리베이터 층 표시는 지금도 사 층에서 점멸하고 있었다. 기계 작동음이 나고 엘리베이터 램프가 4에서 3으로, 3에서 2로 내려왔다. 다자키 지배인은 이마에 땀을 흘리며 빨리 말했다.

"그게 그러니까, 보통은 아무도 드나들지 않습니다만 어쩌다 생각이 난 청소 담당자가 환기를 하지요. 저희 휴양소에서는 직원 교육도 매우 잘 시키고 있습니다."

팅 하는 소리가 나고 엘리베이터가 일 층에 도착했다. 문이 열렸다. 엘리베이터 바닥에 하얀색 긴 털을 가진 고양이 한 마리가 앉아 있다가 고마지를 보자 둥근 방울을 울리며 성큼성큼 다가왔다.

소리 같지도 않은 비명을 내지르고는 방독면을 쓰려고 허둥대며 도망가는 고마지의 등에 대고, 다자키 지배인은 깊이 머리를 조아렸다.

"부디, 부디 조용히 처리해주십사 부탁드립니다."

6장

솜씨 있는 고양이는 발톱을 감춘다

1

후타무라 기미코 경위는 하자키 경찰서 복도를 씩씩하고 경쾌하게 걸어갔다. 씩씩하고 경쾌하게라는 형용사는 본인의 주관 내지는 바람이고, 실제로는 소형 탱크가 돌진하는 것 같았다. 당황해서 복도 옆으로 달라붙는 서원들을 본척만척 그녀는 곧장 수사과 앞으로 가서 노크와 동시에 문을 열고 들어섰다. 고마지 옆에 앉아 언짢은 얼굴로 컴퓨터를 들여다보던 형사 하나가 펄쩍 자리에서 일어섰다. 빈 의자에 후타무라 기미코가 털썩 앉았다.

"고마지 반장님."

"나 말인가? 나, 헐크 고마지야."

"정말, 어떻게 된 거예요, 그 얼굴? 소방서에 거짓말까지 해가며 방독면을 빌려다 줬는데. 고글이 달려 눈까지 완전히 덮어줬을 텐데요."

고마지는 안약을 넣고 비염약을 들이마셨다.

"알아? 고양이는 악마의 심부름꾼이야. 고양이가 나타나면 죽은 사람도 벌떡 일어나. 고양이가 사람에게 안겨서 갸르릉거리는 건 사람의 뼈를 세는 소리야. 뼈의 수가 하나라도 많으면 고양이가 빼낸다고. 그 녀석들은 사람을 방심하게 한 다음 갑자기 나타나. 짐승 주제에 엘리베이터를 탈 줄 알다니. 엘리베이터 버튼 아래 장식 선반이 있다고는 하지만 말이야. 고양이 전설은 어쩌면 사실일지도 몰라."

"도대체 무슨 소리예요? 내가 그 나이프에서 고마지 반장님 것 외에 지문이 나왔다는 얘기 했나요?"

"누군데?"

"아직 몰라요. 참고로 폴 오스터라는 하자키 히가시긴자의 흡연 도구상도 찾아가봤는데 그 사이즈의 나이프는 하나에 3980엔으로 비교적 적당한 가격이라 몇 십 자루 있던 걸 모두 다 팔았대요. 육지족에 바다족에 오타쿠로 보이는 사람들, 해수욕 온 젊은 여자들한테까지 다 팔아치웠다더군요. 중학생 이하의 아이들한테는 부모랑 함께 오지 않으면 못 판다고 했다는데, 그랬더니 나중에 부모를 데리고 왔대요. 나 참, 어이가 없어서."

"우리나라도 끝이야, 하는 말도 이제는 질렸어. 그 말을 쓰기 시작한 지도 벌써 이십 년은 됐을걸."

"손님 대부분이 현금으로 돈을 낸 데다 대부분 단골도 아니래요. 그나마 고객카드를 만들어놓아서 신분을 알 수 있는 다섯 명을 만나봤는데 다들 생글생글 웃으며 나한테 나이프를 보여줬어요. 안타깝게도 그 밖의 손님에 대한 정보는 하나도 없고. 그 가게에선 키홀더에도 매달 수 있는 사 센티미터 정도의 미니 나이프도 팔던데, 그런 독특한 거라면 모를까, 우리가 찾는 나이프는 그리 드문 물건이 아닌 모양이라서, 딱히 폴 오스터에서 구입했다고만 볼 수도 없어요. 그렇다고 우리 현에 있는 나이프 취급점을 이 잡듯이 뒤질 수도 없고."

"인형이 찔린 것 정도 가지고는 그 이상 알아보기 힘든 건가?"

"나이프에 달라붙어 있던 섬유를 조사하는 것도, 과장이 비용이 이러니저러니 하며 시끄럽게 구는 바람에 결국 취소됐을 정도니까요."

"기미코 씨한테 그런 말을 하다니 그 과장도 배짱이 대단하군."

"우리도 막무가내로 밀어붙일 순 없었어요. 어느 분이 엉망으로 만들어놓은 뒤에 이쪽으로 넘어온 증거였으니. 뭐, 이렇게 된 이상 비용은 수사과가 내는 것으로 하고 현경 본부 감식과로 보낼 생각이에요. 어쨌든 현재 상황은 여기까지."

"흐음. 대단한 진전이야."

"뭐예요, 그 말투는. 용의자랑 범죄 증거를 세트로 받았는데 그 녀석이 깨끗이 살해당해버린 거잖아요. 불쌍하단 생각 안 해요? 좀 더 부드럽게 굴라고요."

"아직 살해당했다고 단정할 수 없어. 살해당했다 하더라도 범인은 인간이 아니라 흉악한 고양이였을지도 모르고."

"아무리 고양이가 악마의 심부름꾼이라서 엘리베이터를 탈 줄 안다 쳐도, 스턴 건(호신용 고압 전류 총—옮긴이)은 못 쏠 텐데."

고마지는 의자를 돌렸다. 바람이 일어 주위 형사들의 책상에서 종이쪽지가 흩날렸다.

"미우라 선생을 만났나? 하자키 의대에 갔었군."

"검안에서 부검으로 격상되면서 사법 해부를 하게 됐어요. 스턴 건을 맞은 상흔이 가슴 정중앙에 떡하니 남아 있었다고 해요. 셔츠 단추를 네 개 열어젖힌 덕이지요. 나도 흉내 내볼까."

"할 거면 서장 앞에서나 해, 기미코 씨. 수명이 줄어들어도 아깝지 않은 건 서장 정도니까."

"칭찬으로 받아들일게요. 미우라 선생의 말에 의하면 사인은 경추 골절에 의한…… 척추? 뭐야 이 한자. 못 읽겠잖아. 뭐, 요컨대 목뼈가 부러진 거죠. 마린바이크에 튕겨져 나가면서 바위 해변에 내동댕이쳐진 거니 당연한 일인지 모르지만, 전신이 상처투성이고 목 이외에도 골절이 많아요. 미우라 선생 말로는, 자기 같은 유능한 의사가 아니면 스턴 건 흔적은 알아차리지 못했을 거라고 하던데요."

고마지는 만족스러운 소리를 냈다. 후타무라는 메모장을 탁 덮고 말했다.

"자 여기서 문제입니다. 알베르토 모헤이의 죽음은 필로폰 고양이와 관계가 있을까요, 없을까요?"

"당치 않은 소리 마. 그런 것까지 알면 벌써 옛날에 범인을 리본으로 포장해서 기미코 씨한테 선물했을 거야."

"남자란 실행 불가능한 약속을 할 때는 묘하게 으스대는군요. 고마지 반장님 심증으로는 어때요? 마약 밀매와 살인, 관계가 있다고 생각해요?"

"없다고는 단정 못 하지."

"있다고도 단언 못 한다는 거군요."

"안타깝게도 그래. 고양이섬 파출소 나나세의 보고를 기다리고 있긴 한데, 알베르토 모헤이가 어떻게 섬에 들어갔는지가 아직 불분명해. 나나세의 얘기로는 자기가 파출소에 배치된 오전 일곱 시 이후에 그 녀석이 정식 루트로 섬에 들어왔다면 눈에 띄지 않았을 리 없다더군."

"글쎄요. 나나세는 귀여운 데는 있지만 머리랑 의욕은 별로인 거 같던데."

"하지만 오늘 알베르토를 봤다는 사람은 아무도 없어. 그런 작은 섬에서 말이지. 일부러 몰래 행동하지 않았다면 아무도 못

봤을 리 없어."

"내가 잘못한 건가?"

후타무라 기미코는 입술을 깨물었다.

"나나세한테 알베르토에 대해 탐문하라고 지시한 건 나거든
요."

"그렇다면 나나세가 탐문한 사람 중에 알베르토와 한패인 녀
석이 있었다는 얘기야. 즉 마약 밀매를 돕는 녀석이 있어서 이번
에 고양이섬으로 들어올 때는 사람 눈에 띄지 않게 몰래 오라고
알베르토한테 전한 거지."

"그거, 이상하지 않아요? 만일 내가 고양이섬의 주민이고 마
약 밀매에 관련되어 있다면 경찰 눈에 띈 알베르토를 아예 섬 가
까이에도 오지 못하게 할 텐데요."

"그렇지? 게다가 알베르토가 누군가에게 필로폰을 도매로 넘
겼다고만 볼 수는 없어. 고양이 인형을 세 개나 산 건 거기에 담
아 소매로 팔기 위해서였을 거야."

"개인 손님에게 말이죠."

"그렇지. 즉 알베르토 모헤이는 가끔은 도매 판매를 맡았을지
모르지만, 실은 꽤 하위의 밀매인이라는 거야. 즉 소매업자야.
그것도 행상인이지. 잔챙이라고."

"점점 더 고양이섬에는 볼일이 없는 것처럼 들리네요. 젊은
애들이 몰려드는 장소라면 어디서든 필로폰을 팔 수 있었을 테

니 고양이섬에 집착할 이유는 없는 거네."

"그래서 말인데. 녀석이 고양이섬에 남몰래 들어올 필요가 있었다 치더라도, 그 필요라는 게 마약하고 관계가 있는지 없는지는 불투명하다는 거지. 개인적으로는 없는 쪽에 걸고 싶지만 목숨까지 걸고 싶진 않군."

"난 마약과 관계가 있다는 쪽에 베팅할 거예요. 필로폰 고양이를 나이프로 찌른 데다가 그걸 아무 데나 내던져놓았으니까요. 마치 이 섬에서 마약 밀매를 하고 있어요, 라고 큰 소리로 외치는 것 같잖아요. 그렇게 보란 듯 시위를 한 범인은 알베르토에게 원한이 있던 게 아닐까요? 아니면 마약 밀매를 그만두게 하고 싶었거나. 하지만 경찰에 밀고할 수는 없어서 그런 미적지근한 방법을 취했고, 그걸 알고 꼭지가 돈 알베르토가 고양이섬으로 들어왔지요. 물론 남몰래. 그래서 그자와 벼랑 위에서 맞붙어 싸우다 스턴 건에 한 방 맞고 바다로 내던져졌다."

"벼랑 위에서 범인과 피해자가 맞붙는 건 두 시간짜리 서스펜스 영화 속에서나 볼 수 있는 장면이야. 보통은 화가 난 상대를 그런 장소에서 만나지는 않지."

"그런 식으로 훼방 놓지 마요. 어때요?"

"그럴 수도 있겠지. 단, 그럴 경우 필로폰 고양이 시위가 제대로 되려면, 첫째, 첫 번째 발견자가 선량한 시민이어야 하고, 그걸 장난으로 생각 않고 바로 파출소에 신고할 것. 둘째, 파출소에 있던 경찰이 머리도 의욕도 없는 엉터리가 아니라 마약 알레르기가 있는 유능하고 일 잘하는 형사일 것, 이라는 조건이 필요해."

후타무라는 웃으며 고개를 흔들었다.

"그건 지나친 생각이에요. 보통 사람들은 경찰을 과대평가하는 경향이 있거든요. 친구 하나가 요전번에 차를 타고 가다 강도를 만났는데 경찰관은 달랑 서류만 작성하고 가버렸다며 내게 전화를 걸어 화를 내더라고요. 지문도 채취하지 않느냐면서. 응? 그런데 지금 이거 무슨 소리지?"

멀리서 지익지익, 무거운 물건을 끄는 것 같은 기분 나쁜 발소리가 들려왔다. 발소리에는 물이 떨어지는 것 같은 뚝뚝 소리, 젖은 것을 밟았을 때 나는 질벅질벅 소리도 섞여 있었다. 발소리가 수사과 입구에서 멈췄다. 머뭇거리는 노크 소리가 들렸다. 어디서부터인지 모르게 비릿한 공기가 느껴졌다. 후타무라가 고마지의 얼굴을 보며 속삭였다.

"나, 이런 괴담 알아요."

"나도 알아. '고양이 손'이지?"

"원숭이 아니었나?"

다시 노크 소리가 들렸다. 고마지는 어깨를 으쓱이고는, 들어와, 하고 말했다.

문이 열렸다. 들어온 건 온몸이 물에 젖고 얼굴과 팔이 그로테

스크하게 부어오른 괴물…… 아니, 제복 경찰관이었다.

"어, 혹시 나나세?"

후타무라 기미코는 믿을 수 없다는 듯이 그를 뚫어져라 바라봤다. 나나세 아키라 순경은 얼빠진 표정으로 말했다.

"나나세의 상처 받은 영혼임다."

"무슨 일이야, 도대체?"

"흉악한 고양이가 할퀴는 바람에 상처를 입고, 머리부터 거꾸로 바다에 빠졌습니다. 그 곤타라는 사내는 멀리서 보고만 있을 뿐 도와주지도 않았어요. 바닷물이 상처에 스며들어 이렇게 말만 해도……."

나나세는 딸꾹질 같은 소리를 냈다. 고마지는 찌푸린 얼굴로 따뜻한 말을 건넸다.

"수고했네. 그럼 어서 빨리 보고하고 재빨리 병원으로 가게나. 내버려두면 악화돼서 썩을지도 몰라."

나나세의 얼굴이 일그러졌다. 그의 말투가 빨라졌다.

"오래된 선착장에서 타이타닉이라는 낡은 보트가 있는 걸 발견했습니다. 너무나도 낡아빠져서 바다에 잠겨 있었지요. 파출소장에게 조사를 의뢰했더니, 보트는 고양이섬 해안에서 멀리 떨어진 곳에 있는 집의 주인 소유로, 어제 저녁때까지는 분명 집 앞 모래사장에 놓여 있었다고 합니다. 오늘 아침 일곱 시경에 없어진 걸 알았지만 이미 처분할 작정이었기 때문에 내버려뒀다고 합니다. 보트 속에서 이걸 발견했습니다."

나나세는 바지 주머니에서 물에 젖은 물체를 꺼내 고마지의 책상 위에 던졌다. 철퍼덕 소리가 나고 비릿한 바닷물이 고마지의 옷에 튀었다.

"고양이섬 관광 지도예요. 고양이섬 관광협회가 발행한 것으로 백오십 엔에 누구라도 살 수 있습니다. 그런데 이 지도는 바다 제단에 표시가 되어 있고 뒤에도 뭔가 써놓은 것 같습니다. 젖어서 잘 읽을 수는 없지만."

고마지는 물에 젖은 책상과 옷을 말없이 내려다봤다. 드디어 그는 나나세를 올려다보며 말했다.

"굉장하군. 정말 대단해."

나나세는 깊은 한숨을 쉬었다. 생각 탓인지 눈이 젖어 있는 것 같았다. 고마지는 나나세의 어깨를 두드리려다 그만뒀다.

"어쨌든 오늘은 빨리 의사한테 갔다가 집에 가서 자게나."

"네. 그렇게 하겠습니다."

"이것으로 진전이 있을지도 모르겠군. 자네 덕분이야. 잘했어."

"감사합니다."

"내일부터 다시 바빠질 거야."

"네…… 네에?"

"바위해변을 수색할 거야. 범행에 사용한 스턴 건이 떨어져 있을지도 몰라. 그 밖에도 구와하라 모헤이가 고양이섬에 온 이유를 알 수 있는 실마리가 발견될지도 모르고. 발견될지 어떨지는 관계자의 노력과 운에 달려 있지. 자네한테는 아주 강력한 운이 따르고 있어. 수사를 위해 그 훌륭한 강운을 써주게나."

"그 얘긴."

나나세 아키라는 코를 들이마시고 한동안 생각했다.

"내일도 오늘 하던 일을 계속하라는…… 말씀입니까?"

"부탁하네."

2

고양이섬 민박집은 늦은 저녁 식사 시간. 오늘의 숙박객 다섯 그룹 아홉 명―하라 아카네를 포함해서―은 일곱 시에 시작된 일 층 레스토랑에서의 식사를 만족스럽게 끝내고 거실로 자리를 옮겨 고양이들과 놀거나 밤 산책을 하러 나갔다. 참고로 오늘의 메인 메뉴는 하자키 목장의 특제 안심 스테이크(콩을 넣은 버터 라이스도 함께), 고양이섬 근해에서 잡은 신선한 생선과 아보카도 소스(여름 채소와 소테를 곁들인). 디저트는 교코가 '고양이 아이스'라 이름 붙인 것으로, 소프트크림을 접시에 올려놓고 냉동 과일과 고양이 모양 쿠키로 장식한 다음 초콜릿 소스로 고양이 얼굴을 그린 것이다. 만들기 쉽고 돈도 별로 들지 않지만 손님들의 반응이 좋다. 시간이 없을 때는 반드시 이것을 곁들인다.

교코와 마쓰코, 그리고 고양이섬 민박집 입주 요리사 호소이 쓰루코는 문단속을 한 레스토랑 구석에서 이른바 종업원 식사를 게걸스럽게 하는 중이었다. 쓰루코는 대단한 요리사인데 손님한테 내놓는 멋 부린 식사보다 남은 재료로 종업원 식사를 만드는 재능이 더 뛰어났다. 교코는 늘 그렇게 생각했다. 아쉬운 건 종업원 식사는 일기일회라서 같은 요리를 두 번 다시 먹지 못한다는 점이었다.

언젠가 할머니에게 들은 바로는 호소이 쓰루코는 스물 몇 해 전에 고양이섬 민박집에 묵으러 와서는 느닷없이 이렇게 말했다고 한다.

"저는 솜씨 좋은 요리사예요. 이곳이 마음에 들어서 그러는데, 여기서 일하게 해주세요."

돈이 없어 사람을 쓰지도 못하고 너무나 바쁜 나머지 쓰러지기 일보 직전이었던 마쓰코는 시험 삼아 요리를 해보게 했는데, 그 맛이 너무 훌륭해서 채용했다고 한다. 교코는 쓰루코가 없는 고양이섬 민박집은 상상도 할 수 없었다. 마쓰코도 같은 생각이었던 듯, 쓰루코를 고양이섬 민박집의 공동경영자로 맞아들였다.

쓰루코는 삼 층의 세 평짜리 방 하나를 쓰는데, 언제 봐도 주방에서 바쁘게 일한다. 고양이들은 그녀를 아주 좋아했다. 교코는 고양이섬 민박집 홈페이지를 만들 때, '사람도 만족, 고양이도 만족'이라는 캐치 카피를 내걸고, 쓰루코의 요리들—사람용과 고양이용—을 레시피와 함께 소개했다. 이것이 생각 이상으로 큰 반향을 일으켜 홈페이지를 보고 묵으러 온 손님 대부분이 흥분해서 이렇게 떠들어댄다.

"이분이 '고양이가 기뻐하는 정어리 리소토'를 만드신 분? 와아, 우리 고양이는 그 리소토를 해주면 접시는 물론이고 냄비까지 핥으려 들지 뭐예요."

"우리 애는 홈페이지에 실린 '참치 캣 쿠키'를 아주 좋아해요."

그러고는 돌아가기 전에 쓰루코와 함께 사진을 찍어댔다. 아침 식사 후 남은 두부와 남은 콩, 소고기 조각과 여름 채소로 만든 이국적인 향이 나는 신기한 볶음 요리를 밥 위에 올려 정신없이 먹어치우고서야, 교코는 겨우 안정을 찾았다. 땀투성이 얼굴을 티셔츠 소매로 닦고 세 사람 몫의 보리차를 준비하고는 그중자기 것을 단숨에 들이켰다.

"오늘은 교코가 아주 힘들었던 것 같구나."

쓰루코가 보리차를 마시며 말했다.

"아유, 사고가 나는 바람에 시작이 늦었잖아요. 그만큼 관광객 러시가 간조 시간대에 집중되어버렸어요. 선물은 그다지 팔리지 않았지만 소프트크림과 음료는 굉장했어요. 도중에 쓰루코 아줌마가 도와주러 오지 않았다면 혼자서 쩔쩔맸을 거예요."

"미사는?"

"안 나왔어요. 사고 때문에 신관님이 자리를 비워서 신사를 지켜야 한다고요."

"거짓말. 그 애 오늘 오후에 놀러 왔었어, 할머니를 만나러."

쓰루코가 마쓰코를 봤다. 교코도 할머니를 봤다. 마쓰코는 두 사람의 시선을 피했다.

"미안하지만 난 머리가 좀 아파서. 먼저 쉬러 올라가마. 그럼, 부탁한다."

마쓰코는 말을 마치고는 나가버렸다.

어색한 침묵이 레스토랑에 남았다. 쓰루코와 교코는 얼굴을 마주 봤다.

"무슨 일이죠? 더위 탓인가."

"그게 아니라면 미사 탓이겠지."

교코가 멍해져서 물었다.

"미사 언니가, 왜요?"

"할머니한테 고지로 씨에 대해 물어대지 않았겠어."

"고지로라면, 그 강도 사건을 일으킨 작은할아버지 말이에요?"

"할머니가 말해주셨니?"

"네."

"그래. ……그래도 그렇지, 그 말투는 뭐야, 도대체? 살인을 저지른 건 고지로 씨가 아니라고."

교코가 보리차를 뿜어냈다.

"잠깐만요. 살인이라니…… 사람이 죽었어요?"

쓰루코가 정색을 하고, 멍해져 있는 교코에게 알기 쉽게 차근차근 이야기를 들려줬다.

"고지로 씨가 강도단의 일원이었던 건 분명한 사실이야. 그때 네 명이나 죽은 것도 사실이고. 하지만 죽인 건 다른 녀석이야. 고지로 씨는 손도 대지 않았어."

"네 명이나!"

"그러니까 죽인 건 다른 두 사람이라고. 고지로 씨는 그냥 운전수 역할이었어. 주범이 둘 다 죽은 데다가 흉기인 라이플을 고지로 씨가 갖고 있었으니까 증명할 방법이 없긴 했지만. 그래서 결국 무기징역에 처해졌어. 고지로 씨는 착한 사람이라 그것으로 피해자 유족의 마음이 가라앉는다면 자기는 상관없다면서 상고하자는 변호사의 권유를 거절했던 거야. 불쌍하게도."

쓰루코는 천천히 코를 훌쩍였다. 레스토랑 구석 자리에서 사료를 먹던 고양이들이 걱정스럽게 다가와 쓰루코의 얼굴을 들여다봤다. 교코는 조금 어색한 기분이었다. 동정하는 마음을 모르는 바 아니지만 교코가 태어나기도 전에 사건을 일으킨, 일면식도 없는 작은할아버지는 교코에게는 완전히 타인이나 다름없었다. 그 완전 타인이 비록 탄환이 든 라이플총에 정말로 손을 대지 않았다 하더라도, 어쨌든 강도를 했던 것은 틀림없다. 그 결과 네 명이나 죽었다면 작은할아버지는 그 사람들의 죽음에 책임이 있다. 불쌍한 것도 뭣도 아닌, 자업자득이란 거다.

쓰루코는 교코의 마음을 알아차린 듯 힐끗 쳐다보았다.

"교코 너한테, 고지로 씨는 같은 피가 흐르는 작은할아버지야. 조금쯤은 동정할 수 있지 않니?"

"그런 말을 들어도 어쩔 수 없어요. 고지로라는 이름은 우리 집에서는 금지됐었잖아요. 더구나 금지시킨 건 쓰루코 아줌마였다고요. 어떤 사람인지도 몰랐고, 긴토은행 삼억 엔 강도 사건의 범인이라는 것도 겨우 며칠 전에야 처음으로 들었어요. 쓰루코 아줌마야 사건의 여운이 오래전에 식어 작은할아버지에 대해 동정도 할 수 있을 정도가 됐는지 모르지만, 저한테는 이제 막 들은 얘기라 뜨겁고 쇼킹한 엄청난 뉴스예요. 더구나 강도범이라는 것 말고는 자세한 걸 하나도 가르쳐주지 않았잖아요. 사람이 죽었다는 것도 지금 처음 들었어요."

"그래, 알겠다."

쓰루코는 안경다리에 손을 갖다 댔다. 솜씨 좋은 요리사라고 하기에는 몹시 마르고 가녀린 얼굴—'호소이(일본어로 '가늘다'는 뜻—옮긴이)'라는 이름대로다—에 백발이 섞인 머리를 위로 올린 쓰루코가 안경다리에 손을 갖다 대니, 성적이 나쁜 학생을 앞에 둔 선생님 같았다.

"미사한테 강도 얘기 한 거 교코 너였구나."

"……그래요."

"그래서 미사가 흥미를 갖게 된 거군. 곤란한 얘기를 했구나."

"하지만 난, 그냥 강도라고 생각했고, 미사 언니가 강도 같은 것에 흥미가 있을 거라고는 생각지도 못했어요."

쓰루코는 다 먹고 난 식기를 모으던 손을 멈췄다.

"정말 이상하네. 그 게으른 미사가 어째서 이것저것 알아내려고 애를 썼지?"

"그렇게 끈질겼어요?"

"뭐, 나도 바빴으니까 계속 본 건 아니지만, 미사는 다른 사람의 기분에 둔한 편이잖니. 마쓰코 할머니가 머리가 아파질 만큼 이것저것 물었나 봐."

"그렇게 할머니를 힘들게 했다면 내가 책임지고 미사 언니한테 한마디 해줄게요. 어쨌든 사건 얘기를 좀 자세히 들려주세요. 할머니를 괴롭힐 마음은 없지만, 지금까지 통 사정을 알 수 없는 입장이다 보니, 작은할아버지를 동정하려 해도 그렇고, 미사 언니한테 화를 내려 해도 그렇고, 어쩐지 뭔가 확 다가오지 않아요."

"하지만 교코……."

"쓰루코 아줌마가 얘기를 안 해준다면 어쩔 수 없지요. 도서관에 가서 당시의 신문이라도 읽어봐야지요. 하지만 가능하면 아줌마한테 듣고 싶어요."

쓰루코는 한숨을 쉬고 침묵했다. 교코는 스스로도 지독하다는 생각을 하면서 못을 박았다.

"이대로는 작은할아버지를 절대로 좋아할 수 없어요, 난."

"그건 그렇겠지."

쓰루코는 천천히 얘기하기 시작했다. 십팔 년 전, 1988년 8월 12일, 긴토은행 신코쿠 지점을 나온 현금 수송차를 백주 대낮에 앞뒤로 차 두 대가 가로막고 섰다. 앞뒤 차에서 내린 두 사람이 라이플로 경비원과 함께 있던 은행원을 쐈는데, 그 자리에 뛰어온 경찰관이 이들의 얼굴을 봤다. 며칠 후 이 두 사람은 경찰과 자동차 추격전을 벌인 끝에 탱크로리와 충돌해 폭발과 함께 불타 죽었고, 이 주 후 스기우라 고지로는 공범자로 자수했다.

교코는 접시를 씻으며 얘기를 들었다. 몇 번이나 손이 미끄러져 식기를 깰 뻔했다. 일을 하며 틈틈이 들을 만한 얘기가 아니라는 걸 알면서도, 솔직히 말해서 뭐든 하지 않고서는 마음이 안정되지 않을 것 같았다.

"이게 전부야. 내가 알고 있는 건 이게 전부."

교코는 깨끗한 행주를 꺼내 식기를 닦으며 한동안 생각했다. 쓰루코는 제정신이 돌아온 듯 의자에서 일어나 행주로 레스토랑 테이블을 닦기 시작했다.

"저기요. 쓰루코 아줌마는 직접 고지로 작은할아버지를 만났었나요?"

"그런 셈이지."

"어떤 사람이었어요?"

쓰루코는 깜짝 놀라서 눈을 크게 떴다가 갑자기 웃음을 터뜨렸다. 교코는 돌연 쓰루코가 모르는 사람처럼 느껴졌다. 교코에게 쓰루코는 늘 거기 있는 친척 아줌마 같은 존재, 아니, 없어서는 안 될 가족의 일원이었다. 할머니 밑에서 자라면서부터는 쭉 그랬다. 교코의 몸이 이만큼 자라게 해준 것은 다름 아닌 쓰루코의 요리였다.

하지만 순간적으로 드는 생각. 이 사람 누구지?

"그래. 교코는 그 사람을 만난 적이 없지. 멋있는 사람이었어. 처음 만난 건 스물두 해 전이야. 내가 서른을 넘긴 똥차, 그가 서른여덟 살 때."

"똥차라니, 무슨 뜻이에요?"

"나이 먹어 시집도 못 간 여자라는 말이야. 독신으로 서른을 넘기는 거, 지금은 드문 일도 별난 일도 아니지만, 그 당시에는 그렇지 않았어. 팔릴 때가 지난 여자가 집에 있으면, 형제자매의 혼담에 영향을 준다, 어디 결함이 있는 게 아니냐, 체면이 말이 아니다, 어서 아무 상대나 찾아라, 하는 온갖 말을 다 들어야 했어."

"정말요? 너무해."

"그렇지. 하지만 누가 뭐라고 하는 것보다 나 자신이 싸움에 진 개 같은 기분인 게 가장 괴로웠어. 나도 그때까지 만나던 상대가 한둘은 있었고 특별히 이렇다 할 문제도 없었지만, 타이밍이 맞지 않아서인지 운이 나빠선지, 잘되지 않았어. 난 도쿄에서 혼자 살고 있었는데, 집에서는 계속 돌아오라고 했지. 서른이 넘어도 내가 돌아가지 않으니까, 아버지가 나하고는 상의도 하지 않고 내가 일하던 가게에 나의 퇴직원을 내버렸어. 그해 추석에는 고향에 내려갈 용기가 나지 않아서, 여름휴가를 어디든 사람이 적은 곳에서 한가롭게 지내자고 맘먹었지. 그래서 하자키로 온 거야."

"어머, 확실히 옛날에는 초라했었죠. 지금도 별로 잘나가는 건 아니지만."

"이렇게 말하면 뭐하지만, 다른 해수욕장은 젊은이들로 가득 찼었어. 게다가 그 당시는 여자 혼자 묵게 해주는 여관도 없었고. 여자 혼자 하는 여행은 곧 실연 자살로 이어진다고 생각하는 게 당연했거든."

"정말 너무하네."

"그때는 그런 시절이었어. 하자키역 앞 관광 안내소에서 묵게 해줄 숙소를 찾았는데 결국 못 구했지. 어찌할 바를 몰라 역 앞 벤치에 멍청히 앉아 있는 나에게 말을 건 것이 고지로 씨였어. 처음에는 야쿠자인가 했어. 그런데 조금 얘기해보니 굉장히 편한 사람이었어. 나를 일가친척같이 대해주더라고. 자기도 비슷한 처지라 내 기분을 잘 안다면서 고양이섬 민박집을 소개해줬

196

어. 자기가 소개했다고 하면 꼭 묵게 해줄 거라고, 원한다면 일자리를 얻을 수도 있다고 했어. 일자리를 주는 거야 경영자인 형수님 마음이지만, 형수님은 자신에게 도움 받은 걸 고마워할 테니 줄지도 모른다고."

"그랬구나…… 응? 그런데 그 도움을 받았다는 게 뭐지요?"

"교코야, 몰랐니? 아, 맞다, 고지로 씨 이름을 금지했었으니 알 리 없지. 고지로 씨는 말이야, 네 할아버지와 마쓰코 할머니와는 띠동갑 정도로 나이가 어렸어. 마쓰코 할머니한테 들은 얘긴데 할아버지랑 결혼했을 때 고지로 씨는 아직 여섯 살쯤이었는데, 형수님, 형수님 하고 부르면서 곰살궂게 굴어서 정말로 귀여웠대. 고양이섬 신사 신관의……."

"와타누키 신관님 말인가요?"

"그래. 그 와타누키 신관님의 고모가 바로 고지로 씨의 어머니야. 그런데 그 고모는 신관 집안에서 태어났다고는 도저히 생각할 수 없을 굉장한 사람이라서, 열셋의 나이에 서른 살이나 나이 많은 남자랑 연애를 해서 집을 나갔고, 부모와는 의절을 하게 되었대. 그 시절에는 굉장한 일이었을 거야."

"……지금이라도 충분히 굉장한 얘기네요."

"그로부터 한참 지나서 임신한 몸으로 돌아왔고, 우여곡절 끝에 교코 너희 증조할아버지의 후처로 들어갔어. 그러니 너에게는 증조할머니가 되는 셈이지."

작은할아버지만으로도 뭐가 뭔지 잘 모르겠는데 증조할머니라니, 하는 생각을 하면서 교코는 반쯤 멍한 상태로 얘기를 들었다.

"그 결혼을 앞두고 고양이섬 신사가 갖고 있는 토지 중 약간을 지참금으로 물려줬대. 그게 지금 이 고양이섬 민박집이 서 있는 땅이야. 너의 증조할아버지와 증조할머니가 돌아가신 뒤에 고지로 씨 명의가 됐지."

"아, 그랬구나."

교코는 점점 더 놀랐다. 이 섬의 토지는 모두 고양이섬 신사 것이고, 고양이섬 민박집도 당연히 빌린 땅 위에 서 있다고만 생각해왔다.

"할아버지가 돌아가시고 힘들어하는 마쓰코 할머니한테 고지로 씨가 이 땅을 제공한 거야. 그런 사람이었어. 힘들어하는 사람을 보면 그냥 지나치지 못했어. 이 섬에 이렇게 고양이가 늘어나기 전부터 배고픈 불쌍한 고양이를 이 섬으로 데리고 들어오곤 했지. 매그위치도 고지로 씨가 데리고 들어온 고양이의 손자야. 그렇지, 매그위치?"

흑백 얼룩의, 고양이섬 민박집의 간판 고양이는 바닥에서 몸을 뒤집어 배를 보였다. 교코는 비누로 주물럭주물럭 빤 행주를 꽉 짜며 말했다.

"그럼 그 성격 때문이었나요? 작은할아버지가 강도단에 끼게 된 건."

"아마도 그럴 거야. 그 사람은 도와달라, 살려달라 하면서 매달리면 거절 못 하는 사람이었어. 나중에 들었는데 죽은 주범 중 한 명이 고지로 씨의 은인의 남동생이었대. 그 은인이라는 사람이 한참 후에 우리 집에 용서를 빌러 왔었어. 동생 탓에 이렇게 되어 죄송하다고."

"흐음."

"물론 그 사람한테도 나쁜 점은 있었지. 고지로 씨는 제대로 된 직장을 갖지 않았어. 야생아랄까, 고용살이를 할 수 있는 사람이 아니었던 거지. 확실한 직업이 있었다면 아무도 강도를 같이 하자고는 하지 않았을 거야. 그렇지만 마쓰코 할머니는 고양이섬 민박집을 세웠을 때 하자키 신용금고에서 빚을 내야 할 만큼 어려운 상황이었기 때문에 고지로 씨를 고용할 여유가 없었어."

"그래도 쓰루코 아줌마는 고용했잖아요."

"지금 와서 얘기지만 처음 이 년 동안은 무급이었어."

쓰루코는 장난스러운 눈빛이었다.

"하지만 왜 결혼하지 않느냐고 끈질기게 묻는 사람도 없고, 맘껏 솜씨를 발휘해서 맛있는 음식을 만들 수도 있고, 먹고 잘 곳이 있는 거잖아. 고양이도 있고. 지금까지 무급이라 해도 불만 없었을 거야."

"그럼 작은할아버지는 어떻게 생활을 한 거예요?"

"일용직이니 심부름꾼이니, 이것저것. 먹고살기 힘들어지면 고양이를 데리고 여기로 돌아왔지. 그러면 마쓰코 할머니가 방탕한 아들이 돌아온 것처럼 정성껏 돌봐줬어. ……즐거웠어. 고지로 씨가 있으면 나나 마쓰코 할머니나 맘껏 웃을 수 있었지. 민박 경영이 어서 궤도에 오르면 좋겠다, 그렇게 되면 고지로 도련님도 여기서 일하며 함께 살 수 있는데. 마쓰코 할머니는 그런 말을 입에 달고 살았어."

쓰루코의 이마에는 바닷바람에 의해 새겨진 깊은 주름이 있다. 머리 염색도 하지 않아서 실제 나이보다 열 살은 더 늙어 보인다. 몸에 걸친 건 말쑥하지만 빛바랜 남색 바지, 삼 년 전에 교코가 선물한 티셔츠, 그리고 갈색 앞치마다.

하지만 신기하게도 쓰루코는 지금 이 순간 굉장히 여성스럽고 고와 보였다. 교코는 목구멍까지 올라온 질문을 결사적으로 삼켰다. 이건 물으면 안 돼, 그런 기분이 들었던 거다.

"어때? 이제 작은할아버지를, 교코 너도 조금은 알 것 같니?"

"네. 아니 그 비슷한 기분. 적어도 할머니와 쓰루코 아줌마가 작은할아버지를 좋아했다는 건 알 것 같아요. 그래서 지금 작은할아버지는 어떻게 지내고 계시죠? 아직 교도소에 있나요?"

호소이 쓰루코는 아래를 보고 조용한 목소리로 말했다.

"죽었어. 지금은 본토의 산토지 묘지에 잠들어 있어."

캐츠 앤드 북스의 주인 미타무라 시게코는 끊임없이 방해를 하려 드는 하얀 고양이 크리스타로와 싸우면서 번역에 힘쓰는 중, 아니, 힘쓰려고 애쓰는 중이었다.

알베르토와 로잔느의 애정 이야기는 점입가경이었다. 둘은 로잔느와 헨리의 약혼 파티 장소에서 만나, 벌써 세 페이지째 정원의 어둠침침한 곳에서 언어도단적인 행동을 계속하고 있다. 번역하는 내가 더 지친다, 하고 속으로 외치며 미타무라 시게코는 원서 뒤표지에 거대하게 인쇄된 작가의 얼굴을 노려보았다. 반쯤 흐릿하게 헐레이션(강한 광선을 받은 부분 주위가 부옇게 나타나는 현상—옮긴이)을 일으킨 사진 속의 작가는 마치 레이스 재킷을 억지로 껴입은 악역 레슬러처럼 보였다. 프로필에 의하면 저자는 오하이오 주에서 감자 중간상인인 남편과 세 명의 자녀, 일곱 명의 손자, 세 마리의 개와 일곱 마리 고양이에 둘러싸여 사는 모양이다. 감자에는 체력을 증강시키는 성분이 포함되어 있을지도 모르지.

내일은 감자를 사 오자. 미타무라 시게코는 지칠 대로 지쳐 그런 생각을 하고, 포스트잇 메모지에 감자라고 써서 컴퓨터 옆의 고양이 모양 메모판에 붙였다. 그녀는 메모광이다. 최근에는 이렇게 써서 붙여놓지 않으면 바로 잊어버린다. 써놔도 잊는다.

이제 오늘 일은 끝. 미타무라 시게코는 소리를 내 선언하고는 무릎 위에서 크리스타로를 내려놓고 메모판을 체크하기 시작했다. 분홍색은 번역 중에 의문 나는 점을 써놓은 것, 파란색은 소문이나 고양이에 관한 것, 노란색은 집안 일, 녹색은 가게 일. 분홍색을 좀 더 나눠 다시 붙이고, 노란색 중에서 이미 끝낸 것을 치우고, 파란색과 녹색을 늘어놓고 읽어봤다.

'CIR에 M건'—이건 '캣 아일랜드 리조트에 고양이 박물관 개설 관련 교섭을 하러 갈 것'이라는 뜻이다. 완전히 까먹고 있었다.

'S건으로 경찰에 항의, 단 사실 확인 후에'—오늘 오후 실버가 경찰에 학대당했다는 정보가 들어왔다. 문제는 그 정보원이 G선상의 고양이 여주인이라는 거다. 고양이한테 마구 아기 말투를 쓰고, 고양이 사진에 말풍선을 달아 '배고파야~옹', '냥더풀!(일본 인기 연재만화 〈냥코이〉의 오프닝 주제가 제목—옮긴이)' 따위의 대사를 써넣거나 하는 타입의 고양이 애호가인데, 단언하건대 전혀 신뢰할 만하지 못하다. 아끼는 고양이 아이다에게 무거운 왕관과 케이프를 씌우고 흐뭇해한다. 불쌍한 아이다가 그걸 벗으려고 고군분투하는 걸 시게코는 몇 번이나 목격했다. 그 여주인은 고양이가 귀여운 게 아니라, 고양이를 귀여워하는 자기 모습을 귀여워하는 걸 거야, 분명. 경찰은 버려지는 고양이를 감시하는 데 협조를 해주니까 항의를 한다 해도 신중해야겠지.

'MS, 고양이 화장실'—예전 민박 스가노 뒤편 쓰레기 적치장이 고양이 화장실로 변해 지독한 냄새를 풍긴다는 연락이 있었다. 이건 한마디 주의를 주면 되겠지. 아니면 고양이섬 민박집의 교코한테 주의를 해달라고 할까. 하라 아카네는 아직 섬의 룰에 익숙지 않으니까, 처음에는 좀 돌려 말하는 게 좋겠다. 섬의 룰, 그건 고양이의 건강과 안전을 모든 것에 우선한다는 암묵적인 룰이다.

'K의 아이디어, W 등과 협의'─며칠 전에 교코와 길가에 선 채로 얘기를 나누다가 교코가 고양이 유기 방지책에 대한 아이디어를 내놨다. 고양이섬 신사에 액막이를 하러 온 주인과 함께 숙박하는 고양이와 버리는 고양이를 구별하기 위해 고양이섬에 고양이를 데리고 들어올 때는 미리 만 엔의 보증금을 받는다, 물론 돌아갈 때는 고양이를 확인해보고 전액 반환한다, 고 하는 것이다. 막상 실시를 하게 되면 여러 가지 어려운 문제도 생길 것이다. 와타누키 신관과 관광선 쪽하고도 얘기를 해야 되겠지. 하여간 젊은 애들은 가끔 재미있는 생각을 한단 말이야.

때때로 웃기도 하고 고개를 절레절레 흔들기도 하면서 메모를 정리해갔다. 작업은 번역과는 반대로 착착 진행되었는데, 마지막 메모를 보고 그녀는 미간을 찌푸렸다.

'A가 P에 대해서, K에게 알린다'─뭐였지, 이건?

K는 교코일 텐데. A라고 하면 G선상의 고양이 여주인이 키우는 샴고양이 아이다 얘긴가? 아니면 섬고양이 에이미일지도 모

르겠다. 그런데 P는? P라니 도대체 무슨 얘기지? 임신일까? 하지만 아이다와 에이미 둘 다 중성화수술이 끝났을 텐데.

이것저것 생각하다 열한 시가 지났다. 미타무라 시게코는 P가 뭔지 생각해내는 일을 포기하고 이 층 침실로 올라갔다. 브랜디를 조금 넣은 유리잔을 들고.

꿈속에서도 알파벳이 어지러이 날아다녔다.

"그래서 말이지, 데쓰야 씨. 나, 당신이 말한 대로 고양이섬 민박집의 할머니한테 갔었어."

미사는 잠자리에서 콧소리를 냈다. 모리시타 데쓰야는 배를 깔고 엎드려 오래된 사방등 아래 구겨진 복사물을 펴놓고 읽으며, 건성으로 대답했다.

"그래서?"

"처음엔 절대로 말할 수 없다는 거야. '죽은 사람의 일이야, 내버려둬' 하고 야단맞았어. 아르바이트 땡땡이치고 거기 간 걸 교코한테 들키면 안 되는데 할머니는 화를 내고. 겨우겨우 삼십 분을 버텼어. 나로서는 최고로 잘한 거야. 글쎄 삼십 분이나 붙들고 늘어졌다니까. 왠지 어깨가 결리네."

"음음, 최고야. ……어이, 잠깐."

데쓰야는 정신이 드는 듯, 복사물을 놔두고 이부자리 위에 고쳐 앉았다.

"죽은 사람이라니, 교코의 작은할아버지가 죽었어?"

"응, 반년 전에 교도소 병원에서 죽었대. 그래서 지난달 뇌일혈로 쓰러졌대."

"순서가 반대겠지. 반년 전에 뇌일혈로 쓰러져서 지난달 죽었다는 거 아냐?"

"그런가? 할아버지한테 들은 건데, 고양이섬 민박집 말이야, 한 달쯤 전에 상중이라서 사흘간 쉬었다나 봐. 교코는 수학여행 가고 없을 때였는데, 아마 그 무렵에 죽은 거 아닐까?"

"할아버지한테도 뭐 좀 알아냈어?"

"글쎄, 이 복사물을 왜 버렸느냐고 물었더니, 이런 거에 흥미 갖는 거 아니다, 하면서 마구 화를 내잖아. 고양이섬 민박집의 마쓰코 할머니는 이 사건 때문에 아주 힘든 세월을 보냈고, 그 기사에 나온 폭발 사건 뒤에 자수한 공범자…… 이름이 뭐였더라?"

"스기우라 고지로, 잖아."

"그래, 맞아. 마쓰코 할머니의 시동생."

"그건 들었어. 교코의 작은할아버지지."

"우리 할아버지하고는 사촌 간이고."

"참, 그렇지."

"할아버지는 평소와 달리 마구 화를 내셨어. 돈에 눈이 어두워서 남이 숨기고 싶어 하는 사정을 폭로할 생각이라면 지금 당장 이 섬에서 나가버려라, 하고. ……돈에 눈이 어두워서라니, 무슨 소리야?"

"너 정말 어휘력 빵점이구나. 사전 좀 찾아봐."

데쓰야는 반쯤 넌더리가 난다는 듯이 누운 채로 아내를 바라봤다.

"저기 있지, 말뜻 정도는 나도 알아. 그게 아니라 왜 할아버지가 그런 말을 했는지 묻는 거야."

데쓰야는 이불 위에서 빙그르르 반회전해 미사에게 등을 돌렸다. 미사는 아항, 하고 말했다.

"역시, 데쓰야 씨는 알고 있구나. 하여튼 실제로 데쓰야 씨는 돈에 눈이 어두운 거야. 그렇지?"

"그렇게 크게 떠들지 마."

모리시타 데쓰야는 당황해서 미사의 말을 끊고 장지문 너머를 살폈다. 작은 콧숨 소리와 가벼운 발소리. 숨죽인 기색이 느껴졌다. 데쓰야는 베개를 뛰어넘어 장지문을 활짝 열었다.

복도에는 페르시아고양이 메르가 멍하니 앉아 있었다. 변함없이 세상 모든 것에 싫증난 듯한 뾰로통한 얼굴로 데쓰야를 쏘아보더니, 그의 다리 사이를 스치고 지나가 방으로 들어왔다. 망설이지도 않고 미사의 이부자리로 가서 앞다리로 베개를 몇 번 누르고는 그대로 미사 옆으로 기어들었다.

"널 몹시 따르는구나."

"제멋대로 달라붙어."

데쓰야는 같은 부류니까, 하고 말하려다 얼른 입을 다물고 아내 옆으로 다가갔다.

"저기 있지. 넌 편안히 부채질이나 하며 살고 싶은 거잖아."

"당연하지."

"일도 안 하고 돈에 쪼들리지도 않는 생활이 좋은 거지? 그러려면 돈이 필요하잖아."

"데쓰야 씨, 뭔가 오해하고 있는 거 아냐?"

미사는 메르의 목덜미를 쓰다듬으며 데쓰야를 올려다봤다.

"난 하기 싫은 건 안 해. 아무래도 꼭 해야 하는 것만 해. 그리고 그런 생활이 좋아."

"내가 말한 것과 어디가 다르지?"

"전혀 달라. 완전히. 정말 모르는구나."

"뭐가?"

미사와 메르가 천천히 몸을 일으켜 큰 눈으로 나란히 데쓰야를 봤다. 그 시선을 받으며 데쓰야는 왠지 현기증을 느꼈다.

"난 말이지, 데쓰야 씨. 평온무사한 나날이 좋다고."

허드렛일꾼 곤타, 즉 사키 고타는 미사와 데쓰야의 방이 있는 복도 모퉁이에서 주위를 살피고는 발소리를 죽여 자기 방으로 돌아갔다. 쪽빛으로 물들인 작업복에서 페르시아고양이의 털을 털어내며.

캣 아일랜드 리조트의 다자키 지배인은 오른손에 손전등, 왼손에 청소용 테이프클리너를 들고 문단속을 확인하며 건물 전체를 돌아다녔다. 절전을 위해—고양이섬은 본토보다 전기료가 꽤 비싸다—이미 모든 복도와 일 층 로비 등은 꼭 필요한 최소한의 전등만을 켜놓아 캄캄했다. 다자키는 자물쇠를 하나하나 확인하고 융단 등을 꼼꼼하게 살펴보며 점착 롤러로 털이니 실 따위를 떼어냈다. 고양이 털 하나라도 용납 못 한다!

다자키는 일 층에서 삼 층까지 모두 다 돌아본 뒤에 계단을 내려와 위를 올려다보고 한숨을 쉬었다. 사 층 문 틈새로 불빛이 새나왔다. 스탠드를 켜놓았나 보다. 어쩔 수 없지. 캄캄한 어둠 속에서 생활하라고는 할 수 없으니까.

다자키는 사 층까지 올라가 문을 노크했다. 잠시 후 문이 열렸다.

"어르신, 아직 못 주무시고 계십니까?"

어르신이라 불린 대머리 남자는 새하얀 고양이를 안은 채 일인용 소파로 돌아가 이쪽을 돌아봤다. 스탠드 불빛이 고양이만 비춰 남자의 얼굴에는 그늘이 졌다. 하얗고 긴 털을 가진 고양이의 목걸이에 늘어져 있는 고양이섬 신사 부적 구슬이 빛을 받아 반짝하고 빛났다.

"다자키 군인가? 늦게까지 수고가 많군. 어때, 한잔하지 않으려나?"

　남자는 고양이를 쓰다듬으며 오른손을 브랜디 글라스 위로 뻗었다. 새끼손가락에는 검고 큰 반지가 끼워져 있었다. 다자키의 목구멍에서 꼴깍하는 소리가 났다.

　"모처럼 권해주시는데, 내일도 아침 일찍부터 근무해야 해요."

　"일을 열심히 하는군. 뭐, 그 점을 높이 산 거긴 하지만. 이 건물을 하자키시에 넘겨줄 때, 내가 시에다 다자키 군 자네를 꼭 지배인으로 써달라고 했지."

　남자는 마치 조롱하듯 말하고 고양이를 쓰다듬었다.

　"그 은혜는 잊지 않고 있습니다. 그때 어르신이 그렇게 말씀해주시지 않았다면 저는 지금쯤 거리를 헤매고 있겠지요. 어쨌든 공금횡……."

　"그런 말은 하지 않아도 돼."

　남자가 가로막았다.

　"지나간 일이야. 그것도 십여 년 전에. 세월 한번 빠르기도 하군. 지금까지 살아온 게, 마치 꿈속 같아."

　남자는 그대로 입을 다물고 고양이를 쓰다듬었다. 고양이도 남자가 쓰다듬는 대로 얌전하게 몸을 맡기고 있었다. 잠시 후 다자키가 헛기침을 했다.

　"달리 분부가 있으시면 지금 말씀해주시지요."

　남자는 꿈에서 깬 것 같은 표정으로 으음 하며 고개를 끄덕였다.

"당장 필요한 건 아니지만, 붉은 레어 스테이크가 먹고 싶군. 솔로몬이 좋아하기도 하고."

하얀 고양이가 얼굴을 들었다.

"잘 알겠습니다."

"다른 투숙객이나 직원들이 모르게 하는 게 첫 번째니까, 서두르지 않아도 되네. 아침에 일어난 사건 때문에 경찰도 왔다 갔고. 시골 형사치고는 냄새를 잘 맡는군. 사 층에서 불빛이 새나간 걸 알고 있었다니."

"미스터 솔로몬 팅클스 덕분에 살았습니다."

다자키 지배인은 하얀 고양이를 보며 웃음을 참았다. 남자도 옅게 웃고 브랜디 글라스를 단숨에 기울였다.

"그것뿐이야. 무리하지 말게나."

"잘 알겠습니다. 오늘 밤에도 산책하러 나가실 겁니까?"

"아니. 그럴 생각 없네. 잘 자게나."

"안녕히 주무십시오."

다자키가 나간 후에도 남자는 한동안 잠자코 소파에 앉아 있었다. 하얀 고양이가 작게 코고는 소리를 내기 시작할 때까지, 그는 그대로 먼 곳을 바라보는 눈빛으로 생각에 잠겼다.

7장

고양이 목에
방울을 달다

1

하자키 경찰서 회의실에서 아침 수사 회의가 시작됐다. 서장
은 오지 않았다. '기적적으로 보기 드문 고양이섬의 마린바이크
사고'에 대해 매스컴이 대대적으로 보도했고, 그것을 보고 달려
온 하자키 관광협회의 높으신 분을 상대해야 했기 때문이다.

원래 지역민들이 굉장히 싫어하는 마린바이크가 하자키 연안
을 온통 헤집고 다니게 만든 원흉은 하자키 관광협회였다. 근처
해수욕장에서 쫓겨난 마린바이크를 받아들이기로 한 게 그들이
었다. '하자키에서 바닷바람이 되자'는 캐치 카피를 달고 수영복
차림의 언니들을 뒤에 태운 마린바이크 사진 포스터를 각 철도
역에 덕지덕지 붙여놓았다. 그것을 보고 진정한 마린바이크 애
호가에서부터 바다의 폭주족까지, 모두 하자키로 몰려들었다.

그 밑바닥에는 법률이나 도덕보다 돈이 우선이라는 식의, 지

금 일본에서 금과옥조처럼 떠받들어지고 있는 규제완화 조류가 깔려 있었다. 가능한 한 관광객들에게 간섭하지 말라고 경찰에 압력을 넣은 것도 하자키 관광협회였다. 바다족이 난폭하다고? 교통 위반? 그래서 뭐 어쨌다는 거야. 그들은 돈을 떨어뜨려주잖아. 돈만 벌면 되는 거 아냐. 보고도 못 본 척해주라고. 그 대신 서장에게는 퇴직 전에 충분한 저금을……이라는 식이었다.

"그렇긴 해도, 관광협회에도 좋은 점이 있어."

고마지는 볼펜 끝으로 손톱에 낀 때를 파내며 후타무라 기미코에게 속삭였다.

"서장을 몰아세우잖아. 그리고 관광협회가 돌아간 뒤에는 하자키의 선량한 시민 대표가 하자키 시장 비서를 대동하고 와서 마린바이크 대책을 세워라, 사람이 죽었지 않느냐, 위험하지 않냐, 숫제 하자키의 바다에서 쫓아내버려라, 하고 몰아붙이고. 실제로 마린바이크 타는 족속들이 흘리는 돈으로 돈을 버는 사람은 관광협회가 주장하는 것만큼 많지는 않거든. 게다가 그런 녀석들은 시장 선거에는 투표하러 안 가지. 시장 선거 때 성실하게 투표하는 건 모두 마린바이크 소음을 없애달라고 호소하는 선량한 시민들이야. 어느 쪽 말을 듣는 게 좋을지, 아무리 기회주의적이고 탐욕스러운 서장이라도 슬슬 각오를 해야 할걸."

"고마지 반장님은 정말 마린바이크를 싫어하는군요."

"기미코 씨는 좋아해?"

"한번 타봤는데. 기분 좋았어요."

"용케 안 가라앉았구먼."

"무슨 뜻이에요?"

나나세 아키라는 체념과 흥분이 뒤섞인 기분으로 두 사람 뒤에 앉아 있었다. 부어올랐던 상처는 대충 가라앉았다. 의사가 준약을 발랐더니 극적인 효과가 나타나 어젯밤 중에 거의 원상태로 돌아왔다. 아직 희미하게 상처의 흔적이 남아 있고 여기저기 온몸의 근육이 비명을 질러댔지만, 수사 회의에 섞여 앉을 수 있다니, 그것도 고마지 반장의 지시로 이렇게 앞자리에 앉을 수 있다니, 굉장한 일이다.

아니 아니 아니, 하고 나나세는 고개를 흔들었다. 나는 형사가 되고 싶은 게 아니야. 출세하고 싶은 것도 아니고. 천손 강림 후 사건 같은 건 한 번도 일어나지 않은 시골 순경으로 충분하다니까. 내가 지금 뭘 기뻐하는 거지? 쯧쯧.

회의는 서장의 연설이 없는 만큼 매우 매끄럽게 진행됐다. 벼랑에서 떨어진 남자는 구와하라 모헤이라고 했다.

구와하라 모헤이는 니가타 현에서 태어났고 올해 서른다섯 살. 열 살에 신동, 열다섯 살에 천재라는 말을 들었다는데, 부모의 기대가 너무 부담스러웠던 듯 열아홉 살에 도쿄로 가출했다. 이후 산다이하나시三題噺(일본 만담 라쿠고의 한 가지. 관객에게서 제목 셋을 받아 즉석에서 그것을 하나의 라쿠고로 만든다―옮긴이)

를 실제로 옮겨놓은 것같이, 친절한 야쿠자 형님, 물장사하는 여자, 마약이라는 세 개의 키워드를 품에 안고 인생의 바닥으로 미끄러졌다. 어둠의 사회 주변부에서 이삭줍기 같은 일을 하며 지내온 그는 폭력단의 정식 구성원은 아니었고, 도련님으로 자라 사람이 좋은 탓인지 사 개월 전까지 있던 교도소에서는 모두에게 사랑을 받았다나.

출소 후에는 요코하마의 지인 집에 몸을 의탁했는데, 예전 버릇 못 고쳐서 지인이 알선해준 일자리는 사흘 만에 그만두고 고양이섬에서 마약을 팔고 다녔던 모양이다. 그런 사실이 나이프와 필로폰 고양이 덕분에 생활안전과에 알려지게 되었고(이때 고마지가 후타무라의 옆구리를 쿡 찔렀고 후타무라도 되받아 찔렀다), 고양이섬은 지금 감시 중이라고(나나세는 멍청히 있다가 주위의 시선을 느끼고 눈을 아래로 깔았다).

하지만 어찌 됐건 구와하라 모헤이는 폐선 직전의 낡디 낡은 보트 타이타닉을 훔쳐 감시의 눈길이 미처 미치지 못한 섬 뒤쪽을 통해 고양이섬에 침입, 어떤 이유 때문인지 산의 제단까지 갔다. 피해자가 벼랑에서 떨어졌다는 목격자 곤도 게이타로의 증언이 옳다면 벼랑에서 사고 지점까지의 거리를 생각해볼 때, 거기서 누군가와 다툰 끝에 밀쳐졌다고 생각하는 것이 타당했다. 사체의 가슴에 스턴 건 흔적이 남아 있는 것도 이 설을 입증했다. 어쩌면 구와하라 모헤이는 스턴 건의 전류 충격으로 벼랑에서 튕겨 나갔는지도 모른다. 그리고 우연히 지나가던 고이케 마모루가 조종하는 마린바이크에…….

이 부분에서 나나세의 의식은 끊겼다. 그만 잠이 들어버린 모양이었다. 퍼뜩 정신을 차렸을 때는 앞에 앉아 있던 고마지가 일어서 있었고 맨 앞의 스크린에 구와하라 모헤이의 사체가 크게 찍혀 있었다. 가슴에는 깊게 긁힌 상처가 있었다.

"이 제단을 자기 영역으로 삼고 있는 흉악한 실버라는 고양이의 발톱을 어제 나나세 순경이 용감하게도 하나하나 뽑아줬는데, 체취에 사용한 티슈에서는 인간의 상피세포와 혈액이 검출됐어."

회의장에는 오오, 하는 탄성이 가득 찼다. 고마지는 충분히 뜸을 들인 뒤에 덧붙였다.

"하지만 그 DNA의 주인은 피해자가 아니라 나나세 순경이었어."

회의장은 다시금 오오, 하는 소리로 가득 찼다. 웃음소리가 상당히 섞인 오오였다. 나나세는 심하게 삐쳤다.

"피해자의 것이 나오지 않을까 해서 더욱 자세한 분석을 진행할 계획이나, 구와하라의 의복에서 체취한 고양이의 털에서는 실버의 것은 하나도 발견되지 않았네."

으악, 나나세는 생각했다. 설마 다른 고양이도 잡아서 발톱을 조사하라고 하지는 않겠지.

"또한 구와하라 모헤이의 소지품은 지갑과 휴대전화, 그리고 포켓 티슈뿐이었어. 지갑에 현금 7만 8000엔이 들어 있는 것 말고는 현금카드나 신용카드, 비디오 대여점 회원 카드도 없었고. 휴대전화는 충격으로 망가진 데다 물에 젖어서 못 쓰게 됐고. 현재 통신사에서 통화기록을 조사하고 있는 중이야. 티슈는 하자키역에서 나눠주는 하자키 신용금고의 것인데, 이건 요 몇 개월 동안 매일 아침 하자키역 통행자에게 나눠주는 것이라서 언제 받았는지는 불분명해. 그 이외의 소지품은 전혀 없어. 가석방 중의 소재지를 보호관에게 문의했는데 모른다고 하는 어이없는 대답이 돌아왔을 뿐이야. 그래서 가석방 중 그 녀석이 어디에서 살았고 누구와 만났는지 하는 것들은 생안과의 조사를 기다리기로 하고…… 아얏!"

후타무라가 고마지의 엉덩이를 꼬집었다. 고마지는 입을 일그러뜨리면서 힘들게 계속했다.

"그런데 나나세 순경은 타이타닉 호와 함께 물에 가라앉으면서도 어떻게든 그 보트를 확보, 배 안에서 이 지도를 발견했어. 아마도 구와하라가 일주일쯤 전에 고양이 인형과 함께 구입한 고양이섬 관광 지도일 거야."

스크린에 지도의 영상이 비쳐졌다. 산의 제단에 검은 동그라미 표시가 되어 있었다. 영상은 지도의 뒷면으로 바뀌었다. 지난번에 와타누키 신관이 이러니저러니 설명한 고양이섬의 역사니 전설이니 하는 엉터리 얘기들이 길게 기록되어 있었다. 그 여기 저기에, 라기보다는 모든 문장에 밑줄이 그어져 있었다. 선을 그으면서 읽어야 할 만큼 작은 글자로 인쇄되어 있는 탓일지도 모르겠다. 그 옆 여백에는 서툰 글씨로 '보물이 숨겨진 장소'라고 써놓은 것이 또렷이 보였다. 회의장은 술렁거렸다.

고마지는 일부러 씁쓸한 표정을 지었다.

"고양이섬에는 온갖 전설이 다 돌아다니지만, 해적이나 보물 얘기는 존재하지 않았네. 어쩌다 고양이섬 신사에 그 어떤 형태로든 숨겨진 보물이 있다 하더라도 역사적 유물 같은 것일 텐데, 그런 것이 알베……가 아니라, 구와하라 모헤이 같은 사내의 흥미를 끌었을까. 단, 고양이섬이 바깥 바다에 면해 있다는 점, 마린바이크나 작은 배를 사용하면 사람 눈에 띄지 않고 드나들 수 있다는 점, 이런 것들을 고려하면, 제단 가까이에 마약이 숨겨져 있다, 하는 일이야 있을 수 있겠지."

고마지는 회의장을 빙 둘러보고 싱긋 웃었다.

"따라서 고양이섬을 대대적으로 수사할 필요가 있다고 생각하는데, 어떤가?"

고양이섬 신사의 와타누키 신관은 복고양이 문양이 들어 있는 의복을 갖춰 입고 땀을 뚝뚝 흘렸다. 고양이 액막이 기도 의뢰가 있었기 때문이다. 의뢰자는 새끼 고양이를 기르는 몹시 연약해 보이는 주인…… 아니, 본인들의 말에 의하면 고양이의 아버지와 어머니인데, 십만 엔의 성의를 보인 참이었다. 따라서 신관은 때맞춰 경찰관들이 밀려오자 곤혹스럽기 그지없었다.

"돌아가신 분을 위해서라면 그야 가능한 한 협력하고 싶지만."

경내에 나타난 방독면을 쓴 고마지와 나나세를 향해 와타누키 신관은 기도 의뢰인에게 들리지 않을 만큼 작은 소리로 말했다.

"하지만 아무리 그래도 우리 신사를 어지럽히는 건 어떨지 모르겠습니다. 뭐, 특별히 겁을 주려는 건 아니지만, 고양이는 재앙을 내리니까요."

고마지가 울컥한 듯 거친 숨소리를 내며 신관에게 다가가자, 나나세가 당황해서 신관에게 말했다.

"그럴 걱정 없습니다. 산의 제단과 사고가 있었던 바위해변을 조사하는 것뿐이니까요."

"그렇습니까? 그렇다면야 괜찮지요. 아아, 그래도 조심하는 게 좋을 것 같군요. 실버가 어제 일을 복수하려고 벼르고 있다고, 곤타가 그러더군요. 오늘 아침 산의 제단에 갔더니 나무 위에서 으르렁대는 소리가 들려왔답니다. 어라, 지금 이건?"

어딘가 먼 곳에서 비명 같은 소리가 들려왔다. 고마지와 나나세는 짐짓 못 들은 척했다.

"글쎄요. 어쨌든 폐를 끼칠 일은 없을 겁니다. 그런데 신관님, 어제 안내해주신다고 했던 바다의 제단 밑에 있는 동굴."

"네."

와타누키 신관은 안절부절못하며 배례전을 바라봤다.

"뭔가, 보물이 숨겨져 있다든가 하는 일은 없겠죠?"

"네?"

신관이 멍청해져서 말했다.

"교룡님이 이 섬의 보물이지요. 널리 일반 공개를 하고 있지는 않지만, 일부러 숨기는 것도 아니랍니다. 전에도 말씀드렸듯이 메이지유신까지 교룡 신사의 배례전은 본토에 있었지만 본사는 옛날부터 쭉 고양이섬 동굴 입구에 있어요. 어부들이 와서 손질을 했다고 들었어요. 지금도 이 아래 선어정에 생선을 가져오는 어부들이 한 달에 한 번쯤 교대로 청소를 한다던데."

"그럼 고양이섬 신사에서는 교룡 신사에는 별로 가까이 가지 않는다는 말씀."

"그런 건 아닙니다. 이래 봬도 교룡 신사의 신관도 겸하고 있으니까요. 때로는 곤타도 청소를 분담하고 있고."

"그렇다면 곤타 씨한테 안내를 부탁할 수는 없을까요."

"곤타 말입니까."

와타누키 신관은 잠깐 잠자코 있다가 말했다.

"알겠습니다. 간조 때가 된 뒤에 하면 어떨까요?"

그럼, 하고 인사하자 와타누키 신관은 재빨리 배례전으로 돌아갔고, 드디어 갈라진 소리의 제례 음악 테이프가 큰 소리로 울리기 시작했다.

고마지와 나나세는 얼굴을 마주 봤다.

"간조 때까지 앞으로 세 시간이나 남았는데 그때까지 뭘 하죠?"

"섬 얘기나 좀 더 들려줘. 하긴 자네가 꼭 실버를 만나야겠다면 얘기는 다르지만."

멀리서 다시 희미한 짐승 울음소리가 들려왔다. 나나세는 몸을 부르르 떨었다.

"아뇨, 당치도 않습다. 그런데 무슨 얘길 하죠?"

둘은 돌계단에 나란히 앉았다. 어디서부터랄 것 없이 폴리스 고양이 DC가 나타나 그들 옆에 슬그머니 앉았다.

"섬사람들 얘기. 아무거나 상관없어. 예를 들어 요전번에 미타무라 시게코라는 아줌마를 만났는데."

"미타무라 씨는 이 섬의, 말하자면 고양이를 지키는 모임의 부회장 같은 사람임다. 고양이의 건강관리를 위해 수의사를 불러 오기도 하고, 중성화수술을 시키기 위한 모금을 하기도 하죠."

"고양이를 위한 긴급 탈출 보트를 구입하기도 하고."

"네, 맞아요. 특별히 그런 모임이 있는 건 아니고요. 활동 중심은 좀 전의 신관님이지만 고양이에 관한 정보는 어떻게 된 일인지 미타무라 씨한테로 모두 모여드는 모양임다. 이 섬의 고양이에 대한 거라면 뭐든 다 알고 있거든요."

"고양이를 위한 활동은 모두 다 함께 하는 건가?"

"그야 그렇죠. 선어정이 고양이 먹이로 잡어를 제공해주고 사료는 다 같이 교대로 주고요. 그중에서도 열심인 건 저기."

나나세는 어딘가를 손가락으로 가리켰다.

"고양이섬 민박집 주인 스기우라 마쓰코 할머니임다. 레스토랑과 선물 가게도 겸하고 있는데, 레스토랑의 밥이 엄청 맛있어요. 해수욕객 상대로는 보통 덮밥이나 정식을 내놓지만, 숙박객에게는 더 정성 들인 요리를 내놓는 모양이에요. 그리고 고양이한테도요."

"그럼 돈을 많이 벌겠네."

"글쎄요. 교코…… 마쓰코 할머니의 손녀딸, 하자키 히가시 고등학교 이 학년인데요, 그 애 얘기론 벌이가 신통치 않은 모양임다. 여름에야 그럭저럭 손님이 많지만, 추울 땐 손님도 줄어들고, 여하튼 이 섬에서 가장 비싼 민박이니까요. 뭐, 한번 묵어본 사람들 얘기로는 그만큼의 가치는 있다고 하지만. 아, 맞다. 올해 고양이섬 해안의 해수욕장 개장은 6월 25일이었는데요. 마침 그때쯤 고양이섬 민박집은 상중이었어요. 하지만 상중이라 쉰 걸 교코한테도 비밀로 해달라고 마쓰코 할머니가 부탁하더라고요."

"그 할머니와 손녀는 함께 살지 않나?"

"교코는 마침 수학여행을 가서 일주일쯤 집을 비웠거든요. 어차피 교코는 모르는 사람이니 죽은 걸 별로 알리고 싶지 않다더군요."

"그럼 자네도 누가 죽었는지 모르는 건가?"

"그건 아니고."

"아나?"

나나세가 소리 죽여 말했다.

"신경이 쓰여서 미타무라 씨한테 물어봤어요. 그랬더니 마쓰코 할머니의 시동생이, 긴토은행 삼억 엔 사건의 스기우라 고지로라고 가르쳐줬어요."

고마지는 아연해져서 나나세의 얼굴을 바라봤다.

"큰 사건이잖나."

"먼 옛날 사건이에요. 뭐 이 섬에서야 대사건이었던 모양이지만요. 고지로가 자수한 뒤 매스컴이 밀려들었다니까. 단 미타무라 씨의 얘기로는 고지로는 와타누키 신관의 사촌이기도 하대요. 그래서 다들 그 사실에 대해 침묵하기로 한 모양입디."

"자네 말이야."

고마지가 뚫어져라 나나세의 얼굴을 바라봤다. 잠자코 듣던 DC도 나나세를 올려다봤다. 나나세는 기분 나쁜 듯 고개를 움츠렸다.

"뭐, 뭡니까?"

"아니, 현경 인사과도 그렇게 바보는 아니구나 하고 생각했어."

2

스기우라 교코는 혀를 찼다. 선물 가게 청소를 시작한 건 좋
았는데 손이 미끄러져 고양이 세공품을 쌓아놓은 바구니가 바닥
에 떨어졌다. 어젯밤 쓰루코에게서 들은 얘기의 쇼크에서 아직
벗어나지 못한 모양이다. 숙박객에게 멋진 아침 식사(아침에 잡
은 신선한 전갱이를 올리브오일로 구운 것, 하자키 토종닭 사육장에
서 방금 보트로 배달된 채소로 만든 라따뚜이와 샐러드, 체셔캐츠 치
즈의 갓 구운 빵, 커피)를 나르는 동안에도 손님을 향해 웃는 자신
의 얼굴이 공허하게 느껴졌다.

쓰루코 아줌마와 할머니는 굉장하다. 일을 척척 해내고 아침
을 왕성하게 먹고 나서, 또 시원시원하게 일한다. 이미 대부분의
손님은 체크아웃을 끝내고 열 시에 출발하는 가마쿠라행 관광선
을 타러 갔다. 사람을 고용하는 것은 싫다고 큰소리를 쳐놓아서
인지 요즘 할머니가 일하는 모습은 평소보다 더 분주하다. 이 층
복도에서는 세제 냄새와 마쓰코의 콧노래가 흘러나오고 선물 가
게 옆으로 올라가는 나무 계단은 반짝반짝 닦여 있다. 아침 운동
을 하고 와서 쓰루코가 만들어준 특제 밥을 잔뜩 먹은 고양이들
이 계단 여기저기에 늘어져서 자고 있다.

평상시의 여름날 아침과 다를 게 없다. 변한 건 교코다.

때때로 자신이 싫어지곤 한다. 선배 언니 사치는 "때때로라

니, 부럽다. 나는 늘 그런걸"이라지만.

하지만 이번엔 평소와 다르다. 평소에도 고민은 있었지만 가벼운 것들이었다. 볕에 지나치게 타서 코끝이 벗겨졌다든가, 공부는 열심히 했는데 성적이 조금도 오르지 않았다든가, 용돈이 부족해서 옷을 못 산다든가, 가게 일이 너무 바빠서 동아리 활동도 못 하고 집에 가는 길에 친구랑 뭘 사 먹을 틈도 없다든가, 이대로 평생 깡촌의 민박 아줌마로 끝나는 건 아닐까 걱정되지만 그렇다고 해서 특별히 하고 싶은 게 있는 것도 아니라든가, 수학여행에서 고테쓰와…… 아니, 뭐, 그건 생각하지 않아도 되는데.

어쨌든 지금 와서 생각해보니 그런 이유로 자신이 싫어졌다니, 그야말로 사치였다는 생각을 진심으로 하게 된다. 그동안의 고민은 아무래도 좋을, 한잠 자고 나면 사라져버릴 별것 아닌 고민이었으니까.

하지만 이번 것은 다르다. 고민해봤자 소용없다는 걸 잘 알 뿐 아니라, 이제 와서 어떻게 할 수도 없는 일이다. 그래도 그렇지, 할머니와 쓰루코 아줌마는 그렇게 큰 괴로움을 안고 살아왔는데, 그동안 난 무엇을 했나. 콧등이 어떻다는 둥 하며 심술이나 부리고…… 해도 너무했잖아!

교코는 뚱하니 바구니를 원래 위치로 돌려놓다 말고 문득 생각했다. 마쓰코의 방 불단에 있던 다섯 개의 하얀 나무 위패. 그건 고양이를 위한 것이 아니라 스기우라 고지로와 강도 사건으로 죽은 네 명의 피해자를 위한 것이 아니었을까. 아니, 분명 그럴 거야. 최근 들어 보통 때보다 향을 훨씬 많이 피우는 것도 고지로 작은할아버지가 돌아가셨기 때문일 거야, 아마도.

미처 모르고 지나친 것들이 너무 많았다. 세상이 완전히 달라 보였다.

그때 발밑에 뭔가 부드러운 것이 감겨왔다. 매그위치가 걱정스럽게 교코를 올려다보고, 야~옹 하고 좀처럼 내지 않는 어리광 부리는 소리를 냈다. 교코는 꿇어앉아 매그위치의 턱을 간질였다. 매그위치가 목을 골골거리며 교코에게 턱을 문질러댔다.

"괜찮아. 괜찮아. 얍, 현실로 돌아올게."

교코는 자신에게 얘기하듯이 소리를 내서 말했다. 일이다 일. 하자키 캔버스의 곤도 사장을 소개받아, 하라 아카네의 디자인을 프린트한 두꺼운 천 가방을 오리지널로 제작하고 싶다고 말했다. 엄청난 일을 당한 직후여서 그랬는지 눈의 초점이 흐려진 곤도 게이타로는 이 더운데 웨트슈트를 벗지도 않고 튀어나온 배를 카운터로 감추듯이 하고는 크림소다를 단숨에 들이켰다. 그런 상태에서 한 얘기라 곤도 사장이 그 얘기를 기억하고 있을지 어떨지 미심쩍긴 하지만 약속은 약속이다. 아무리 뭐라 해도 오늘이나 내일쯤은 모리시타 미사가 아르바이트를 하러 와줄 테니, 그러면 본토까지 나가서 가방 얘기를 마무리 짓고 오자. 그런 김에 티셔츠도 추가로 주문해야지. 드디어 재고가 동이 났으니까.

교코가 상품 선반 아래에 있는 물품 보관용 서랍에 손을 걸치고 내용물을 꺼내기 시작하는데, 바로 그때 미타무라 시게코가 입구에 얼굴을 내밀었다. 교코는 눈을 깜빡였다. 미타무라 시게코의 얼굴이 마치 해골처럼 보였기 때문이다. 정신을 차리고 보니 그건 그냥 햇빛 탓이고, 평소보다 눈 아래의 주름이 조금 깊어진 것뿐이었다.

"교코야, 안녕? 아직 가게 열기 전인지 모르지만 커피 좀 마실 수 없을까? 마침 딱 떨어져서 말이야."

"아이스커피도 괜찮으시면요. 하지만 시게코 아줌마는 모카 고양이 카페 단골 아니에요?"

"거기 마스터가 어젯밤에 어디를 갔어. G선상의 고양이 여주인 말로는 바다낚시 간다고 했다던데."

"이런 성수기에 바다낚시라고요?"

"거짓말일 거야, 거짓말. G선상도 바보가 아니니까, 낚시 도구도 없이 라이프 재킷도 안 입고 바다낚시 갔을 리 없지 않느냐면서 웃더라고. 바늘에 걸리는 건 물고기가 아니라 암컷 포유류겠지."

"아아, 그랬군요."

가볍게 고개를 끄덕이며 교코는 살짝 얼굴을 찌푸렸다. 그리고 바로 아차 싶어 덧붙였다.

"그럼 거기 모카 고양이는 어떻게 됐죠?"

"그 고양이는 어제 아침에 마스터가 본토로 데리고 가서 입원시켰어. 누군가 상처를 입힌 모양이야."

"네? 어느 녀석한테?"

교코는 집에 드나드는 고양이 중에 흉악한 전과가 있는 고양이를 하나하나 떠올렸다.

"알면 그냥 두지 않지."

미타무라 시게코는 콧숨도 거칠게 스트로를 물어뜯었다.

"정말 나쁜 놈이야. 그런 귀여운 고양이한테 스턴 건을 쏘다니. 그것도 그냥 누워 있는 걸 말이야."

"스턴 건!"

교코는 느닷없이 괴성을 내질렀다.

"그렇다면 상처를 입힌 건 고양이가 아니라 사람이란 말이에요?"

"어떤 흉악한 놈인지 얼굴을 한번 보고 싶어. 보는 것으로 끝나진 않겠지만."

"어, 하지만 모카 고양이는 가게 밖으로 안 나오잖아요? 늘 가게 카운터나 문 옆 바구니 속에 누워 있고. 밖에서는 본 적이 없는데."

"어제 아침 쓰레기 내놓는 당번이 마스터였는데, 가게를 열어놓은 채로 나갔다 돌아왔더니 바구니 안에 축 늘어져 있더래. 처음에는 눈치 못 챘는데 파출소의 DC가 놀러 와서 모카 고양이를 흔들어도 반응이 없었대. 겨우 이상하다는 걸 알아차린 마스터가 새파랗게 질려서 끌어안고는 아직 출발 전이었던 쓰레기 배에 억지로 올라타서 본토 수의사한테 갔다나 봐. 어제는 일단 가게를 열었지만 장사가 거의 안 된 모양이야. 뭐, 다행히 고양이는 쇼크를 좀 받았을 뿐 크게 다친 건 아니래. 그걸 안 순간, 그 마스터 완전히 기운을 되찾아서는."

그랬구나. 그래서 암컷 포유류 바다낚시를 간 거군. 하지만.

"집 안에까지 들어와 고양이한테 스턴 건을 쓰다니. 너무 악질 아니에요? 경찰에 신고하는 게 좋지 않을까요? 불쌍해요, 그 모카 고양이…… 어, 이름이 뭐였지?"

"아메샤 스펜타."

"그거 좀 부르기 쉬운 이름으로 해주면 좋을걸. 이름을 붙이는 거야 마스터 맘이지만."

"그 이름은 조로아스터교의 '성스러운 불사자不死者'라는 뜻이래. 섬 뒤의 동굴하고 교룡 신앙하고 배화교가 연결되어 있다는 전설이 있는 거 아니?"

"듣긴 했지만 어째서 바다신하고 불을 숭배하는 배화교가 하나가 되는 거죠? 참 이상해요."

"나도 그렇게 생각해. 하지만 마스터가 이것저것 조사를 한 모양이야. 옛날에 고양이섬 신사가 만들어지기 전에 이 섬에는 풍장風葬 관습이 있어서 섬 뒤쪽 바다 동굴에 유체를 안치하고 몇 년 후에 백골이 되면 잘 씻어서 다시 본토로 가지고 돌아가 매장을 했대. 그러던 중 본토의 들개가 너무 많이 늘어나 그중 일부가 이 섬으로도 건너오게 됐는데, 동굴에서 유체를 찾아내 끌어내거나 먹거나 했다나 봐. 그게 원인이 돼서 역병이 퍼져나가자 풍장을 그만두게 됐고, 섬에도 고양이섬이라는 이름을 붙이고 개를 몰아냈던 거래."

"네."

또 발치에 두고도 몰랐던 사실을 알게 된 교코는 뭐라고 할 말이 없어 애매하게 대답했다. 그러나 바로.

"고양이가 개를 쫓아내요? 보통은 반대 아니에요?"

"나도 그렇게 생각했는데 마스터가 말하기로는 야나기타 구니오(일본 민속학의 창시자―옮긴이) 선생이 쓴 『고양이의 섬』이라는 글을 보면, 육지에 가까워서 망자를 보내는 곳으로 이용된 섬에 개가 들어오는 게 싫어 고양이섬이라고 이름을 지었다는 얘기가 나온대. 정말인지 어떤지는 잘 모르지만, 야나기타 구니오를 들이대니 그렇구나 할 수밖에."

"흐으으응."

야나기타 구니오란 게 누구야, 하고 혼자 생각하면서 교코는 또다시 애매하게 대답했다.

"하지만 그게 배화교랑 무슨 관계죠?"

"조로아스터교가 풍장을 관습으로 삼고 있기 때문 아닐까? 어
딘가에서 누군가가 그것과 이것을 결합시켰나 보지."

말을 하려다, 미타무라 시게코는 묘한 표정이 되어 아이스커
피 잔을 놓고 뒤적뒤적 주머니에서 종잇조각을 꺼냈다. 가슴에
늘어뜨린 안경을 끼고 다시 한번 읽고는 교코에게 건네줬다. 교
코는 파란색 메모지를 받아 들고 고개를 갸우뚱했다.

"'A가 P에 대해서, K에게 알린다'…… 뭐예요, 이게?"

"역시 모르는구나."

미타무라 시게코는 어깨를 축 늘어뜨렸다.

"K가 교코가 아닐까 생각했어. 왜 그랬을까. 난 지금 뭔가 생
각이 난 듯한 느낌이 들었는데."

"어쨌든 이걸 보면 아직 K한테는 아무 얘기도 안 한 거잖아요.
그렇다면 혹시 K가 저라고 해도 제가 뭐가 뭔지 모르는 게 당연
하지 않나요?"

"아유 논리정연하기도 해라. 젊다는 건 좋아. 메모를 써놓고
도 잊어버리는 노인의 머리라 거기까지는 생각을 못 했네요."

미타무라 시게코는 빈정거리듯 말하고는 스트로를 입에 물고
가게 안을 둘러보았다.

"있지, 저기, 어떻게 된 거야?"

그녀는 카운터 뒤의 사진을 가리켰다. 마쓰코가 유명 인사와
찍은 수많은 기념사진들 말이다.

"한 장 없어졌잖아. 고지로 씨 사진이 없어졌어."

"작은할아버지 사진이라니, 뭐가요?"

"뭐가요, 라니. 쭉 있었잖아. 그 하얗게 된 곳에. 고지로 씨와 마쓰코 씨의 사진."

"네?"

교코는 튀어 일어나 카운터로 달려갔다. 그러고 보니 며칠 전에 벽 일부분이 하얘진 걸 보긴 했었다. 그때는 사진 액자가 사라졌다고는 생각 못 하고 옛날에는 벽이 이렇게 하얗고 깨끗했구나 하고 세월의 흐름을 불만스럽게 생각했을 뿐이었는데…….

"여기 있었던 거, 작은할아버지 사진이에요?"

"그래. 몰랐니?"

말해놓고 미타무라 시게코는 아유 이를 어쩌지, 하듯이 입을 가렸다.

"아아, 거 뭐, 그렇게 중요한 건 아닌데."

"작은할아버지 얘기라면 어젯밤에 쓰루코 아줌마한테 들었어요. 그러니까 시게코 아줌마는 걱정 안 하셔도 돼요. 하지만 도대체 어디로 사라진 걸까.……아, 저기요, 할머니. 여기 있던 사진 할머니가 치우셨어요?"

마침 계단을 내려온 마쓰코에게 교코가 물었다. 마쓰코는 눈썹을 찌푸렸다.

"아유 시게코 씨, 어서 와요. 사진이라니 뭐 말이니?"

교코가 아무것도 없는 공간을 가리키자, 마쓰코는 깜짝 놀란 듯 눈을 크게 떴다.

"몰라. 이게 무슨 일이니, 어디로 간 거지?"

"어쩌면 쓰루코 아줌마가?"

"그럴 리 없어. 쓰루코의 방에는 더 잘 나온 사진이."

말을 꺼내다 말고 헛기침을 했다.

"어쨌든 이 부근에 떨어져 있을 거야, 분명."

교코가 그 말을 듣고 카운터 주변을 돌며 찾았다. 소란에 놀라 주방에서 나온 쓰루코도 함께 찾았다. 하지만 사진은 나오지 않았다.

어떤 사진이었지, 하고 교코는 자기도 모르게 생각에 잠겼다. 훨씬 전부터 이 가게에는 열 몇 장의 사진이 붙어 있었다. 새삼 스레 바라본 적도 없고, '유명인'이라는 말을 듣긴 했지만 어디의 누군지 전혀 알 수 없는 유명인이라 그다지 흥미가 가지 않았다. 고지로와 마쓰코의 사진도 그런 수수께끼의 유명인하고 찍은 사진 중 한 장일 것이라고 생각했다. 미타무라 시게코의 말을 듣기까지는.

뭐 작은할아버지도 어떤 의미에서는 유명인이라고 할 수 있지 않나.

교코는 한동안 생각에 잠겨 있다가 어떤 사실을 기억해냈다.

"저기요, 어젯밤에 마린바이크에 튕겨져서 죽은 사람이 한 사흘쯤 전에 우리 집에 왔었던 거, 할머니 알아요?"

"뭐라고? 무슨 아닌 밤중에 홍두깨 같은 소리를 하니?"

"아카네 아줌마가 봤대요. 그게요, 어제 죽은 사람 말이에요, 라틴풍 외모라잖아요. 보게 되면 연락해달라고 나나세 아저씨가 온 섬을 다 돌아다녔어요."

"알베르토."

미타무라 시게코가 엄숙하게 말했다.

"어, 외국인이었어요?"

"내가 붙인 별명이야. 본명은 구와하라 뭐시기라는 모양이고. 사고와 살인 양쪽으로 수사를 한다고 오늘 아침 신문에 나왔어. 아까 경찰이 메인스트리트를 줄지어 올라간 건 그 때문이겠지, 아마도. 미안, 교코야, 그다음을 계속해줘."

아침에는 너무나 바쁜 나머지 신문을 읽을 틈도 없고 텔레비전을 켜는 습관도 없다. 고양이섬 민박집 삼인방은 똑같이 입을 벌렸다.

"살인? 누군가가 고의로 벼랑에서 밀어 떨어뜨렸다는 거예요? 그, 알베르토 씨를?"

"거기까지는 쓰여 있지 않았어. 하지만 그 남자, 나이프에 찔린 고양이랑 뭔가 관계가 있을지도 모른대. 경찰도 그래서 지금 신중하게 조사 중인 거 아닐까? 교코, 이만 갈게."

그럴 상황이 아니었다. 교코와 마쓰코와 쓰루코는 소리 모아

고함쳤다.

"고양이한테 나이프라니 무슨 소리야?"

미타무라 시게코는 나흘 전 하자키 경찰서 고마지 형사반장이 칼에 찔린 고양이 인형을 가지고 캐츠 앤드 북스를 방문한 사실을 처음부터 설명할 수밖에 없었다.

"그걸 발견한 게 글쎄 민박 스가노의 고테쓰야. 교코의 소꿉동무. 제법 괜찮은 어른이 돼가고 있더군, 그 애도. 여자 꼬이기 수련의 성과가 나타났다고나 할까."

"그냥 그 녀석이 장난친 거 아니에요?"

수학여행 때의 사건을 기억해내며 교코가 토해내듯 말했다. 시게코는 그 험악한 얼굴로 어깨를 으쓱였다.

"아마 아닐걸. 그 고양이를 산 건 알베르토니까. 생각해봐. 고테쓰한테는 고양이 인형과 나이프를 사서 그 근처에 내던져둘 만큼의 돈이 없잖아."

"고양이섬에서 나고 자란 애니까 고양이를 가지고 악질적인 장난을 하진 않을 거야. 어떻게 된 거니, 교코? 너 요즘 고테쓰 얘기만 나오면 괜히 화를 내더라."

쓰루코가 서둘러 마쓰코의 옆구리를 찔렀다. 시게코가 그 모습을 날카롭게 간파하고는 싱긋 웃었다.

"자, 뭐 재밌는 뒷얘기가 있을 법하네. 수학여행에서 무슨 일이라도 있었니?"

"벼, 별로. 일은 무슨."

교코는 이를 악물고, 우선 고테쓰 얘기를 머리에서 몰아냈다.

"하여튼 경찰은 그 나이프 건 하나 때문에 알베르토를 찾았다는 거예요? 나나세 순경은 왜 찾고 있는지는 가르쳐주지 않았잖아요. 그래서 살해당했을지도 모른다는 얘긴가요?"

"그런 건 나한테 물어도 모르지. 아카네 씨가 봤다는 게 뭔지, 그 얘기나 좀 해봐, 교코."

미타무라 시게코가 다시 교코를 채근하는데 가게 입구에 그림자가 비쳤다. 등 뒤에 제복 경찰관과 별 목걸이를 건 길고양이를 거느린 그 그림자는 방독면 속에서 기분 나쁜 호흡 소리와 함께 이렇게 말했다.

"우리한테도 꼭 좀 들려줬음 싶구나."

3

오후 두 시 가까이가 되자 바닷물이 빠졌다. 고마지 형사반장과 나나세 순경은 곤타의 안내로 다시 바위해변에 내려섰다. 어제의 쇠사다리 공포를 떠올린 나나세는 고마지가 어떤 식으로 할지 은근히 기대하고 있었는데, 고마지는 의외로 가볍게 사다리를 술술 내려가 손을 짝짝 치더니 천연덕스러운 얼굴을 했다.

방해가 되는 방독면을 벗은 탓일지도 모른다. 하긴 커다란 마스크를 마땅히 넣어둘 데가 없어서 셔츠 안쪽에 넣는 바람에 배 부분이 볼썽사납게 튀어나오긴 했지만.

드디어 얼굴에 할퀸 상처가 난 몇 명을 포함한 다른 조사원들도 오고, 보트로 먼저 한 바퀴 돈 감식반도 왔다. 그들은 어제 나나세와 곤타가 선창 계단 가까이 바위해변까지 끌어 올려놓은 타이타닉을 함께 검사했고, 얼마 안 있어 보트가 가라앉아 있던 주변 바다 속에서 쓰레기—아니 증거품인가?—도 회수했다. 이럴 거였으면 나 한 사람한테 시킬 게 아니라 어제 다 같이 모여서 조사했었어야지, 하고 나나세는 입속으로 툴툴거렸다.

끌어 올려진 '증거품'은 대부분 소라게의 집이 된 녹슨 깡통이나 비닐봉지, 비닐봉지 같지만 자세히 보면 콘돔인 것 등 대단치 않은 물건뿐이었으나 고마지는 하나하나 꼼꼼히 들여다보다 드디어 싱긋 웃으며 비닐봉지에 손을 집어넣더니 안에서 뭔가를 움켜쥐고 꺼냈다.

"이게 뭔지 아나?"

질문을 받은 감식원은 안경 너머로 힐끗 보자마자, 그런 것도 모르느냐는 표정을 지었다.

"코인로커의 열쇠군요. 하자키 동부역 버스 정류장 앞에 있는 거예요."

"어떻게 그런 것까지 알아요?"

나나세가 놀라서 말하자 감식원은 우습다는 얼굴로 나나세를 향해 코웃음 쳤다.

"잘 보라고. 플레이트에 엷은 빨간 선이 두 개 새겨져 있고 하자키라고 쓰여 있잖아. 하자키 시내의 일반용 코인로커는 다 해서 열세 곳, 제각각 선 색깔이나 수가 달라. 빨간 선 두 개는 하자키역, 그중 서부역 중앙 로커에는 한자로 하자키, 구내 로커에는 히라가나로 하자키라고 쓰여 있어."

"아유, 그걸 다 외우다니. 굉장하네요."

입으로는 그렇게 말하면서, 나나세는 뱃속에서 욕을 퍼부었다. 굉장한 거야 알겠지만, 그렇게 으스댈 것까지는 없잖아, 자식아.

"이거 맡아두겠네."

고마지는 열쇠를 주머니에 넣고 옆에서 무표정하게 작업을 지켜보던 곤타와 나나세를 향해 턱을 움직였다.

"그럼 제단 쪽으로 가볼까. 빨리 하지 않으면 바닷물이 밀려들 거야."

"네, 저도요?"

"뭐야, 불만인가?"

"글쎄요, 이렇게 많은 프로들이 있지 않습니까. 제가 나설 자리가 아닌 것 같슴다."

"괜찮으니까, 와."

고마지는 선창 계단에 버티고 선 나나세를 팔꿈치를 붙잡아 강제로 끌고 갔다.

"일일이 삐치지 말라고. 저런 전문 바보가 자랑하는 지식을 고맙게 이용하면 되는 거야. 오늘은 자네 덕분에 꽤 여러 가지를 알게 됐어. 제단으로 데리고 가는 건 내가 주는 포상 비슷한 거라고 생각하고 기쁘게 따라오라고."

이런 상은 필요 없습다, 라는 말은 차마 입에 올릴 수 없었다. 대신 고개를 끄덕였다.

"확실히 조금은 알았어요. 구와하라 모헤이가 남몰래 고양이섬 민박집에 드나들었다는 것이라든가, 스턴 건을 맞은 건 구와하라만이 아니었다는 거. 고양이한테까지 스턴 건 피해가 있었는데, 그건 어떻게 된 거지요? 누군가가 고양이한테 스턴 건의 위력을 시험해본 걸까요?"

간조가 되기를 기다리는 동안 고마지와 나나세는 고양이섬 민박집에서 스기우라 마쓰코, 교코, 호소이 쓰루코, 거기다 미타무라 시게코로부터 여러 가지 얘기를 들었다. 아직 오전 중이어선지 손님도 적었고, 더구나 선물 가게로 들어오려던 손님들도 고마지를 보면 뒷걸음질 쳤기 때문에 방해받지 않고 여유롭게 얘기를 들을 수 있었다. 게다가 도중에 고양이섬 민박집이 자랑하는 고양이섬 덮밥까지 얻어먹었다. 탐문이라는 것이 모두 이런 식이라면 형사도 나쁘지 않을 듯.

하기야 긴토은행 삼억 엔 사건 얘기로 넘어가자, 마쓰코는 눈물을 글썽이며, 고지로가 얼마나 귀여운 아이였는데, 하는 얘기를 하고 또 했다. 아무리 극악무도한 사람이라도 어린 시절에야 나름대로 귀여웠겠지, 하고 나나세는 자기도 모르게 생각했다. 하긴 가족이니까.

"……그렇게 귀여워하셨다니, 시동생분하고 뭔가 연락을 주고받았겠네요."

고마지는 마쓰코의 파도 같은 추억 이야기가 끊긴 틈을 노려 재빨리 끼어들었다.

"편지를 보냈었지요. 때때로 달콤한 먹을거리나 담배 같은 것도요. 후쿠시마는 여기서 멀잖아요. 면회는 좀처럼 가게 되지 않았어요. 일 년에 겨우 한 번이나 두 번쯤."

"후쿠시마? 후쿠시마 교도소란 말인가요?"

엉겁결에 몸을 앞으로 확 내미는 나나세를 고마지가 가볍게 밀어 눌러 앉혔다.

"그래, 시동생분한테서는 답장이 왔나요?"

"그 애는 글을 잘 안 썼어요. 어쩌다가 엽서가 왔지요. 내용은 늘 우리가 어떻게 지내는지 묻는 것뿐이었어요. 과로로 쓰러지진 않았는지, 민박은 잘 돼가는지, 그 건물은 형수님의 보물이니까 기둥부터 문, 전구, 융단까지 소중히 하라는 것 등등. 불평 같은 건 한마디도 쓰지 않았어요. 그런 얘길 쓰면 우리가 걱정할까

봐 그랬겠지요. 그래서 우리도 아들 부부가 죽은 얘기를 알리지 않았어요. 알려줘야 했을지도 모르지만, 지금쯤은 저승에서 서로 만났을 테니까, 어떻게 된 건지 알겠지요."

"그 엽서 좀 보여주시겠습니까?"

마쓰코는 미심쩍다는 듯이 입을 다물었다. 그 대신 미타무라 시게코가 말했다.

"저기요, 형사님. 고지로 씨는 한 달 전에 교도소에서 죽었어요. 강도 사건의 공범이긴 하지만 재판도 끝났고 복역도 했으니 모든 건 끝난 셈이에요. 지금 와서 그걸 파헤쳐서 뭘 하시려고요. 소용없는 일일 텐데요. 그것보다 섬 뒤편 벼랑에서 떨어진 남자가 사고로 죽은 건지 살인인지나 확실하게 좀 밝혀주세요. 그렇지 않아도 고양이에게 스턴 건을 쏘는 녀석이 있지 않나, 칼로 찌르는 녀석이 있지 않나, 이상한 일들이 벌어졌으니까요."

"미타무라 씨, 무슨 소립니까? 그, 고양이한테 스턴 건이라니."

미타무라 시게코는 한숨을 쉬고 나나세에게 설명했다. 그러고 나서 뾰루퉁해졌다.

"당신들 말이에요. 그런 큰 사고가 일어나서 힘든 건 알지만, 섬의 치안을 잘 지켜줘야 하는 거잖아요. 여름철 파출소의 경비는 광열비부터 건물 보전비까지, 그리고 보트니 전화세니, 거의 모두 다 고양이섬에서 내잖아요. 정확히 말하면 고양이섬 신사가 그 돈을 내는 거지만."

"그런가요?"

"그런가요, 라니. 몰랐어요? 어이가 없네, 정말. 고양이섬에 여름철 파출소를 두기로 했을 때, 댁의 서장님하고 신관님이 대화를 해서 필요 경비를 이쪽에서 지불하기로 한 거예요. 뭐, 당신의 월급은 가나가와현 부담이지만, 어차피 우리도 가나가와현에 세금을 내잖아요."

"그런 일이 가능한가요?"

다그치는 말에 나나세가 곤혹스러워하며 고마지에게 도움을 구하자, 고마지는 코끝으로 웃었다.

"뭐 보통은 그럴 수 없겠지. 자네, 시험 삼아 경리 장부인지 뭔지를 조사해보지그래. 기회를 잡지 못하면 출세도 승진도 못하고 평생 시골 주재 경찰관으로 끝날 수도 있어."

"무슨 뜻입니까?"

"서장의 불알을 쥘 수 있다는 얘기야. 쥐어봤자 좋은 일 하나도 없을 거란 얘기이기도 하지만."

나나세는 어제와 마찬가지로 바위해변을 휙휙 앞으로 나아가는 곤타를 필사적으로 따라가면서 대화 내용을 반추했다. 편한 작업은 아니었다. 동굴 쪽으로 가는 길은 오래된 선착장보다 바다로 더 가까이 내려가 있어서 걸어가다가 파도를 뒤집어쓰게 되는 곳이 많아졌고 발은 자꾸만 무거워졌다. 여름에 해변 근무를 하는 경찰관에게는 가능하면 비치 샌들을 지급해줬으면 좋겠다.

그건 어찌 됐건 간에. 고양이에게 쏜 스턴 건. 후쿠시마 교도소. 필로폰 고양이 나이프 사건 전날 고양이섬 민박집에서 구와하라 모헤이인 듯한 인물을 봤다는 하라 아카네의 증언. 사라진 스기우라 고지로의 사진.

고양이섬 민박집에는 그런 투숙객이 없었다, 하고 마쓰코와 교코는 단언했다. 쓰루코 역시 레스토랑에서 그런 사람을 본 기억은 없다고 한다. 하지만 그곳은 소수 인원이 정신없이 일하는 터라 알베르토가 캐츠 앤드 북스에서 고양이 인형을 구입한 당일에도 들어오려고 맘만 먹으면 마음대로 이 층까지 올라갈 수 있었을 거라는 게 나나세의 생각이다.

단 삼 층의 오너 일가의 생활공간까지 올라가는 건 어려울 것이다. 일단 나이 찬 아가씨도 있기 때문에 투숙객이 멋대로 섞여들지 못하게 삼 층으로 올라가는 계단에 자물쇠 달린 문을 두었기 때문이다. 하긴, 고양이섬 민박집의 삼 층은 집 뒤편에서 보면 일 층이니까 그쪽에서라면 쉽게 들어갈 수 있다. 단, 알베르토가 고양이와 비슷한 크기일 때의 얘기. 하긴 알베르토가 삼 층에 갔다는 증거도 증인도 없지만.

"어쩌면 알베르토가 찾던 보물이라는 건 긴토은행 삼억 엔 사건 때 훔친 돈의 나머지 아닐까요? 알베르토와 스기우라 고지로는 후쿠시마 교도소에 함께 있지 않았습니까. 사건 당시 돈은 대부분 탱크로리와 주범 두 사람과 함께 타버린 걸로 되어 있지만요."

"호오. 잘 알고 있구먼. 자네, 그땐 고작 다섯 살쯤이었을 텐데."

"네, 뭐."

"뭐야, 따로 조사했나?"

"미타무라 씨한테 스기우라 고지로 얘기를 듣고 좀 걸리는 게 있어서 옛날 신문을 찾아봤습니다."

고마지가 방독면 속에서 무슨 말인가 했지만, 나나세에게는 들리지 않았다. 장대한 바위해변을 돌아가서 보이지 않던 곤타가 바위 그늘에서 나타나 이쪽을 향해 크게 손을 흔들었다.

고마지와 나나세는 울퉁불퉁한 바위해변에서 넘어지지 않으려고 애쓰며 간신히 곤타를 따라잡았다. 곤타는 바위와 바위 사이의 물웅덩이를 가리켰다.

"형사님, 저거, 찾으시는 게 아닌가요?"

고인 바닷물 속에 면도기 정도 크기의 기계가 가라앉아 있었다. 고마지가 쭈그리고 앉았다.

"음, 그래."

"에, 아, 이게 그건가요? 전 진짜를 보는 건 처음입니다."

"저도요. 의외로 작군요. 스턴 건이란 게."

곤타도 나나세를 따라 말했다. 고마지는 일어서서 기지개를 켜고는 방독면을 벗고 주위를 둘러봤다.

"산의 제단은 어디쯤이지?"

"딱 이 정면 위입니다."

곤타가 가리킨 쪽을 보니 소나무가 이쪽으로 뾰족한 가지 끝을 쭉 뻗고 있었다. 어제 제단 옆에서 본 가지 꺾인 소나무였다.

"그래, 바다의 제단은?"

"저깁니다."

"어, 잠깐만. 저건가요?"

"그래요."

곤타가 가리킨 곳에 있는 동굴은 깜짝 놀랄 정도로 작았다. 스턴 건이 떨어져 있던 물웅덩이 오른쪽 위, 딱 곤타를 두 사람 겹친 정도의 높이에 바위 일부가 선반처럼 안으로 쑥 들어간 장소가 있었다. 거기에 산의 제단과 엇비슷한 작은 제단이 보였다. 떨어져서 보면 신위를 모시는 선반이 비바람을 맞은 것 같았다.

"저게 동굴 입구⋯⋯인가요?"

"가까이 가서 보세요. 제단 아래로 큰 구멍이 나 있는 게 안 보이나요?"

"가까이 가니까 오히려 더 안 보이는데요."

나나세는 십 미터쯤 더 가서야 겨우 제단을 분명하게 볼 수 있었다. 하지만.

"아무리 그래도 동굴은 안 보여요. 정말로 이게 후지산까지 이어진다는 동굴 맞아요?"

"난 그렇게 들었어요."

곤타가 아주 새침해져서 대답했다. 나나세는 어이가 없어서 말했다.

"곤타 씨는 바다의 제단을 봤습니까? 저기까지 올라가서?"

"가끔은. 제단 청소 당번 순서가 돌아와서요."

"하지만 어부들은 어떻게 저렇게 높은 데 있는 제단 청소를 자주 할 수가 있는 거지요?"

"만조 때 배로 오지요. 사리 때면 거의 동굴 입구까지 해수면이 상승하니까."

"흐음…… 잠깐. 그렇다면 오늘은 왜 바닷물이 빠질 때까지 기다린 거지요?"

나나세와 곤타가 말을 주고받는 동안, 잠자코 주위를 살펴보던 고마지는 바다의 제단 조금 앞쪽, 바위해변이 끝나고 바닷물이 출렁이는 부근의 바다 속을 들여다보려고 엉거주춤한 자세를 취했다.

"형사님, 그 앞은 위험해요. 갑자기 깊어지기도 하니까."

"으……."

고마지는 건성으로 대답하고는 슬슬 뒤로 물러나 팔짱을 끼고 생각에 잠겼다가 말했다.

"저기 곤타 씨. 혹시 진짜 동굴은 이 속에 있는 거 아닐까? 즉 바다 속에 입구가 있다든가."

한순간 곤타의 시선이 허공에서 춤을 췄다. 하지만.

"글쎄요. 그럴지도 모르지만, 나는 본 적이 없습니다."

"배라면 다가갈 수 있을 것 같은데."

"글쎄요. 그런 건 선어정의 어부들한테 물어보는 것이 좋을 것 같습니다만."

"그렇군."

고마지는 바위해변을 둘러보다 고개를 흔들더니, 나나세에게 가까이 오라고 신호를 보냈다.

"자네 말이지, 미안하지만 스턴 건을 주워 오게나. 그걸 가지고 철수하지."

"네. 저, 하지만 맨손으로 만져도 괜찮을까요? 지문이나 뭐 그런 걸로 나중에 그 감식 담당이 화를 내지 않을까요?"

"지문 같은 건 안 나와. 상관없어. 주워 와."

"네."

"싫으면 내가 주울 테니, 자넨 기다리게."

고마지는 물웅덩이에 손을 집어넣어 스턴 건을 꺼내 나나세에게 건네줬다. 나나세는 그대로 받아 들면서 처음으로 보는 손안의 스턴 건을 뚫어져라 관찰했다. 무게도 그렇고 모양도 그렇고 마치 전기면도기 같다고 생각한 순간.

빠지직.

나나세는 그 자리에 무너져 내렸다.

8장

고양이의
보은

1

"······8월 2일의 날씨를 알려드리겠습니다. 아직까지는 날씨가 좋지만 내일은 태풍이 상륙한다는군요. 바다가 거칠어지는 곳도 있어서 좀 걱정이네요. 열사병도 조심하고 파도도 조심하면서 멋진 여름날을 즐기시길. 지금 시각 곧 열 시가 되겠습니다. 하자키 FM 방송 〈모닝 선샤인〉 지금까지 와타나베 지아키였습니다······."

아침 햇살은 기분이 좋다.

비록 그 햇살이 굉장히 더운 하루의 시작을 알리는 것이라 하더라도.

이미 이 섬의 주민에게는 아침이라고 볼 수 없는, 아주 늦은 시간이라 하더라도. 부지런한 섬 주민 대부분은 이미 다섯 시간쯤 전에 일어나서 청소를 하고 쓰레기를 내놓고 아침밥을 짓고 고양이에게 사료를 주고, 숙박 시설이라면 손님용 아침상을 차리고 자신들도 밥을 먹고 세탁이나 이불 말리기까지 끝낸 뒤에 차분히 앉아 차를 한 잔 마실 시간이다. 하지만 그런 거 신경 쓸 필요 없다. 그들에게는 그들의 시간이 있고 나한테는 나의 페이스라는 것이 있다.

하라 아카네는 기분이 좋아서 어제까지 다 만든 방을 돌아봤다. 기둥과 문을 모두 없애 공간을 널찍하게 만들었다. 천장도 높아졌고 새로 바른 회반죽은 새하얗다. 기둥 부분은 들기름으로 잘 닦아 까만 광택이 난다. 옛 미닫이틀이 있던 부분에는 폴리카보네이트를 붙여서 빛을 끌어들였다. 수집 중인 유리병을 나란히 놓았더니 아름다운 빛이 아롱거린다.

바닥재는 원래 플라스틱 타일이었지만, 이리저리 생각한 끝에 설치가 간단하다는 점도 있고 해서 마와 야자를 섞은 돗자리 같은 소재를 썼다. 여름에는 시원할 것이고 고양이가 돌아다녀도 더러움이 그리 눈에 띄지 않을 것이며 타일 형태라서 더러워지면 교체할 수 있다. 추워지면 그 위에 따뜻해 보이는 러그를 놓으면 된다.

벽장은 문을 떼어내 안이 들여다보이게 했다. 여기에 스틸로 만든 선반을 넣고 발을 걸어 안정감을 줄 작정이다. 발은 좀 지나치게 남국풍이려나. 전에 살던, 하자키 본토의 발리 섬 리조트 호텔풍의 집은 싫다. 마 소재의 보통 커튼으로 할까. 뭐하면 벽장에는 텔레비전까지 들어가게 해도 좋을지 몰라.

창고에 맡겨둔 커다란 인도네시아 테이블은 팔아버리자. 거기서 사 온 침대와 조각상도 이미 처분했다. 어쨌든 발리 섬 같은 건 절대로 싫어, 라는 것만은 확실히 해둔다.

소파는 낮은 것으로 했으니까 어디 골동품점에서 밥상을 사오는 게 어떨까. 여러 개 겹쳐서 놓았다가 차를 마실 때는 하나씩 내려서 쓰는 거다. 스탠드는 지금 갖고 있는 것으로 충분하다. 독서용 스탠드 하나, 키 큰 걸로 두 개. 천장에는 전등을 달지 말자. 일하는 방은 형광등으로 환하게 밝히더라도, 편안히 쉬는 공간으로도 사용할 응접실은 좀 더 안정감 있게 만드는 것이 좋겠다.

여기저기에 옛날 못 자국이 있다. 장식 타일이라도 사서 그 위에 붙이자. 일의 성격상 그림이 있으면 안정감이 생기지 않는다. 색깔은 수수한 쪽으로 하고 조금은 예스러운 느낌으로. 아, 그런 타일이 욕실에 있었지. 그걸 재활용할까.

식탁은 오래된 나무틀에 타일을 붙여 만들어볼까. 아니, 그건 좀 지나친가. 너무 오래된 수제품 같은 것만 있으면 도리어 안정감이 없을지도 모른다. 이렇게 된 거 차라리 유리와 스틸로 된 모던한 식탁은 어떨까. 식탁 밑에 민예풍의 융단을 깔면 방과 조화를 이룰 수 있다. 고양이섬 민박집 삼 층의 마쓰코 씨 방에 있는 것 같은 푸른 페르시아 융단은? 그건 식탁 밑에 깔기에는 너무 무겁다. 두꺼운 직물이 더 나을 거야. 빨강이나 검정, 흰색이라면 또렷한 색조라 수제품 느낌도 살고 꽤 좋을 것 같다. 식탁위에 뭔가를 올려놓은 채로 놔둘 게 아니라면.

"어쨌든, 편히 쉴 수 있는 장소는 그럭저럭 완성."

아카네는 소리를 내서 말해봤다. 이 집에서 작업을 시작한 뒤로 갑자기 혼잣소리를 자주 하게 되었다. 바닐라의 출입을 용납하게 된 최대의 이유는 그 혼잣말이다. 고양이하고 얘기한 거예요, 하면 서른여덟 살 독신녀의 혼잣소리도 용서될 것이다. 적어도 이 섬에서라면.

편히 쉴 장소는 정말로 그럭저럭 완성됐다. 아니 무슨 그럭저럭, 최고로 잘됐어, 라고 할 만하다. 정말 멋지다. 다른 방들도 이런 식으로 한다면, 잡지에 실려도 괜찮을 정도다. 민박집이었던 탓에 욕실은 너무 컸고 화장실은 일 층에만 남성용 여성용 각각 여섯 개씩이나 있어서 그쪽은 전문가에게 수리를 부탁할 수밖에 없다. 이 층에도 손을 댈 엄두가 안 나는 다다미방이 여섯 개나 있는데 베란다는 없다. 도대체 이걸 어떻게 하면 좋지 싶을 만큼 혼자서 살기에는 넓은 이 건물이 온전히 자신의 것이 되려면 앞으로도 이 년은 더 걸릴 것이다. 그래도 상하수도 정비만 끝나면 이사 들어올 수 있다. 나만의 성으로. 고양이섬 민박집도 지내기에는 좋지만, 그래도 못 하나 자유로이 박을 수 없고 큰소리로 음악을 들을 수도 없는 생활은 어깨가 결려서 힘들다. 혼자만의 생활로 돌아갈 수 있다는 건 솔직히 기쁘다.

단, 문제는.

"뭐랄까, 젠장, 역시 냄새가 나."

바람의 방향이 바뀌면서 뒤쪽 쓰레기 적치장으로부터 강렬한 악취가 흘러 들어오자, 아카네는 자기도 모르게 소리를 질렀다. 교코에게 쓰레기 처리업자가 있다는 얘기를 들은 이후로 점점 더 가까이 가고 싶지 않아 내버려둔 데 대한 앙갚음일 것이다. 요즘 들어 악취의 존재감은 갈수록 더해갔다.

작업실과 침실 만들기에 매달리기 전에, 지금 있는 쓰레기만이라도 당장 치워야겠다. 고양이섬 민박집으로 돌아가서 교코에게 업자를 소개받자. 너무 지독하다고 업자도 가까이 가려 하지 않을지 모른다. 돈도 많이 들 것이다.

아카네는 슬리퍼를 신고 툇마루로 내려가려다 발을 멈췄다. 툇마루 밑에 둥근 돌이 있는데, 거기에 바닐라가 떡하니 앉아 있었다. 기대에 찬 얼굴로 발밑에 놓인 것을 이쪽으로 가볍게 민다.

나왔닷. 이게 소문으로만 듣던 '고양이의 보은'인가.

아카네는 어찌할 바를 몰라 바닐라를 봤다. 바닐라는 상대가 기뻐해줄 거라고 확신하는 듯 들뜬 표정을 지었다. 아카네가 있는 곳에 드나들게 된 후로 털 빛깔이 눈에 띄게 좋아져 지금은 반들반들 윤이 나는 크림색 고양이로 승격한 바닐라가 조금이나마 은혜를 갚겠다고 생각하는 것도, 뭐 당연한 일일지 모른다.

"하지만 곤란해. 난 도롱뇽이나 쥐 같은 거 못 먹는다고. 쓰레기가 늘어날 뿐이잖아."

바닐라는 고개를 갸우뚱하더니 야옹 했다. 아카네가 왜 기뻐하면서 주위를 날뛰며 돌아다니지 않는지 이상해서 견딜 수가 없다는 기색이었다.

어쩔 수 없다. 아카네는 각오를 하고 바닐라에게 다가가 쪼그리고 앉아 그 발밑에 있는 선물을 봤다.

가만히 봤다.

뚫어져라 봤다.

결국, 주위를 날뛰며 돌아다니게 됐다.

2

생활안전과의 후타무라 기미코 경위는 읽고 있던 서류에서 얼굴을 들어 고마지 형사반장에게 고개를 끄덕여 보였다.

"그 섬유의 정체를 알았어요. 고마지 반장님의 것이 아니었던 모양이에요. 어쨌든 그러길 바라요."

"무슨 뜻이야."

"고마지 반장님이 블러드오렌지 색깔 수영복을 입은 건 별로 보고 싶지 않다는 뜻이에요."

"그럼 그게 수영복 섬유였단 얘긴가?"

"그래요. 나이프에 감겨 있긴 했지만 고양이섬은 워낙 수영복 섬유가 공중을 날아다니는 곳이니 그것하고 이번 알베르토 살해를 결합시킬 수 있을지는, 아직 모르죠."

그렇게 말하고 후타무라는 가장자리에 갈색 선이 들어간 도시락 사이즈의 무표백 천 주머니를 고마지의 코끝에 들이댔다.

"이게 그 알베르토가 갖고 있었을 것으로 추정되는 열쇠의 코인로커에서 꺼낸 내용물이에요. 있을 곳에 있었다고나 할까, 당연하다고나 할까. 현금으로 이백만 엔이 들어 있었어요."

고마지가 그 안을 들여다보고 심한 재채기를 했다. 후타무라는 쿡쿡 웃었다.

"반장님이 아주 좋아하는 마약 반응도 나왔어요."

"먼저 말해줬어야지."

"재채기 정도로 끝났으니까 됐잖아요. 얘기 들었어요. 꼬마 나나세가 증거품 스턴 건 때문에 기절했다면서요."

"그 스턴 건은 미국의 맥 뭐라나 하는 회사 건데 지금 출처를 찾는 중이야. 무기상에 가서 구입했다고 보는 게 정석이겠지만, 인터넷에서 사는 방법도 있으니까."

"그건 아까 감식 쪽에서 들었어요. 나나세 사건을 알고 싶네요, 저는."

고마지는 으음, 하고 웅얼댔다. 그러고는 고개를 흔들었다.

"나나세 녀석 멍청하게 버튼을 눌러버린 모양이야. 그것도 거꾸로 쥐고 말이야. 그래서 전류가 자기를 향해 흘렀어. 손바닥에 화상 흔적이 생겼지. 스턴 건이란 튼튼한 거더라고. 물에 잠겨 있던 건데도 작동이 된 거야. 휴대전화는 못 쓰게 됐는데 말이야."

"그래요? 사실은 고마지 반장님이 일부러 골탕 먹이려 한 거 아니에요? 전극을 나나세 쪽으로 해서 내밀었다든가."

"아, 아무리 그래도 그렇지. 그런 짓을 왜 해?"

"어머, 그래요? 나나세한텐 꽤 거칠게 일을 시켰던 것 같은데."

"그것과 이건 별개야. 내가 그런 사디스트로 보이나?"

"물론이죠."

천연덕스럽게 말하는 후타무라의 얼굴을 바라보고 고마지가 중얼중얼 말했다.

"그 녀석이 갑자기 쓰러졌을 때는 내가 다 식은땀이 났어. 어쨌든 돌아오는 길은 절벽에 매달린 쇠사다리뿐이잖아. 수많은 경찰관이 그 사다리를 오르내렸지. 고양이섬 신사의 허드렛일꾼 곤타라는 친구 왈, 오랫동안 사용 않던 사다리를 이렇게 갑자기 풀가동해버렸으니 안전성에 대해서 책임을 질 수 없다는 거야. 말을 듣고 보니 정말 그랬어. 나나세를 업고 올라가다가는 사고가 나지 않을까 걱정하다가 살이 이 킬로그램은 빠졌어."

"걱정만으로요?"

"그래서 필사적으로 녀석을 바닷물에 처넣었지. 궁하면 통하는 법이야. 바로 의식이 돌아오더라고. 아이구야."

"불쌍한 나나세 같으니라고."

후타무라는 웃음을 참으면서 눈물을 닦는 흉내를 냈다. 고마지는 코웃음을 쳤다.

"나도 마음이 켕겨서 병원에도 데리고 가고 돌아오는 길에는 고기 전골도 사줬다고. ……이 주머니에 들어 있던 건 현금뿐인가?"

질문을 받은 후타무라는 진지한 얼굴이 됐다.

"현금은 귀여운 고양이 그림이 그려진 도시락 속 비닐봉지에 꽉 차게 들어 있었어요. 비닐봉지는 청색 테이프로 봉해져 있었고요. 그 위에는 막 상하기 시작한 샌드위치가 들어 있었는데, 반으로 잘린 샌드위치는 랩에 싸여 핑크색 밴드로 묶여 있었어요. 밴드에는 젓가락 통까지 꽂아놓는 세심함을 보였고요. 언뜻 보기에는 누군가가 잊고 간 도시락이라고 생각할 수밖에 없겠더라고요. 비닐봉지와 테이프와 젓가락 통에서 알베르토의 지문이 나왔어요. 그의 것이거나 그가 관여한 것이라고 생각해야겠죠."

"흐음, 도시락으로 보이게 한 거로군. 일단은 잔꾀를 부린 셈이야. 고양이 인형도 그렇고 도시락도 그렇고, 의외로 소녀 취향에다 꼼꼼한 사내였군."

"그야 교도소가 그리워지기에는 아직 젊은 나이니까요. 하긴 보통은 샌드위치에 젓가락이 꽂혀 있는 걸 보면 이상하다고 생각하는데. 똘마니는 어차피 똘마니, 바보는 어차피 바보인가 봐."

"날카롭군, 기미코 씨. 그런데 녀석의 집에 대해서는 뭐 좀 알아냈나?"

후타무라는 고마지를 쫙 째려봤다.

"있잖아요, 내가 프랜시스 덴코(일본의 마술사—옮긴이)로 보이나요? 차례차례 요구만 하면 뭐든 다 나온다고 생각했다면 큰 착각이에요."

"아무것도 모른다는 얘긴가?"

"그렇게는 말하지 않았어요."

후타무라는 태도를 바꿨다.

"구와하라 모헤이는 복역 중에도 건강보험료를 꼬박꼬박 냈어요. 감격이죠."

"그거 정말로 본인이 낸 거겠지?"

"글쎄요. 거기까지는 어떨지. 하지만 필로폰 밀매 동료 중에 그렇게까지 의리가 있는 녀석이 있으리라고는 생각되지 않아요. 여하튼 출소 뒤에 제대로 된 보험증을 갖고 지난달 15일쯤에 병원에 갔어요."

"어느 병원이지?"

"후쿠인 시에 있는 다다레 피부과 클리닉."

"안 좋은 이름('생활이 문란해지다'라는 뜻의 동사 다다레루와 발음이 같다—옮긴이)의 병원이군."

"장소는 후쿠인 시와 하자키시 중간에 있는 한적하고 고급스러운……이라고나 할까, 거기 사는 사람들은 그렇게 생각하고 싶어 하는, 비교적 새로운 주택가인데, 주택가 이름이 글쎄 비벌리 힐스래요. 그 한가운데 있는 병원인데, 원장인 다다레 선생님께 전화로 물어봤더니 라틴계로 보이는, 셔츠 단추를 네 개 풀어헤친 남자가 분명히 구와하라 모헤이 명의의 국민건강보험증을 지참하고 발톱무좀 치료를 받으러 오셨습니다. 라는 거였어요. 참고로 보험증에 명기된 주소는 교도소에 가기 전에 살았던, 옛날에 없어진 아파트 주소였어요."

"잠깐만. 구와하라 모헤이의 사체에 무좀 같은 게 있었나?"

"나은 게 아닐까요? 최근에는 발톱무좀에 마시는 약을 처방한대요. 발톱무좀은 바르는 약으로는 낫지 않는다네요."

"잘 아네."

"남편이 그렇거든요."

"그것 참 안됐군."

"어쩔 수 없어요. 대머리와 무좀은 경찰관의 직업병이니까. 육체적으로도 정신적으로도 스트레스가 많아서 늘 지방이 많은 식사를 하고 담배와 술에 젖어 사니 두피도 피부도 병들 수밖에 없고, 게다가 머리에는 모자나 헬멧을, 발에는 늘 안전화를 착용하니. 이래가지고서야 몸에 좋을 리 없지요."

주위에서 두 사람의 대화에 귀를 쫑긋 세우고 있던 남자 경찰관들의 몸에서 꽉 졸아드는 소리가 나는 것 같았다. 고마지는 헛기침을 했다.

"요컨대 집은 그 근처라는 건가?"

"그렇겠죠. 간논 경찰서에 아는 사람이 있어서 그 부근을 조사해달라고 했어요. 알베르토가 비벌리 힐스를 어슬렁거렸다면야 눈에 띄었을 테니까, 집도 바로 알 수 있겠죠."

"고마워요. 기미코 씨."

고마지가 양팔을 쫙 펼쳤으나, 후타무라는 그것을 깨끗이 무시했다.

"감사 인사라면 히가시긴자의 '아폴리네르'에서 몽블랑케이크를 사다 줘요. 그곳의 고전적인 몽블랑을 좋아하거든요. 최근에 유행하는 이탈리안 몽블랑이라고 아나요? 밤으로 만든 크림을 쓴 건 안 돼요. 고구마 몽블랑이 양도 많고 좋아요."

"몽블랑이든 뎅키브랑(알코올 도수가 30도에 달하는 독주 칵테일─옮긴이)이든 좋아하는 걸 사줄 테니까, 한마디만 더 하지. 그 밖에 뭐 없나?"

"그러니까 난 데이비드 커퍼필드가 아니라니까요."

"없는 거군."

"그렇게는 말하지 않았어요."

후타무라는 컴퓨터를 조작해 화면을 고마지가 보기 좋게 돌렸다. 얼굴을 앞머리로 가린 젊은 남자의 얼굴이 나타났다. 얼핏

보면 동안이지만 노골적으로 늙은 티가 나는, 한창 때를 넘긴 퇴물 아이돌 같은 얼굴이었다.

"이소타니 다쿠미, 스물일곱 살. 옛날에 하자키를 석권한 육지족이었는데 돌이킬 수 없을 정도로 필로폰에 중독된 불쌍한 인생. 중학생 때부터 필로폰에 빠져서 약값 때문에 공갈, 좀도둑질, 소매치기, 절도로 점점 스케일이 커지다가 하자키 니시 고등학교 재학 중에는 강도 상해 사건까지 일으켰어요. 노상에서 필로폰 파는 사람을 칼로 찔렀지요. 돈과 필로폰을 내놓으라면서. 하룻강아지 범 무서운 줄 몰랐다고나 할까."

"어이 어이. 설마 그 찔린 녀석이."

"바로 그 설마예요. 단, 알베르토의 상처는 가벼웠고, 증거는 나오지 않았던 모양이지만 어쨌든 노상에서 고등학생한테 마약을 판 건 사실이었고 이소타니 다쿠미는 미성년이었으니, 어찌어찌하여 화해가 성립돼서 결국 불기소가 된 모양이에요. 이소타니의 집은 도쿄의 세다가야에 사는 땅 부자로, 거금을 단숨에 모았나 봐요. 구와하라 모헤이가 아니더라도 입을 다물었겠죠."

"흥. 그래. 부모는 호화주택가인 세다가야에 살고 아들은 변두리 하자키 니시 고등학교라. 유배나 다름없는 거로군."

"냄새나는 것에는 뚜껑을, 이라잖아요. 다쿠미 모친의 친정이 하자키에 있어요. 옛날부터 외가에 자주 놀러 갔던 아들이 하자키에 살고 싶다고 하니까 옜다 하고 맨션을 사줬겠죠. 하자키 의

대 북쪽에 있는, 최상층은 일억 엔이라든가 하는 고급 맨션을요. 물론 학비며 생활비도 듬뿍. 하지만 부모한테 마약하는 걸 들켜서, 집으로 들어와라, 그때까지 돈은 한 푼도 안 준다, 고 하자 범죄에 빠진 거지요. 흔히 있는 얘기라고 하면 그렇기도 하지만 재미있는 건 그다음부터예요."

후타무라 기미코는 묵직한 다리를 반대로 꼬았다.

"지금부터 칠 년 전에 구와하라 모헤이가 두 번째 마약 소지로 체포됐을 때, 그가 탔던 차의 주인이 누굴까요?"

"이소타니 다쿠미인가?"

"네. 맞아요. 어느 틈엔가 가해자는 피해자의 수하가 되어 있었어요."

고마지는 신음을 냈다.

"거참, 이소타니 다쿠미의 부모도 그렇지. 고등학생일 때 병원에 보내서 마약중독 치료를 해줬으면 좋았을걸."

"치료해봤자 정말 빠져나오는 건 몇 사람 안 돼요. 체질적으로 중독에 강한 사람도 있지만, 다시 마약에 빠져서 평생 헤어나지 못하는 사람도 있어요. 최악인 건 중독에 강한 사람의 유혹에 넘어간 중독에 약한 녀석들이죠. 사람이란 의외로 낙천적이어서 친구들이 괜찮으니까 나도 괜찮을 거라고 착각하죠. 그런 점을 이용해서 이 약을 먹으면 성적이 오른다든가 살이 빠진다든가 하는 좋은 말만 늘어놓으며 아이들에게 약을 파는 거예요. 원래 영업이라는 게 좋은 것만 말하는 법이잖아요. 맛있기만 한 얘기는 절대로 이 세상에 없다는 걸 부모가 잘 가르쳐주면 좋은데. 이런 시대이다 보니 우리 집 아이들이 시기심 많고 의심 많은 아이로 자라준 게 참 다행이에요."

"아이들이 부모를 닮았군."

"사람을 보면 도둑이라고 생각해라. 잘하면 공적을 세울 수 있으니까, 하고 키웠거든요. 그래서 지금은 선생님이나 부모가 하는 말은 물론 교과서에 쓰여 있는 것까지 의심하려 드는 아주 좋은 아이들로 자랐어요."

"둘 다 경찰관을 시킬 생각인가?"

"원자력안전위원회에 들어가든가, 암 전문의가 되는 쪽이 어울리지 않을까 싶은데요. 아님 미스터리 작가가 되든가."

"자식한테 눈이 먼 건지 뭔지 모르겠네, 거참. ……어쨌든 이 소타니 다쿠미를 찾아내면, 어쩌면 알베르토에 대해서 좀 더 알 수 있을지 모르겠군. 그래, 어디 있나?"

"아무리 나라도 거기까지는 몰라요. 마지막 주소는 하자키의 고급 맨션이었으니까 가보세요. 북부역으로 나가면 돌아오는 길에 히가시긴자에 들러서 몽블랑을 살 수도 있고. 많은 정보를 얻은 감사의 표시로 '시칠리아의 바람'이라는 이름이 붙은 그곳 특제 오렌지무스를 함께 사 와도 좋고요."

후타무라가 싱긋 웃으며 그렇게 말한 순간 긴급 방송이 흘러

나왔다. 잠시 잠자코 귀를 기울이고 나서 고마지와 후타무라는 엉겁결에 얼굴을 마주 봤다.

"또 사체?"

"또 고양이섬?"

고양이섬은 다시 경찰관으로 가득 찼다. 메인스트리트 중간 고양이섬 민박집과 모카 고양이 카페에 다다르기 조금 전에 오른쪽으로 꺾어지는 길이 있다. 그 길 중간까지 걸어 들어가다 보면 안쪽으로 푸른색 방수포가 높이 내걸리고 그 바로 앞에 출입금지 밧줄이 쳐졌는데, 폴리스 고양이 DC와 나나세 아키라 순경이 아주 성실한 얼굴로 보초를 서고 있었다. 연일 몸과 마음이 다 지쳐버릴 정도로 강훈을 받고 있는 탓인지 나나세 순경의 표정은 날카롭게……는 되지 않았고 그냥 지칠 대로 지쳐 있었다.

"수고가 많으십니다."

나나세는 고기 전골을 얻어먹은 만큼 상냥하게 고마지에게 말을 걸었다. 어젯밤에는 먹고, 먹고, 또 먹어댔다. 그 정도는 당연하다고 생각했다. 고마지의 탓이라고만은 할 수 없지만, 요전번부터 고양이에게는 할퀴이고, 깎아지른 절벽을 억지로 내려가고, 바다에 빠지고, 그런 끝에 스턴 건을 맞아 기절하고, 머리를 바닷물에 처박아 익사할 뻔까지 했다. 손바닥에는 스턴 건의 상처가 아직 남아 있고, 기절하면서 바위에 부딪힌 뺨에는 초록색과 노란색으로 멍이 남아 있다. 그런데 사체. 그것도 초특급으로 처참한 사체가 나온 것이다.

고마지는 나나세의 얼굴에서 손바닥 상처로 눈길을 떨어뜨리고 얼른 엉뚱한 방향을 바라보았다.

"어차피 아직 감식반이 애쓰고 있겠지. 상황을 말해봐."

"이 맨 안쪽에 오래된 민박집이 있습니다. 전에는 민박 스가노였던 모양인데."

"호오."

"아세요?"

"글쎄. 그리고?"

"지금은 하라 아카네라는 일러스트레이터가 그 집을 사서 혼자서 고치는 중인데요. 본인은 고양이섬 민박집에 묵고 있고요. 아, 왜, 고마지 반장님이 나이프에 찔린 고양이를 발견한 날에 고양이섬 민박집에서 구와하라 모헤이 같아 보이는 남자를 목격했다고 한 사람이에요."

"흠, 그렇군."

"그런 큰 집을 혼자서 고치려 들다니 근성이 굉장하다는 생각에 전에 한번 얘기를 한 적도 있습니다. 그런 것이 취미라더군요. 전기톱으로 나무판을 자르거나 못을 박거나 문짝을 교체하는 것도 전부 혼자서 한대요. 그런 일이 재미있다니 별종이랄까. 단, 집을 고치다 보면 아무래도 대량으로 쓰레기가 나오잖아요. 다다미라든가 필요 없는 문짝이라든가, 더러워진 바닥재나 전 주인이 놔두고 간 가구라든가. 그런 걸 뒷마당에 적당히 쌓아뒀다나 봐요. 여기는 섬이고 쓰레기를 내놓는 것도 쉽지 않다는 이유로."

"어지간하군."

"사실 이 섬에서는 쓰레기를 내놓는 게 쉬운 일이 아냐. 어차피 버릴 거, 다 모아서 업자한테 부탁하자고 생각했대요. 거짓말이 아닐 겁니다. 그런데 이 섬은 어찌 됐건 고양이가 많아서 쓰레기 적치장이 고양이 화장실이 돼버린 모양이더라고요. 그 때문에 여기저기서 불평을 들었다고 해요. 구석진 곳이기 때문에 쓰레기를 모아놓는다고 해도 그 자체로는 다른 사람들한테 폐를 끼치지 않았지만 지독한 냄새가 났거든요."

고마지는 방독면 속에서 코를 움찔움찔했다.

"그렇게 지독한가?"

"그야 뭐. 아니, 여기까지는 냄새가 나지 않지만요. 가까이에 가면 술 취한 다음 날 아침에 나온 오줌을 졸여놓은 것 같은."

"그만하게."

"네. 그러면 고양이들의 건강이나 위생에 안 좋다고 주변에서 화를 냈대요. 하지만 그제 사고 이후로 저도 바빠서 신경을 못 썼는데요. 놀랍게도 그 냄새가 고양이 오줌 때문만이 아니었던 겁니다."

268

"무슨 소린지 모르겠군."

"아, 죄송합다. 얘기를 너무 서둘렀네요. 하라 아카네 씨 얘기로는…… 하긴 너무 쇼크를 받아 내용이 이리저리 산만하게 뒤엉었지만요. 요컨대 그녀가 최근 친하게 지내는 고양이, 바닐라라고 이름을 붙인 크림색 고양인데요. 그 녀석이 먹이를 주는 걸 고맙게 여겨선지 오늘 아침에 감사의 표시를 했다네요. 그런데 그걸 자세히 들여다봤더니 사람의 손가락이었다는 거예요. 그래서 그녀는 절규하면서 이리저리 날뛰다가 고양이섬 민박집으로 뛰어 들어가 도움을 청했어요. 참고로 그때 고양이섬 민박집의 카운터에는 저하고 미타무라 시게코 씨, 교코하고 아르바이트로 와 있던 고양이섬 신사의 미사 씨가 있었슴다. 미사 씨에게 하라 아카네 씨를 맡기고 저도 함께 셋이서 어떻게 된 건지 보러 왔어요. 아까 민간인을 동행시켰다고 위에서 야단을 맞았는데, 그건 하라 씨가 잘못 본 거라고 생각했기 때문에."

"흠흠."

"그런데 마당에 떨어져 있는 것을 봤더니 진짜 사람의 손가락 아니겠어요. 아주 시커멓게 변하긴 했지만 손톱을 보면 알 수 있잖아요. 조급한 나머지 본부에 무선을 넣었는데 왠지 잘 전달되지 않아서 우왕좌왕하던 터에 어디론가 사라졌던 미타무라 씨가 돌아와서는 집 뒤 쓰레기 적치장에 시체가 있다고 하는 거예요. 그 사람은 고양이에 대한 거라면 아주 잘 알아서 집터에 들어선 순간, 아, 이건 고양이의 오줌 냄새만이 아니구나, 하고 바로 알 아차렸대요. 그래서 손가락이 진짜라는 걸 확인하고는 집 뒤로 확인하러 갔던 거죠."

"자네도 봤나, 그 사체를?"

"봤습다, 물론. 그렇긴 한데 본 건 쓰레기 사이에서 불쑥 나와 있는 팔뿐이었어요. 완전히 썩어서 보라색이 되어 있었어요. 손 가락도 떨어져나갔고. 썩어서 떨어진 거겠죠."

나나세는 천연덕스럽게 대답했다. 그 순간 왠지 바람 방향이 바뀌었다. 나나세가 말한 '지독한 냄새'가 확 밀려왔다. 둘러서 서 그 얘기를 흥미진진하게 듣고 있던 구경꾼들이 갑자기 볼일 이라도 생각났는지, 거미 새끼 흩어지듯 사방으로 흩어졌다. DC 까지도 둥근 얼굴을 찌푸리고 야옹 하고 한마디 외치더니 현장 을 내버려둔 채 달아났다.

"자네가 아는 인물이었나?"

"아니요, 팔뚝만으로는 알 수가 없죠. 부풀어 있었고요. 남자 인지 여자인지, 젊은지 나이 먹었는지도 전혀요."

고마지는 한동안 생각했다. 그리고 조금 안심이란 듯이 말했다.

"그렇다면 내가 봐봤자 의미가 없겠군. 첫 번째 발견자인 하 라 씨와 미타무라 씨는 어디 있지?"

"고양이섬 민박집에 있지 않을까요? 어쨌든 교코한테 미타무 라 씨도 부탁했으니까요. 엇, 고마지 반장님, 가시는 거예요?"

"발견자의 얘기를 듣는 것도 중요한 일이거든."

고마지는 후우웃 하아앗, 후우웃 하아앗, 하는 호흡 소리와 함께 멀어져갔다. 나나세의 발밑에 다가와 있던 크림색 고양이가 좋다고 그 뒤를 따라갔다.

3

하라 아카네와 미타무라 시게코는 고양이섬 민박집 삼 층에 있는 마쓰코의 방에서 고양이들과 마쓰코, 교코와 함께 뜨거운 차를 마시던 참이었다. 미타무라 시게코는 고마지를 보자마자 목소리를 높였다.

"아, 형사님. 와주셨군요."

한편 하라 아카네는 상당히 수상쩍어했다. 고마지의 이상한 모습은 많은 고양이섬 관계자들에게는 이미 익숙한 모습이었지만, 아카네로서는 이게 첫 대면이었다. 그녀는 고마지의 모습에서 뭔가 기분 나쁜 것—예를 들어 마당 돌에 떨어져 있던 사람의 손가락—을 연상한 듯, 부르르 몸을 떨었다. 대부분의 고양이들 역시 떨면서 고양이용 문을 통해 달아났다. 그것과 교대로 아까 모습을 감췄던 DC가 당연하다는 듯이 나타나 융단의 냄새와 감촉을 천천히 확인한 뒤에 자리를 잡고 앉았다.

하지만 고마지가 질문을 시작하자, 하라 아카네는 의외로 막힘없이 시원하게 대답했다.

"그 쓰레기 적치장을 마지막으로 본 건 언제였습니까?"

"글쎄요. 아까부터 생각을 했는데요, 마루 나무판 일부를 버리러 간 것이 마지막이 아닐까 싶네요. 대충 일주일도 더 됐어요."

"실례입니다만, 왜 그렇게 오랜만에 간 거죠? 쓰레기는 매일 나올 텐데."

"쓰레기 적치장이라 해도 혼자서는 도저히 멀리 나를 수 없는 큰 것들만 거기에 버렸어요. 하자키시 지정 사십오 리터짜리 쓰레기 봉지에 들어갈 만한 크기의 쓰레기는 봉지에 넣어서 고양이섬 민박집으로 가지고 돌아가 아침에 겸사겸사 선창 계단에 내놓아달라고 교코한테 부탁하지요."

"일주일쯤 전이라고요. 좀 더 분명히 알 수는 없을까요?"

"그런 말씀을 하셔도 저로선 모르겠네요. 매일 비슷한 작업을 하다 보니. 아, 맞다. 있지, 교코야. 바닐라가 처음 온 게 언제였지?"

야옹 하고 고마지의 발밑에서 소리가 나는 바람에 고마지가 놀라 튀어 올랐다. 아카네가 손짓하자 크림색 고양이는 얼른 아카네의 발밑으로 가서 웅크리고는, 반짝 빛나는 눈으로 고마지를 바라봤다. 이 녀석이 사람의 손가락을 가져왔다는 고양이인가. 어쩌면 물어뜯은 게 아닐까 하고 고마지는 생각했다. 하라 아카네도 참, 이런 녀석을 가까이에 두고 있다니 놀랍군. 기분 탓인지 썩은 냄새가 떠도는 것 같았다. 하긴 그 많은 고양이들이 드나드니 이 방도 대단하다. 고마지는 처음으로 자신의 고양이 알레르기에 감사하는 마음이 생겼다. 방독면을 쓰고 있지 않았다면 끔찍한 일을 당했을지도 모른다.

"바닐라가 온 날이라면, 미사 언니가 처음으로 아르바이트하러 온 날이니까. 7월 28일이에요. 그날은 덕분에 잠깐 휴식을 취할 수 있었거든요. 그래서 아카네 아줌마네로 격려차 소프트크림을 가지고 갔었지요. 바닐라를 처음 만난 건 아마 그때일걸요."

"그렇다면 바닥재를 버린 건 그 전날이니까, 27일이군요."

"흠. 27일."

고마지는 볼펜으로 수첩을 두드리더니, 다음으로 마쓰코를 향해 물었다.

"그때쯤 뭐 평소와 다른 건 없었나요?"

마쓰코는 눈을 깜빡거리고는 욱해서 말했다.

"무슨 소리요. 우린 식중독 같은 거 일으킨 적 없다오."

"그게 아니라, 뭐 없어진 건 없는지, 외출했다 돌아오지 않은 손님은 없는지 같은 거 말이에요."

"선물 가게에서 물건을 슬쩍해 간 손님이 있었다고 하지 않았니, 교코야?"

갑작스러운 질문에 교코는 어리둥절해했으나 바로 고개를 끄덕였다.

"네, 맞아요. 고양이섬 관광 지도가 하나 없어졌어요. 잠깐 눈을 돌린 틈에요. 피해 금액은 백오십 엔."

"물건을 슬쩍해 가서 피해 입는 일이 많나?"

"그렇지도 않아요. 만약에 많다면."

모리시타 미사를 고용하지는 않았을 거예요, 라는 말을 하려다 교코는 입을 다물었다.

"이 민박집 쪽은 어땠나요? 손님은 모두 다 있었나요?"

"기억이 잘 나진 않지만, 사라진 손님은 없었을 텐데. 그런 일이 있었다면 바로 경찰에 신고를 했지. 옛날에 한번 짐을 놓아둔 채로 돌아오지 않은 사람이 있었어. 조사를 의뢰했는데 만조 시각에 고양이섬 해안까지 헤엄쳐 건너려다 도중에 힘이 빠져서 물에 빠졌던 거였소. 건너편 해안에서 건져 올렸고, 아직 숨이 붙어 있어서 병원으로 데려갔지. 나중에 가족이 마구 화를 내서 아주 힘들었다우. 왜 민박집에서 잘 확인을 하지 않았느냐고 하잖겠소. 글쎄 스무 살이 넘은 어른이 자기가 갖고 들어온 맥주에 취해서 헤엄치러 나가는 걸 어떻게 알고 막느냐고."

"이 민박집은 그러니까 나가려고만 마음먹으면 한밤중에도 슬그머니 빠져나갈 수 있고, 들어오려고 생각하면 들어올 수 있는 거로군요."

"이 층에서 뒷문까지 계단으로 내려갈 수 있게 되어 있다우.

뒷문이 비상구라서 말일세. 열쇠는 물론 안쪽에서 열 수 있고, 바깥 메인스트리트로 나갈 수 있지. 밖에 빗장을 걸어놓을 수도 있지만 만약을 생각해서 안 걸어둔다네."

"그건 그렇네요. 그래, 들어오는 방법은요?"

"누군가가 밖으로 나가려고 열쇠로 열고 그대로 두었다면 그야 들어올 수 있지요. 그러니까 손님들에게도 꼭 말을 해. 혹시 모르니까 자기 방의 문을 안쪽에서 꼭 닫아걸라고. 그렇지?"

동의를 구하자 하라 아카네가 위아래로 힘차게 고개를 끄덕였다. 마쓰코가 계속했다.

"어쨌든 여기는 관광지니까. 정체 모를 사람이 매일 드나드는 것이 현실이라오. 더구나 바닷물이 차면 그 사람들과 함께 이 섬에 갇히는 거나 다름없지. 조심하는 것보다 더 나은 건 없어요."

"그럼 도둑이 든 적은?"

"그런 일은 없지만. 지금까지 없었다고 해서 앞으로도 없으리라고 볼 수는 없겠지. 아닌가?"

"아니, 아주 훌륭한 생각이십니다."

고마지는 압도되어 그렇게 대답할 수밖에 없었다. 그러자 그때까지 뭔가 생각에 잠겨 있던 교코가 저, 하고 손을 들었다.

"잠깐, 생각난 게 있는데요. 그날, 그러니까 미사 언니가 처음 우리 집으로 아르바이트하러 온 날, 할머니와 함께 점심을 먹었어요."

"그랬었나?"

"네. 그때 할머니가 최악의 손님에 대해 얘기한 거 생각 안 나요?"

"내가?"

어리둥절하는 마쓰코와 그 밖의 청중을 향해 교코는 매우 몰상식했던 젊은 남녀 커플 얘기를 했다. 비상구, 즉 뒷문 열쇠가 열린 채였다는 것도. 그러니까 아무래도 이 두 사람, 혹은 한쪽이 밤중에 나갔다 들어왔을 수 있다는 것도.

"다음 날 아침에 체크아웃 시간이 지나도 자고 있었다는 건 밤중에 놀러 나갔었기 때문이 아닐까 싶어요."

"저기 있잖아, 교코야. 젊은 남녀가 단둘이서 하룻밤 지낸 다음 날 늦잠을 자는 건 흔히 있는 일이 아닐까."

아카네가 주저하면서 끼어들었다. 교코는 완강하게 고개를 옆으로 저었다.

"하지만 그 두 사람 말고는 다들 참한 손님들뿐이었는걸요. 모두 고양이를 방에 데리고 돌아갔고 몇 명은 늦게까지 거실에서 고양이 얘기로 신이 났어요. 그래도 아침 여덟 시 아침 식사 자리에는 다들 일어나서 내려왔고요. 혹시 밖으로 나갔던 게 다른 손님이었다면 돌아왔을 때 뒷문 열쇠는 잘 잠갔을 거예요. 그 젊은 커플 말고는 모두 다 중년 이상의 진짜 어른들이었고요."

"요즘 같은 때에 어른들에게 경의를 표해줘서 고맙군."

고마지는 근질거리는 듯한 얼굴이었지만.

"하지만 그렇게까지 생각한다면, 혹시 몰라서 얘긴데, 그 커플의 이름과 주소를 가르쳐주지 않겠나? 숙박 장부는 남아 있겠지?"

그 말을 들은 교코가 계단을 뛰어 내려가자 마쓰코가 형사에게 머리를 숙였다.

"미안하우. 저 애는 한번 말을 꺼내면 고집이 세서. 내가 불평을 한 것이 나빴어. 분명 그 커플은 예의를 모르는 불결한 사람들이었는데 왜 우리 집에 묵으러 왔는지 전혀 알 수가 없더군."

"예약은 누가 받았죠?"

"그게, 그 사람들은 인터넷 예약이었는데, 그쪽은 교코한테 물어보구려. 난 잘 몰라서."

미안해하는 마쓰코에게 고마지는 가볍게 고개를 끄덕여 보였다.

"그럼 그 두 사람의 인상은 기억나시나요?"

"남자는 머리를 앞으로 늘어뜨리고 있었다오. 왜 그런지 계속해서 셔츠에 손을 넣고 몸을 긁어댔고. 여자는…… 어땠었나. 요즘 젊은 여자들은 모두 비슷한 화장을 해서 노인인 난 누가 누군지 전혀 알 수가 없구먼."

"그보다 형사님."

그때까지 잠자코 있던 미타무라 시게코가 갑자기 말을 꺼냈다.

"내가 생각난 게 있는데요, 이거예요."

시게코는 꾸깃꾸깃해져서 접착면 부분에 때와 고양이털이 달라붙어 있는 메모지를 꺼내 고마지에게 내밀었다. 읽기 쉬운 분명한 글자였는데 고마지는 소리를 내서 읽고 고개를 갸우뚱했다.

"'A가 P에 대해서, K에게 알린다'. ……뭡니까, 이건?"

"그게 글쎄 생각이 나지 않아서 계속 초조했는데요, 겨우 반쯤은 생각이 났어요. K는 형사님이에요. 그리고 A는 알베르토예요. 우리 가게에서 고양이 인형을 사 갔잖아요. 그때 고양이섬에 대해서 이것저것 질문을 했었어요."

"호오. 그 질문한 내용이 이 P입니까?"

"네, 아마도."

"그래 뭡니까, 이 P는."

"페르시아고양이예요."

힘을 주고 몸을 조금 앞으로 내밀고 있던 고마지의 자세가 무너질 뻔했다.

"페르시아……고양이?"

"네, 이 섬에 페르시아고양이가 있느냐고 물었어요. 나도 고양이 얘기라면 제법 말이 많아지는 편이라 이것저것 얘기했는데."

"왜 또, 고양이에 대한 걸 알고 싶었을까요, 그 녀석은."

"고양이섬에 와서 고양이에 대해서 묻는데 꼭 이유가 있어야 하나요?"

고양이를 좋아하는 사람이라면 그야 그렇다. 하긴 알베르토가 고양이를 좋아했다는 증거는 없지만, 마약 밀매인이라고 해서 고양이 마니아가 되지 말라는 법은 없다. 전에 체포된 어느 밀매 조직의 두목은 사리라는 이름의 토이푸들을 끔찍이 좋아했었다. 사람을 다섯이나 살해하는 데 관여한 냉혈한이었지만, 사리의 사진만은 몸에서 떼어놓지 않았고 개 얘기가 나오면 갑자기 눈물이 많아졌었다. 알베르토도 어쩌면 단순히 취미와 실익을 더불어 누리기 위해 고양이섬에서 마약 장사를 시작했을지도.

……라고는 생각되지 않지만.

"그래, 있나요? 이 섬에. 페르시아고양이가."

미타무라 시게코와 마쓰코는 얼굴을 마주 봤다.

"페르시안의 피가 섞인 잡종이 있지. 장모종인데, 언뜻 보기에는 페르시아로 보이지. 그게 사람을 아주 잘 따라서 말이지. 가까이 가면 곧잘 발에 거치적거려."

"그리고 또, 그 캡틴. 그건 순수한 페르시안이었지요?"

"캡틴이라. 장수했지. 이십 년 넘게 살았지, 아마. 오 년쯤 전부터 모습을 못 봤으니, 기소의 온다케 산으로 수행하러 간 거겠지."

"기소의 온다케 산?"

"고양이는 장수하면 기소의 온다케 산으로 수행하러 가요."

"때가 되면 꼬리가 두 개로 나뉜 모습으로 돌아오는데, 아직 수행 중이겠지. 돌아오지 않았으니."

"그, 그렇군요."

"바로 얼마 전에 고양이섬 신사에 메르라는 페르시아고양이가 왔는데, 그건 알베르토가 온 후였지요. 보통은 이 섬에서 그런 비싼 순종은 보기 드물어요."

"그래, 그런 얘기를 미타무라 씨가 알베르토에게 했다는 거죠?"

"뭐, 네. 그 밖에도 섬에 대해서 이것저것 물어봤어요. 휴양소에는 고양이가 없느냐, 바다 동굴에는 어떻게 가야 하느냐 등등. 이 섬에 당신이 모르는 고양이는 없느냐고도 했지요."

"그래서 뭐라고 대답했죠?"

"뭐랄 것도 없죠. 아는 것에 대해서는 다 얘기해줬어요. 숨길 만한 얘기도 아니니. 겉모습하고는 달리 꽤나 고양이를 좋아하는구나 하고 생각했어요. 고양이 인형을 세 개나 사 갔으니 고양이를 좋아한다고 생각한 거야 당연하지 않나요?"

그때 교코가 숙박 장부를 손에 들고 숨이 차서 뛰어 돌아왔다.

"죄송해요, 늦어서. 에…… 남자 이름은 야마다 타로, 여자 이름은 야마다 하나코예요(철수와 영희에 해당하는 아주 흔한 이름—옮긴이)."

"뭐야, 그게."

"……역시 가명일까요?"

살짝 풀이 죽은 교코에게 고마지가 뭐라 표현할 길 없는 표정으로 말했다.

"그렇지 않을까. 뭐, 세상에 전혀 있을 법하지 않은 이름도 아니지만. 이 두 사람이 다음 날 아침 체크아웃을 하고 나갈 때 아무도 못 봤다. 그런 얘기군."

"네, 난 못 봤어요. 할머니한테 숙박비를 집어던진 뒤로는 아무도 못 본 게 아닐까요. 그렇죠, 할머니?"

"그래. 다른 방 청소를 끝내고 복도로 나왔더니, 그 두 사람이 묵었던 방문이 활짝 열려 있었어. 열한 시쯤이었을걸."

고마지는 하라 아카네를 봤다.

"그 시간에는, 하라 아카네 씨는 이미 그 집에서 집수리 작업을 시작했었지요?"

"네. 매일 열 시 좀 지났을 무렵에 일을 시작해요."

"그렇군요."

고마지는 멍하니 생각에 잠겼다가 갑자기 교코에게 물었다.

"그래, 두 사람의 주소는?"

"아, 네."

교코는 요즘 보기 드문 꽃무늬 종이로 표지를 한 낡은 숙박 장부에 눈길을 주고 읽었다.

"간논시 비버리 힐스 18번지로 되어 있어요."

9장

고양이도 임금님을
볼 수 있다

1

하자키 의과대학 법의학 교실의 해부실에서 복도로 나온 미우라 의사는 복도에 서 있던 고마지 형사반장을 보자마자 표정을 구겼다.

"뭐야, 자네군. 사양하지 말고 들어오지 그랬나. 한여름에 썩은 시체를 사법 해부하는 걸 놓치다니, 아까운 일이야. 경험이 많을수록 좋은 장사 아닌가?"

"난 태생이 신중한 사람이거든."

고마지는 헛기침을 하고 이미 땀으로 구깃구깃해진 손수건으로 입가를 닦았다.

"결과를 듣는 것만으로 충분해. 그래 어땠나? 사망 시기는, 사망 원인은, 어디 사는 누군지 짐작은 가나?"

"어쨌든 들어와. 벌써 깨끗이 치워놨으니."

해부실은 밝아서 어두운 복도에서 발을 들이밀던 고마지는 현기증이 날 정도였다. 유체의 모습은 이미 없었고, 조수가 스테인리스 받침대를 호스로 반짝반짝 깨끗하게 씻는 중이라서 피와 내장과 부패한 냄새도 벌써 희미해졌다. 그래도 절대로 성불하지 않기로 작심한 망령같이, 소독제 틈틈이 고마지가 결코 좋아하게 될 것 같지 않은 냄새가 떠돌고 있었다.

해부실 옆의 작은 방으로 들어가자 하자키 의과대학 법의학교실의 도다 조교수가 고마지를 알아보고 의사에게나 통할 법한 유머를 두세 개 중얼중얼 늘어놓더니, 방에서 나갔다. 대인공포증 기미가 있는 도다 조교수와 낯이 두꺼운 미우라 의사, 어느 쪽이 여기 주인인지 때때로 고마지도 알 수 없었다.

"커피 마실 텐가?"

미우라 의사는 머그잔에 커피를 따르며 고마지에게 물었다. 머그잔에는 어디서 본 듯한 흑백 얼룩고양이 그림이 그려져 있었다.

"아니 됐네. 그 컵은?"

"딸이 생일 선물로 줬어. 고등학교 같은 반 친구가 하는 고양이섬 선물 가게 오리지널이래."

"고양이섬 민박집의 교코 얘긴가?"

"잘 아는군. 아, 그래. 사체는 고양이섬에서 발견됐지. 어이, 설마 우리 딸 친구가 사건에 관계되어 있는 건 아니겠지?"

"자네도 별수 없이 자식 키우는 부모군."

"별수 없이 수준은 아니지. 훌륭한 부모인지 어떤지는 모르겠지만. ……유체에 대해서 말인데, 나이는 이십 대 후반에서 삼십대 초반, 남자. 키는 170센티미터, 체중은 60킬로그램이 채 안 돼. 영양 상태가 나쁘고 뇌에 수축 경향이 보여."

"약물의존증이었을걸."

"그렇다면서. 기미코 씨한테 들었어."

"그럼."

"확인은 아직 안 해봤지만, 감식반에서 지문을 채취해 갔어. 그런 썩어들어가는 시체에서 지문이 나오다니, 과학수사도 진보했어. 체포 이력이 있다니까 대조해보면 바로 이소타니…… 뭐였더라?"

"이소타니 다쿠미."

"그 녀석인지 아닌지 판명되겠지. 사망 시기는 요즘 같은 더위에 유체가 낡은 다다미에 덮여 있었다는 점을 감안할 때 사후 일주일에서 열흘 정도. 부패는 꽤 진행된 상태야. 손가락은 고양이가 물어뜯은 게 아닌 것 같아."

"아닌 것 같아?"

"손가락에 고양이 이빨 자국은 남아 있어. 물어 날랐으니까 당연하지. 하지만 억지로 힘을 가한 흔적은 없어. 고양이가 가볍게 물고 잡아당기기만 했어도 툭 떨어져 나왔든가, 원래 떨어져 있던 걸 주웠든가, 어느 쪽인지 모르겠다는 얘기야. 중요한 사항인가, 이게?"

"아니 전혀."

고마지는 몸을 부르르 떨었다. 미우라는 재미있다는 듯이 고마지를 보고 뭔가 말을 꺼내려다 마음을 바꾸고 어깨를 으쓱였다.

"사망 원인은 있는 그대로 말해서 과다 출혈이야. 전신에 피가 거의 남아 있지 않았어."

"어디를 당했나?"

"머리, 그리고 배. 머리의 상처는 대단한 건 아니야. 한 방 얻어맞고 혹이 생겼어. 배는 상처가 깊지만 바로 병원에 갔다면 죽기까지는 안 했겠지. 배의 상처에서 조금씩 피가 나와서 죽게 된거야. 아마 다친 뒤 피가 완전히 다 빠져나갈 때까지 열 시간은 넘게 걸렸을걸. 감식반 얘기론 사체 주위에 있던 헌 다다미에 상당량의 혈액이 스며든 모양이니까 대형 쓰레기 속에 방치된 채서서히 죽어간 거야. 끔찍하지, 그렇게 죽다니. 하긴 이곳으로 옮겨 오는 사체 중에 잘 죽어서 부럽다 싶은 건 없지만 말이야."

"그래도, 어떻게 그렇게 얌전히 방치된 걸까? 아무리 약에 절어 있었다 해도 그렇지, 아직 젊고 체력도 있었을 텐데."

미우라가 씩 웃었다.

"왜일 것 같아?"

"자네도 사람이 영 안 좋아. 검시 결과에 수수께끼 놀이라니⋯⋯

288

잠깐."

"오, 역시."

"스턴 건인가?"

"당첨."

"기종은 전의 것하고 같고?"

"보기엔 비슷해. 스턴 건의 상흔 데이터베이스 같은 건 없으니까 절대로, 라고는 단언할 수 없지만. 단언해주길 원한다면 비교하기 위해서 시중에 유통되고 있는 모든 스턴 건을 준비해줘야 할걸."

"우리 서에 그런 예산이 있을 리 없지. 정리하면, 이런 얘긴가?"

고마지는 등 뒤의 선반에 기대어 수첩을 넘겼다.

"피해자는 일주일에서 열흘 정도 전에 누군가에게 머리를 얻어맞고, 스턴 건을 맞고 기절했다. 그리고 배를 찔린 채 쓰레기 적치장에 방치되어 사망했다."

"그건, 글쎄."

"아니라고!"

미우라 의사는 커피를 홀짝이고는 여유만만하게 씩 웃었다.

"배의 상처 말이야. 상처에 나뭇조각이 달라붙어 있었어. 체취해서 감식반으로 보내놨는데 아무래도 끝이 뾰족한 각목이었던 것 같아."

"흐음. 목재로 사람을 찔러 죽이는 녀석은 좀체로 없는데."

"피해자를 흡혈귀로 착각했을지도 모르지. 하지만 그렇다면 심장을 있는 힘껏 찔렀어야지. 어정쩡하게 배를 찌르다니."

"그렇다면 이런 건가. 범인은 피해자를 때렸다. 그리고 그 뒤에 서로 다투다가 우연히 각목이 피해자의 배를 찔렀다. 어쩌면 쓰레기 적치장에서 냅다 밀쳤는데 마침 그곳에 놓여 있던 각목이 배에 박혔는지도 모르지. 피해자는 통증이 너무 심한 나머지 난리를 쳤겠지. 비명을 질러대며 난동을 피웠을 거야. 범인은 상대의 입을 막으려고 스턴 건을 쐈다. 정말로 기절시키려고만 한 건데, 죽어버렸다고 착각했어. 그리고 피해자를 방치했지. 피는 자꾸만 흘러나왔어. 피해자가 도중에 의식을 되찾았을지도 모르지만 그때는 자신의 몸 위에 올라앉은 대량의 쓰레기를 치울 기력도 체력도 없어서 그대로 쓰레기에 묻혀 죽었다. 어때?"

"추측은 법의학자의 일이 아니라 형사의 일이야. 지금 이야기에는 적어도 유체의 상황과 모순되는 점은 안 보인다고만 말해 두지."

"잘난 척하기는. 그럼 사망 시점을 조금 더 좁혀줘. 사망 시기가 확정되지 않으면 얘기가 안 돼."

"글쎄 좀 어려운걸. 고마지 반장, 자네 사건이 일어난 쓰레기 적치장을 봤나?"

"아니."

"어이 어이, 그래도 되는 거야? 그 쓰레기 적치장은 햇볕은 안 들지만 통풍이 나빠. 사체 위에 대량의 쓰레기가 올라앉아 있었어. 최근 일주일 동안의 기상 데이터를 수집해봤는데 고양이섬의 기온은 최고 36도, 최저가 23도야."

"그렇게 더웠나?"

"바다 쪽으로 쑥 나온 섬이니까. 시골이라서 열섬현상의 영향을 받기에는 거리가 있고, 아침저녁으로 바람이 불잖나. 바닷바람 덕분에 체감온도는 내려가고, 조금만 고개를 돌리면 눈앞에 바다가 보이니 기분상으로는 서늘하게 느껴질 거야. 하지만 사체가 놓인 곳은 상황이 전혀 달랐지. 사체가 쓰레기 밑에 깔린 상태로 있던 장소에 온도계를 꽂아봤더니 39도더군. 부패열도 더해졌을 테고, 그렇게 되면 사망 시기 계산 방식으로는."

"됐네, 됐어. 그런 얘긴 내가 들어봤자 알 리도 없고. 그런 건 자네가 알아서 하고, 조금만 더 좁혀달라니까."

"고마지 반장. 현장이 섬이니까 용의자는 저절로 좁혀지는 게 아닐까?"

"섬이라고 해도 절해의 고도가 아니라고. 한밤중의 간조 때는 걸어서 건널 수도 있고, 배를 저어 접근하기도 쉬워."

"이게 계획적인 살인이라면 범인이 그런 노력을 했을지 모르지만 죽은 방식을 보자면 그렇지 않은 것 같아."

"하긴, 그렇긴 해."

고마지가 입 속에서 중얼거리고 있을 때 휴대전화가 울렸다.

고마지는 간단히 통화를 마치고 궁금해하는 미우라에게 말했다.

"사체의 신원을 알아냈어. 역시 이소타니 다쿠미였던 모양이야. 나중에 이치카와나 다른 누가 이소타니의 부모를 데리고 신원확인차 올 텐데, 잘 부탁하네."

"부모가 자식의 시신을 확인하다니. 우울한 애기야. 우리 딸도 고등학생이 되더니 이제 다 큰 얼굴을 하는데, 입만 살았지 그저 아이일 뿐이야. 하자키가 관광지로 개발이 되면 개발되는 만큼 아이들의 위험도 늘어나. 꼬맹이한테 약을 팔고 폭력 사태가 일어나기도 하고. 고양이섬에 사는 딸 친구도 민박을 한다니 안 좋은 손님하고도 마주치겠지."

얼굴을 찌푸리는 미우라 의사에게 고마지는 웃음을 지었다.

"그래. 하긴 이번에는 안 좋은 손님이 살해당한 케이스지만 말일세."

고마지는 그렇게 중얼거리며 메모장을 탁 덮었다.

"고마워, 선생. 도움이 많이 됐어. 묻는 김에 하나 더 묻고 싶은데."

"자네의 그 묻는 김에 하나 더는, 대개 좋은 게 없더군. 뭐야?"

"스턴 건으로 입은 상처는 어느 정도 지속되나?"

"그야 어떤 조건인가에 따라 다르지. 강한 전류가 흘렀다면 오래 남을 것이고, 미약한, 즉 위협만 하는 정도였다면 바로 사라지겠지. 피부 상태나 체질에 따라서도 달라. 응급처치를 했는지 안 했는지도 관계가 있을 것이고. 자세한 걸 알고 싶으면 실험을 해서 데이터를 내보든가. 지원자가 있을 때의 얘기지만. 있을 리 없겠지. 돼지나 뭐 그런 걸로 실험을 해봐도 되는데."

아주 흐뭇해서 떠들어대는 미우라는 고마지가 중얼거린 이 한마디를 놓쳤다. 그는 커피 잔 뒤에서 이렇게 중얼거렸던 것이다.

"지원자는 아니었지만, 실험은 해둔 셈이로군. 확인을 위해서."

이소타니 다쿠미의 맨션은 하자키 의과대학 뒷문에서 거의 정면 맞은편에 있었다. 전체적으로 낮은 가옥이 많은 하자키 거리에서 그 십이 층짜리 맨션은 보지 않으려 해도 눈에 띄었다. 이소타니 다쿠미의 부모가 아들을 위해 구입한 '고급' 맨션은 아마추어인 고마지도 바로 알아볼 수 있을 정도로 큰 균열이 나 있었고 전체적으로 칙칙하고 초라한 느낌을 주었다. 지금이라면 이걸 일억이나 내고 사려는 미친 사람은 없을 것이다.

맨션 현관에는 수사과의 후쿠시마 형사와 감식반 사람, 이렇게 둘이 기다리고 있었다. 후쿠시마는 기운 없어 보이는 중년 남자를 관리인 이노라고 소개했다.

"부모님의 허락은 받았습니다. 입회는 이분께 부탁한답니다."

"부모님은 이쪽에는 거의?"

질문을 받은 관리인 이노는 자동잠금장치가 되어 있는 문을 열면서 어깨를 으쓱였다.

"저는 여기 관리인이 된 지 삼 년 됐는데요, 그동안 나이 자신 분이 찾아온 기억은 없군요."

"여기 사는 사람은 어땠나요? 예를 들어 검은 머리를 올백으로 하고 딱 달라붙는 검은색 바지를 입고 셔츠 단추를 네 개 열어젖힌 라틴풍 남자가 찾아온다든가?"

"글쎄요."

관리인은 고개를 갸우뚱했다.

"한두 번, 본 것 같기도 한데 확실치 않군요. 이소타니 씨를 방문한 건 대체로 여자였던 것 같은데?"

"늘 같은 여자?"

"글쎄요. 요즘 젊은 여자들은 이 사람 저 사람 다 똑같아 보여서. 확실히 말할 수 있는 건 두 사람 정돈데요. 머리가 길고 피부가 하얗고 키가 큰, 서른 조금 넘은 사람이 하나. 하긴 그 여자를 본 건 내가 여기 와서 처음 몇 개월 동안이고, 그 이후로는 못 봤어요. 요 반년 정도는 피부가 검은, 정말로 닳아빠진 느낌의 젊은 애…… 어쩌면 스물다섯이 넘었을지도 모르지만요. 칠칠하지 못한 것이 자주 찾아왔어요."

엘리베이터가 십 층에 도착했다. 이소타니 다쿠미의 방은 엘리베이터에서 가장 멀리 떨어진 1001호였다.

"다른 사람들과 다툼이 있었던 적은?"

"음악을 너무 크게 틀어서 불만을 산 경우는 있었죠. 그것하고, 가끔 밤중에 맨션 안을 배회하는 일이 있었어요. 눈빛이 흐릿한 남자가 옷 속에 손을 집어넣고 몸을 득득 긁으며 복도 모퉁이에서 나타나면 누구라도 깜짝 놀랄 수밖에요. 하기야 그냥 맨션을 돌아다니기만 하는 거라 경찰에 신고할 수도 없었지만. 젊은 여성이 있는 집에서는 가족이 아래까지 마중 내려오기도 했어요. 그럴 수 없을 때는 내가 자다가 일어나서 현관까지 데려다주거나 했죠. 이소타니 씨의 가족한테는 죄송하지만 솔직히 안 보이게 된 뒤로는 한숨 놨습니다."

멈출 기미가 안 보이는 이노 관리인의 말에 적당히 대답을 하며 문을 열게 하고, 고마지 일행은 안으로 들어갔다. 현관 안으로 들어선 순간 모두 숨을 삼켰다. 방은 쓰레기로 가득 차 있었다.

이노 관리인이 코를 틀어막고 불분명하게 말했다.

"이소타니 씨는 쓰레기를 내놓는 일로 트러블을 일으킨 적은 없었어요."

명백하게 기분이 언짢아진 일행은 마스크와 수술용 고글로 무장하고 쓰레기를 헤치며 욕실로 들어갔다. 고마지는 쓰레기를 헤치고 힘들게 책상이 있는 곳까지 가서 서랍을 뒤졌다. 삼 년 전부터 한 번도 기재된 내용이 없는 통장이 하나, 그리고 현금 다발이 갑자기 나타났다. 백만 엔이 넘어 보였다.

"방탕한 부잣집 아들을 그대로 재현한 것 같군. 그래도 그렇지 여자가 드나들었다는데 청소도 안 했나?"

손수건으로 입을 가린 후쿠시마 형사가 말했다. 고마지는 한참 신음 소리를 내더니 책상 위를 가리켰다. 하얀 가루가 조금 흩어져 있었다.

"보통 약물의존증인 사람의 방에서 이런 것이 발견되면 필로폰인 게 뻔한데, 이 방은 살충제인지 곰팡이인지 필로폰인지 알 수가 없군."

"일단 조사해줘요. 이소타니가 살해당한 것과 관계가 있을지는 잘 모르겠지만."

후쿠시마가 감식반원을 불렀고 고마지는 주위를 둘러보며 누구에게랄 것 없이 말했다.

"어찌 됐건 녀석은 쓰레기에 묻혀서 죽을 운명이었는지도 모르겠군."

2

스기우라 교코는 오래간만에 시가지를 활보하고 있었다.

요즘 몹시 바쁘던 가게 일이 조금 한가해지기도 했고 모리시타 미사가 가게를 보러 와준 덕분에, 드디어, 정말이지 드디어 외출할 수 있게 된 것이다. 그냥 하자키 거리를 걸어 다니는 게 뭐 그리 즐거운 일이겠느냐마는 그래도 같은 장소에서 비슷한 손님을 계속 상대하는 것에 비하면 훨씬 낫다.

잘 알고 지내는 인쇄공장에 티셔츠 추가 인쇄를 부탁해놓고, 완성될 때까지 역 앞의 하자키 히가시긴자를 슬슬 돌아다니기로 했다. 하자키 캔버스 본사는 히가시긴자를 벗어나자마자 있다. 선약 없이 찾아가는 길이라 상대해줄지 어떨지 분명치 않았지만, 이야기는 일단 돼 있는 거다.

태풍이 다가온 탓인지 바람이 강해졌다. 전신주에 매달린 광고 깃발이 요란한 소리를 내며 펄럭였고 대충 세워놓은 자전거 한 대가 쓰러졌다. 여기저기 상점에서 사람들이 나와 도로에 내놓았던 상품들을 안으로 치웠다. 교코는 크게 걱정하지 않았다. 하자키 주민에게 태풍은 매년 어김없이 찾아오는 불편한 친척 아저씨 같은 것이었다. 귀찮은 건 분명하지만 돈을 조금 쥐여주면 만족해서 바로 없어진다.

책방도 비디오 가게도 정말 오래간만이다. 하지만 교코의 발길은 선물 가게로 향했다. 최근의 경향을 살펴 대책을 세우는 거다. 본토의 선물 가게 따위에 질쏘냐.

흡연 도구 가게 폴 오스터를 체크하고, 아시아 잡화 가게로 들어섰다. 값도 싸고 제품도 잘 갖춰져 있는 데 비해 손님이 많지는 않았다. 최근에는 이런 식의 가게가 어느 거리에나 하나쯤은 있으니 일부러 관광지에 와서까지 찾지는 않을지도 몰라. 오히려 조금 고급스러운 잡화를 진열한 가게에는 사람들의 출입이

잦네.

인테리어 잡지에서 하라 아카네가 전에 직접 지었다는 집을 봤는데, 그런 집에 걸맞을 것 같은 제품들이다. 사용하기에 편할 것 같고 자기주장이 별로 강하지 않고. 손님층은 중년 이상의 여성이 많다. 그런 점에서는 고양이섬 민박집과 비슷하다.

하지만 안 되겠는걸. 그런 손님은 고양이 얼굴이 그려진 상품 같은 건 아주 싫어할 것 같아.

게다가 G선상의 고양이나 캐츠 앤드 북스와 파는 상품이 겹쳐 경쟁을 하게 될 것 같다. 우리는 어디까지나 싼 것, 마음 가볍게 기념으로 살 만한 상품을 갖추는 게 나아. 비싸도 오천 엔에서 멈춰야지.

생각에 잠겨 있다 보니 누가 말을 걸어왔는데도 몰랐다. 얼굴을 드니 교복을 입은 같은 반 아이 둘이 이쪽을 향해 손을 흔들고 있다. 하나는 오른손, 다른 하나는 왼손을 들었는데 완전히 대칭으로 보인다. 그도 그럴 것이 둘은 쌍둥이었다.

"아야하고 마야, 오래간만이야. 학원은? 벌써 끝났니?"

"그것보다."

"교코 너, 괜찮니?"

"사체가 나왔다면서?"

"사고 났던 것하고 합치면 셋이나 나왔다며?"

히가시긴자에 있는 셀프서비스 방식의 건강채소와 과일주스를 파는 가게에 자리를 잡자, 둘은 자리에 앉는 둥 마는 둥 하며 다그쳤다. 일란성 쌍둥이가 교대로 얘기를 하니 눈이 돌 지경이지만, 학원만 끝나면 고양이섬 민박집에서 여름방학 동안 아르바이트를 해주겠다는 친구들이다. 고양이를 좋아한다는 이유로 적은 시급에도 기쁘게 일해주겠다고 했다. 소홀히 대할 수 없다.

"응, 괜찮아. 우리 집하고는 관계없는걸. 오늘 발견된 사체야 어떻든지 간에 그전의 것은 사고니까."

"하지만 살인 쪽으로도 수사를 진행하고 있잖아."

"벼랑에서 밀려 떨어졌다고 하던데."

이중주 같으면서도 묘하게 내용이 다른 쌍둥이의 질문에 교코가 대답했다.

"나도 자세한 건 잘 몰라. 그런 얘기도 있는 것 같긴 하지만. 그런데 오늘 아침 발견된 사체에 대해서, 잘 아네?"

"아야가 라디오를 갖고 있거든."

"태풍이 다가오잖아. 그래서 열심히 들었지."

"오늘 건 쓰레기 적치장에 억지로 사체를 밀어 넣은 유기 사건이라고 하던데, 경찰 말로는."

"지독한 악취로 알게 됐다면서, 아나운서 말이."

이 둘하고 얘기하고 있으면 오른쪽으로 왼쪽으로 끊임없이 고개를 돌려야 해서 피곤하다. 더구나 이런 내용을 마구 떠들어대다니. 교코는 엉겁결에 주위를 확인했다. 여름방학 중이라고는 하지만 평일 오후, 손님은 절반 정도. 하지만 이목을 모으고 있는 건 확실했다. 벽 쪽에 자리 잡은, 정말로 자유업자라는 느낌이 드는 남자는 아예 드러내놓고 이쪽을 뚫어져라 보고 있었다.

"으응. 냄새 얘기는 하고 싶지 않아."

"혹시."

"교코 네가 아는 사람이었니?"

"안다고 하면 알지도 몰라. 어쩌면 고양이섬 민박집에 묵었던 손님일지도 모르거든."

"엉, 그래?"

"굉장하다."

"어떡해."

"관계없는 게 아니잖아."

"어, 하지만 아직 그렇다고 확인된 건 아니고. 사체가 지독한 상태였기 때문에 바로는 신원확인이 안 된다나 봐. 게다가 숙박 장부에 남긴 이름은 아무리 봐도 가명 같거든."

"엇, 그래?"

"이름이?"

"야마다 타로."

쌍둥이는 나란히 몸을 뒤로 빼고 얼굴을 마주 보더니, 불쌍하다는 듯이 교코를 봤다.

"너무 알기 쉽다."

"속이는 것도 정도껏이지."

"숙박비는 다 받았어. 그것도 꽤 덧붙여서."

그래도 수지가 안 맞는 수모를 당하긴 했지만. 내가 아니라 할머니랑 쓰루코 아줌마가. 쌍둥이는 신랄한 표정이 됐다.

"돈만 있으면 뭐든 살 수 있다고 생각하나."

"돈으로 성격도 인생도 변한대."

"돈만 지불하면 된다고 생각하는 사람, 많아."

"하시구치 코퍼레이션의 파경을 보고도 정신 못 차린 녀석들이 많은 모양이네."

"그런 부자 얘기는 어찌 됐건 간에."

교코는 턱을 괴고 햇볕에 탄 피부에 최고로 좋다는 로즈힙과 포도를 섞은 과일주스를 마셨다.

"너희 둘, 아르바이트는 언제부터 올 수 있니? 당분간은 어려워?"

쌍둥이는 얼굴을 마주 보고 똑같이 뒤로 물러났다.

"으응. 가고 싶긴 한데."

"학원도 아직 안 끝났고. 첫째로 엄마가 뭐라고 할지."

"무슨 소리야?"

"살인사건이랑 교코네 집, 관계없는 게 아니잖아."

"우리 엄마, 의외로 그런 거에 신경 쓰거든."

"어, 그럼 그 사건 때문에 고양이섬에는 당분간 못 온다는 얘기야? 우리 집에 살인범이 있는 것도 아닌데."

얼굴이 굳어지는 것을 스스로도 알 수 있었다. 어색하게 눈길을 주고받았다.

"그건 잘 알지만."

"우리가 초등학생 때 이웃에서 살인사건이 있었는데."

"그때 엄마가 지독한 수모를 겪었거든."

"그 후로 그런 유의 일에 대해서만큼은 단호해."

"그렇……구나."

교코는 복잡한 심경을 누르며 그렇게 대답했다. 그렇게 대답할 수밖에 없었다. 달리 뭐라고 말할 수 있담.

미안해, 하고 스테레오로 말하고 쌍둥이는 집안일이 어떻다느니 식사 준비가 어떻다느니 하면서 자리에서 일어나 나갔다. 교코는 고개를 숙였다. 생각해보면 오늘 가게가 꽤 한가한 것은 태풍 탓도 아니고 현장 검증을 위해 경찰이 몰려왔기 때문도 아니었다. 물론 그것도 전혀 관계가 없지는 않았지만, 경찰이 물러가고 나서 간조가 되어 길이 생긴 후에도 맞은편 해안에서 섬으로 걸어 건너오는 사람의 수가 평소보다 적었다.

앞으로 손님들이 고양이섬을 피하게 된다면, 도대체 우리는 어떻게 되는 걸까. 진열한 상품이 좋건 나쁘건 고양이섬에 사람이 오지 않으면 다 소용이 없다.

돋보기를 끼고 가계부를 넘기던 할머니의 모습이 떠올랐다. 문득 어떤 사실을 깨달았다. 한 달 전에 작은할아버지가 죽었다. 고양이섬 민박집의 땅은 작은할아버지 것이다. 고양이섬 민박집의 존속을 위해서는 그 땅을 상속해야만 한다. 아마도 형수인 할머니나, 피붙이인 자신이나, 아니면 사촌에 해당하는 고양이섬 신사의 와타누키 신관이. 어쨌든 요컨대 상속세를 지불해야 한다!

원래 검약가였던 할머니가 요즘 들어 그 구두쇠의 능력을 갈고닦아 새로운 사람을 고용하지도 않고 일하는 건, 어쩌면 상속세를 마련하기 위해서가 아닐까. 고양이섬의 땅에 도대체 어느 정도의 금전적 가치가 있는 걸까. 교코는 전혀 알 수 없지만 얼마간의 목돈은 필요할 것이다. 몇 십만이나 몇 백만. 몇 천만……까지야 아니겠지만.

돈이구나. 돈만 지불하면 뭐든 살 수 있다고는 생각지 않지만, 제법 큰 문제가 해결되는 것만은 확실하다.

뭐야, 도대체. 이 주스, 엉망으로 시네. 이런 것에 사백 엔이나 내야 하다니.

그런 생각으로 머릿속이 가득 차서 누가 말을 거는 것도 알아차리지 못했다. 문득 정신을 차리자 한 남자가 이미 비어 있던 쌍둥이의 자리로 미끄러져 와 앉아 있었다. 아까부터 이쪽에 신경을 쓰던 자유업 분위기의 남자였다. 자주색 티셔츠 위에 덧입은 거친 느낌의 마 소재 민소매 조끼. 거친 면바지에 뒤꿈치를 구겨 신은 스니커. 고급스러운 손목시계에 굵은 은목걸이. 그가

멋쟁이 선글라스를 벗자 어딘가 멍청한, 본 적 있는 얼굴이 나타
났다.

"안녕. 고양이섬 민박집의 교코 양이지?"

하자키 캔버스 사장, 곤도 게이타로였다. 게이코는 순간적으
로 어떻게 반응해야 좋을지 몰라 허둥댔다. 그 '대형 사고' 직후
의 곤도와 지금 눈앞에 있는 곤도는 전혀 다른 사람 같아 보였기
때문이다.

"아, 요전번에는 귀찮은 부탁을 드려서 죄송해요."

"무슨 말을, 우리 입장에서야 훌륭한 손님인걸. 게다가 어찌
됐건 아카네 씨의 소개고, 나도 가능한 건 해야지. 물론 제대로
된 장사로 말이야. 그런데 찾아오는 게 늦었군. 언제 오나 하고
기다렸는데."

"죄송해요……."

이것저것 바빠서, 하고 변명할 틈도 주지 않고 곤도 게이타로
는 먼저 얘기를 계속했다.

"괜찮아. 고양이섬에서 한여름에 연속해서 살인사건이 일어
나니 정신없었겠지. 아카네 씨 집에서 오늘 발견됐다는 사체는
고양이섬 민박집의 손님이었다면서? 미안하군. 아까 그 쌍둥이
들하고 주고받던 얘기를 들었어."

"아니요, 아직 그렇게 확인된 건 아니고요."

"말 나온 김에 말이야. 그 손님 이름이 야마다 타로였나?"

"네."

"혼자가 아니었지?"

"여자랑 함께였는데요."

"도대체 언제 묵었던 손님이지?"

"일주일쯤 전의 손님이에요."

"일주일 전이라면?"

잇달아 나오는 질문에, 교코는 왠지 울컥했다. 당신, 와이드 쇼의 리포터야?

"7월 27일 날 하룻밤 묵고 다음 날 갔어요."

"흐음. 그럼 7월 27일 밤에 살해됐다는 거군."

"무슨 관계라도?"

"아, 아니 별로. 내 친구가 죽은 사고가 나기 전에 일어난 살인사건인가 해서 말이야."

"사체 유기 사건이라고, 경찰이 발표했다는데요."

교코가 반격했다. 곤도 게이타로는 막대기를 삼킨 것 같은 얼굴을 했으나 바로 회복되었다.

"그런 건 대부분 살인이잖아. 아, 그렇다고 고양이섬 민박집 사람을 의심하는 건 아니고. 어차피 함께 묵은 여자가 범인이겠지."

교코는 잠깐 생각했다. 그렇지 않다는 생각이 들었다. 미타무라 시게코의 외마디 소리를 듣고 집 뒤 쓰레기 적치장으로 뛰어갔다. 잔뜩 쌓인 쓰레기 아래쪽에 겨우 나와 있던 거무스레한

팔. 누가 시체라고 말해주지 않으면 모를 정도로 쓰레기에 완전히 덮여 있었다.

아카네 아줌마의 얘기대로라면, 사체가 유기된 후에 쓰레기를 버린 일은 없을 것이다. 그렇다면 범인이 그 쓰레기를 쌓아 올렸다는 얘기가 된다. 제법 중노동이었을 거다. 여자가 할 만한 일이 아닐 뿐 아니라, 할머니가 말했듯이 방을 엉망으로 어지럽히는 여자가 그렇게까지 꼼꼼하게 사체를 은닉했을까.

하긴 사체를 숨기느라 지칠 대로 지쳐 방 정돈에까지는 손길이 미치지 못했던 것일지도 모르지만.

"아마 범인은 제법 힘이 센 사람이 아니었을까 싶어요."

"혼자서 집 한 채를 개조하는, 아카네 씨같이?"

교코는 자기도 모르게 숨을 삼켰다. 곤도 게이타로는 웃음을 터뜨렸다.

"농담이야, 농담. 그런 얼굴 하지 마. 하기야 아카네 씨였다면 적당한 크기로 자를 수 있지 않았겠어? 전동 톱이니 뭐니 웬만한 목공 도구는 전부 있었을 테니까 말이야. 작게 잘라 조금씩 버리면 되잖아. 아니면 마당에 묻어버리든가. 대낮에 마당에 구덩이를 파도 집을 개조 중이라고 하면 아무도 의심하지 않았을 거고."

어제부터 느꼈던 위화감이 지금 곤도 게이타로가 한 말 덕분에 의식 위로 확 떠올랐다. 곤도를 소개하던 아카네의 차가운 태도. 방금 곤도 게이타로가 보여준 아카네를 변명하는 것 같으면서도 어딘가 빈정거리는 모드.

"곤도 아저씨는 아카네 아줌마하고는 어디서 알게 됐죠? 그 얘긴 못 들었어요."

"나는 말이지, 그녀의 예전 집을 고이케한테…… 아는 사람한테 소개했어. 우리 집이 아카네 씨의 집 근처라서 볼 때마다 멋지다고 생각했거든. 그랬더니 그 녀석이 그 얘기를 인테리어 잡지 기자한테 해준 거야. 기자가 보러 와서 감동하고, 싫다는데도 막무가내로 취재를 해 갔어. 아카네 씨는 처음에는 기분 나빠했는데, 결국 내 소개 덕분에 집이 고가로 팔린 거야."

그랬구나, 그렇게 된 거구나. 교코는 왠지 모르게 알 것 같은 기분이었다. 결과적으로 돈을 벌어들였지만, 그건 아카네 아줌마의 일이다. 아카네 아줌마는 곤도가 생각하는 것만큼 그 '소개 덕분'이라는 것에 대해 감사를 표하지 않았음이 분명하다.

"어차피 이렇다 할 활약이 없는 일러스트 일 같은 거 적당히 하고, 집을 개조해서 파는 일로 바꿔 타면 어떻겠느냐고 어드바이스도 해줬지. 영국 같은 곳에서는 그런 일을 하는 건축가가 곧잘 있잖아? 폐가 직전의 집을 사들여 멋진 단독주택으로 만들어서 파는 일 말이야. 기력과 체력이 필요하지만 그녀는 아티스트로서의 재능이야 어떻지 몰라도 체력은 충분하고, 지금이야 돈도 남아돌 만큼 있으니까. 우량기업에 투자라도 해두면 당분간

먹고사는 데는 어려움이 없지 않겠어?"

"우량기업이란, 예를 들어 하자키 캔버스 말인가요?"

곤도 게이타로의 멍청한 얼굴이 갑자기 굳었다. 교코는 깜짝
놀라 주스를 마시는 것도 잊었다. 잠시 후 곤도는 억지웃음을 지
었다.

"무슨 소리야, 교코 양. 빈정거리는 것도 적당히 해야지."

"네? 아니 뭐 별로 그럴 생각은."

"근근이 버티는 가내수공업이야, 우리는. 하자키 말고는 판로
도 없고."

그런 것치고는 사장이 대낮부터 잘 차려입고 돌아다니네.

위태롭게 그런 말이 나올 뻔했다. 교코는 가벼운 자기혐오를
느꼈다.

돈 때문에 성격과 인생이 바뀐다는 건 어쩌면 정말일지도.

3

마침 고양이섬으로 가는 갯벌이 완전히 드러난 직후였다.

고마지 형사반장은 겉옷을 벗어 왼팔에 걸치고 갯벌을 터벅터
벅 걸어서 건넜다. 태풍 영향인지 때때로 강한 바람이 휙 지나갔
다. 바람과 함께 바닷물이 날려 물보라가 몰아치기도 해서 섬의

선창 계단에 다다랐을 때는 온몸이 온통 끈적끈적했다.

고마지 반장의 스턴 건 실험에 비자발적으로 참여한 협력자는 파출소로 돌아가 폴리스 고양이 DC와 함께 늦은 점심을 먹는 중이었다. 고마지가 가나가와 현경의 마스코트 '피걸 군'(경찰police과 가나가와현 명물인 갈매기seagull를 합친 이름—옮긴이) 스티커가 붙어 있는 미닫이문으로 들어서자, 한 평 반 정도의 작은 파출소 안이 꽉 찼다. 책상 옆의 철제 의자에는 전보다 더 새카맣게 탄 스가노 고테쓰가 걸터앉아 마지막 남은 슬러시를 빨아 마시고 있었다.

"형사님, 안녕하세요. 오래간만에 뵙습니다."

고테쓰는 변함없이 예의 바르게 의자에서 일어나 정중히 인사했다. DC도 치즈 조각이 담긴 접시에서 얼굴을 들고 앞발에 침을 묻혀 얼굴을 깨끗이 닦더니 부르르 몸을 떨고는 으음, 하듯이 고개를 끄덕여 보였다. 한편 나나세는 책상에 앉은 채로 또 하나의 의자를 가리켰다. 고마지는 접혀 있던 의자를 스스로 펼치고 앉았다.

"자네 그래도 되나. 밖에서 환히 들여다보이는 이런 장소에서 밥을 먹다니. 상부에 들키기라도 하면 혼구멍이 날걸."

나나세 순경은 어리둥절해져서 입 안 가득히 물고 있던 서브마린 샌드위치를 꿀꺽 삼키고 중얼중얼 답했다.

"하지만, 이 파출소에 달려 있는 거라곤 이것 말고는 화장실하고 사물함뿐인걸요. 임시 파출소라서 시설은 이것뿐이라고요. 밖에서 서서 먹는 것보다는 이쪽이 낫잖아요. 바람이 이렇게 세게 부는데 어쩌라고요. 안 그러니?"

동의를 구하는 질문에 고테쓰는 뚱하니 아무 대답도 하지 않았다. 그 모습을 바라보는 고마지의 기분을 알아차렸는지 나나세가 말했다.

"고테쓰라면 걱정 안 하셔도 돼요. 이 녀석, 고양이섬 민박집의 교코랑 수학여행에서 무슨 일이 있었는지 절교 상태예요. 그래서 교코한테 접근하는 남자는 그게 누구든 간에 다 맘에 안 든대요."

"아저씨랑은 상관없는 일이잖아요."

고테쓰가 얼굴이 새빨개져서 소리 지르자, 고마지가 자 자, 하며 끼어들었다.

"그건 그렇고 스가노 군은 이런 데서 뭘 하나?"

"이 순경 아저씨가 날 불러 세웠어요. 우리…… 이미 우리 집은 아니지만 어쨌든 우리 민박집에서 사건이 일어났다는 걸 알고 좀 보러 왔다가 들켜서."

"별로 의심을 한 건 아니고요."

나나세는 가장자리에 갈색 선이 둘러진 천 주머니에서 보온병을 꺼내 보리차를 찻잔에 따르더니 고마지 앞으로 밀었다. 뒤이어 작은 접시에 물을 부어 DC 앞에 놓아준다.

"고테쓰가 이 주변에 대해서는 잘 아니까. 사건에 대해서 뭐 짐작 가는 게 있는지 얘기를 좀 들을까 해서 불러들인 것뿐임다."

"누가 살해당했는지도 모르는데 짚이는 게 있을 리 없지요."

"살해당한 건 이소타니 다쿠미라는 사내야."

고마지는 보리차를 홀짝이며 내뱉듯이 말했다. 스가노 고테쓰는 고개를 갸우뚱했다.

"들어본 이름 같기도 한데, 어떤 사람이죠?"

"마약중독자. 전 육지족. 향년 이십칠 세."

"아!"

고테쓰가 무릎을 쳤다.

"소문을 들은 적 있어요. 완전 정신 나간 위험인물이라고."

"좀 더 구체적으로 말할 수 없나?"

"전에 한번 선배 몇 명이 그만 멍청하게 그 이소타니라는 사람하고 시비가 붙은 적이 있었어요. 처음에는 서로 툭툭 치고받았던 모양인데, 맞아도 맞아도 좀비같이 벌떡 일어나더래요. 그러다가 결국에는 주눅이 들어서 도망치는 선배를 쫓아가서는 무표정하게 계속 때렸던 모양이에요. 주위 사람들이 이래가지고는 안 되겠다 싶어서 극구 말리지 않았다면, 상대가 죽어도 계속 때릴 것 같아서 굉장히 섬뜩했대요."

"폭력 행위 전과가 있다는 얘기는 회의에서 들었지만 그 정도일 줄이야."

나나세가 팔짱을 끼고 말했다. 고마지는 신음을 냈다.

"감탄할 때인가. 용의자가 확 늘어났다는 얘기야."

"용의자는 범행 당시 고양이섬에 와 있거나 살고 있던 녀석이 되겠군요. 그 정도로 숫자가 많을 것 같진 않은데요. ……앗 안 녕하세요."

나나세가 고마지와 고테쓰의 등 뒤를 보고 인사했다. 예의 바르게 걸음을 멈추고 고개를 숙인 건 캣 아일랜드 리조트의 다자키 지배인이었다. 지배인은 고마지가 있는 걸 알아차리자 한층 더 깊이 머리를 숙였다.

"이거 지난번에는 신세 많이 졌습니다. 감사합니다."

"아니 뭘, 이쪽이야말로. 오늘은 어딜 가시나?"

턱시도에 나비넥타이를 한 평상시의 복장에서, 티셔츠에 면바지, 모자를 쓴 캐주얼한 스타일로 변한 다자키 지배인은 완전히 다른 사람으로 보였다. 그는 안절부절못했다.

"네, 잠깐, 와우 럼프스테이크를 원하시는 손님이 계셔서요, 사러 갑니다."

실례하겠습니다, 하고 말하자마자 그는 발걸음을 재촉해 선창 계단을 내려가 물이 빠진 갯벌로 내려섰다. 고마지는 고개를 흔들었다.

"고양이한테 스테이크라니."

"네?"

"아니, 아무것도 아니야. 하던 얘기나 마저 하지. 문제는 범행 시기가 특정되지 않는다는 거야. 사후 일주일에서 열흘. 피해자는 아무래도 7월 27일 밤 고양이섬 민박집에 묵었던 모양인데."

"그날 밤 살해당한 거라면, 시기는 맞네요."

"그날 밤에 뭐 없었나? 특별한 것이."

"글쎄요."

나나세는 서브마린 샌드위치를 입에 밀어 넣고 근무 일지를 꺼냈다.

"우리는 저녁 일곱 시 마지막 배로 돌아가요. 야간에는 이 임시 파출소는, 아, 물론 DC는 있지만, 무인입니다. 그러니까 다음 날 아침 일곱 시에 나올 때까지의 일은 어지간한 게 아니고선 알 수가 없어요. 다만 그날 밤은 캣 아일랜드 리조트에 단체 손님이 들지 않았다고 들었어요. 쉰 명의 손님이 올 예정이었는데 갑자기 취소됐다고."

"어째서?"

"그러니까 그날, 어느 은행인가 도쿄지검 특수부에서 강제수사에 들어갔잖아요. 야쿠자에게 부정 대출을 해줬다든가 하는 사건으로. 그 은행의 과장 후보자를 위한 연수였다던데."

"흐음, 그래. 연수를 할 상황이 아니었던 거군."

"하지만 개인 손님이 스무 명 안팎 있었던 모양인데요. 아, 이게 그 리스트입니다."

나나세는 책상 서랍에서 클리어 파일에 든 종이를 꺼내 고마지에게 건네줬다.

"준비성이 있군."

"다자키 지배인이 준비해줬어요. 겸사겸사 다른 민박집에도 물어서, 리스트를 만들어뒀습니다."

"응…… 이 이름에 표시한 동그라미는 뭐지?"

"특별한 사정이 있는 커플로 의심되는 사람들이에요."

"어째서 다른 커플들을 체크한 거야? 피해자가 고양이섬 민박집에 여자와 함께 묵었다는 건 분명하다고."

"아니, 그게."

나나세는 일지를 넘기며 표시해놓은 곳을 확인하고는 고개를 끄덕였다.

"특별하다고 할 수 있을지 어떨지 모르겠지만, 그다음 날 아침에 고양이섬 신사의 신관님한테 들은 얘기가 있어서요. 심야에 경내의 세 번째 도리이가 있는 곳에서 벌 받을 짓을 한 젊은 커플이 있었다고."

"호오."

고마지는 졸린 듯이 리스트를 바라보다 그 눈을 들었다.

"어떤 모양으로?"

나나세는 보리차를 뿜어낼 뻔했다.

"차, 참으로, 고마지 반장님. 아무리 그래도 그렇지 신사의 신관님한테 어떻게 그런 것까지 물어봐요."

"뭘 착각하고 있군. 내 말은 어떤 복장이었느냐 하는 거야."

"아이구. 거참, 거기까지는 안 물어봤는데요."

"오렌지색 수영복을 입었다든가 하는 말은 없었나?"

"글쎄요. 그 주위는 밤에는 불빛도 거의 없이 캄캄해요. 신관님이 어렵사리 알 수 있었던 건 무엇을 하고 있나 하는 거였는데, 그래서 주의를 줬더니 여자 쪽이 '뭘 봐, 이 늙은이' 하고 고함을 쳤을 뿐이래요. 그럴 경우 뭘 입고 있었느냐 하는 건 아무래도 눈에 들어오지 않잖아요. 그야 수영복일 리는 없을 거라고 보지만."

"그런가?"

"글쎄 새벽 두 시가 지난 시각이잖아요. 신관님은 나이가 나이인 만큼 그 시간이면 반드시 잠이 깨서 화장실에 간대요. 너무 심한 꼴을 봤고 또 상대가 고함을 치는 바람에 그 뒤로는 좀처럼 잠이 안 들었다고, 하품을 하면서 말했어요."

"흐음. 그래서 자네가 팔을 걷어붙이고 나섰던 거군."

"뭐, 잡았다면 엄중히 주의를 줬겠지만, 나중에 들은 것뿐이잖아요. 하지만 이번 사체 일로 생각이 나서 좀 의심스러운 커플이 없었느냐고 여기저기 물어봤어요. 숙박업을 하다 보면 왠지 모르게 느낌이 오잖아요, 그런 사람들을 보면."

고마지는 턱을 쓰다듬으며 멍하니 리스트, 일지와 보온병, 천

주머니에 든 먹다 만 샌드위치를 만지작거리는 나나세의 손등을
잠자코 둘러봤다. 그 얼굴을 DC가 날카로운 시선으로 바라봤다.
나나세는 안절부절못하며 고마지의 얼굴을 살폈다.

"쓸데없는 짓을 한 건가요? 제가."

"아니, 그럴 리가."

고마지는 고개를 크게 흔들고 나나세의 머리를 리스트로 쳤다.

"자네, 대단하군. 사건의 전체상을 깨끗이 그려줬어."

"……네?"

나나세 아키라 순경은 아연해져서 스가노 고테쓰와 얼굴을 마주
봤고, DC는 음음 하고 고개를 끄덕이고는 몸을 핥기 시작했다.

10장

비둘기 속의
고양이

1

　미타무라 시게코는 빗소리에 눈을 떴다. 시계를 보니 네 시 반이다.

　나이 탓인지 잠을 늦게 자도 이 시각쯤이면 눈이 떠지곤 한다. 눈을 뜨면 끝이다. 더 이상은 잠이 안 온다. 그러다가 한창 손님이 많은 오전 열 시가 조금 지날 무렵에는 견딜 수 없을 정도로 졸립다.

　눈이 떠진 이상 다시 잠을 잘 수 없다는 것이 분명했기 때문에, 시게코는 자리를 털고 일어나기로 했다. 베개 위에 누워 있던 흰 고양이 크리스타로가 야옹 하고 불평하는 걸 무시하고 티셔츠와 카고팬츠를 입었다. 선득한 느낌이 들어 위에 파카를 걸치고 아래로 내려가서 라디오 스위치를 켰다. 그리고 뜨거운 커피를 탄 다음 컴퓨터 앞에 앉았다.

번역은 그럭저럭 9장까지 나아갔고 남은 건 이제 10장 한 장이다. 그런 끔찍한 사체를 발견했음에도, 또는 그 덕분에, 어제는 엄청나게 일이 잘됐다. 이런 식이면 이번 주 중에는 편집자에게 원고를 건네줄 수 있겠네, 하는 생각이 들었다.

아쉽게도 태풍이 다가오고 있었다. 유리문을 통해서 보이는 고양이섬 메인스트리트는 비로 뿌옇게 흐려져 있었다. 라디오의 기상 정보에 의하면 이번 8호 태풍은 대형인 데다 세력도 막강하고 조금도 약화되지 않은 채 가나가와현을 향해 맹렬한 스피드로 다가오는 중이라고 한다. 하자키는 오전 열한 시에는 강풍 구역에 들어가고, 세 시쯤이면 폭풍 구역에 들어간다고 하니, 한밤중 만조 때는 폭풍우가 가라앉을 거라는 예상만이 구원이다. 어쨌든 오늘 가게 매상은 포기하는 편이 좋을 듯하다. 언덕 위에 있는 이 가게가 만조로 침수 피해를 입을 일은 없겠지만, 바람은 무시 못 한다. 가게를 시작하고 이 년째 되던 해였나. 강풍에 휘말려 솟구친 바닷물이 창틈으로 들어와 가게 안의 물건들이 흠뻑 젖는 피해를 입었다. 셔터를 내리는 것이 귀찮아서 그냥 뒀다가 큰 손해를 본 것이다.

한숨 돌리고 완전히 잠에서 깨면 이 층의 방 하나를 점령하고 있는 고양이 박물관용 컬렉션에 시트를 씌우자. 고양이들의 피난 장소는 전부터 정해놓은 대로 고양이섬 신사의 배례전이 될 텐데, 문제는 어떻게 고양이들을 모으느냐다. 말을 잘 듣는 얌전한 고양이만 있는 게 아니니까 말이다.

이것저것 생각하는 사이에 비가 잦아들었다. 미타무라 시게코는 혀를 차며 카운터에서 나와 바깥 유리문 쪽으로 다가갔다. 갑자기 세게 쏟아붓다 그쳤다 하는 비. 이거야말로 태풍의 영향권에 들어 있다는 증거다.

유리문에 사람 그림자가 비쳤다. 시게코는 문을 열고 얼굴을 내밀었다. 비닐에 싸인 신문을 신문꽂이에 꽂아 넣으려던 초로의 남자가 깜짝 놀라 뒷걸음질 쳤다.

"안녕하세요. 들어와서 커피 한잔 어떠세요?"

"미타무라 씨, 일찍 일어나셨네요."

고무 입힌 비옷에 바지 세트, 장화로 무장을 한 고양이섬 관광안내소 주인은 빗방울을 털고 가게로 들어왔다.

"태풍이라는데 굳이 고양이섬에 오셨어요?"

"신문 배달 같은 거 안 맡을 걸 그랬소."

뜨거운 커피를 고맙게 홀짝이며 주인이 말했다.

"어차피 노인이라 아침에는 일찌감치 눈이 떠지는데 마누라는 열 시가 넘어가도록 코를 골아대니. 재빨리 집을 나와 고양이섬으로 오는 길에 건너편 해안의 신문 판매점에서 섬 전체의 신문을 받아 나르고 그 김에 구독료를 받는 것만으로 한 달에 일만엔 좀 넘게 받을 수 있으니, 처음엔 이건 정말 득이라고 생각했어요."

"그런데 태풍이 와도 안 올 수가 없는 거군요. 수고가 많네요."

"어제 시체가 나왔던 그 민박 스가노의 여자분. 이제 와서 섬을 떠나거나 하진 않겠지요?"

"글쎄요, 어떤지."

"그럼 안 되는데. 신문 구독자가 한 명 더 늘 것 같다고 했더니 신문 배급소 양반이 좋아하더라고요.《하자키 로컬》을 덤으로 줄 테니까 꼭 좀 확보해달라잖아."

《하자키 로컬》이란 지역에서 한 달에 한 번 발행하는 무가지로 그리 대단한 덤은 아니었다. 본토 사람에게는 그랬다. 하지만 섬에서 나가는 것이 귀찮은 주민들에게는 기쁜 덤이었다. 예를 들어 거기에 딸려 오는 쿠폰 사용 기간에 맞춰 미용실에 가거나 마사지 숍에 가서 할인을 받는 건 어렵다 하더라도, 본토의 자잘한 소식을 바로바로 알 수 있기 때문이다.

갑자기 바람이 강해져서 문이 덜커덕거렸다. 미타무라 시게코와 고양이섬 관광 안내소의 주인은 엉겁결에 밖을 내다봤다.

"바다가 거칠어지는군. 우리 집 낡아빠진 나룻배가 침몰하는 줄 알았네. 오늘은 빨리 일을 마치고 토라를 데리고 본토로 돌아가야겠소. 만조가 오면 우리 가게 같은 곳은 순식간에 바닷물에 잠길 테니까."

"댁의 가게 물건들은 어떻게 해요?"

"시트를 덮어놓고 신한테 빌어야지요."

"언제나 긍정적인 분이시군요."

미타무라 시게코의 말을 어떻게 받아들였는지, 주인은 커피를 다 마시자, 이제 신사에만 신문 배달을 하면 돼, 하고 가슴을 쫙 펴고 나갔다. 그의 사전에 '영업을 위한 노력' 같은 말은 없다. 하지만 편안히 적당히 돈을 벌고 싶어 하는 그 게으름뱅이가 돌계단을 매일 오르며 고양이섬 신사에도 신문을 배달하고 있는 거다.

미타무라 시게코는 고개를 흔들고는 돋보기를 쓰고 신문을 펼쳤다. 그러다가 기사 하나를 보고는 자기도 모르게 소리쳤다.

"이게 뭐야."

모리시타 데쓰야는 옆에서 자고 있는 미사가 깨지 않도록 주의하면서 살그머니 이부자리에서 빠져나왔다. 하긴 굳이 주의할 것까지는 없었다. 언젠가 한밤중에 굉장한 낙뢰가 떨어져서 벌떡 일어났을 때도 미사는 대자로 팔다리를 뻗은 채 꼼짝도 하지 않고 잘도 잤으니까.

드디어 이른 아침에 일어났군, 하고 데쓰야는 살그머니 옷을 갈아입으며 생각했다. 신관과 곤타의 권유로 나카지마 소주 노라야를 억지로 마시기를 매일 밤 계속했으니, 밤에도 꼼짝 못하고 아침에도 못 일어났던 거다. 처음에는 자신을 환영해서 술을 권하는 거라고 생각했는데, 스기우라 고지로와 아내의 할아버지가 사촌 간이라는 얘기를 들은 뒤에는 생각이 바뀌었다.

미사의 얘기로는 스기우라 고지로의 친가에 해당하는 고양이섬 민박집은 그다지 경기가 좋다고는 할 수 없는 모양이다. 레스토랑에야 몇몇 도우미를 고용하고 있지만, 나머지는 가족이 총출동해서 아침부터 밤까지 일한다. 교코라는 고등학생 손녀딸이 거의 혼자서 선물 가게를 맡고 있다고 한다. 혹시라도 스기우라 고지로가 은행에서 턴 돈을 고양이섬 민박집에 준 거라면 조금은 더 나은 상태겠지. 하다못해 간판이라도 깨끗하게 다시 써서 단다든가.

즉 그 삼억의 나머지가 있다 하더라도—그것이 얼마인지는 모르지만—고양이섬 민박집에 있는 것 같지는 않다. 스기우라 고지로는 형수를 위했다고 하니까 범죄의 증거가 될지도 모를 거금을 그녀에게 맡기지는 않았을 것이다. 잘못했다간 공범이 되어버릴지도 모르니까. 하지만 상대가 사촌이라면? 무기징역은 종신형이 아니다. 어느 기간이 지나면 출소할 가능성은 있다. 그때를 위해서 사촌인 고양이섬 신사의 신관에게 돈을 맡겨뒀다, 이렇게 생각할 수는 없을까.

그런 식으로 생각하게 된 것은 도서관에서 복사해 온 긴토은행 삼억 엔 사건의 기사가 쓰레기통에 버려져 있었다는 얘기를 미사에게서 들은 뒤였다. 모리시타 데쓰야가 그 사건에 대해서 흥미를 갖는 것을 누군가가 방해하려 하고 있다. 누군가란 물론

아내의 할아버지와 곤타다. 그러니까 그들은 매일 밤 비위를 맞추는 것처럼 하면서 데쓰야에게 술을 먹여 곤드레만드레 취하게 했던 거다. 왜? 그들이 스기우라 고지로의 돈을 맡아가지고 있기 때문이다.

그 밖에 다른 이유가 있을까?

없다.

그러므로 데쓰야는 요즘 술을 삼가고 틈만 있으면 고양이섬 신사 안을 빈틈없이 조사하려고 애쓰는데, 방해물이 있다. 곤타나 신관의 눈을 피하는 건 물론 처음부터 계산에 넣고 있었으나, 어찌 생각이나 했으랴, 최대의 방해 요인은 미사였다. 다다미를 들어 올릴까, 이 선반을 열어볼까, 신경神鏡 뒤라도 들여다볼까, 하는 중요한 순간이면 노린 듯이 미사와 페르시아고양이 메르가 등 뒤로 몰래 다가와서 "데쓰야 씨, 뭐 해요?" 하고 달라붙는 거였다.

준비를 끝내자 데쓰야는 아내와 똑같은 자세로 나란히 누워 잠자는 메르의 잠든 얼굴을 향해 한쪽 손으로 감사 표시를 하고, 부탁해, 부디 자고 있어라, 하고 내심 기도하며 소리 죽여 문을 열고 방에서 나왔다.

"으악."

다음 순간 그는 자기도 모르게 비명을 질렀다. 복도에는 곤타가 두 발을 딱 벌리고 서 있었다.

"잘 잤나. 어쩐 일인가, 이런 시간에."

"아, 아니 저, 왠지 눈이 떠져서."

"태풍 탓이겠지. 비가 내리니까."

그 말을 듣고 보니, 확실히 문짝을 두드리는 격렬한 빗소리가 들렸다. 무더우면서 동시에 선득하기도 한 묘한 공기에 피부가 근질근질했다. 소리로 봐서 비는 매우 거센 모양이었다. 태풍의 피해를 막으려면 빨리 바다의 집에 가야 할지도 모른다. 가건물보다 약간 나은 정도의 건물이다. 식재료며 기계가 순식간에 흠뻑 젖어버릴 것이다.

"그런데 곤타 아저씨는 왜 여기에?"

"왜라니."

곤타가 엷게 웃었다. 그러고 보니 복도에는 냄비니 주발이니 하는 것들이 두셋 놓여 있고, 거기서 리드미컬한 쇳소리가 났다.

"엇. 빗물이 새는…… 건가요?"

"빗물 새는 게 그렇게 신기한가?"

"네. 경험이 없거든요. 사극에서 보긴 했지만."

"걱정 안 해도 돼. 비가 새는 건 지금으로선 이 복도하고 저 끝에 있는 화장실뿐이야. 방 안은 괜찮을 거야."

"배례전하고 본전은요?"

"거긴 여기보다는 그래도 나은 편이야. 때때로 올라가서 수리를 하니까."

그런 것치고는 배레전 천장에서 삐걱삐걱 소리가 나지 않았나요, 하는 말을 하려다 데쓰야는 말을 삼켰다. 고양이섬 민박집이 문제가 아니다. 이 신사야말로 가난하기 이를 데 없다. 스기우라 고지로의 돈이 여기 있었다면 비가 새는 것쯤이야 벌써 어떻게 했을 거다.

뭔가 어딘가에서 큰 착각을 한 것 같아. 모리시타 데쓰야는 기운이 빠졌다. 졸려. 어젯밤에는 네 시간밖에 안 잤다. 갑자기 데쓰야의 머리는 이부자리로 돌아갈 생각으로 가득 찼다. 그런 데쓰야에게 곤타가 말했다.

"마침 잘됐네. 여기 지붕에 올라가서 비가 새는 상태를 봐주지 않겠나?"

"네? 아니, 난 그런 건 서툴러요. 곤타 아저씨 쪽이……."

"이 체중으로 이 지붕은 어려워. 그래서 여기만큼은 수리를 못 했어."

곤타는 거대한 몸을 구부리고 데쓰야의 얼굴에 자기 얼굴을 쓱 갖다 대고는 씩 웃으며 말했다.

"스기우라 고지로가 숨긴 돈을 찾고 있다면 이 지붕 밑일지도 몰라."

스기우라 교코 또한, 빗소리에 눈을 뜬 사람 중 하나였다.

육지와 떨어진 섬에 사는 사람의 생존 본능이랄까. 보통의 비와 위험한 비는 잠들어 있는 동안에도 구별할 수 있다. 잠이 깨는 둥 마는 둥 단숨에 벌떡 침대에서 튀어 일어나 창문을 열고 밖을 내다봤다.

막강한 세력의 대형 태풍이 접근하고 있다는 사실은 전날 밤의 기상예보로 알고 있었다. 이미 민박 예약객으로부터 취소 전화가 왔다. 이쪽에서 연락한 손님도 있다. 날씨가 날씨이니만큼 취소 비용은 안 받겠습니다, 하고 알렸더니 그래도 오고 싶다는 손님은 없었다. 대부분은 해수욕과 고양이를 목표로 오는 손님들이다. 거친 바다도, 거친 고양이들도, 둘 다 사양하는 게 당연하다. 이쪽으로서도 자신들과 고양이만으로도 벅찬데 숙박객까지 돌보기는 어렵다. 그러므로 오히려 손님이 한 명도 오지 않는 쪽이 고맙다.

그래도 참.

교코는 침대에 대자로 벌러덩 누웠다. 발밑에서 자던 매그위치가 눈을 가늘게 뜨고 교코를 보더니 옆으로 뒹굴 돌아눕는다.

그냥도 돈이 필요한 이 시기에 하루 치 장사가 날아갔다. 태풍 피해 규모에 따라서는 이틀 치나 사흘 치일지도 모른다. 오로지 여름 장사인 이 민박에서 여름에 삼 일 동안 장사를 못 한다는 것은 다른 곳에서라면 이 주일 치 수입이 없어지는 것과 같은데.

상속세에 대해서는 마쓰코와 쓰루코, 누구에게도 못 물어봤다. 걱정 안 해도 돼, 라는 말을 들을 게 뻔했기 때문이다. 듣는

다 해도 깜짝 놀랄 많은 금액이면 어떻게 해야 좋을지 모르겠고. 학교 집어치우고 본토에서 아르바이트를 할까? 하지만 과연 그것으로 해결이 될지.

교코는 숨을 길게 내뱉고 천장의 얼룩을 노려보다 다시 일어났다. 그만두자. 그만둬. 우선 눈앞의 태풍을 어떻게든 해보자. 태풍이 가고 나면 손님들이 분명 다시 돌아와줄 거야. 비록 썩은 시체가 굴러다녔다 하더라도 말이야.

우선은 현재 묵고 있는 손님들에게 최대한의 대접을 하자. 어차피 그것 말고는 달리 할 일도 없으니까.

딱 붙는 검은 면바지에 하라 아카네가 디자인한 고양이 티셔츠를 입고 하자키 캔버스의 살롱 에이프런을 두르는, 늘 입던 스타일로 갈아입었다. 어제는 바보같이 곤도 게이타로의 기분을 상하게 한 모양이지만 토트백 제작을 거절당할 정도까지는 아니었던 듯, 견본을 인쇄소에 가지고 가서 얘기하니 이 천이라면 문제없을 거라는 답이 돌아왔다. 다시 봉제를 담당하는 쉰이 넘은 아주머니에게 그림을 인쇄할 위치를 확인받고, 인쇄소에 가서 그 자리에 그림을 넣어 하자키 캔버스로 다시 돌아갔더니, 아주머니는 늦어도 사흘 후에는 서른 장을 틀림없이 완성해두겠다고 약속했다. 고마운 얘기였으나 곤도 게이타로가 말한 대로 하자키 캔버스는 한가해 보였다. 불황을 벗어나고 있다고는 하나 이런 시골 동네가 무더운 여름의 특혜를 받게 되는 건 언제쯤일까.

이를 닦고 얼굴을 씻고 머리를 포니테일로 묶어 올렸다. 복도 끝에 있는 큰 거울로 전신을 체크해본다. 좋아.

발소리를 죽여 계단을 내려가자 먼저 온 손님이 거실에 있었다. 어젯밤에 묵은 부부 중 남편이었다. 둘 다 고양이를 아주 좋아하는데 의료 설비가 딸린 고령자용 맨션에 들어갔기 때문에 도저히 키울 수 없게 됐단다. 교코가 만든 홈페이지에서 고양이 섬 민박집을 알고 나서는 고양이가 보고 싶어 견딜 수 없었다고 했다. 그는 소파 양옆에 와트니와 치미라는 고양이들을 거느리고 만족스러운 모습으로 신문을 펼쳐 들고 있었다. 교코의 인사에 멋쩍은 듯 미소를 짓더니 작은 소리로 말했다.

"고양이랑 함께 있다고 생각하니 마음이 들떠 잠이 일찍 깼어. 아까 일 층에 내려가 신문을 가지고 왔는데."

"괜찮아요. 태풍이 와서 신문 읽을 틈도 없을 것 같아요. 재밌는 기사가 있으면 가르쳐주세요."

"글쎄, 그게."

붙임성 있게 굴려고 한 교코의 말에 손님은 곧바로 반응했다.

"이 섬 얘기가 나왔어. 옛날에 강도 사건으로 도둑맞은 돈이 이 섬에 숨겨져 있을지도 모른다고 쓰여 있네."

스기우라 교코는 손님 손에서 신문을 뺏어 들었다.

2

비벌리 힐스의 집들은 모두 다 비슷했다.

그도 그럴 것이, 원래 습지대였던 이 땅을 주택지로 팔기 시작한 개발업자는 애초부터 미국 교외에 있는 신흥 주택지를 그대로 흉내 낼 생각이었다. 그래서 내부의 방 배치는 집에 따라 다양했지만 외관은 통일해서 고급스러운 느낌을 냈다. 즉 지붕은 짙은 푸른색. 외벽은 흰색. 마당에는 잔디. 대문부터 현관으로 이어지는 입구에는 벽돌을 깔았다.

그런 고급스러운 느낌에 이끌려 집을 구입했을 주민들은 지금도 다른 집과의 차별화에 열을 내는 모양이었다. 문 옆에 거대한 개 동상을 놔둔 집이 있는가 하면, 담벼락에 전구 장식을 둘러친 집도 있었다. 화분을 있는 대로 늘어놓은 집도 있고 잔디에 일곱 난쟁이를 세워놓은 집도 있었다. 주차 공간에도 여봐란 듯이 외제 차를 세워놓은 집부터 몇 년 전에 나온 국산 미니 자동차가 서 있는 집까지 다양했다. 그중에는 핑크 캐딜락이 세워져 있는 집도 있었다. 그 차는 주차 공간 밖으로 많이 튀어나와서 상대적으로 집의 품격을 깎아내렸다.

여름방학 중이라고는 하나 평일의 이른 아침, 주택가에는 주민의 모습이 보이지 않았다. 여기저기 창문이 조금씩 열리고 커튼이 부자연스럽게 흔들리는 점으로 미루어 그들에게도 호기심이 없지는 않은 모양이었다. 다만 자칭 고급 주택가의 주민답게 노골적인 구경꾼이 되기에는 프라이드가 지나치게 높았다. 덕분에 간논 경찰서와 하자키 경찰서의 수사관들과 수사 차량이 거리낌 없이 거리를 점령할 수 있었다. 태풍을 선도하는 강우지대에서 불어오는 비바람이 때때로 강해지면서 수사관들을 비틀거리게 했지만, 검은 비옷을 입은 후타무라 기미코 경위는 비벌리힐스 18번지 앞에서 미동도 하지 않았다. 집 안에서는 감시원들이 우왕좌왕하는 것이 보였다.

"대형 태풍이 다가온대요. 오후에는 날이 많이 거칠어질 것 같죠?"

후타무라는 고마지를 보자 인사 대신 그렇게 말했다.

"그야 좋지. 이소타니 다쿠미 집 방문이랑 창문을 열어두면 대청소를 안 해도 되잖아."

"그 방은 정말 너무 심했죠. 이쪽도 뭐 비슷하긴 하지만. 좀 더 심할지도 모른다고 각오했는데, 그 정도는 아니었어요."

"그래 뭐 좀 찾아냈나?"

"저걸 봐요."

집 앞 빨래 건조대에 야한 색깔의 빨간 비키니가 널려 있었다.

"필로폰 고양이의 나이프에 감겨 있던 섬유 기억하죠?"

"기억해. 기미코 씨가 오렌지색 수영복이라고 했잖아."

"난 블러드오렌지라고 했어요. 보통 오렌지하고 달리 블러드

오렌지색은 빨강죠. 저런 식으로 피와 오렌지를 섞어놓은 것 같은 색이에요."

"기미코 씨…… 난 쉰 넘은 아저씨야. 그런 멋스러운 오렌지 같은 걸 알 리 없지. 그냥 빨강이라고 해, 빨강."

"고마지 반장님은 지나치게 고정관념에 사로잡혀 있어요. 어제 히가시긴자의 아폴리네르에 가서 약속대로 몽블랑하고 오렌지무스를 사 왔으면 알았을 거예요. 거기 오렌지무스는 시칠리아산 오렌지를 써서 새빨갛거든요."

"그랬나, 그거 미안하군. 그래, 비키니의 알맹이는 어디 있는 거야."

후타무라는 엄지손가락으로 순찰차 한 대를 가리켰다. 굉장치도 않은 몰골의 여자가 뒷좌석에 앉아 뾰로통한 얼굴로 하품을 연발하고 있었다.

"도둑고양이 같아, 라고 하면 고양이한테 실례일지도 모르겠네요. 고마지 반장님. 취조할 때는 주의를 단단히 해야겠어요."

그런데 예상과 달리 취조는 아주 순조롭게 진행됐다. 이 여자, 야마다 하나코가 아주 신이 나서 재잘재잘 떠들어댔기 때문이다. 참고로 야마다 하나코는 버젓한 본명이었다. 나이는 스물일곱 살.

멈추기 어려울 정도로 떠들어댄 야마다 하나코의 수다 내용을 정리하면 이렇다. 그녀는 스물세 살 때 야마다 다케시라는 십 년 연상의 남자와 결혼해 비벌리 힐스에 가정을 꾸렸다. 이 야마다 라는 남편은 IT 관련 기업을 경영하는 사업가인데, 요코하마의 랜드마크 타워에 사무실까지 갖고 있어서 제법 위세당당하다고 한다.

그런데 결혼 삼 년째 되던 해에 남편은 정부가 생겨 집을 나가 버렸다. 화가 난 하나코는 술, 남자, 필로폰 등 어디선가 들었을 법한 타락의 코스를 거쳤고, 반년쯤 전에 필로폰 상인인 이소타 니 다쿠미와 알게 됐다.

이후로 둘은 애인 관계가 됐는데 하나코의 말에 의하면 이소 타니 다쿠미는 무슨 생각을 하는지 전혀 알 수 없는 데다 만나면 서 특별히 즐거운 상대도 아니었지만, 일단은 필로폰을 구하기 가 편리했기 때문에 계속 만나줬을 뿐이라고 한다. 하나코에게 는 지금도 한 달에 수십만 엔이나 되는 생활비가 남편으로부터 들어오고 있고 자기 집도 있다. 요컨대 심심했던 것이다. 놀이 상대가 아무도 없는 것보다는 이소타니 정도면 있는 것도 나쁘 지 않다, 라고 생각했던 거다. 이소타니도 그렇게 생각했던 모양 이다. 넉 달 전에는 갑자기 구와하라 모헤이를 데리고 와서 잠시 하나코의 집에 묵게 해주라는 말을 꺼냈고……

"잠깐. 이소타니 다쿠미가 알베…… 아니, 구와하라 모헤이를 당신 집에 데리고 왔군."

"맞아요. 지금 그렇게 말했잖아요."

얘기가 중간에 끊긴 하나코가 화난 표정이었다.

"처음에는 거절했어요. 그런 아니꼬워 보이는 남자, 난 취미 없는걸요. 하지만 다쿠미가 그 사람은 자기보다 많은 루트를 갖고 있다고 해서, 뭐, 놔둬도 손해는 없겠구나 싶어서 맡은 거예요. 그랬는데 모헤이는 겉보기보다는 훨씬 좋은 사람이더라고요. 성실하게 청소도 해주고 세탁도 해주고. 남편이 나간 뒤로난 그런 거 귀찮아서 안 했어요. 뭐랄까. 내 주변을 깨끗이 하면 뭔가 좋지 않은 일이 일어나는 것 같더라고요. 몽땅 쌓아놓지 않으면 다 도망가버린다고나 할까. 잘 표현할 수는 없지만."

하나코는 한순간 공허해 보였다. 그러나 바로 다음 순간 기운을 되찾아 다시금 빠른 말투로 지치지도 않고 오래오래 얘기했다.

"모헤이 씨는 요리도 잘했어요. 다쿠미랑은 비교도 되지 않을 정도로…… 후후후후. 자세한 얘기 듣고 싶어요?"

"어이 어이, 여긴 경찰서야. 부드럽게 부탁해."

구와하라 모헤이는 아무래도 옛날 루트를 되찾아 정력적으로 필로폰을 팔았던 모양이다. 그런데 그게 이소타니 다쿠미와의 사이에서 불화를 낳게 됐다. 하나코 왈, 이소타니 다쿠미는 어느 모로 봐도 필로폰중독으로밖에는 보이지 않을 정도로 의존증이 진행되어 있었다. 눈에 보이는 게 없어지기 일쑤였고 평상시에는 늘 몽롱한 상태였다. 그는 가족이 보내주는 돈 덕분에 금

전적으로는 여유가 있어서 적극적으로 필로폰을 팔려고 하지 않았다. 그러기는커녕 구와하라 모헤이의 필로폰을 자기가 멋대로 써버리는 일이 종종 있었다. 한편 성실하다면 성실한 구와하라는 그 붙임성 있는 성품으로 차례차례 새로운 고객을 개척해나가다가 이소타니 다쿠미와 인연이 있는 하자키로 진출하기 시작했다.

"하자키로 대상을 정한 이유는 그냥 이소타니가 지역 사정에 밝아서 그랬던 건가?"

"그렇지만도 않은 것 같았어요. 자세한 건 모르지만 고양이섬에 굉장한 돈이 있다고 말했거든요. 감방 동료가 이러니저러니 해서, 어쩌면 수천만, 어쩌면 억대의 돈이 있을지도 모른다고. 하지만 그 얘기를 다쿠미한테 한 것이 큰 잘못이었어요."

"왜?"

"다쿠미가 갑자기 화를 냈거든요. 나를 제쳐놓고 너만 그렇게 큰돈을 잡으려 했느냐고 하면서. 자기도 고양이섬에 가겠다고 인터넷에서 찾은 그…… 뭐라고 하죠? 고양이투성이 엉성한 민박."

"고양이섬 민박집 말인가?"

"거기에 예약을 했어요. 내 것까지."

어리석다는 생각을 했지만 어쩔 수 없이 하나코는 이소타니 다쿠미와 함께 고양이섬 민박집에 투숙하게 됐다. 그런데 하나코는 그 사실을 몰래 구와하라 모헤이에게 알렸다. 그걸 안 구와하라가 고양이섬 민박집으로 찾아왔다. 다행히 그때 이소타니 다쿠미는 필로폰 덕분에 깊은 잠에 빠져 있었고, 하나코와 구와하라 모헤이는 복도에서 선 채로 두어 마디 얘기를 주고받고는 헤어졌다……

"선 채로 얘길 하다니, 어떤?"

"모헤이 씨는 다쿠미가 왜 그 민박을 예약했는지 알고 싶어 했어요. 일부러 거기를 선택한 거냐고, 전화로도 물어봤고, 오자마자 한 번 더 물었어요. 인터넷으로 알아본 것뿐이라고 했지만 모헤이 씨는 믿는 것 같지 않았어요. 뭔가 묘하게 흥분한 것 같은, 이상한 느낌이었어요. 산 지 얼마 안 되는 스턴 건을 신이 나서 보여주기도 했고."

"호오, 구와하라 모헤이가 스턴 건을 말이지. 어디서 손에 넣었는지 들었나?"

"글쎄요. 뭐 요코스카라던가, 하여간 어디 전문점에서 샀다고 한 것 같긴 한데. 별로 흥미가 없었기 때문에 기억이 안 나네요."

"흠. 그래, 구와하라 모헤이는 그 뒤에 어떻게 됐지?"

"뭔가 중요한 파티가 있다면서 재빨리 가버렸어요. 너무하잖아요. 나도 파티에 가고 싶었는데 날 내버려두다니. 그래서 이 민박에 대해 신경 쓰라고 다쿠미한테 일러버리겠다고 했더니, 모헤이 씨가 당황하더라고요. 밤에 만나러 와줄 테니까 참으라고."

그래서 한밤중 간조 때 고양이섬으로 갯벌을 걸어 건너와 휴대전화로 하나코를 고양이섬 민박집 밖으로 불러냈다는 얘기다.

"그리고 하필이면 고양이섬 신사 경내에서 벌 받을 짓을 했다는 거군. 그래 어떻게 됐어?"

"돌계단을 내려갔더니 다쿠미가 기다리고 있잖아요. 내가 나간 걸 알아차리고 쫓아왔던 거예요. 다쿠미는 갑자기 모헤이한테 덤벼들었어요. 좀비 같아서 기분 나빴어요."

"자기 여자한테 손을 댔기 때문에 그런 건가? 그래서?"

"네? 형사님 혹시 바보 아니에요?"

야마다 하나코는 어이없다는 듯 눈썹을 치켜올렸다.

"그런 거였다면 처음부터 나한테 모헤이 씨를 데려오지도 않았을 거예요. 다쿠미는 모헤이 씨한테 반해 있었던 것 아닐까요."

"……흐으응?"

"그런 이상한 소리 낼 거까진 없잖아요. 흔히 있는 일이라고요. 내 남편 애인도 남자였으니까."

하나코는 코끝으로 웃었으나 눈이 조금 젖어들어 보였다. 고마지는 헛기침을 했다.

"그거 안됐군."

그 순간 하나코는 돌연 미친 여자처럼 벌떡 일어나 소리를 지르기 시작했다.

"시끄러. 지저분한 아저씨 같으니라고. 당신이 뭔데 나한테 안됐다니 뭐니 하는 거야. 다 안다고. 다쿠미가 우리 집에 모헤이를 데리고 온 건 우선 모헤이한테는 나를 붙여놓으면 된다고 생각했기 때문이야. 다른 여자한테 뺏기는 것보다 낫다고나 할까, 나 같은 건 모헤이가 진심으로 대할 리 없다고 생각했겠지. 그 자식들 개자식들이야. 최악이야. 저질이야."

하나코는 소리치며 울부짖었다. 고마지는 옆에 있던 여자 경찰관과 지금까지 죽은 듯이 메모를 하고 있던 보좌 형사가 놀라서 일어서는 것을 제어하고, 잠자코 기다렸다. 드디어 하나코는 기진맥진 숨이 차서 의자에 주저앉았다. 고마지는 하나코에게 물을 마시게 하고 안정시킨 다음 부드럽게 말을 꺼냈다.

"그래서 둘이 맞붙어 싸우기 시작하고 나서는 어떻게 됐나?"

하나코는 달라붙었던 마귀가 떨어져 나간 사람처럼 흐리멍덩한 눈으로 고마지를 쳐다봤다.

"어떻게 되다니, 어떻게도 뭐도 아니었어요. 민박집에 돌아가서 잤거든요. 한밤중에 일어나 왔다 갔다 했기 때문에 졸려서 견딜 수가 없더군요. 그런데 그 민박 사람들은 열 시에 체크아웃이니까 일어나라는 거예요. 손님한테 그런 식으로 나오다니 화가 나서 돈을 복도에 집어던져줬어요."

"이소타니 다쿠미는 돌아왔나?"

"아니요. 모헤이의 휴대전화로 전화를 해도 안 받고 문자를 보내도 답신이 안 오고, 어차피 단둘이 어딘가에서 사이좋게 지내고 있겠지 했죠. 그때는 진심으로 화가 났기 때문에."

또 정신이 나가나 하고 취조실의 전원이 자세를 가다듬었으나, 하나코는 말을 삼키더니 갑자기 교활한 눈빛을 하고 눈을 깜빡깜빡하면서 다리를 바꿔 꼬았다.

"저어, 경찰은 거래에 응하지 않나요? 모헤이하고 다쿠미가 필로폰을 팔았다는 건 증언해줄 테니까, 나는 좀 봐주면 안 될까요? 약속해주면 다른 얘기도 다 할 건데."

"그런 거래 안 해도 무슨 일이 있었는지 대략 짐작이 가."

고마지는 신음을 냈다.

"당신은 이소타니 다쿠미를 기다리지 않고 열한 시쯤 고양이섬 민박집에서 나왔어. 구와하라와는 연락이 안 닿고 이소타니 한테도 버림받은 꼴이었으니 화가 났겠지. 둘한테 복수를 해주기로 했어. 아마도 구와하라 모헤이가 준비했던 필로폰이 든 고양이 인형 하나가 당신 수중에 있었겠지. 게다가 구와하라 모헤이가 고양이섬의 후미 중 하나인 고양이의 휴식에서 필로폰을 거래할 상대와 만날 예정이었던 것도 당신은 알고 있었어.

고양이섬의 후미에는 모두 독특한 이름이 붙어 있지. 그래서 처음 가보는 장소라도 지도만 있다면 착각할 리 없어. 당신은 고양이섬 민박집의 선물 가게에서 고양이섬 관광 지도를 한 장 슬쩍해서 고양이의 휴식을 찾아가봤어. 그리고 아마도 이소타니 다쿠미가 잊어버리고 방에 놓아둔 나이프를 문제의 고양이 인형에 찔러둔 거야. 물론 아까우니까 고양이 속에 들어 있던 필로폰은 꺼내놓은 뒤에 말이야.

고양이섬에서는 고양이가 관광자원이지. 예를 들어 인형이라 하더라도 그 고양이가 칼에 찔려 있으면 대소동이 일어나 경찰이 올 거라고 당신은 생각했어. 그 고양이를 조사하면 마약의 흔적이 발견될 것이고, 그러면 바로 고양이 인형을 산 구와하라 모헤이가 혐의를 받게 될 거라는 것도, 고양이섬에서 마약 거래가 일어나고 있다는 것도 경찰이 알게 될 거라고 예상했어. 그러면 구와하라 모헤이에게도, 그리고 결과적으로는 이소타니 다쿠미에게도 복수할 수 있는 거지. 하지만 잘못하면 당신 자신도 혐의 대상이 될 수 있다고 생각했겠지. 그래서 나이프 고양이를 발견해서 경찰에 알리는 역할은 가능하면 다른 사람에게 시키고 싶었어.

그래서 당신은 고양이를 세팅하고 나서는, 여자를 원하는 듯한 사람 좋아 보이는 젊은 남자를 꼬여서 고양이의 휴식까지 유인하기로 한 거야."

"말해두겠는데요."

하나코는 묘한 웃음을 흘렸다.

"그쪽에서 먼저 말을 걸어왔어요. 열일곱 살 꼬맹이가. 나도 아직은 쓸 만하구나 했죠. 게다가 신통하게도 걔가 먼저 고양이의 휴식으로 가자는 말을 꺼냈어요. 그 꼬맹이가 말이에요. 그래, 형사님. 그 두 사람은 잡았나요?"

"그럼 당신은 그 이후로 이소타니 다쿠미와 구와하라 모헤이, 둘 다 만나지 못했군."

"못 봤어요."

"그렇다면 둘이 죽은 것도 모르겠군."

"네? 죽어요? 둘 다?"

하나코는 깜짝 놀란 듯 눈을 동그랗게 떴다. 연기인지 진짜인지 판단이 되지 않는 장난스러운 태도였다. 고마지는 하나코를 힐끗 노려봤다.

"둘 다. 신문도 안 보나?"

"내가 뉴스 같은 거 신경 쓰는 여자로 보여요? 아, 하지만 뭐야, 그랬었구나. 그럼, 그때 둘이 서로 죽였겠군요."

하나코는 꼴좋다는 표정을 지었다.

"자, 이제 아셨죠? 난 다쿠미랑 모헤이한테 휘둘린 것뿐이에요. 불쌍한 여자라고요."

"지난달 31일 가나가와현 하자키시 사와타리지마(고양이섬)에서 마린바이크 사고로 두 사람이 사망했다. 당초 구와하라 모헤이 씨가 절벽에서 떨어지는 찰나에 고이케 마모루 씨가 조종하는 마린바이크가 돌진해 두 사람이 충돌한 사고로 여겨졌으나, 이후 수사 과정에서 구와하라 씨의 가슴에 스턴 건 흔적이 발견됨으로써, 경찰은 살인 가능성도 있다고 보고 수사를 추진해왔다. 그리고 어제는 고양이섬에서 새로운 사체가 발견됐다. 이 일련의 사건 배후에 십팔 년 전 긴토은행 수송차 강도 살인사건 때 도둑맞은 삼억 엔을 둘러싼 다툼이 있었으리라는 점이 관계자의 증언 등으로 밝혀졌다. 긴토은행 사건 때 운전을 맡아 무기징역형을 받은 스기우라 고지로 전 수형자(올해 6월에 교도소 내에서 병사)가 훔친 삼억 엔의 일부를 고양이섬에 숨긴 게 아니냐는 억측이 돌았고, 그 돈을 찾아 고양이섬으로 흘러든 몇몇 사람들 사이에서 분열이 있었다는 견해다. 한편에서 죽은 구와하라 모헤이와 어제 사체로 발견된 27세 남성이 마약 거래를 놓고 서로 다퉜다는 얘기도 부상하고 있어, 하자키 경찰서에서는 계속해서 신중히 수사를 할 방침……이라고, 잠깐, 이게 뭐야?"

호소이 쓰루코는 신문을 내려놓고 교코의 얼굴을 뚫어져라 봤다.

"어떻게 된 거니, 교코?"

"아이 참, 나한테 물어봤자예요. 뭐가 뭔지 알 수 없는 건 나도 마찬가지."

고양이섬 민박집은 아침 식사와 체크아웃으로 한바탕 소동을 끝내고 겨우 가족들의 식사 시간을 맞이한 참이었다.

태풍 때문에 숙박객은 모두 예정보다 빨리 여덟 시 반에 본토로 출발했다. 다른 민박집 손님들도 같은 생각이었던 듯 배웅하러 간 마쓰코에 의하면 선착장은 극도로 혼잡했다고 한다.

실제로 이십인승 나룻배뿐 아니라 선어정의 어선까지 끌어내서 맞은편 고양이섬 해안까지 몇 번이나 왕복했다. 나룻배는 지붕은 있어도 벽이 없어서 배에 올라탄 사람들이 임시로 둘러친 비닐 시트를 다 같이 꽉 누르고 있어야 했다. 게다가 배가 흔들려 물보라만이 아니라 때때로 파도까지 배 안으로 덮쳤다. 고양이섬 해안에는 한동안 비바람 사이사이로 관광객들의 깍깍대는 비명이 울려 퍼졌다.

그 소동이 끝나자 고양이섬은 순식간에 한적해졌다. 교코의 여름방학 동안 고양이섬 민박집에서는 온 가족이 아침에 일어나 바쁜 시간이 끝날 때까지는 비스킷이나 바나나 등으로 공복을 채우고 좀 한가해지고 나서 제대로 된 아침밥을 먹었는데, 오늘은 평상시보다 한 시간 일찍 아침을 먹게 됐다.

오늘의 메뉴는 작은 전갱이 튀김, 벤자리 회, 냉장고 깊숙이 잠들어 있던 낫토에 다진 오크라와 가다랑어포를 듬뿍 뿌려 푸

짐하게 만든 것, 산파를 넣은 달걀을 푼 된장국, 차가운 토마토, 가지조림, 하자키 명산 향기로운 돌김, 콩자반, 마쓰코 특제 오이 양하절임 등이다. 교코는 이것들을 반찬으로 밥을 세 그릇이나 먹었다.

"잘 먹는구나."

쓰루코는 교코의 식욕에 기가 질린다는 표정을 지었다. 이런 기사가 났는데도 밥이 잘 먹히니, 하는 뜻도 담겨 있었다. 교코는 마지막 한 입 남은 밥에 녹차를 부어 그릇을 헹구고는 입안으로 부어 넣었다.

"이제부터 태풍에 대비하느라 엄청 바빠질 텐데, 뭐. 배가 고프면 싸움을 못 하잖아요. 어차피 나와버린 기사를 놓고 고민해봤자고요. 기사 덕분에 큰 소동이 나서 보물을 찾으러 손님이 밀려들지도 모르고 안 올지도 몰라요. 매스컴이 올지도 모르고 안 올지도 몰라요. 확실하게 오는 건 경찰과 태풍뿐이에요. 여러 가지 일들이 잇달아 일어나는 바람에 고민고민하다가 고민하는 데 질렸어요. 이제는 오로지 행동이라고요."

"훌륭해."

등을 둥글게 말고 차를 홀짝이던 마쓰코가 갑자기 큰 소리를 냈다. 신문 기사에 충격을 받아 식욕을 잃고 밥을 아직 반 정도밖에 못 먹었지만.

"교코, 너 정말 훌륭하구나. 그래, 고민해봤자 소용없어."

"그래요. 할머니도 좀 더 드세요. 태풍이 심해지면 따뜻한 밥 같은 건 먹고 싶어도 못 먹는다고요. 지금 우리가 맞서야 하는 적은 태풍이라니까요."

교코는 설거지를 쓰루코에게 맡기고 새빨간 방수 재킷과 바지를 옷 위에 덧입고 밖으로 나갔다. 고양이섬 메인스트리트의 모든 가게가 입구를 최소한으로 열고 덧문짝을 대고, 화분을 들여놓고, 쓰레기를 큰 봉지에 넣어 정돈하는 작업을 하고 있었다. 교코도 가게 앞의 모금 상자와 붙여놓았던 종이들을 정리하고, 말라비틀어진 선인장 화분이며 자전거를 집어넣고, 덧문짝을 댔다. 메인스트리트에서 내려다보는 바다는 갈색이 되어 있었고 묘한 분위기의 회색 하늘에는 검은색과 흰색 구름이 흩어졌다 사라져갔다.

삼 층 집 뒤편 정원 창고에 넣어두었던 보강용 널빤지를 꺼내는데 하라 아카네가 왔다. 새 집에서 엉뚱한 방해물이 발견됐는데도, 아카네는 기운이 넘쳤다.

"교코야, 그 널빤지 뭐 할 건데?"

"앞문 보강용으로 쓰려고요. 오래된 집이라 덧문짝도 낡았어요."

"그렇구나."

아카네는 감탄스러운 듯이 말했다.

"덧문에 보강용 나무판을 댄다는 거니? 도쿄에서 자란 탓인지, 그런 작업이 세상에 존재한다는 건 〈사자에 씨〉(일본의 대표적인 만화―옮긴이)에서 보고 알고는 있었지만 실제로 보는 건 처음이야."

"네? 하지만 하자키 본토에도 살았었잖아요. 태풍 때는 어떻게 했어요?"

"별로 어떻게고 뭐고 없었어. 바람이 직접 불어닥치는 장소가 아니라서 덧문을 달고 틈새를 신문지랑 걸레로 막으면 그것으로 끝이었어. 덧문이 날아가버릴 수 있다는 건 생각지도 못했어. ……저기, 괜찮다면 나도 도울게."

"그야 아카네 아줌마가 도와주면 저야 좋지요."

"재미있어 보이기도 하고, 둘이서 하면 빨리 끝나잖아. 이게 끝나면 우리 집 태풍 대책에 지혜와 힘을 빌려주면 고맙겠는데."

교코가 웃었다.

"흐응, 그랬구나."

둘이서 협력해서 사다리와 널빤지와 목공 도구를 밖으로 날라, 덧문짝 위에 원목을 엇갈리게 놓고 못으로 박았다. 아카네는 과연 못 박는 일이나 널빤지를 받쳐주는 일에도 높은 경지에 이르러 있어서 일이 순식간에 끝났다. 교코는 비바람이 몰아치는 걸 개의치 않고 사다리 위에 두 발로 떡 버티고 선 채, 침착하게 뒷정리를 했다. 사다리 위에서는 고양이섬 해안까지의 바다가 한눈에 보였다. 거친 파도에 도전하는 서퍼와 휴업 준비에 바쁜 바다의 집, 험한 날씨에도 굽힘없이 달리는 화려한 블루 마린 바이크 등이 눈에 띄었다.

땅 위로 돌아와 아이구야 하며 문득 옆을 보니 미타무라 시게코가 가게 앞면에 좀처럼 내리지 않는 셔터를 내리고 있었다.

"뭐랄까, 당치도 않은 기사가 나왔지?"

시게코는 인사도 그럭저럭한 채 말을 꺼냈다.

"태풍하고 겹쳐서 잘됐어. 고지로 씨가 삼억 엔의 나머지를 이 섬에 숨겼다니, 어떤 바보가 그런 말을 했는지는 모르지만. 아무도 돈을 숨겨놓은 장소에 대해 들어본 적 없고, 혹시 그런 게 있다 하더라도 십팔 년이나 지난 일이야. 지폐는 벌써 펄프가 되어버렸을걸. 경찰도 참, 어째서 그런 얘기가 신문에 실리게 그냥 놔두는 거야. ……어머."

교코와 아카네가 돌아보니 나나세 아키라 순경이 흙이 담긴 부대를 끌어안고 서 있었다. 그는 얼굴이 빨개졌다.

"나, 난 아님다. 기자 중에 아는 사람도 없고."

"그럼 삼억 엔 사건 때의 돈이 고양이섬에 숨겨져 있다는 얘기는 정말인가요?"

교코가 묻자, 나나세는 흙 부대를 캐츠 앤드 북스의 셔터 앞에 내려놓고 고개를 가로저었다.

"그건 아직 몰라요. 그 알베르토도 교코네 작은할아버지 고지로가 있던 후쿠시마 교도소에 복역을 했다는 것하고, 원래는 요코하마 쪽에서 돈벌이를 하던 알베르토가 일부러 고양이섬으로 와서 미타무라 씨한테 페르시아고양이가 어떠니 저떠니 하고 이상한 질문을 한 건 확실하지만. 그러니까 어쩌면 알베르토는 이섬에 돈이 숨겨져 있으며 힌트는 페르시아고양이다, 라는 말을 스기우라 고지로에게서 들었는지도 모르지요."

"그렇다면 역시 삼억의 나머지 돈이."

"아니, 하지만, 혹시 그렇다 하더라도 그 얘기가 정말인지 어떤지는 모르죠. 알베르토가 스기우라 고지로의 얘기를 잘못 들은 걸 수도 있고, 고지로가 알베르토를 놀리려고 그런 엉뚱한 얘기를 만들어냈는지도 몰라요. 왜 하필이면 페르시아고양이겠어요. 알베르토가 돈이 있을 거라고 착각하고 고양이섬에 온 것하고, 실제로 돈이 있는지는 별개의 문제죠."

교코와 미타무라 시게코가 감탄해서 고개를 끄덕이는 것을 보고, 나나세는 자랑스럽게 가슴을 쫙 폈다. 그러나 그 순간 깜짝 놀라 슬슬 뒷걸음질 치기 시작했다.

"이크, 큰일났군. 지금 얘기 딴 데서는 절대로 하면 안 됩니다. 난 이래 봬도 경찰이고, 수사 상황을 다른 사람한테 얘기하면 안 되거든요."

흙 부대를 한 번 더 날라 올게요, 하고 언덕길을 달려 내려가는 나나세를 바라보던 미타무라 시게코가 교코와 아카네에게로 돌아서더니 눈썹을 치켰다.

"봤지? 역시 신문기자에게 떠들어댄 건 저 녀석이야."

"하지만 나나세 아저씨가 한 말대로라면, 그런 엉터리 같은 얘기가 어째서 신문에 실린 걸까요?"

"글쎄. 교코는 태어나기 전 얘기니까 분명하게 감이 오지 않을지 몰라도 그 사건은 그해의 10대 뉴스에 들 정도로 큰 사건이었어. 기억하는 사람도 많아. 소란을 벌여놓고 즐기자고 생각하는 무리가 신문기자 중에도 있겠지. 신경 쓸 것 없어. 만약에 매스컴 사람들이 몰려오면 실버를 부추겨서 할퀴어주지 뭐."

미타무라 시게코는 씩 웃고는 뭐 도울 일이 없는지 보러 신사에 갔다 오겠다며 자리를 떴다. 교코와 아카네는 목공 도구를 들고 옛 민박 스가노를 향해 걸어갔다. 교코는 아카네가 뭔가 묻고 싶어 한다는 걸 알아차리고 얼른 다른 화제를 생각했다. 더 이상 작은할아버지가 숨겨놓은 돈 얘기는 하고 싶지 않았다.

"어제 하자키 캔버스에 다녀왔어요. 히가시긴자에서 곤도 사장님을 만났거든요."

"아, 곤도. 뭐 기분 나쁜 일은 없었어?"

"으으응, 별로 그런 건 없었는데."

"그 말투로 봐서는 뭔가 있었군."

"아뇨, 내가 그분을 화나게 했어요. 사장님이 아카네 아줌마는 거금을 갖고 있으니까 우량기업에 투자하면 좋은데, 뭐 그 비슷한 얘기를 하기에 그 우량기업이 하자키 캔버스냐고 물었더니 기분 나빠하더라고요."

아카네는 코웃음 쳤다.

"그래도 그것 때문에 일을 거절하지는 않았지?"

"네."

"그 사람한텐 단단히 일러뒀어. 교코네 일은 틀림없는 일이니까 성실하게 하라고. 혹시 잘못되기라도 하면 큰일 날 줄 알라고."

교코는 어리둥절해서 아카네를 봤다. 큰일이라니 뭐지?

"아카네 아줌마, 곤도 사장님하고 사이가 나쁜 모양이네요. 소개해달라고 부탁해서 미안해요."

"난 말이지, 사이가 나쁘더라도 일은 해. 싫으면 싫다고 딱 잘라 거절할 테니까 교코가 걱정할 거 없어. 단 그 녀석하고 개인적으로 친구가 되려는 생각은 하지 마."

"혹시 아카네 아줌마한테 돈이라도 빌려달라고 했나요, 그 아저씨?"

"글쎄. 돈에 관해서는 꽤 지저분하다고나 할까. 오늘 아침 신문에 난 기사를 읽으면 무슨 생각을 할지."

말을 멈추더니, 아카네는 묘한 표정이 되어 말투를 바꿨다.

"저기, 저 남자애. 교코 네 친구니?"

교코가 아카네의 시선을 따라가 보니 메인스트리트 바로 아래 첫 번째 도리이 부근에 너덜너덜한 알로하셔츠를 입은 스가노 고테쓰가 어슬렁거리는 것이 보였다. 뭘 하는 거지? 저 녀석.

이런 폭풍우 치는 날에 고양이섬에 오다니. 어쩌면 날 걱정해선 가. 순간적으로 그런 생각이 머릿속을 스쳐 지나갔다. 교코는 고개를 세게 좌우로 흔들었다. 태풍 대비를 도우러 왔다면 조금 더 얌전한 옷차림으로 왔을 거야.

교코는 아카네에게 강한 어조로 말했다.

"가요. 빨리 작업을 시작하지 않으면 바람에 날아가버릴 거예요."

11장

고양이를 쫓기보다
생선을 치워라

1

오전 열 시가 지났을 무렵, 예상보다 빨리 고양이섬은 물론 하자키 전역이 강풍 구역에 들어섰다. 태풍이 속도를 점점 더 높여 간다고 하니 이 상태라면 점심 전에는 폭풍 구역으로 들어가버릴지 모른다. 이미 순간 최대 풍속은 초속 삼십 미터를 넘어섰고 바람이 바닷물을 말아 올려 고양이섬 메인스트리트를 흠뻑 적셨다. 간조로 물이 빠질 시간이었지만 언덕 맨 아래에 있는 선어정과 고양이섬 여름철 임시 파출소는 실내로 물이 들어오는 큰 피해를 입었다.

본토에 주거지가 있는 사람들은 이미 제각각 고양이를 데리고 철수했다. 남은 건 이 섬에 사는 사람이나 여러 사정으로 섬을 떠날 수 없는 사람들뿐이었다. 예를 들어 고양이섬 여름철 파출소에 근무하는 나나세 아키라 순경이나 캣 아일랜드 리조트의 다자키 지배인 같은.

태풍은 상륙했고, 갓 만들어진, 아니, 방금 발견된 살인사건 현장이 있으니 본서에서 지원이 올 거라고 나나세는 생각했는데, 그건 너무 안이한 생각이었다. 강풍에 집 지붕이 날아가버린 노인, 파도에 휩쓸려 순찰차에 탄 채 해안으로 추락한 교통과 경찰관, 하자키 해안도로 호텔 '남해장' 앞에서 일어난 10중 추돌사고, 태풍이 한창인 가운데 서핑하러 왔다 행방불명이 된 바보 녀석 등, 차례차례 사건 사고가 날아 들어오는 바람에 하자키 경찰서는 난리법석이었던 것이다. 지원은커녕 책임자인 파출소장까지 본서에 발이 묶여, 나나세는 홀로 고군분투할 수밖에 없었다.

쉴 새 없이 정보를 요구하는 본서의 무선 연락에 응답하면서 파출소 비품을 신사로 옮기고, 남은 사람 명단을 빠짐 없이 만들어 고양이섬 신사 사무소에서 팩스로 보내고, 메인스트리트의 주민들이 들고양이를 포함한 고양이를 이끌고 고양이섬 신사로 대피하는 것을 다자키 지배인과 고양이섬 도민회, 그리고 스가노 고테쓰─요놈이 이런 때 왜 이 섬에 나타났는지 이유야 뻔했지만─와 함께 도왔다. 이러저러하는 사이에 처음엔 전화가 불통이 되고 다음으로 전기가 나가고, 그 때문에 수돗물도 안 나오게 됐다. 나아가 무선도 안 되고 어째선지 휴대전화까지 먹통이 돼버렸다.

폭풍우 치는 섬에 남겨진 사람들과 고양이들을 지킨 전설의 경찰관, 같은 게 되려는 마음은 추호도 없었지만, 무슨 일이 일어나면 책임을 질 사람이 자신밖에 없는 상황이라서 싫어도 움직이지 않을 수 없었다. 나나세는 놓친 것은 없나 하고 세 번째 순찰을 돌기로 했다. 정오가 될까 말까 한 시간, 비는 이미 위에서 내리치고 옆에서 후려치고 밑에서 감아 올라와, 눈을 뜨고 있는 것도 힘들 지경이었다. 폭풍권역에 들어갔음이 틀림없었다.

해안을 따라 캣 아일랜드 리조트까지 가자, 하고 게걸음으로 나아가는데, 한층 격렬한 파도가 옆에서 선착장을 세차게 내리쳤다. 나나세는 눈을 의심했다. 어느 틈에 부두에 보트가 바싹 갖다 대져 있고, 파도에 측면을 얻어맞아 한쪽으로 기운 보트에서 낯익은 사내가 구르듯이 빠져나오는 게 아닌가.

"고마지 반장님!"

나나세가 큰 소리로 외쳤으나, 소리가 바람에 지워졌다. 어쩔 수 없이 잔걸음으로 최대한 부두 가까이 다가가, 거의 기다시피 하여 고마지 옆에 다다랐다. 고마지는 나나세를 보자마자 무슨 소린지 외쳤으나, 서로의 말이 전혀 들리지 않는다는 것을 곧 깨달았다. 손짓 발짓으로 함께 가자는 시늉을 하자, 고마지는 오른 다리를 끌듯이 하며 따라왔다. 배에서 굴러 나올 때 발을 다친 모양이었다. 나나세는 바람에 날릴 듯 말 듯 고마지의 등 뒤로 돌아가 등을 밀었다.

그때였다. 불시에 번개가 번쩍하고 하늘을 옆으로 갈랐다. 엉겁결에 뒤돌아본 나나세의 눈에 들어온 것은 캣 아일랜드 리조트 사 층 창가에 선 사람 그림자였다.

"고마지 반장님!"

나나세가 다시 큰 소리로 외쳤지만, 고마지는 필사적으로 앞으로 나아가느라 못 들은 모양이었다. 속이 타서 한 번 더 캣 아일랜드 리조트의 흰 건물을 올려다봤지만, 사람 그림자는 지워 없앤 듯이 사라졌다.

나나세는 부르르 몸을 떨었다. 뭐지? 지금 건 뭐였지?

둘은 겨우겨우 관광 안내소에 다다랐다. 가게에 달라붙듯이 서니, 바람에 날아갈 염려는 하지 않아도 될 것 같았다. 나나세는 새삼 고마지의 모습을 살펴보다가 깜짝 놀랐다. 어제와 같은 양복에 어제와 같은 구두. 비옷 같은 건 전혀 몸에 걸치지 않았다. 그 대신 방독면만은 단단히 벨트에 묶어 매달았다.

"너무 무리하신 거 아닙니까? 이런 날 그런 보트로 잘도 선착장까지 왔네요. 까딱했다간 지금쯤 보트째 산산조각이 났을 겁니다."

"달리 방법이 없어서 말일세. 두 시까지 기다려봤자 오늘 같은 날은 갯벌을 걸어 건널 수 있을 것 같지도 않고."

"그렇게까지 해서 오지 않아도 되는데."

"아니, 그게 안 올 수가 없었어. 저기 말이야, 고양이섬 민박집 사람들은 어떻게 하고 있나?"

"고양이를 최대한 많이 데리고 고양이섬 신사 배례전으로 대피했어요. 다른 주민들하고 같이요."

"그럼 무사하단 얘기군."

"네, 물론입죠. 뭡니까, 도대체?"

고마지는 손바닥으로 얼굴을 닦았다.

"자네 덕분에 사건의 전모가 보이기 시작했다는 얘기는 했지?"

"네. 범인을 알았다고도 했어요. 하지만 전 뭐가 뭔지……."

"바다의 제단으로 갔을 때의 일을 기억하나. 간조 때라서 우리는 제단까지 걸어갈 수 있었어. 곤타의 안내로 말이야."

"네, 그랬지요."

둘은 메인스트리트를 향해 천천히 걷기 시작했다.

"하지만 결국은 제단을 제대로 조사할 수 없었어. 왜지?"

"그게, 높은 데 있었으니까요."

"그래. 만조로 해수면이 높아졌을 때 배로 가는 편이 바위해변을 걸어가는 것보다 훨씬 제단에 접근하기 쉬웠을 거야. 실제로 선어정의 어부들은 제단을 청소하러 갈 때 늘 그렇게 한다고 했잖아. 그런데 와타누키 신관이나 곤타, 둘 다 그렇게 안내를 해주지 않았어. 섬에서 장만한 훌륭한 보트가 두 척이나 있으니, 오히려 만조 때를 기다렸다 데려가주는 게 나았을 텐데. 그런데 군이 간조가 될 때까지 기다려서 힘들게 제단을 올려다보게 했지. 더구나 곤타 얘기는 왠지 이상했어. 동굴 입구가 정말로 바다의 제단 아래 있는 건지, 어쩌면 바다 속에 해저동굴같이 되어 있는 건 아닌지 물었을 때도, 난 본 적 없어요, 하고 말했지. 아무리 고양이섬 신사와 교룡 신앙이 본래 별개의 것이었다고 해도, 곤타는 옛날부터 신사에 살고 있지 않은가. 그런데 바다의 제단에 대해서는 거의 모르는 거나 같아. 이상하지 않나?"

"그러고 보니 그렇네요."

"이상한 걸로 치면, 와타누키 신관도 이상해. 동굴에 들어가려면 바닷물이 빠진 뒤가 아니면 못 들어간다고 했지만, 바닷물이 빠져도 걸어서는 못 들어가. 맞지?"

나나세는 그때의 상황을 필사적으로 떠올렸다. 그때 곤타는 섬 아래를 향해 깊게 파인 쪽으로 몸을 내민 고마지에게 말했다. '형사님, 그 앞은 위험해요. 갑자기 깊어진다고요' 했다.

"곤타는 마치 우리를 동굴에 가까이 가게 하고 싶지 않은 것처럼 행동했어요. 엇, 그렇다면, 설마 스기우라 고지로가 숨겨놓은 돈이 정말로 그 동굴 깊은 곳에 잠들어 있어서 그걸 우리한테 알리고 싶지 않아 그런 어정쩡한 짓을 했다는 겁니까? 그렇지요!"

흥분한 나나세의 열을 식히듯이, 고마지는 고개를 저었다.

"그런 견해도 있을 수 있지만, 다른 생각이 하나 있어. 자네가 오래된 선착장에서 타이타닉을 끌어 올렸을 때의 일을 기억해보게. 자네가 바다에 빠져 죽을 동 살 동 하는데도 곤타는 멀리서 보고만 있을 뿐 도와주지 않았지 않은가."

"네, 말씀대롭니다."

"그 밖에도 힌트는 더 있어. 고양이섬 민박집의 교코한테서 들었는데, 그 애는 신사의 신관이랑 곤타가 섬에서 나가는 모습을 본 적이 없다고 했지. 곧잘 신사의 장을 대신 봐주곤 한다, 그리고 그때마다 신사답게 동전을 잔뜩 건네준다, 이웃 사람들도 신사에서 그렇게 장보기 부탁과 함께 잔돈을 건네는 모습에 익숙하다고 했어."

"어, 무슨 말씀이시죠? 잘 모르겠는데요."

둘은 애기를 주고받으며, 라기보다는 거의 고함을 지르며 드디어 첫 번째 도리이에 도달했다.

"잘 생각해봐. 신관은 바다의 동굴이 어떻게 되어 있는지 설명 못 했어. 곤타도 마찬가지로 몰랐고. 둘은 만조 때 배를 타는 걸 권하지 않고, 간조 때 바위해변을 걷는 걸 권했어. 바위해변에서는 교룡 제단을 제대로 배례할 수 없다는 걸 알면서 말이야. 곤타는 오래된 선착장에서 떨어진 곳에서 자넬 보고 있었지. 자네가 바다에 빠졌어도 구하려고 하지 않았어. 둘 다 섬에서 나가는 일이 없어. 신사의 새전을 그대로 장보기에 쓰지. 신관은 교룡에 축사를 올릴 때는 바다 동굴까지 가지 않고 고양이섬 신사의 배례전에서 해. 나아가, 선대가 썼던 신사 전용 선착장은 지금 신관 대에 와서는 버려져 있고 말야."

나나세는 고개를 갸우뚱하며 바다를 봤다. 갯벌 주위는 이미
바닷물이 꽤 빠져나가서 파도 아래로 모래톱이 드문드문 등을
보였다. 이 모래톱을 걸어 건너는 건 역시 좀 무서워, 그대로 깊
은 바다가 삼켜버릴 것 같아, 하고 생각하다가 고마지가 무슨 말
을 하려는 건지 겨우 알아차렸다.

"혹시 신관님하고 곤타, 둘 다 바다를 무서워하고, 게다가 배
도 무서워서 못 탄다······ 그런 말씀이신가요?"

고마지는 빙긋 웃었다.

"아마도 그럴걸. 캣 아일랜드 리조트의 다자키 지배인이 이런
말을 했어. 그가 고안한 다채로운 피난 훈련, 기억하나?"

"네, 물론임다. 실행해야 하는 입장에서는 듣는 것만으로도
식은땀이 나는 내용이었으니까요."

"그 후반부 계획이 폐기된 결정적 이유는 신관이 자신이 다쳐
서 배로 본토로 옮겨진다는 설정을 완강하게 거부했기 때문이었
네. 그들은 바다가 무서운 거야. 그러니까 섬에서 못 나가고, 그
러니까 참배객들이 낸 돈을 그대로 장보기에 사용한 거지. 바닷
물이 빠져서 길이 생기면 맞은편 해안인 고양이섬 해안의 아침
시장 정도는 못 갈 것도 없는데, 그 주변에는 은행도 우체국도
없어서 금융기관에 가려면 역 앞까지 나가야 해. 그런데 역까지
나가서 볼일을 보는 사이에 바닷물이 차버리면 어떻게 하지? 못

돌아오는 거야."

"그랬구나. 우와, 질렸다. 요 두 달간 계속 고양이섬에 있었는데 그런 걸 조금도 눈치채지 못했어요. 그러고 보니 미사 씨, 신사에 찾아든 와타누키 신관의 손녀딸 말인데요, 할아버지는 내가 요코하마에서 결혼식을 하는데도 오시지 않았어요, 하는 말을 했었지요. 그것도 아마 바다가 무서워서 섬에서 못 나간 걸 거예요, 분명."

"그렇겠지. 사실, 결혼식 정도면 구실을 대고 본토에서 하룻밤 정도 못 잘 것도 없었을 텐데 말이야, 오랫동안 섬에서 안 나가는 생활이 이어지다 보니 공포증이 심해진 건지도 모르지. 어쩌면 단지 귀찮았을 수도 있고."

"은둔형 외톨이란 말인가요. 그 신관님하고 그 곤타가. 햐아."

나나세는 엉겁결에 새어 나오는 웃음을 참았는데, 바로 고개를 갸우뚱했다.

"어, 하지만 지금 얘기와 사건이 도대체 어떤 연관이 있는 겁니까?"

고마지는 주위 가게의 셔터에 손을 짚으면서 휘청휘청 비탈길을 오르기 시작했다. 바람의 방향이 바뀌어 등을 밀어주는 형국이 되어 편했지만, 그만큼 발밑이 불안했다. 어찌 됐건 억수로 내리는 비가 바람에 밀려 치솟는 바닷물과 합세해 비탈길 아래로 한꺼번에 쏟아져 내렸다. 둘이 비탈길을 오르는 모습은 마치

잉어가 폭포를 거슬러 오르는 것 같았다.

가까스로 앞으로 나아가면서, 고마지는 큰 소리로 얘기를 계속했다.

"한 가지, 의문이 있을 거야. 곤타 말일세. 배나 바다가 무서운 곤타지만, 교룡 제단을 청소하러 가기도 한다고 했어. 배를 타지 않고서 어떻게 자기 키의 배나 되는 높이의 제단을 청소하지? 접사다리를 가져가나? 그 바위해변은 평평하지 않아. 거기다 접사다리를 놓는 건 꽤 위험하지. 게다가 배를 사용하지 못한다면 바위해변으로 가는 루트는 그 깎아지른 절벽에 걸린 쇠사다리뿐이야. 생각해보라고. 접사다리를 끌어안고 그 쇠사다리를 내려갈 수 있을지 어떨지."

"어, 어려울걸요."

나나세는 몸을 부르르 떨며 대답했다.

"경찰관 장비도 무거워서 두 손 들고 말았는데요."

"그렇지? 하지만 그 마린바이크 수수께끼 사고가 나던 날, 곤타는 제단을 청소하러 갔을 거야. 와타누키 신관이 한 말 기억나나? 매달 월말에는 교룡을 기리는 축사를 올린다고. 그날은 7월 31일, 즉 월말이었어. 교룡에 제사 지내는 날이었지. 거기서 의문이 생겨. 곤타는 어떻게 제단까지 갔을까?"

등을 밀어대는 바람에 맞서 필사적으로 균형을 잡으면서 나나세는 생각했다. 그날, 돌계단을 올라가 신사 경내로 들어갔더니 신관이 세 번째 도리이에서 기다리고 있었고, 곤타가…….

"줄사다리! 맞아요, 곤타는 줄사다리를 감고 있었어요."

둘은 평소의 몇 배나 되는 시간을 들여 메인스트리트 끝까지 올라와 두 번째 도리이에 도달했다. 고양이섬 신사의 돌계단이 오늘은 여느 때와 다르게 훨씬 길고 높아 보였다. 돌계단에서는 엄청난 양의 물이 흘러 떨어지고 있어서, 다 오르기도 전에 휩쓸려버릴 것 같았다. 나나세는 도리이에 손을 대고 숨을 고르는 고마지의 구두를 봤다. 어쩌자고 이 사람은 가죽 구두 같은 걸 신고 온 걸까. 그 생각이 들리기라도 한 듯, 고마지가 구두를 벗고 맨발이 됐다.

"내 걱정은 안 해도 돼. 이래 봬도 태풍에는 익숙한 데다, 가진 짐도 없어서 가뿐하니까. 어디까지 말했더라."

"줄사다리요."

나나세는 난간을 붙잡고 한 발 한 발 올라가면서 고함쳤다. 굳이 이런 상황에서까지 수수께끼 풀이를 할 거 있나, 하는 생각은 고양이도 죽일 만한 호기심에 무너졌다.

"곤타는 산의 제단이 있는 절벽에서 줄사다리를 써서 바다의 제단이 있는 곳까지 내려간 거군요. 그러고 보니, 소나무가 많이 부러져서 새살이 보였……는데, 어라?"

나나세는 앞에 가는 고마지의 등에 대고 고함쳤다.

"그 부근의 나뭇가지가 부러지거나 가장자리에 사람이 미끄러진 흔적이 남아 있었던 건, 그럼 청소하러 갔던 곤타가 남긴 흔적이었단 말인가요?"

"본인에게 확인할 필요는 있지만, 아마도 그럴 게야."

"엇, 하지만 그건, 절벽에서 냅다 밀쳐진 구와하라 모헤이가 낸 흔적 아닌가요?"

"그럴지도 모르고. 곤타가 줄사다리를 사용했을 때 낸 흔적하고, 알베르토가 밀쳐졌을 때 낸 흔적이 뒤섞인 건지도 모르지."

"그렇다면, 즉 곤타가 모헤이를……?"

"그건 아닐걸. 왜냐하면 곤타가 구와하라 모헤이를 밀쳐 떨어뜨렸다면 경찰이 달려올 때까지 산의 제단 주변을 깨끗이 치워서 살인 흔적을 지울 정도의 지능은 있었겠지. 처음엔 해난 사고였어. 절벽 위로 누군가 달려오기까지는 상당한 시간 여유가 있었을 거야. 게다가 고양이섬 사람들은 모두 일찍 일어나. 그래서 청소나 잡다한 일을 거의 오전 이른 시간에 다 해치워버린다고. 곤타가 산의 제단을 청소하러 간 것도 아마 꽤 이른 아침이었을걸. 그런데 마린바이크 사고 소동이 있었던 건 오전 열 시 전후였어. 맞지?"

"넵."

곤도 게이타로가 파출소로 달려 들어온 건 오전 열 시 오 분이었다.

"그렇다면, 둘이 마주쳤을 거라고는 생각하기 어려워. 게다가

내 생각으로는 애초에 구와하라 모헤이는 그 절벽 위의 산의 제
단에는 가지 않은 게 아닐까 싶어."

"안 갔다고요?"

"그래. 오늘 아침 이소타니 다쿠미하고 함께 고양이섬 민박집
에 묵었던 여자를 찾아냈어. 구와하라 모헤이는 그 여자에게도
교도소에서 들은 고양이섬의 숨겨진 돈 얘기를 떠들어댔어. 녀
석은 스기우라 고지로가 숨겨놓은 돈을 노리고 이 섬에 온 게 틀
림없어. 그리고 하나 더. 미타무라 시게코의 얘기에 의하면, 알
베르토가 자신에게 고양이섬의 페르시아고양이에 대해 물었다
는 거야. 수다쟁이 할머니니까 구와하라 모헤이의 질문에 대해
자기가 아는 모든 정보를 가르쳐줬겠지. 하지만, 아무래도 스기
우라 고지로의 힌트는 페르시아고양이가 아니었나 봐."

"넷?"

소리를 낸 순간, 나나세는 물이 입으로 흘러들어와 말을 할 수
없게 됐다. 강풍이 발을 밀어 몸이 공중에 떠올랐다. 필사적으로
난간에 매달려 자세를 가다듬었다. 고마지는 그 자리에서 계단
에 웅크리고 앉아 얼굴을 물의 흐름과는 반대쪽으로 향하고서,
손으로 물을 훑어내 얼굴 주위에 공기를 확보했다.

"어이구. 한숨 돌릴까. 여유 부릴 틈이 별로 없지만 말이야."

"네."

나나세도 고마지 옆에 주저앉아 아래를 내려다봤다. 그러고

있는 동안에도 많은 양의 물이 허리를 감고 돌아 흘러내렸다. 요전번에 바다에 빠진 데 이어 또다시 장비가 흠뻑 젖었다. 경무과에 혼나기야 하겠지만, 태풍이 이 정도니 이해해주겠지.

"페르시아고양이가 힌트가 아니었다니, 무슨 얘기죠?"

"알베르토가 미타무라 시게코에게 물어봤을 시기에는, 고양이섬에 페르시아고양이가 없었어. 며칠 전에 고양이섬 신사에 페르시아고양이가 버려질 때까지는 말이지. 물론 사건이 일어난 십팔 년 전에는 있었던 모양인데, 그 페르시아고양이는 그때 이미 기소의 온다케 산인지 뭔지로 수행하러 갔다는군. 보통이라면 이 시점에서 포기했을 거야. 만약 힌트가 '페르시아고양이'였다면. 하지만 그게 아니라면. 원래 힌트는 그냥 '페르시아'였고 여기에 고양이를 더한 건 구와하라 모헤이 자신이었을지도 몰라. 여기는 고양이섬이야. 페르시아라는 말을 듣고 페르시아고양이를 떠올리는 건 전혀 이상하지 않지.

하지만 페르시아고양이가 없다는 걸 안 단계에서, 구와하라 모헤이는 원래의 '페르시아'로 돌아갔어. 그래서 무슨 일이 일어났나. 그날 아침, 페르시아고양이와 아주 유사한 잡종이 쇠사다리 아래 죽어 있었어. 모카 고양이 카페에서 키우는 고양이가 스턴 건을 맞았고."

"잠깐만요. 잡종 쪽은 어찌 됐건 간에 모카 고양이는 장모종도 아닌, 평범한 고양이라고요."

"이름은 평범하지 않아. 아메샤 스판타. 배화교의 성스러운 불사자. 배화교는 즉 조로아스터교지. 그 이름에서 무슨 생각이 안 나나?"

나나세의 얼굴에 웃음이 번졌다.

"네. 고등학교 역사 수업 때 배웠어요. 페르시아 왕조인 사산 왕조가 조로아스터교를 국교로 삼았지요. 그래서 그 고양이를 조사한 거군요, 구와하라 모헤이는."

"그래. 그리고 그게 헛일이었다는 걸 알게 됐지. 자네가 구와하라라면 그 뒤에 이 섬의 어디를 찾아보겠나?"

고마지는 몸을 일으켜 다시 돌계단을 오르기 시작했다. 나나세는 멍청히 주저앉아 있다가, 드디어 손바닥을 마주 쳤다.

"배화교의 영향이 보인다는 교룡 동굴."

"녀석은 캐츠 앤드 북스에서 고양이섬 관광 지도도 샀어. 열여덟 살에 가출해서 망가지기 전까지는 천재니 신동이니 하는 말을 듣던 잘나가던 소년이었으니, 밑줄까지 치며 그 지도 뒷면에 실린 정보까지 꼼꼼히 체크해서 드디어 배화교에까지 다다랐지. 그전에 미타무라 시게코에게 이것저것 들은 얘기도 있었을 테고. 그렇지 않고서야 모카 고양이한테 손을 댈 리 없었을 거야. 어쨌든, 그는 교룡 동굴을 보고 싶었어. 동굴은 그야말로 숨겨놓은 돈이 있을 곳답잖아."

"흐음. 하지만…… 그러니까, 뭐지요?"

"보라고. 녀석이 보고 싶었던 건 절벽 위의 제단이 아니야. 교룡 동굴 출장소에는 흥미 없었어. 그렇다면, 어떻게 되지?"

"녀석은 절벽 위에는 안 갔다. 거꾸로 아래 바위해변 쪽에서 교룡 동굴에 접근하려 했다는 거군요. 어, 하지만, 하자키 캔버스 사장 곤도 게이타로는 구와하라 모헤이가 절벽에서 떨어지는 걸 봤다고."

"그렇게 말했지. 그럼, 그건?"

그때, 등 뒤에서 굉장한 소리가 들려왔다. 돌아보니 하자키 메인스트리트 입구, 첫 번째 도리이가 맹렬하게 부는 바람에 천천히 육지 쪽으로 기울고 있었다. 도리이는 그대로 선어정 지붕 쪽으로 함몰되어갔다.

뒤이어 바람은 맹렬한 스피드로 메인스트리트를 쓸고 갔다. 기와가 바람에 날아가고, 고양이섬 민박집의 낡은 간판이 떨어지고, 어딘가에서 덧문짝이 빠져나오고, 어디 숨어 있었던 듯한 고양이가 필사적으로 발톱을 세우고 벽에 붙어 버렸지만 결국 고양이와 함께 벽이 옆으로 쓰러지는 장면까지가, 단숨에 나나세의 눈에 들어왔다. 바람이 그대로 이쪽을 향해 온다……

나나세는 절규했다.

2

고양이섬 신사의 배례전에는 고양이와 사람이 뒤섞여 앉아 있었다. 신사는 만일의 경우에 대비한 섬의 피난처였고, 지금까지도 태풍이 올 때마다 모두가 뛰어드는 안전지대이기도 했다. 이 대피 활동은 반년에 한 번 있는 이른바 축제와도 같은 것. 더구나 이번에는 한낮이다. 남자들이 상이며 멍석을 펼치고 등불을 준비하는 것도, 여자들이 총출동해 휴대용 가스레인지와 마실 물을 준비해 차를 끓이고 냄비로 밥을 지어 닥치는 대로 주먹밥을 만드는 것도, 모두 사전에 준비하고 있었던 듯 신속하게 진행되었다. 드디어 그 자리에 있는 모든 이에게 다 돌아갈 만큼의 주먹밥과 차가 준비되었고, 고양이들에게도 물과 사료 캔 등이 배급되었다. 이제 남은 것은 침착하게 폭풍우가 지나가기를 기다리는 일뿐이었다.

여하튼, 그럴 터였는데.

스기우라 교코는 안정이 되지 않아 몸을 꼼지락거렸다. 무릎 위에서는 말라빠진 들고양이 조프리—하긴 고양이섬 민박집에 출입한 뒤로는 눈에 띄게 포동포동해졌는데—가 머뭇거리면서 주위를 둘러보았다. 옆에는 할머니와 쓰루코 아줌마가 주얼리, 치미, 매그위치, 비스킷 등의 고양이들에게 둘러싸여 있었다. 앞에 앉은 건 하라 아카네. 그녀의 무릎에 단단히 달라붙어 있는 바닐라를 보고, 교코는 자기도 모르게 미소를 지었다.

이곳으로 피난 올 때까지가 한바탕 소동이었다.

우선, 하라 아카네와 함께 그녀의 집 덧문짝을 보강하고, 덧문을 닫고, 깨지기 쉬운 물건은 천으로 싼 다음 시트를 덮고, 날아갈 것 같은 옥외의 물건들을 모두 눌러놓는 데 약 한 시간이 걸렸다. 고테쓰가 와주지 않았다면 두 시간은 족히 걸렸을지 모른다. 고테쓰는 무뚝뚝하게 다가오더니 나직히 말했다.

"여긴 이래 봬도 나한텐 할아버지의 추억이 서린 곳이니까."

그러고는 두 사람을 돕기 시작했다. 모든 것이 정리되자, 고테쓰는 교코의 얼굴을 보려고도 하지 않고 사라졌고, 교코는 바닐라를 안은 아카네와 함께 고양이섬 민박집으로 돌아왔다.

돌아와보니 이미 고양이섬 민박집의 선물 가게 물건 대부분이 이 층으로 옮겨져 있었고, 소프트크림 기계는 안으로 들여져 몇 겹의 파란색 시트로 감겨 있었다. 쓰루코와 마쓰코는 난리를 치며 슈퍼마켓 봉지를 모으는 중이었다.

"모든 섬 주민에게 대피 명령이 내렸어."

마쓰코가 시원시원 말하고, 얌전해 보이는 고양이 몇 마리를 슈퍼마켓 봉지에 넣어 얼굴만 내놓게 해서 밖에 있는 남자들에게 건네줬다.

"네. 알겠어요."

교코가 놀라서 어쩔 줄 모르는 아카네에게 속삭였다.

"괜찮아요. 그냥 이제 전기랑 수도가 끊길 거고, 업자의 체크를 받지 않으면 LP가스도 쓸 수 없게 될 테니까, 섬사람은 모두 신사로 대피하라고 도민회에서 결정했다는 얘기."

"놀라게 하지 마. 자위대 헬리콥터가 와서 한 사람씩 줄에 매달아 본토까지 나르는 건가 했어."

멍청한 소릴 했지만, 그 뒤 아카네의 활약은 눈부셨다. 삼 층에 있는 수많은 고양이를 달래고 얼러서 한 마리씩 봉지에 넣고, 계단에서 대기 중인 교코에게 건넸다. 교코는 고양이를 들고 일 층까지 달려 내려가 쓰루코에게 건넸다. 쓰루코는 가게 앞에 있는 마쓰코에게 고양이를 건네고, 마쓰코가 그것을 남자들에게 건네면, 남자들은 제각각 돌계단을 달려 올라가 신사 배례전으로 날랐다. 이 양동이 릴레이 못지않은 고양이 릴레이는 매우 효율적으로 진행됐다.

마지막에 남은 건 유독 완고해서 말을 듣지 않는 고양이들뿐이었다. 녀석들은 아무리 말을 해도 봉지에 들어가기는커녕 아무도 손조차 못 대게 했다. 여기가 좋아, 이 마쓰코 할머니 방 융단 위에 있을 테야, 하고 아우성쳤다. 다행히, 홀연 폴리스 고양이 DC가 나타나 뭐라뭐라 흠흠 하고 고양이들을 설득하며 돌아다녔다. 덕분에 다섯 마리의 고양이가 설득에 응해 투항하여 신사로 옮겨졌지만, 그래도 아직 몇몇 고양이가 캬악 하고 위협하며 어슬렁거렸다. 더구나 어찌 된 일인지, 그 무리 중에는 얌전히 아카네를 따라온 바닐라까지 섞여 있었다.

"안 되겠어, 이건."

드디어 하라 아카네는 두 손 들고 말았다.

"너희들 말이야, 지금이 어떤 상황인지 알아? 여기 있다가 무
슨 일이라도 생기면 그건 다 자업자득이니까 알아서 해. 자기책
임이라고, 자기책임. 알겠니, 바닐라?"

폴리스 고양이 DC도 최후의 쐐기를 박는 심정으로 한바탕 설
득을 했지만 효과가 없다는 걸 알고 어깨를 으쓱이는 시늉을 하
며 방에서 나갔다. 교코는 난처할 대로 난처해서 주위를 둘러봤
다. 녀석들이 대피하지 않으면 할머니도 아마 이 방에 남겠다고
할 것이다. 큰일이군. 이 자리에 고양이를 전문으로 하는 하멜의
피리 부는 사나이라도 나타난다면, 하고 생각한 순간 아이디어
가 번뜩였다.

"잠깐만 기다려요. 굉장한 아이디어가 떠올랐어요."

말하기가 무섭게 교코는 이 층으로 뛰어 내려가 난삽한 짐들
속에서 겨우 목적했던 것을 찾아냈다. 그것에다 커다란 골판지
상자 두 개, 그리고 할머니가 '낡은 속옷을 가늘게 찢어 짠 욕실
매트' 두 장을 들고 삼 층으로 뛰어 돌아왔다. 방 중앙에서는 아
카네가 기진맥진한 채 주저앉아서 불안해하는 고양이들을 원망
스러운 눈빛으로 바라보고 있었다.

"뭘 가지고 왔어?"

"이거요? 개다래나무 러브라는 거예요. 요놈을 뿌리면 고양이가 말이죠…… 요렇게 돼요."

골판지 상자 바닥에 욕실 매트를 깔고 거기에 개다래나무 러브를 듬뿍 뿌리자마자, 고양이들의 태도가 확 바뀌었다. 고양이들은 자못 교태 부리는 소리를 내더니 흥흥거리며 골판지 상자 속으로 줄줄이 기어들어갔다. 상자가 다 찬 순간 뚜껑을 닫고 들어 올렸는데도, 고양이들은 얌전히 있었다. 상자 속에서 황홀한 기분에 취해 편안히 있는 게 분명했다.

이 상자를 신사까지 나르는 데는 상당한 체력이 필요했지만, 그만큼의 보람은 있었다. 어쨌든 모두 안전한 장소에 있고 밥과 물도 있다. 물론 고양이섬의 고양이가 전부 이리로 온 건 아니다. 실버의 모습은 보이지 않았고 그 밖에도 친숙하지만 이 장소에는 없는 고양이가 열 몇 마리는 됐다. 그래도 고양이들이다. 자력으로 안전한 장소를 확보해 어떻게든 살아남아줄 것이다. 걱정하지 않아도 된다. 하지만…….

교코는 아무래도 안심이 되지 않았다.

폭풍우 탓일 거야. 난생처음 듣는 강한 바람 소리에 밖이 소란스러웠다. 때때로 천둥 번개가 치고 물건이 깨지는 소리도 들려온다. 배례전 천장에서도 삐걱삐걱하는 소리가 들려온다. 하지만 그 탓만은 아니었다. 교코는 뭔지 모를 위화감 때문에 안정이 되지 않았다.

그 위화감의 정체는 배례전 맨 안쪽에 앉아 있는 모리시타 데쓰야와 미사 부부는 아니었다. 데쓰야는 어쩐지 뾰로통한 얼굴이었는데, 미사는 거기에는 신경도 쓰지 않고 메르를 안은 채 기둥에 기대 자고 있었다. 신관과 곤타, 다자키 지배인은 마음을 다잡은 듯 차를 마시며 환담을 나누고 있었다. 흑표범이라는 별명이 붙은 거대한 고양이 웹스터 때문도 아니었고, 다른 고양이들 때문도 아니었다. 어울리지 않게 교코를 걱정하는 듯이 보이는 스가노 고테쓰 때문도 아니었다. 수학여행 이후로 학교에서도 멀리하는 터라, 겨우 몇 미터밖에 안 떨어진 곳에 녀석이 있는 지금 그야말로 안정이 안 되는 것도 당연하지만, 고테쓰한테서 느껴지는 건 위화감이 아니었다. 오히려 안도감? 아니, 아니, 이런 말도 안 되는.

천천히 배례전 안을 둘러보던 교코의 시선에 한 인물이 들어왔다. 웨트슈트 차림의 하자키 캔버스 사장 곤도 게이타로. 조금 전에 그가 곤타의 안내를 받으며 이곳에 나타났을 때는 일동이 모두 놀랐다. 태풍이 몰아치는데 고양이섬 같은 데는 뭐 하러 왔나, 더구나 아직 돌아갈 수 있을 때 왜 가지 않고 남았나. 이 당연한 질문을 한 하라 아카네에게 곤도가 답했다.

"글쎄 오늘 아침 신문에 강도 사건 때 남은 돈이 이 섬에 있다는 기사가 났잖아. 흥미로워서 그만 마린바이크를 타고 날아왔어. 섬 안을 둘러보다 생각해보니 그런 정도로 돈이 발견될 리도 없고 해서 그만 돌아갈까 했는데, 글쎄 내 마린바이크가 아무 데도 없잖아. 아마 파도에 휩쓸렸나 봐. 이거 참, 너무한 얘기지? 뭐? 돈에 눈이 멀어서 그러면 못쓴다고? 아카네 씨야 부자니까 그렇겠지. 우리 같은 영세업체가 얼마나 힘든지, 아카네 씨는 몰라."

삐쳐서 등을 보이며 돌아앉은 곤도 게이타로를 어이없어하며 바라보던 아카네가 교코에게 속삭였다.

"회사가 아무리 힘들어도 그렇지, 소유권도 없는 돈을 찾아 돌아다니는 건 할 일이 아니라고 보는데."

교코는 열심히 웃음을 참았다. 그 정도였는데, 왜 이렇게 신경이 쓰이는지? 그러다가 문득 교코는 어제 곤도 게이타로와 주고받은 대화가 떠올랐다. 어라, 하는 생각이 들었다. 그때의 대화, 좀 이상한데. 곤도는 분명 와이드 쇼의 리포터같이 사체로 발견된 남자에 대해서 질문을 해대면서 그가 언제 우리 집에 묵었는지 물었었다. 나는 이렇게 대답했지. '7월 27일 날 하룻밤 묵고 다음 날 갔어요.' 그랬더니 곤도 사장은 이렇게 말했다.

'흐음. 그럼 7월 27일 밤에 살해됐다는 거군.'

이상해. 정말 정말 이상해, 이 대화. 야마다 타로가 고양이섬 민박집에서 숙박을 마치고 나가는 걸 본 사람이 없다는 얘기는 곤도 사장에게 하지 않았다. 그런데 그는 우리 집에 묵은 날 밤에 살해당했다고 단정했어. 나는 하룻밤 묵고 다음 날 돌아갔다고만 했는데. 그때는 당연히 그렇게 생각했으니까. 그런데 어떻게 다음 날 나간 게 아니라 그날 죽었다고 말한 거지?

뚫어져라 쳐다보고 있자니까 시선을 느꼈는지 곤도 게이타로가 돌아봤고, 눈이 딱 마주쳐버렸다. 그때 밖에서 무시무시한 바람 소리가 다가왔다. 삐걱삐걱 드드득 하는 격렬한 소리, 바람의 포효, 그와 동시에 건물이 흔들흔들거리고 먼지가 춤추며 떨어졌다. 배례전 여기저기에서 비명 소리가 났고 고양이들이 털을 곤두세웠다. 교코도 엉겁결에 무릎 위의 고양이를 꽉 끌어안았다.

간담이 서늘해진다는 건 이런 때를 두고 하는 말일 게다. 조금 지나 바깥 소리가 일단락되자 모두가 동시에 큰 한숨을 내쉬었다.

"순경은 괜찮을까?"

와타누키 신관이 등불이 갑자기 쓰러지는 걸 막으려고 했던 듯, 손에 든 등불을 원래 위치에 놓으며 말했다.

"혼자서 순찰을 나가다니. 못 가게 말렸어야 했어."

"보고 올게요."

곤타가 한마디 하고는 일어나서 사라졌다. 미타무라 시게코가 아 깜짝 놀랐어, 했고, 마쓰코와 쓰루코도 저마다 놀라움을 표했다. 놀람과 공포가 사라지면 사람은 그 반동으로 무슨 말이든 하고 싶어지는 건지도 모른다. 교코는 곤도에게로 눈길을 되돌리고 좀 더 큰 위화감의 정체를 알아차리고, 엉겁결에 소리를 내어 말하고 말았다.

"배."

곤도 게이타로는 물론이고, 앉아 있던 사람들의 시선이 교코에게로 쏠리자 교코는 얼굴이 새빨개졌다.

"내 배가 뭐 어때서?"

곤도는 어디까지나 부드럽게 말했지만, 눈은 웃고 있지 않았다. 실례되는 말이었다는 건 알고도 남지만, 교코는 굳이 말을 계속했다.

"사장님 배가 쏙 들어갔어요. 보세요. 마린바이크 사고가 있던 날은 웨트슈트의 배 부분이 볼록 나온 걸 숨기려고 애썼는데, 오늘은 꽤 날씬하네요. 무슨 다이어트라도 했나요?"

곤도 게이타로가 갑자기 일어섰다. 얼굴이 새파랬다. 그 모습을 본 하라 아카네가 작은 소리로, 어머 정말, 하는 것이 들렸다.

"지금도 아랫배는 나와 있지만 요전번 정도는 아니네. 그때는 웨트슈트가 찢어질 것 같았는데. 며칠 사이에 어떻게 이렇게 말랐지. ……하여간, 그때는 배에 뭘 채웠었나?"

"입 다물어."

곤도 게이타로가 험악한 얼굴을 하고 외치더니 허리춤에서 뭔가를 꺼냈다. 사람들은 어둠 속에서 눈을 크게 뜨고서야 그게 나이프라는 걸 겨우 알아차렸다. 그렇긴 해도 사 센티미터 정도의 칼날에 손잡이를 접으면 라이터만 한 크기라서, 이걸 나이프라고 불러야 좋을지 어떨지 판단이 어려웠다. 그러나 그 귀여운 나이프를 아카네에게 겨눈 우스꽝스러운 모습이 오히려 더 오싹한 기운을 느끼게 했다.

고양이들이 깜짝 놀라 안정감을 잃었고, 사람들도 들썩들썩했다. 그때였다. 나나세 아키라 순경이 천하태평으로 떠드는 소리가 서서히 가까이 들렸다.

"거참, 진짜로 죽는 줄 알았어요. 바람과 경주하면서 돌계단을 뛰어올랐거든요. 그다음에 세 번째 도리이 아래로 뛰어들었는데, 그렇게 빨리 달린 건 태어나서 처음이에요. ……앗, 곤도 게이타로!"

나나세가 곤도를 알아보고 외마디 소리를 지름과 동시에 그의 등 뒤에서 굉장한 재채기 소리가 울려 퍼졌다. 무리가 아니었다. 고양이 알레르기가 있는 사람에게 이때 고양이섬 신사 배례전의 환경은 최악을 뛰어넘는 것이었다. 섬의 고양이 백여 마리 중 팔십 퍼센트 이상이 집결한 상태였으니.

놀란 나나세가 돌아봤다. 그 순간 곤도 게이타로는 몸을 날려 나나세에게 덤벼들었다. 사람과 고양이가 멍청히 지켜보는 가운데 격투가 끝나고…… 곤도 게이타로는 나나세의 권총을 손에 들고 서서, 이번에는 그걸 나나세에게 겨눴다.

3

 사람들은 얼어붙었다. 고양이들도 얼어붙었다. 덧붙여 말하자면 곤도 게이타로 본인도 얼어붙었다. 그는 왜 내가 이런 짓을 저질렀을까 하듯이 왠지 불안정한 표정으로 한동안 꼼짝 않고 있었다.

 그 자리를 뒤흔든 건 또다시 터져 나온 고마지의 재채기였다. 그는 재채기를 연발하며 배례전으로 들어오자 무슨 말인지 하려다가 포기하고 벨트에 묶어놓았던 방독면을 풀려고 애썼다. 그동안도 재채기는 끊임없이 나왔다.

 그 순간 긴장의 줄이 끊긴 것 같았다. 사람들이 일제히 떠들기 시작한 가운데, 신관이 한층 큰 소리로 말했다.

 "그런 건 좋지 않아요. 여기는 고양이섬의 성역입니다. 피를 흘렸다간 고양이의 저주가 있을 겁니다."

 공포에 질린 교코는 그게 이 상황에 맞는 소리예요, 하고 묻는 표정으로 신관을 바라봤다.

 "시끄러워."

 곤도 게이타로가 쉿소리로 외쳤다.

 "돈이야. 어쨌든 돈. 들어올 예정이었던 이백만 엔이 안 들어와서 힘들다고. 난 여기 있는 사람들 주머니를 노리는 게 아니야. 거기, 하라 아카네는 나한테 빚진 게 있을 텐데."

"없어, 그런 거."

하라 아카네가 큰 소리로 외쳤다.

"이 작자가 잡지 기자들을 데리고 와서 내가 전에 살던 집을 촬영하게 했어요. 그건 좋아요. 나도 양해를 했으니까. 하지만 그 뒤에 내가 없는 틈을 타서 남의 집에서 마약 파티를 했어요. 이 작자가 말이죠. 그래놓고는 당신은 아티스트잖아, 마약 정도 가지고 시끄럽게 굴지 마라, 하는 거예요. 귀찮은 일에 끼어들고 싶지 않아 잠자코 있었지만, 이제 일이 이렇게 됐으니 그 발로 경찰서를 찾아가는 게 좋을걸."

"시끄러. 그 기사 덕분에 집이 비싸게 팔린 거니까, 나한테 감사하라는 얘기야."

"팔아달라고 부탁한 적 없어. 허락도 없이 내 집에서 마약을 했으니까 서로 빚진 것도 없어. ……아, 이제 알았다. 당신 배."

아카네는 밉살스럽다는 듯이 말했다.

"그 웨트슈트의 배 부분에 마약을 숨겼던 거군. 그걸 가지고 이 섬에서 누군가랑 거래할 작정이었어. 그렇지?"

곤도는 한 발 뒤로 물러나 총구를 아카네에게로 향했다. 아카네는 아무렇지도 않은 얼굴로 내뱉었다.

"이 녀석이 말이에요, 그 더운데 웨트슈트도 벗지 않고 뭘 했나 했더니, 그런 거였어. 굳이 남이 이사한 동네까지 찾아와서 마약 거래를 해? 당신 정말 불쾌한 작자야."

"고양이섬을 거래 장소로 선택한 건 내가 아니야. 상대가 그렇게 지정했어. 난 도매를 하는 건 처음이라서 힘들게 찾아왔는데, 우선 그 녀석이 지정한 고양이의 휴식이라는 곳에는 저 재채기 형사가 젊은 놈하고 둘이서 우왕좌왕하고 있었고."

스가노 고테쓰가 앗 하고 소리를 질렀다.

고양이의 휴식에서 고마지와 함께 나이프 고양이를 살피고 있을 때, 바다 쪽 입구를 오갔던 마린바이크가 생각났던 것이다.

"두 번째는 또 어땠는가 하면, 그 바보가 만나기로 한 선착장이 아니라 바위해변에 멍청히 서 있어서, 그래서 고이케가."

곤도는 허둥지둥 말을 삼켰으나 늦었다. 나나세가 천천히 일어섰다. 나이프에 찔린 손바닥의 상처에서 피가 뚝뚝 떨어졌다. 게다가 권총 끈까지 잘린 모습이었으나 지금은 그게 문제가 아니었다. 내 권총에 다치는 사람이 나오기 전에 어떻게든 해야 돼. 재채기가 멈추지 않는 고마지를 힐끗 쳐다보고, 나나세가 말했다.

"그렇군요, 그 구와하라 모헤이는 절벽에서 투신한 것도 누가 밀어 떨어뜨린 것도 아니었네요. 그 녀석은 교룡 동굴을 보고 싶었던 거예요. 거기에 스기우라 고지로의 돈이 숨겨져 있다고 생각했으니까."

모리시타 데쓰야가 숨을 삼키고 앞으로 나서려는 것을 미사가 막았다.

"나도 그 장소에 가봤습다. 바다의 제단은 높은 데다 쏙 들어간 곳에 있어서 절벽에서 십 미터쯤 떨어져서 보지 않으면 안 보여요. 사고가 일어난 오전 열 시쯤이면 아직 바닷물이 다 빠지지 않았을 땐데, 욕심에 눈이 먼 구와하라 모헤이는 무릎 위까지 차는 바닷물을 헤치고 교룡 동굴까지 나아갔어요. 약속한 시간도 잊어버리고 말입다. 그리고 바위해변 한가운데 아직 물이 차 있는 곳에서 바다의 제단을 바라보며 서 있던 구와하라 모헤이를 고이케 마모루의 마린바이크가 받아버린 겁니다. 즉, 그건 역시 사고였던 거지요. 곤도 사장의 첫 번째 설명과는 상당히 다르지만."

곤도 게이타로가 정신없이 고개를 끄덕였다.

"그래 맞아. 그건 그냥 사고였어. 우리가 그 사내와 아는 사이였다는 게 들키면 안 된다는 생각에 엉터리로 얘기했던 것뿐이야. 그런데 살인이니 뭐니 하는 소리가 나오지 않나, 다른 사체가 나와서 일이 꼬이지 않나, 파트너인 고이케 마모루가 죽어버리지 않나. 돈은 손에 들어오지도 않고."

"어, 하지만 신문 기사에는 구와하라 모헤이의 몸에 스턴 건 자국이 있다고 쓰여 있었는데."

미타무라 시게코가 이상하다는 듯이 말하자, 나나세가 고개를 끄덕였다.

"그래요, 있었지요. 하지만 스턴 건은 전후 상황으로 판단할 때, 구와하라 모헤이 자신이 갖고 있었던 걸 겁니다."

"무슨 소리예요?"

"시게코 씨가 말했죠. 그 녀석은 동전 지갑조차 주머니에 넣을 수 없을 정도로 딱 달라붙는 바지를 입고 있었다고. 휴대전화는 셔츠 포켓에 넣어뒀고 스턴 건은 어디에 들고 있었을까, 생각을 해봤는데요. 전에 고마지 반장님이 방독면을 벗고 쇠사다리를 내려간 적이 있어요. 그때 반장님은 셔츠 안쪽에 방독면을 넣었어요. 아마도 구와하라 모헤이도 스턴 건을 셔츠 안쪽에 넣었겠죠. 사고 때 충격으로 어쩌다가 전류가 흘렀고, 그래서 스턴 건의 흔적이 가슴에 남았다, 아마도 진상은 그런 걸 겁니다."

남자들이란, 하고 교코는 생각했다. 핸드백을 들면 되는 것을, 바보같이.

나나세의 수수께끼 풀이가 한창 진행되는 중에도, 곤도는 점점 더 불안해하더니 발을 구르기 시작했다.

"그런 건 아무래도 상관없어. 나는 말이지, 오늘 중으로 돈이 필요해. 그렇지 않으면 아주 안 좋은 일이 생긴다고. 알았어? 알았으면 돈을 내놔. 그래도 되잖아. 당신들 돈도 아닌걸."

"긴토은행 삼억 엔 탈취 사건의 돈이라면 여기 없어요."

와타누키 신관이 여유롭게 말했다.

"경찰도 무능하지 않아요. 십팔 년 전의 사건으로 고지로 씨가 경찰에 출두한 뒤에 경찰이 섬 안을 샅샅이 조사했어요. 고양이섬 민박집과 이 신사는 물론이고 저 산의 제단, 섬 뒤쪽 동굴 속까지 갔던 모양이던데. 남은 돈이 있었다면 그때 발견됐을 거예요. 그렇지 않더라도 벌써 십팔 년이 지났어요. 남아 있을 리가 없잖아요."

"잠깐만요. 설마 할아버지가 다 써버린 거예요?"

물어뜯을 듯이 달려들며 묻는 데쓰야에게 신관은 천천히 고개를 저었다.

"없는 돈을 어떻게 쓰나."

"그런 건 아무래도 좋아."

초조해진 곤도 게이타로가 끼어들었다.

"난 있는지 없는지도 모르는 그런 돈은 아무래도 좋아. 내가 원하는 건 구와하라 모헤이가 남긴 돈이야. 서둘러서 확인했지만 그때 녀석은 몸에 돈을 지니고 있지 않았어. 스턴 건은 있었지만. 그러니까 내가 받기로 한 이백만 엔이 이 섬 어딘가에 숨겨져 있든가, 아니면 누군가 슬쩍했을 거라고. 누구야, 누구냐고? 내 돈을 가로챈 놈이."

총구가 불안하게 움직였다. 나나세는 다시 고마지를 봤다. 고마지는 겨우 방독면을 장착했으나 알레르기가 너무 심해서 방독면 속에서조차 재채기를 연발하고 있었다.

할 수 없지. 나나세는 심호흡을 하고 말했다.

"실은 그 돈은 이 섬에 없어요."

"뭐라고?"

"코인로커 안에서 발견됐어요. 그러니까 지금은 경찰서에 있다는 얘기지."

곤도 게이타로는 낮게 신음했다.

"거짓말이야. 난 물품과 돈을 맞교환하기로."

"상대는 당신을 믿지 않았다는 얘기지."

하라 아카네가 비웃었다.

"무리도 아니지. 나도 못 믿겠는걸. 글쎄 돈도 없으면서 그 정도로 배가 볼록 나올 만큼의 마약을 어떻게 손에 넣었지? 혹시 배에 돌이라도 넣고 있었던 거 아니야?"

새파랗게 질려 있던 곤도의 얼굴이 이번에는 빨갛게 물들면서 권총을 쥔 손이 떨리기 시작했다. 아무래도 아카네의 말이 맞은 모양이었다. 나나세가 얼른 끼어들었다.

"잠깐. 말하는 걸 깜빡 잊고 있었는데, 그 총, 위험해요. 실은 며칠 전에 장비를 몽땅 장착한 채로 바다에 빠졌어요. 그런데 귀찮아서 그대로 말리기만 하고 손질을 안 했다고요. 더구나 오늘 태풍이 이렇게 불잖아요. 속에 녹이 슬었을지도 몰라요. 그걸 쐈다가 피투성이가 되는 건 당신 쪽일 수도 있다고. 아, 거짓말이 아니에요. 저기, 곤타 씨. 내가 바다에 빠져 죽을 뻔한 거 봤죠?"

나나세는 일부러 곤도의 등 뒤로 눈길을 주며 큰 소리로 물었다. 곤도 게이타로는 깜짝 놀라 총을 바라봤다. 총구가 아래로 향했다. 다음 순간.

곤도에게 몰래 다가갔던 폴리스 고양이 DC가 그의 발밑에서 귀를 찌르는 것 같은 굉장한 울음소리를 냈다. 그곳에 있던 모두가 튀어 오를 정도의 소리였다. DC는 그대로 곤도의 발로 점프해서 웨트슈트를 겨냥해 발톱을 세웠다.

그 모습을 보고 있던 메르가 미사의 손에서 튀어나가 DC의 뒤를 이었다. 뒤이어 바닐라가, 크리스타로가, 비스킷이랑 매그위치가 가세하려고 튀어나갔고, 곤도는 순식간에 고양이들에게 둘러싸였다. 마지막으로 웹스터가 달려들자, 곤도는 비명을 지르며 혼절했다. 교코는 팔 안의 조프리가 튀어나가지 않도록 힘을 줬는데, 길고양이는 그럴 맘이 조금도 없는 듯 멍하니 하품을 했다.

나나세와 곤타가 허둥지둥 곤도의 팔을 꺾었다. 고양이에게 상처를 입은 곤도가 죽을힘을 다해 저항하는 동안 권총은 위태롭게 오른쪽 왼쪽으로 왔다 갔다 했다. 나머지 사람들과 고양이들은 그때마다 우왕좌왕 도망쳤다. 곤타가 고양이들을 떼어내고 곤도의 팔을 눌렀고 나나세가 그 손에서 권총을 빼앗으려고 힘을 줬다. 그때.

권총이 발사됐다.

다행히도 천장을 향해.

사람과 고양이의 덩어리는 순식간에 흩어졌다. 공격에 참가했던 고양이는 물론, 참가하지 않은 고양이들도 털을 거꾸로 세우고 팔방으로 흩어졌다. 나나세는 어렵사리 권총을 빼앗아 혀를 차며 가죽 권총집에 꽂았다. 해치웠습다, 예. 권총을 빼앗긴 것만으로도 심한 꾸중을 들을 텐데, 발사까지 됐으니 틀림없이 처벌받을 거야. 감봉만큼은 안 했으면 좋겠는데.

곤도는 지칠 대로 지쳐 그 자리에 주저앉았다. 곤타는 그의 등 뒤에 두 발을 딱 버티고 지시를 기다리는 자세로 서서 나나세를 봤다. DC는 부르르 몸을 떨고 하드보일드한 눈빛으로 나나세를 보더니 역시 뒤로 물러나 지켜보는 자세를 취했다. 나나세는 화들짝 놀랐다. 어, 체포? 나보고 수갑을 채우라는 얘긴가?

그는 고마지를 봤다. 겨우 안정을 되찾은 고마지가 고개를 깊이 끄덕였다. 나나세도 끄덕여 보인 다음 수갑을 꺼내 들고 곤도에게 고했다.

"곤도 게이타로. 시각, 열두 시 사십육 분. 우선 총검법 위반 혐의 현행범으로 체포하겠습니다."

수갑을 채운 순간, 배례전 천장 일부가 갑자기 무너져 내렸다.

나중에 그 자리에 함께 있었던 사람들은 총탄으로 말미암아 삐걱대던 배례전의 천장 널빤지가 그만 임계점을 넘어선 것이라는 얘기를 주고받았는데, 어쨌든 천장에 붙인 널빤지가 갈라진 건 틀림없었다. 널빤지가 떨어져 내리면서 굉장한 양의 동전이 엄청난 금속성 소리를 내며 눈사태처럼 떨어졌고, 그 틈틈이 백과사전 크기의 돈다발 덩어리가 쾅, 쾅 떨어졌다. 금속음은 넋이

나갔던 사람들이 정신을 차린 뒤에도 오래오래 계속됐다.

돈 비가 겨우 멈출 때까지 일 분 넘게 걸렸을까. 조용해진 배례전에 와타누키 신관의 목소리가 울렸다.

"죄송합니다. 좀처럼 은행에 갈 수가 없어서요."

그 소리는 오늘의 주인공인 나나세에게까지는 도달하지 못했다. 나나세는 곤도와 함께 돈의 산에 묻혀 기절했으니까.

12장

고양이에게
진주를 던져준 격

1

"그래, 결국 이소타니 다쿠미였나요? 그럼 우리 쓰레기 적치장에 사람을 죽여 방치한 건 도대체 누구였어요?"

하라 아카네는 반짝반짝 닦인 툇마루에 앉으며 고마지에게 물었다.

"나, 나도 그게 알고 싶어요."

교코는 차가운 보리차를 종이컵에 따라서 거기 있던 스케치북을 치우고 고마지와 아카네 앞에 놓고는 몸을 앞으로 내밀었다.

"상세한 경위를 홈페이지에 특보로 싣고 '이제는 안심, 고양이도 평온'이라는 카피와 함께 매그위치가 편안히 누워 있는 사진을 덧붙이려고요. 그렇게 하면 손님도 되돌아올 거예요."

태풍이 지나간 뒤의 멋진 날씨였다. 구름 한 점 없는 푸른 하늘, 쨍쨍 내리쬐는 태양. 마치 그제의 폭풍우가 한갓 악몽에 지나지 않았던 것처럼 고양이섬 일대는 아름답게 빛났다.

하긴 그 폭풍우가 꿈이 아니었다는 증거가 섬에는 아직 확실하게 남아 있다. 첫 번째 도리이는 기울어지면서 선어정을 위에서 눌러 찌그러뜨렸고—그 모습은 전국 뉴스감이 되었다—오늘에야 본토에서 불러들인 크레인으로 도리이를 제거하고 있기는 하지만, 그 주위의 복구 작업은 아직 끝날 기미가 안 보였다. 메인 스트리트에서는 덧문이 떨어져 나가 실내가 완전히 젖어버린 집이랑 담이 사라진 집 등이 셀 수 없이 많았다. 고양이섬 민박집의 피해가 낡은 간판이 떨어진 것에 그친 건 불행 중 다행이었다.

고양이들 중에도 여러 마리가 그제 이후로 먹이 장소에조차 모습을 보이지 않았다. 겁이 나서 어디 숨어 있는 것뿐이라면 좋겠는데.

어쨌든 고양이섬 사람들은 서로 도우며 열심히 복구 작업을 벌였다. 태풍과 살인이 일어나기 전의 활기 넘치는 즐거운 관광지로 되돌아가는 게 언제쯤이 될지는 모르지만 이번 일로 고양이섬은 몇 번이나 텔레비전 화면에 등장했다. 호기심 많은 관광객이 분명 찾아올 것이다. 고양이섬 사람들은 모두 그렇게 믿었다. 믿을 수밖에 없었다. 그것이 완전히 이들의 낙관인 것만은 아니다. 이미 고양이섬 민박집의 홈페이지에는 단골손님과 고양이 애호가로부터 다양한 격려와 위문 메일이 넘쳐날 만큼 와 있었다.

그제 태풍이 지나가고 바다가 평온해지자 사람들은 우선 기절한 곤도 게이타로와 나나세 아키라 순경을 본토 병원으로 보냈다. 밤에는 그대로 신사 배례전에서 새우잠을 자고 다음 날, 즉 어제 아침에는 태양이 모습을 보일 둥 말 둥 할 때 다 같이 일어났다.

물에 젖은 것들을 밖으로 꺼내 말리고 고양이섬 신사 경내에 있는 우물에서 담수를 퍼다 바닷물을 씻어냈다. 한여름의 태양빛을 받는 순간부터 섬 전체에서 비릿한 냄새가 지독하게 났기 때문에 씻어내는 작업은 필수였다. 모두 나서서 막힌 배수구에서 쓰레기를 제거하고, 신사 돌계단부터 메인스트리트까지 갑판솔로 싹싹 닦아냈다. 덧붙였던 널빤지를 떼어내어 가게를 환기하고 흙부대를 치우는 틈틈이 같이 먹을 식사를 만들었다.

섬에서 하룻밤을 새운 사람들은 물론 본토 사람들도, 불평 없이 서로 도와 땀 흘리며 일했다. 오늘 아침에 봤더니 모리시타미사조차 평생 할 만큼의 일을 했다는 듯이 신사 사무소에서 요란하게 코를 골며 곯아떨어져 있었다.

곤도와 나나세와 함께 본토로 갔던 고마지 형사반장은 오늘 어쩐 일인지 프라이드치킨을 산처럼 쌓아가지고 고양이섬으로 왔다. 수도, 전기, 가스, 전화, 휴대전화, 모두가 복구되었지만 지칠 대로 지쳐 요리를 할 기력을 잃은 섬 주민들과 배고픈 고양이들에게 이 위문은 대환영을 받았다. 그러고 나서 고마지가 하라 아카네에게도 감사 인사를 하고 싶다고 해서 교코가 그를 데리고 아카네의 집으로 왔다. 아카네의 집, 아직 완성이 되진 않았으나 교코의 마음속에서 이미 여기는 민박 스가노가 아니라 하라 아카네의 집이었다.

고마지는 변함없이 방독면을 장착하고 있었지만 아카네의 집 툇마루에 앉자 그걸 벗었다. 바닐라도, 고마지를 따라온 DC도, 고양이 알레르기를 심사숙고한 건지 꽤 거리를 두고 자리 잡았다.

"전후 사정을 합쳐볼 때 이소타니 다쿠미를 죽인 건 구와하라 모헤이야."

고마지는 보리차로 목을 축이고 나서 이소타니 다쿠미의 사인에 대해 간단히 설명했다. 범인과 다투다 배에 목재가 찔린 이소타니는 소리소리 지르며 난리 법석을 쳤고, 당황한 범인이 쏜 스턴 건에 기절했다. 범인은 이소타니를 죽였다고 착각하고 사체를 쓰레기 더미 밑으로 밀어 넣어 발견되지 않게 해놓고 사라졌다. 이소타니 다쿠미는 쓰레기 더미 속에서 출혈이 계속되어 사망한 것이다.

"고양이섬 민박집에 함께 묵은 야마다 하나코라는 여자 애기론, 지난달 27일 한밤중에―날짜는 이미 28일로 바뀌었겠지만―구와하라 모헤이와 고양이섬 신사에서 만나 밀회를 하다가 와타누키 신관에게 들켰다지 아마. 그 바로 뒤에 돌계단 밑에서 하나코를 따라온 이소타니와 마주쳤고, 이소타니가 구와하라에게 덤벼들었대.

하나코는 귀찮아져서 방으로 돌아왔지. 밖에 이소타니가 있으니까 비상구 열쇠는 잠그지 않았어. 그러고는 그대로 잠들어버린 거야. 그 뒤의 일은 상상에 맡길 수밖에.

구와하라 모헤이와 이소타니 다쿠미 사이에는 복잡한 생각이 교차했던 것 같아. 하나코 말로는 다쿠미가 모헤이를 좋아했다는데, 이소타니 다쿠미가 약물중독이 된 건 아마도 구와하라 모헤이에게서 산 마약이 발단이었을 거야. 어쨌든 그 후 이소타니는 모헤이의 수하가 되어 하라는 대로 하게 된 것 같아. 부자 부모가 사준 차를 그에게 빌려주기도 하고, 아마 돈도 갈취당했을걸.

한편 이소타니의 마약중독은 더 심해졌어. 알베르토는 신뢰할 수 없는 이소타니에게 중요한 일들은 얘기하려 들지 않았겠지. 그러던 중 구와하라 모헤이가 고양이섬에서 큰돈을 노린다는 얘기를 하나코에게서 전해 들은 이소타니는 격노했어. 지금까지의 울분이 단숨에 폭발한 거지.

그렇다고는 하지만 이마도 이소타니는 구와하라 모헤이를 죽일 생각은 없었을 거야. 다음 날 아침 하나코가 이소타니가 놔두고 간 나이프를 발견해서 자기가 이용했거든. 죽일 생각이었다면 나이프를 놓고 가지는 않았겠지. 다만 자기만 따돌림 당한 걸 용납할 수 없어서 구와하라 모헤이를 덮친 걸 거야. 야마다 하나코 말대로 이소타니에게는 일종의 치정 다툼 같은 것이었을지도 모르지.

한편 구와하라 모헤이도 이소타니 다쿠미가 하필이면 고양이섬 민박집에 숙박한 것을 놓고 그 의도를 의심했어. 즉 굳이 스기우라 고지로의 친가에 묵었다는 건 이소타니가 어떤 방법으로든 스기우라 고지로의 얘기를 알게 됐고 자신보다 먼저 돈을 찾으려 한 거라고 생각한 거야. 그래서 고양이섬 민박집에 들어가 하나코와 얘기를 한 거고, 그걸 하라 씨가 목격한 거지. 그리고 일단은 본토로 물러났다가 간조가 된 한밤중에 갯벌을 걸어 고양이섬까지 건너왔어. 하나코를 완전히 자기편으로 만들어두려는 목표도 있었겠지."

"아, 잠깐만요."

교코는 고마지를 제어했다.

"우리 가게에 있던 사진 한 장이 액자에 든 채로 없어졌는데요. 작은할아버지와 할머니가 둘이서 찍은 사진이에요. 그것도 구와하라 모헤이가 한 짓일까요?"

"그럴지도 모르지. 스기우라 고지로가 남긴 힌트는 아마도 '페르시아'였던 것 같은데, 그걸 풀 힌트가 될 만한 거라면 뭐든 갖고 싶었을 테니. 구와하라 모헤이는 야마다 하나코가 고양이섬을 떠난 28일 이후로는 하나코 앞에 나타나지 않았어. 연락도 없었다고 했어. 그녀의 집에서 구와하라 모헤이의 짐이 사라진 걸 보면, 하나코의 집에 돌아가지 않은 건 정말이겠지. 실은 그 점이 구와하라 모헤이 범인설을 뒷받침하는 것이기도 하고."

고마지는 보리차로 목을 적셨다.

"필로폰 고양이 나이프 사건 이후, 경찰은 구와하라 모헤이를 주목하고 고양이섬 전체에 그런 사실을 알리며 돌아다녔어. 그 사실을 구와하라 모헤이는 알 리 없었지. 그런데도 그 녀석은 28일 이후로 하나코와 연락을 끊고 31일에는 일부러 낡아빠진 보트를 훔쳐서, 좀처럼 사람들이 오지 않을 오래된 선착장을 통해 고양이섬에 상륙했어. 사람 눈을 철저히 피하는 행동을 한 거지. 모카 고양이에게 스턴 건을 쏘거나 쇠사다리 아래에 죽어 있던 페르시안 잡종 고양이를 쫓아다닌 것도 녀석일 거야. 워낙에 강도 사건으로 훔친 돈을 빼돌리려는 거였으니 드러내놓고 행동할 수는 없었겠지. 처음에는 당당히 섬에 와서 미타무라 시게코에게 이것저것 묻기도 하고, 고양이섬 민박집 이 층에도 올라갔던 사람이 왜 28일 이후로는 남몰래 행동했을까."

"이소타니 다쿠미를 죽였기 때문에. 그리고 적어도 이소타니가 살해당한 27일부터 28일에 걸친 심야에 자신이 고양이섬에 있었던 사실을 고양이섬 신사의 누군가에게, 그게 신관님이라는 것까지는 몰랐을 테지만, 들켰다고 생각했기 때문에. 이게 형사님의 생각이죠?"

하라 아카네의 말에 고마지는 고개를 끄덕였다.

"그래. 여기 쓰레기 적치장에서 압수한 목재에 감식반이 루미

놀(혈액반응 검사에 쓰이는 성분―옮긴이)을 잔뜩 뿌렸지만 이소타니의 배를 찌른 목재를 확인해낼 수는 없었어. 그날 이른 아침에 거센 비가 내린 탓에 피가 씻겨버렸든지, 아니면 구와하라 모헤이가 갯벌을 지나 본토로 도망갈 때 바다에 던져버렸겠지. 구와하라 모헤이가 고양이섬에 있던 시간은 밀회와 살인을 합쳐도 한 시간하고 조금 더 정도였을 테니. 이제 막 바닷물이 차기 시작할 때라서 걸어갈 수 있었을 거야. 흉기 중 하나인 스턴 건과 이소타니 다쿠미의 몸에 남아 있던 흔적은 거의 일치했어. 야마다 하나코도 구와하라 모헤이가 스턴 건을 갖고 있었다고 말했고. 이제 입수한 곳만 알면 용의자가 사망한 것으로 서류를 작성해서 검찰에 넘기면 돼. 그것으로 이번 사건은 끝나는 거지."

"굉장해요. 잘됐네요."

교코는 크게 한숨을 내쉬었으나, 갑자기 고개를 갸우뚱했다.

"그러고 보니 곤도 사장이 이소타니 다쿠미는 7월 27일 밤에 살해당했다고 단정 짓던데. 그 사람, 뭔가를 알고 있었나요?"

"입원 중인 당사자에게 얘기를 들었는데, 이소타니 다쿠미가 약물의존증이고 스물일곱 살이라고 보도된 신문을 보고 죽인 건 구와하라 모헤이라고 알아차렸던 모양이야. 곤도 게이타로는 고이케 마모루와 함께 약물로 돈을 벌었어. 아티스트니 뭐니 하는 사람들을 모아서 파티를 열고 자기 집에서 재배한 대마를 피우게 한 거야. 거기에 구와하라 모헤이가 참가했었지. 곤도는 그 김에 큰소리치면서 마약이라면 뭐든 입수할 수 있다고 잘난 척을 해댔고. 그걸 진짜로 받아들인 모헤이가 마약을 도매로 팔 수 있겠느냐고 말했지. 지금까지 거래하던 도매상하고 트러블이 있었는지도 몰라. 하라 씨가 말한 대로 곤도와 고이케는 둘 다 마약 같은 건 갖고 있지 않았어. 하지만 그 산토지의 대불 마스크가 완전 실패작이었기 때문에 그 손해를 메울 돈이 필요했어. 둘은 구와하라를 끌어들이기로 했지.

구와하라와 곤도의 첫 거래는 이소타니 다쿠미가 살해된 28일 정오로 예정되어 있었어. 고양이의 휴식에서 나이프 고양이를 조사하고 있을 때 곤도가 탄 것으로 여겨지는 마린바이크가 주위를 오갔었지. 그때 구와하라가 나타나지 않은 건 그 전날 살인을 범했기 때문이라고 곤도는 생각한 거지."

"과연 그러네요. 햐아, 하지만 이런 얘긴 어떻게 홈페이지에 정리해야 좋지?"

"쉬워. 살인사건은 마약 밀매 조직의 내부 분열 때문에 일어났고 고양이섬하고는 관계없습니다, 라고 쓰면 돼."

아카네가 여유롭게 말했으나, 교코는 오히려 심각해졌다.

"하지만 왠지 하자키에 굉장한 범죄 조직이 있는 것 같잖아요. 손님이 안 들면 어떻게 해요."

"실제는 밀매 조직이랄 것도 없는, 별 볼 일 없는 것이었지. 이마에 땀 흘리며 일할 생각이 없는 녀석들의 느슨한 연결."

고마지가 말하자 하라 아카네가 깔깔대며 웃었다.

"정말 그래요. 이렇게 말하긴 뭐하지만 하자키는 역시 컨트리 사이드예요. 시골. 벽지. 그 부분을 강조해서 재밌게 써봐."

"그게 잘 써지려나."

교코가 투덜거리는데, 아카네는 툇마루에 놓아뒀던 스케치북을 끌어당겼다.

"힘내. 교코라면 할 수 있을 거야. 나도 이번 일로 반성했어."

"반성? 아카네 씨가 왜?"

"그게 사람은 역시 일을 해야 해. 집 개조는 정말 즐겁지만 어디까지나 취미야. 곤도 게이타로가 말한 대로 생각지도 못한 거금이 들어와서 조금 우쭐했는지도 몰라. 하지만 난 역시 일러스트레이터고, 이러니저러니 해도 그림 그리는 걸 좋아해. 열심히 그림을 그려서 사람들을 기쁘게 하면서 돈을 벌고, 착실하게 살아야지. 그렇지 않으면 곤도나 이소타니 다쿠미 같은 녀석들과 동류가 되어버릴 거야."

"아카네 아줌마가 그렇게 될 리 없어요. 곤도가 마약 파티를 했는데 함께하지 않았잖아요."

"응. 하지만 한 발 삐끗했다면 같이했을지도 몰라. 글쎄 그렇잖아. 물론 마약을 이 눈으로 본 건 아니고, 곤도한테서도 그런 파티를 했다는 말을 분명하게 듣진 않았어. 하지만 틀림없이 그런 것 같다는 걸 알면서도 결국 아무한테도 말하지 않았거든."

하라 아카네는 고마지를 봤지만 고마지는 엉뚱한 방향을 바라보고 있었다. 아카네는 계속해서 뭔가 말하려다 그만두고 다른 어투로 말을 꺼냈다.

"그래서 생각했어. 이 거대한 집을 나 혼자서 점령하는 건 지나친 사치라고. 내가 살면서 일하는 공간은 한 층으로 충분해. 그래서 이 층은 개조해서 갤러리로 사용할까 해."

"갤러리?"

"응. 이 층으로 올라가는 바깥 계단과 현관을 만들어서 일 층과 이 층을 완전히 분리하는 거야. 벽을 전부 뜯어내는 건 힘드니까 벽장과 다다미만 제거하고 바닥은 나무판으로 해서 신발을 신은 채로 들어올 수 있게 할 거야. 세 평에서 열두 평짜리 방까지 방이 여섯 개 있잖아. 그중 몇 개를 미타무라 시게코 씨의 고양이 박물관으로 쓰면 어떨까?"

"굉장해요. 시게코 씨가 기뻐할 거예요. 캣 아일랜드 쪽 얘기는 전혀 진척이 없는 것 같았거든요. 전에는 비어 있는 사 층을 빌려줘도 좋다는 식으로 말했었는데, 최근에는 다자키 지배인이 이러쿵저러쿵 핑계를 대면서 도망을 친대요."

"호오."

고마지가 턱을 쓰다듬었다. 아카네가 열을 냈다.

"시게코 씨의 컬렉션이 어느 정도 있는지는 모르지만 방 전체를 다 쓸 정도는 아니겠지. 그러니까 나머지는 개인에게 전시용으로 빌려줄 거야. 나는 이 층을 무상으로 제공하고 관리 운영은 고양이섬 도민회에 맡길 거야. 일할 사람이 한 사람쯤 필요하겠지만 그 인건비와 전기료를 해결할 정도의 수입만 있으면 되니까, 티켓 값도 백 엔 정도. 뭐하면 고양이섬의 고양이 오리지널 엽서를 팔아도 좋고. DC의 엽서를 만들면 굉장히 잘 팔리지 않을까?"

"아, 말이 되네요. 하지만 경찰서에서 클레임이 오는 거 아니에요?"

DC는 여자들 생각이란 뭐가 뭔지 모르겠어, 하듯이 딴전을 피웠다. 고양이섬 신사에서의 곤도 게이타로 체포극은 와이드쇼의 단골 소재가 됐다. 그러나 그 자리에 있던 경찰관 중 한 명은 고양이 알레르기로 별 활약을 못 했고, 다른 한 명은 권총을 빼앗기는 실책을 범했다는 사실을 숨기기 위해, 하자키 경찰서 서장은 폴리스 고양이 DC의 활약을 꽤나 과장되게 떠들어댔다. 이게 사람들에게 크게 인기가 있어서 해외 뉴스로도 다뤄졌던 모양이다.

"상관없을걸."

고마지가 씩 웃었다.

"DC의 초상권을 하자키 경찰서에서 선점했다는 얘기는 못 들었으니까. 한 거라곤 근무 요원으로서 별 모양 표지를 목걸이에 달아준 것뿐이잖아. 월급을 지불하는 것도 아니고 밥값을 내는 것도 아니야. 불평할 처지가 아니지."

아카네와 교코는 얼굴을 마주 보고 생긋 웃었다.

2

온몸을 붕대로 감은 나나세 아키라 순경은 하자키 의대 병원의 병실 천장을 올려다보며 한숨을 내쉬었다.

"다들 냉정하군."

그제 입원해서 받은 진단이 뇌진탕, 과로, 전신 타박상이라는, 생명에는 별 지장이 없는 것이어선지, 권총을 빼앗겨 크게 창피를 당한 때문인지, 서의 상사와 동료 그 누구도 문병을 오지 않았다. 태풍 뒤처리에 쫓기는 건 알고 있지만 고양이섬 주민도 누구 한 명 오지 않았다. 사건 서류를 마무리하느라 고생 중이겠지만, 고마지 역시 얼굴을 보이지 않았다.

나는 나름대로 꽤 노력했는데. 역시 익숙지 않은 일은 하지 말아야 했어. 적당히 수고를 덜면서 마음 편히 순경 노릇을 했으면 좀 좋았을까. 그렇게 하면 아무도 병문안 오지 않아도 신경 쓰이지 않았을 테고, 오래간만에 누워 있는 걸 오히려 기뻐하며 링거 주사를 맞을 수 있었을 텐데.

"자나?"

그렇게 생각한 순간 누군가 말을 걸어오는 바람에, 나나세는 엉겁결에 젖은 눈으로 일어나 앉았다.

"고마지 반장님! 와주셨군요."

"상태는 어때? 의외로 건강해 보이네. 고약 냄새가 나는데."

고마지는 머리맡에 작은 케이크 상자를 놓고는 의자에 앉았다. 사실은 검푸르게 부어오른 나나세의 얼굴을 보고 속으로 깜짝 놀랐다.

"전신 타박상이라 온몸에 습포를 붙였습다. 어제는 돌아눕기는커녕 손도 못 들었고. 밥을 먹을 때나 얘기를 할 때도 얼굴이 아팠어요. 하지만 오늘 아침에는 화장실에도 갈 수 있을 정도로 좋아졌고, 내일이면 퇴원할 수 있대요."

"자네, 이번 사건에서 대활약을 했어. 곤도 게이타로를 설득한 건 훌륭해."

나나세는 엉겁결에 씩 웃을 뻔하다가 정신을 차렸다.

"하지만 권총을…… 처벌을 받게 되겠지요."

"아, 그거. 큰 공적과 큰 실수가 상쇄될 테니까, 걱정 마. 고양이섬 신사의 와타누키 신관이랑 캣 아일랜드 리조트의 다자키 지배인이 각 관계 기관에 전화를 해줬어. 자네를 대단히 칭찬해 줬거든. 언중에 무거운 처분 같은 건 하지 마라, 하는 뜻을 담아서 말이지. 그 기회주의자 서장은 가능한 한 귀찮은 일은 일으키고 싶어 하지 않는 작자인 데다가, 소란을 떨면 자기도 안 좋으니까 아무 일도 없었던 것으로 일단락될 거야. 그리고 섬사람들이 부디 자네한테 안부 전해달라더군. 뒤처리가 끝나면 병문안 오겠다고. 내일 퇴원이면 못 만날지도 모르겠군."

"다들 어떻게 지내나요?"

"고양이 몇 마리가 행방불명인 것 같은데, 사람들은 일단 모두 무사해. 선어정이랑 첫 번째 도리이가 크게 파손된 게 최대 피해야. 그 밖에는 뭐 조금씩 여기저기 무너지거나 물에 젖거나 했지만 괜찮을 거야. 맞다. 파출소 옆에 나란히 고양이섬 관광 안내소라는 엉터리 선물 가게가 있었지?"

"네."

"가게 주인은 가게가 통째로 사라졌을 거라고 생각한 모양인가 본데, 거기도 무사했어. 폭풍이 최고조에 달했던 게 물이 빠지는 간조 때라서 다행이었지. 게다가 자네가 열심히 애쓴 덕분이지. 실제로 자네는 혼자서 잘 해냈어. ⋯⋯어이 뭐 그렇게 울 것까지야."

"우, 울지 않습니다. ⋯⋯저, 고마지 반장님."

"뭐야."

"신경이 쓰여서 그러는데요, 전에 고양이섬 파출소에서 만났을 때, 고마지 반장님이 말했었지요. 제가 사건의 상황을 확실하게 해줬다고. 그거, 도대체 무슨 뜻인가요?"

"아, 그건 말이지. 자네가 주워 모아온 고양이섬 정보가 도움이 됐다는 얘기야. 게다가 자네가 갖고 있던 도시락 주머니 말이야."

"도시락 주머니?"

"그 하자키 캔버스의 런치박스용 천 주머니 말인가요?"

"그래, 가장자리에 갈색 선이 들어 있는 거. 그것과 같은 주머니를 코인로커에서 발견했었어. 이백만 엔이 들어 있던 주머니 말일세. 자네의 주머니를 보고 하자키 캔버스 상품이라는 것을 알게 됐지. 하긴 하자키 캔버스의 주머니는 이곳에서 보기 드문 건 아니니까 어쩌다 마약 거래에 사용되었다 해도 이상할 건 없지. 다만 구와하라 모헤이가 죽었을 때의 정황으로 보아, 만약을 위해 곤도 게이타로의 증언을 의심해볼 필요가 있다는 생각이 들었어. 가령 알베르토가 벼랑에서 떨어진 게 아니라 바위해안에 서 있었다면. 거기에 고이케 마모루의 마린바이크가 돌진한 거라면, 즉 살인이 아니라 그냥 사고였다면. 그럴 가능성에 대해 생각했지. 그다음은 자네가 배례전에서 펼친 추리대로야."

뭐야. 나나세는 약간 실망했다. 자기도 모르는 사이에 어떤 굉장한 걸 해낸 건 아닐까 싶어 가슴 두근거렸었는데, 결정적인 건 도시락 주머니였다는 얘기구나.

"역시 난 별 의욕도 없이 그저 편한 순경으로 지내는 게 딱 알맞다는 얘기군요. 한순간이라도 고마지 반장님과 함께 일할 수 있는 형사가 되고 싶다는 생각을 하다니 바보도 정도껏이어야죠."

"있잖나, 내가 전에 말했지."

그런 나나세의 기분을 아는지 모르는지, 고마지는 딴전을 피우며 덧붙였다.

"자네는 굉장히 운이 센 사람이야. 현경의 인사과는 바보가 아니었어. 이번 건으로 그게 증명된 거야. 바다에 떨어진 이후로 권총 손질을 해두지 않았다는 식으로 스스로를 바보로 보일 만한 거짓말까지 하면서 곤도가 총을 쏘지 못하게 했어. 굉장해. 자네는 될 만해서 경찰관이 된 거야. 그걸 잊지 말라고. ……그러니까 말일세, 이제 울지 않아도 되는데."

"우, 울지 않습다."

콧물을 훌쩍이는 나나세 때문에 곤혹스러워진 고마지는 가져온 케이크 상자를 열었다.

"케이크 먹을 텐가? 기미코 씨 추천, 히가시긴자의 아폴리네르라는 가게의 오렌지무스야. 이거라면 매끄럽게 목구멍을 넘어갈 텐데."

"고, 고마지 반장님."

흑흑 흐느끼며 무스를 한 입 먹고, 나나세는 물었다.

"이, 이 오렌지무스, 어째서 빨갛죠?"

"요놈은 '시칠리아의 바람'이라고 해서 시칠리아산 블러드오렌지를 쓴 거야. 몰랐나?"

"빠, 빨간 오렌지가 있다니, 처음 듣는데요."

고마지는 무스 케이크를 단숨에 반쯤 먹어치우더니 싱글싱글 웃으며 나나세에게 말했다.

"한 개 더 남았으니까 맘껏 먹게."

스가노 고테쓰는 고양이섬 민박집 주위를 기웃거렸다. 물론 기웃거리는 것처럼 보이지 않게 캐츠 앤드 북스 앞을 청소하는 척하면서. 고테쓰는 교코와 자기 사이에 '수학여행에서 무슨 일이 있었다'는 걸 설마 온 섬이 알고 있을 줄은 몰랐다. 구체적으로 무슨 일이 있었는지 알고 싶어서 다들 호기심으로 가득 차 있다는 건 물론이고.

다들 안 보는 척하면서 보고 있자니, 스기우라 교코가 뒤로 묶은 머리를 흔들며 메인스트리트를 뛰어 올라왔다. 얼굴이 상기되고 기쁜 듯이 들떠 있다. 교코는 그대로 고양이섬 민박집을 지나쳐 캐츠 앤드 북스로 뛰어들려다가 고테쓰를 알아봤다.

"아, 안녕."

고테쓰는 멍청하게 인사했다. 교코는 순간 그 자리에 우뚝 섰지만 바로 입을 열었다.

"고테쓰, 너 아직 우리 집에서 아르바이트할 마음 있니?"

"뭐라고?"

"미사 언니한테는 다른 일을 소개할 생각이야. 고양이섬 갤러리의 접수 일. 그래서 아르바이트할 마음이 있는지 없는지 묻는 거야. 없다면 상관없고."

"있어."

고테쓰는 서둘러 외치듯 말하고는 소리를 낮췄다.

"하지만 저, 수학여행에서의 사건은……."

"그건 없었던 걸로 하는 게 어떻겠니? 네가 그걸로 좋다면, 나도 그렇게 할게."

"……알았어."

고테쓰는 고개를 끄덕이고 나서 씩 웃었다. 교코도 웃음을 보였을 때 캐츠 앤드 북스에서 크리스타로를 어깨에 올려놓은 미타무라 시게코가 뛰어나왔다. 그녀는 두 사람에게 다가왔다.

"잠깐. 대충이라도 말해주면 안 되겠니? 수학여행에서 도대체 뭔 일이 있었어?"

교코와 고테쓰는 소리를 모아 대답했다.

"뭐, 별로. 아무 일 없었는데요."

고양이섬 신사의 배례전에는 모리시타 데쓰야와 곤타, 그리고 신관이 앉아서 산처럼 쌓인 잔돈을 집계하는 중이었다. 어제부터 계속 세고 있는데 아직 손도 못 댄 산이 그대로 있다.

"아무리 그래도 그렇지, 이런 무거운 걸 어쩌자고 지붕 밑에 숨겨놓은 겁니까?"

내가 아무리 전직 은행원이라 해도 이런 경험은 처음이야, 하고 생각하면서, 데쓰야는 아파지기 시작한 손가락을 폈다. 동전을 열 개씩 쌓고, 동전더미가 어느 정도 모이면 세어서 골판지 상자에 던져 넣었다. 백 엔짜리 동전이 끝나고, 오십 엔짜리 동전이 다 되고, 십 엔짜리 동전에 매달리고 있는데 이게 가장 수가 많았다. 삼중으로 꽁꽁 싼 비닐봉지 속, 백과사전 크기의 천 엔 지폐와 만 엔 지폐 덩어리는 우선 저 구석 어디에 한데 모아 놓았다.

"처음에는 방 벽장에 챙겨 넣었는데 바로 가득 차서 벽장 바닥이 꺼지고 말았어."

곤타가 여전히 아무렇지도 않은 말투로 대답했다.

"땅바닥에 묻는 것도 생각해봤는데 염분 피해가 우려되었고, 고양이 오줌이라도 묻으면 어떻게 하나 싶어서 못했지. 그렇다고 놓아둘 만한 곳도 없고. 우선 배례전 지붕 밑이라면 괜찮겠다 싶었어. 여기 지붕 밑 나무판은 삼나무로 된 거니까."

"그건 알지만 그런 공중에 놔두다니."

"처음엔 조금뿐이었다니까."

와타누키 신관이 끼어들었다.

"정말로 조금씩, 아주 조금씩 놓아뒀던 건데. 옛사람 말에 먼지도 쌓이면 산이 된다더니 정말이었어."

"한도라는 게 있잖아요. 바닥에 깔린 두 사람이 죽지 않고 살아서 다행이에요. 게다가 이 정도 돈이면 첫 번째 도리이와 선어 정도 고칠 수 있고, 부서진 천장을 고치는 것도 가능할 것이고."

"본전本殿 수리비도 나올까?"

참으로, 하고 데쓰야는 생각했다. 미사의 피붙이인 건 분명한 것이, 이 사람도 어지간히 세상 물정을 모른다.

"이렇게 큰돈이 있는데 어째서 은행에 계좌를 만들지 않았어요?"

신관과 곤타는 얼굴을 마주 봤다.

"실은 말일세, 데쓰야 자네한테 그걸 부탁할 수 없을까 하고 계속 생각했어. 어쨌든 전직 은행원이니까 돈 관리는 잘할 것이고. 하지만 이 돈은 고양이섬 신사의 것이지 우리 것이 아니야. 솔직히 말하겠는데 자네가 은행을 왜 그만뒀는지 모르는 이상 돈을 맡겨도 좋을지 어떨지, 고민이 되더라고."

"고양이섬 소주 노라야로 술을 퍼마시게 해서 은행을 그만둔 이유를 알아내려 했는데 그걸 절대로 말하려 하지 않았잖아. 그러는 사이에 스기우라 고지로가 숨겨놓은 돈에 눈독을 들이고 남몰래 조사를 한다는 걸 알았지. 믿어도 좋을지 점점 더 의심스러워진 거야."

두 사람의 시선을 정면으로 받고, 모리시타 데쓰야는 눈이 부신 듯 시선을 돌렸다.

"그랬다면 대놓고 물어보시지 그랬어요. 창피한 얘기지만 야근에 휴일 출근, 집에 있는 시간이라곤 잠자는 시간을 합쳐서 여덟 시간밖에 안 되는 생활에 진력이 났어요. 싸움에 져서 꼬리 말고 도망치는 개 꼴이라고 생각하실지 모르지만, 하여튼 너무나 지쳐서 도망쳤던 것뿐입니다. 그것뿐이에요."

"훌륭한 이유군. 숨길 것도 없었네."

신관이 크게 고개를 끄덕였다.

"게다가 싫은 것으로부터 도망을 치는 건 고양이라면 당연한 얘기야. 개가 아니라 고양이한테는 꼬리 말고 도망치는 게 싸움에 이기는 거지."

핫핫핫 하고 와타누키 신관이 웃었고, 데쓰야도 할 수 없이 쓴웃음을 지었다. 스기우라 고지로의 돈에 눈독을 들인 건 거금을 쥐면 그 지옥 같은 나날로 돌아가지 않아도 된다고 생각했기 때문이다. 지금 이렇게 생각해보니 그 돈에 집착한 건 어리석었다는 생각도 들지만, 몸과 마음이 의식했던 것 이상으로 지쳐 있었기 때문에 그랬을 것이다.

"데쓰야가 부끄러운 얘기를 해줬으니, 우리도 다 드러내놓고 말하지. 나랑 곤타는 바다를 무서워해, 특히 배를 무서워해서 못타. 이건 미사도 모르는 일이야. 우리 아버지, 선대의 신관은 본토에 흔히 말하는 첩을 두고 있었어. 그래서 태어난 게 이 사키고타, 즉 곤타야."

데쓰야는 놀랐다. 이 빈상의 와타누키 신관과, 거대한 몸을 자랑하는 곤타가 이복형제?

"아버지는 곤타네 집에 나룻배를 타고 오갔는데 어느 날 고양 이섬으로 돌아오다 행방불명이 되어버렸지. 엔진 고장과 이 부근에 발생한 해무, 이 두 가지가 원인이었을 거야. 오랫동안 표류하다 겨우 먼 곳에서 발견됐을 때는 죽은 지 한참 지난 뒤였어. 친아버지이긴 하지만 처참한 모습이었어. 그게 눈에 박혀서 떠나지 않았어. 그래서 그런지 차차 나는 바다랑 배가 무서워졌어. 정신을 차리고 보니 그럭저럭 십오 년 넘게 섬 밖으로 나가지 않았던 거야."

"나도 마찬가지."

곤타는 짧게 말하고는 부끄러운 듯 머리를 긁었다.

"어머니는 하자키 어협에서 일했고 나도 고등학교를 나온 뒤로 쭉 어부 견습으로 일했는데 아버지 사건으로 갑자기 배가 무서워졌어. 어쩔 수 없이 그쪽 일을 하다가, 어느 날 결심을 하고 형에게 연락을 했더니 이쪽으로 오라고 해줘서 함께 살게 됐어."

"하지만 둘 다 바다공포증, 배공포증이지 뭔가. 돈 관리는 마누라가 해줬는데 그 사람이 죽고 난 뒤로는 보는 바와 같아. 이렇게 살아도 생활에는 전혀 어려움이 없었던 게 잘못이었는지도 몰라. 어때, 데쓰야 군? 이 돈을 은행에 맡기는 일을 맡아주지 않겠나. 혼자서 이걸 다 나르려면 힘들겠지만."

데쓰야는 크게 한숨을 쉬고, 머리를 조아린 아내의 할아버지와 곤타를 바라봤다.

"사정은 알겠습니다. 하지만 그럴 필요 없어요. 은행에 가져가는 게 아니라 은행을 부르면 됩니다. 생각해보니 이걸 다 셀 필요도 없어요. 계수기를 가지고 오라고 하면 돼요."

"엇, 은행이 와주는가?"

"당연하지요. 이만큼의 돈이 있는데. 어디에 부탁하더라도 무거운 걸 척척 나를 수 있는 건장한 은행원을 데리고 바로 달려올 겁니다."

얼굴을 마주 보는 신관과 곤타에게 데쓰야는 다시 쓴웃음을 지었다. 왜 몰랐을까? 고양이섬 신사의 신관이라면 지방 유지일 텐데, 은행을 부르려는 생각은 꿈에도 하지 않았다니. 과연 미사의 혈연답군, 둘 다.

문득 인기척을 느끼고 돌아보니 스기우라 마쓰코가 서 있었다. 그녀는 지치고 여윈 얼굴로, 실례하겠습니다, 하고 중얼거리며 신관 앞으로 타박타박 걸어와 갑자기 무릎을 꿇고 양손을 땅에 짚으며 앉았다.

"신관님. 부탁이 있습니다. 돈을 빌려주세요."

"어, 어쩐 일이십니까, 마쓰코 씨."

"실은 우리 집, 고양이섬 민박집이 서 있는 땅 얘기예요. 그건 아시다시피 고지로 도련님 거였잖아요. 도련님이 죽고 나서 교코에게 상속하려고 생각했는데, 그러려면 상속세를 내야 해요.

416

게다가 건물도 상당히 낡았어요. 문이 삐걱거리고 천장에도 얼룩이 있어요. 개축을 해야 할 시기가 온 겁니다. 이러니저러니 해봤자 우리 집은 정말 돈이 없어요. 절약에도 한도가 있고. 어떻게 좀 도와주시지 않겠습니까?"

"그야, 그렇게 해야죠."

와타누키 신관은 돈의 산을 보며 턱을 쓰다듬었다.

"다만 우리 신사 돈 관리는 이 모리시타 데쓰야 군에게 맡겼어요. 데쓰야 군에게 양해를 받아야."

"자, 잠깐만요. 난 아직 받아들이지 않았는데."

당황하는 데쓰야에게 마쓰코는 무릎걸음으로 다가가 손을 잡고 머리를 바닥에 닿을 정도로 숙였다.

"부탁합니다. 어떻게든 좀 부탁합니다."

"아……"

데쓰야는 난처하기가 이를 데 없어서 노파의 손을 떼어냈다.

"잠깐만요. 고양이섬 민박집은 고지로 씨의 땅이었군요. 그렇다면 상속권은 혈연자에게 있는 거니까 교코와 신관님이랑 곤타 씨……. 그럼 이렇게 합시다. 토지는 신관님이 상속받아 고양이섬 신사에 그대로 기부하는 겁니다. 그리고 그와 동시에 고양이섬 민박집과 고양이섬 신사 사이에 삼백 년간 가격 인상 없이 임대계약을 맺어요. 임대료는 그저 성의 표시 정도로, 다른 사람들이 지불하는 것과 같은 액수로 하지요. 그렇게 해두면 앞으로 다시 발생할지 모르는 상속세니 고정자산세니 생각하지 않아도 되지요. 게다가 머리를 숙이면서까지 돈을 빌릴 것도 없고."

마쓰코는 고개를 갸우뚱하며 잠시 생각했다. 그러고서 밝아진 얼굴로 끄덕였다.

"그거 좋은 생각이군요. 그렇게만 해주신다면 당분간은 아무 고민 없이 지낼 수 있고 신사에도 임대료를 낼 수 있고요. 그 누구한테도 손해는 없죠."

감탄한 듯 고개를 끄덕이는 신관과 곤타를 향해 마쓰코는 눈물지으며 머리를 숙였다.

"정말 잘됐어요. 고마워요. 고양이섬 신사에도 이렇게 똑똑한 후계자가 생겨서."

"정말입니다. 우리도 데쓰야 군을 좀 더 빨리 신뢰했어야 하는데."

"잘됐어. 잘됐어."

잠깐만. 데쓰야는 입을 벙긋벙긋하며 생각했다. 누가 후계자라고?

"불행 뒤에 행운이 온다더니, 정말이군요. 기쁜 일이에요. 섬 사람한테 모두 알려야지."

"아니, 잠깐. 그런 건 내가 승낙한 것도 아니고. 그리고 돈 관리와 후계는 별개라고요. 기정사실화하면 곤란해요."

가볍게 일어나 나타났을 때와는 대조적인 잔걸음으로 나가는 마쓰코를 따라가려다 데쓰야는 발이 미끄러졌다. 바닥에 넘어진 데쓰야의 얼굴 옆에 메르가 다가와 기쁜 듯이 골골거리며 몸을 비벼댔다.

캣 아일랜드 리조트의 다자키 지배인은 로비에 말리려고 펼쳐놓은 융단 옆으로 빠져나가 엘리베이터로 뛰어들었다. 다행히 이 층 유리창이 두 장 깨진 것과 마당의 정원수가 갈색으로 변해버린 것 말고는 대단한 피해는 없었다. 그렇다고는 하나 냉장고에 넣어두었던 대량의 식재료가 정전으로 썩고, 엘리베이터가 멈추고, 본토에 사는 직원들이 좀처럼 얼굴을 내밀지 않는다. 게다가 무엇보다도. 다자키는 후우 하고 한숨을 쉬고는 사 층 문을 두드렸다. 그분은 평소처럼 하얀 고양이 미스터 솔로몬 팅글스를 안고 서 있었다. 그는 다자키를 보자 상기된 얼굴로 고개를 끄덕이고 소파로 돌아갔다.

"일은 어떻게 됐나?"

"네. 무사히 끝났습니다. 이름을 드러내지 않고 각 관계 기관에 전화를 넣은 것뿐인데, 그 순경은 처벌받지 않을 것 같습니다."

"그런가. 바쁜데 수고가 많았군. 한잔 어떤가?"

그는 브랜디 잔을 가리켰다. 다자키의 목에서 꼴깍 소리가 났다.

"감사합니다만 아직 해도 높이 떠 있고, 처리할 일들이."

"그러지 말게나. 이게 마지막이야."

그는 다른 유리잔에 브랜디를 따랐다. 좋은 향기가 그윽하게 주변에 퍼졌다.

"마지막, 이라고 하시면?"

"내일 여기를 나갈 생각이야. 뭐, 폐는 끼치지 않을 거네. 해 뜰 무렵 후지사와까지 나를 데려다줄 배를 찾았어. 따로 은거할 곳도 준비되어 있어. 이래 봬도 아직 조금은 사람과 돈을 움직일 수 있으니까."

"네. 그건 이번 건으로 잘 알았습니다. 하지만 갑자기 어떻게 된 일이십니까? 마음에 들지 않는 점이라도 있으셨나요?"

"아니, 아니, 그런 게 아니야. 다만 그간의 태풍 피해, 살인, 용의자 체포 과정에서 고양이가 한 활약 등으로 매스컴이 이 섬을 주목하고 있어. 사람 눈에 띄기 전에 물러나는 것이 무난하다고 생각했네."

"그렇군요."

다자키 지배인은 안도하는 기색이 겉으로 드러나지 않도록 주의하면서 고개를 끄덕였다. 실제로 이 남자가 숨어 있는 건, 더 이상은 자신이 감당하기에 벅찬 일이라고 생각하던 참이었다.

그는 다자키의 기분을 알았는지 얇은 입술에 웃음을 띠었다.

"그렇게 됐네. 자, 이별의 한잔이야. 같이하지."

"알겠습니다. 그럼 사양 않고 받겠습니다."

둘은 유리잔을 부딪쳤다. 하얀 고양이가 야옹 하고 울었다.

"그런데 왜 그 순경을 도우신 겁니까?"

"다른 뜻은 없어. 태풍이 한창 몰아칠 때 그 시골 형사가 선착장에 왔다네. 순경이 형사를 구하려고 뛰어오다가 창에 비친 내 모습을 봤어. 뭐, 자네의 얘기로는 그 뒤로 여러 가지 일들이 있어서 입원까지 했다니까 그 사실은 벌써 깨끗이 잊었겠지만. 그래도 혹시 기억이 나서 찾아오면…… 자네가 딴 데로 주의를 돌려주면 좋겠네. 나 때문이 아니라 자네를 위해서라도."

"네, 그런 일이 있었군요."

다자키는 잘 알아들었다는 듯이 고개를 끄덕였다. 브랜디 향기가 쓰윽 코를 통과해 나갔다.

"자네한테는 정말 여러 가지로 폐를 끼쳤군."

"무슨 말씀을요. 아무런 도움도 되지 못해서."

"아니, 어제 그제 바빴는데도 나랑 이 고양이를 위해서 남몰래 식사를 날라다 줬고, 그동안 다른 직원들에게 발견되지 않도록 신경 쓰느라 애썼어. 좀처럼 하기 힘든 일이야. 평생 잊지 않겠네. 고마워."

"……."

다자키 지배인은 감격해서 눈시울을 닦았다.

"내가 맡긴 돈은 충분한가?"

"네, 아직 충분합니다. 나중에 가져가겠습니다."

"아니, 됐네. 미안하지만, 샌드위치와 커피, 페트병에 든 물하고 솔로몬의 식사를 준비해서 저녁때까지 가져다주게. 그게 정말로 마지막이 될 거야. 나머지 돈은 자네가 가지게."

다자키는 사양하려다 생각을 고쳐먹고 고개를 끄덕였다.

"잘 알겠습니다. 분부대로 하겠습니다."

다자키도 길게 작별 인사를 할 만큼 촌스럽진 않았다. 그가 사라지자 그분은, 지금은 없는 하시구치 코퍼레이션의 전 대표 하시구치 이사오는 소파에 파묻히듯이 앉았다.

다자키 이치조는 좋은 놈이다. 잘나갈 때는 옆에서 알짱거리다가도 실패하면 뭇매질을 해대는 녀석들하고는 전혀 다르다. 당초에 공금횡령죄를 저지른 다자키를 이용해 이곳에 숨어 있을 계획이었으나, 그런 협박을 할 필요도 없었다. 다자키는 진심으로 하시구치에게 고마워했다. 자신의 죄를 덮어주고, 이 캣 아일랜드 리조트의 지배인을 시켜준 것에 대해서. 하시구치 이사오가 그를 도왔던 것은 이번에 그 순경을 도와준 것과 마찬가지로, 이유는 나중에 생각났을 뿐이고, 정말은 그냥 변덕에 지나지 않았던 건데.

좋은 놈이니까 만약의 경우에도 그를 끌고 들어가서는 안 돼.

만에 하나, 이소타니 뭐라는 마약에 찌든 놈의 살해에 나도 한 몫 거들었다는 사실이 발각됐을 때를 생각해서라도 이곳을 떠야 한다.

그날 밤, 하시구치 이사오는 고양이섬을 산책하고 있었다. 마지막으로 매스컴에 등장한 이후로 얼굴 생김새가 많이 달라졌다고 스스로 생각했고, 워낙에 앓던 불면증이 심해져서 밤에 잠을 못 잤다. 그래서 잠이 올 때까지 이 작은 섬을 마음 가는 대로 산책하며 바닷바람을 들이마시는 것이 그의 일과가 되었다.

그날 밤도 그랬다. 메인스트리트를 천천히 올라가, 어디 한번 고양이섬 신사에나 가볼까 하고 생각했을 때 소란이 일어났다. 그는 그 즉시 두 번째 도리이의 그늘에 숨었다. 다투는 남자 둘, 흥미 없다는 듯이 서 있는 여자가 하나. 다툼의 내용은 아무래도 돈하고 마약 매매와 관련된 일이겠구나 하는 것을 두 사람의 대화를 듣고 짐작했다. 남자 둘은 쫓고 쫓기면서 고양이섬 전망대쪽으로 나아갔다. 하시구치 이사오도 뒤를 쫓았다. 왜 뒤를 쫓았는지, 스스로도 알 수 없었다. 오랫동안 은둔 생활을 하는 중에 눈앞에 출현한 거친 남자끼리의 다툼에 이유 여하를 막론하고 끌려들었다. 굳이 말하자면 그렇다는 것이다.

전망대로 가는 오거리 근처에서 하시구치는 둘을 놓쳤다. 한밤중이었고 곧 비가 내리려는지 구름이 두껍게 드리워 어두웠다. 그는 감에 의지해 왼쪽으로 돌아 조금 걸어가다가 길이 둘로 나뉘는 곳에서 다시 왼쪽으로 돌았다. 그때, 꼭 고양이가 울부짖는 것 같은 묘한 소란이 이는가 싶더니, 남자 하나가 개조 중인 빈집에서 튀어나와 메인스트리트 쪽으로 달려가는 것이 보였다.

하시구치는 호기심에 빈집의 터로 들어섰다. 고양이 오줌 냄새인지 뭔지 코를 찌르는 악취가 집 뒤에서 밀려왔다. 하시구치는 그쪽으로 돌아가다 발밑에 쓰러져 있는 남자를 발견했다.

그때 달이 나오지 않았다면.

하시구치 이사오는 생각한다.

그 두꺼운 구름이 꼭 무슨 농담처럼 흩어지고, 불시에 모습을 드러낸 달이 발밑에 쓰러져 있는 남자의 배에 난 상처, 피가 뭉클뭉클 흘러나오는 상처는 물론이고 팔에 빈틈없이 난 주삿바늘 자국까지 비추지 않았다면.

그걸 본 순간, 하시구치의 가슴은 분노로 가득 찼다. 아내였던 여자, 사카키하라 유카리는 마약 과다 복용으로 죽었다. 이런 놈에게 살해당한 것이나 마찬가지다.

아내는 인기 여배우였고, 스물다섯이나 연하였다. 아내를 사랑했는지 어땠는지, 그런 건 잘 모르겠다. 다만, 죽기에는 너무나 이른 나이였다. 가여웠다.

이 쓰레기 같은 놈. 너 같은 건 여기서 피를 흘리다 죽어 마땅하다. 아니, 쓰레기에 깔려 죽는 게 낫겠다.

하시구치는 악취를 피해 얼굴을 돌린 채 쓰레기를 닥치는 대로 끌어 내리고 남자의 몸을 쓰레기 속으로 던졌다. 그러고는 손에 닿는 대로 쓰레기를 그 몸 위로 던졌다. 드디어 남자의 모습이 쓰레기에 완전히 묻혔을 때, 달이 다시 구름 속으로 숨었다. 하시구치 이사오는 부들부들 떨면서 정신을 차리고 서둘러 캣 아일랜드 리조트로 돌아왔다.

그후, 마치 하늘이 돕기라도 하려는 것처럼 폭우가 쏟아졌다. 하시구치가 남긴 증거가 있었다 하더라도 그 비가 씻어주었을 것이다. 그래도 며칠은 사체가 발견되지 않는 것을 보고 애를 태우다 한낮에 선글라스를 끼고 고양이섬을 돌아다니기도 했다. 그때는 솔로몬을 위해 고양이섬 신사의 부적 방울까지 샀는데, 멍청한 무녀를 포함해 아무도 그를 알아차리지 못했고, 사체도 좀처럼 발견되지 않았다.

어쩌면, 하고 하시구치는 생각했다.

뉴스를 보면 경찰은 마린바이크 사고로 죽은 남자, 그 구와하라 모헤이라든가 하는 남자를 범인으로 거의 단정하고 있는 것 같다. 그런 게 분명하다. 그러나 그 쓰레기를 철저히 조사해 내 지문이 나오기라도 하면 어떻게 할 것인가. 업무상 과실치사죄로 체포됐을 때, 지문을 찍혔었다. 내가 그 살인과 관계가 있다고는 생각하지 않을지 몰라도, 매스컴도 내 행방을 찾고 있다. 어서 이 섬을 떠나야 한다.

다자키 지배인을 위해서도 그렇고, 물론 나를 위해서도 그렇다.

하시구치는 팔 안의 미스터 솔로몬 팅클스를 천천히 쓰다듬었다. 흰 고양이는 황홀한 듯 눈을 가늘게 떴다. 이 고양이는 놓고 갈 생각이다. 이 섬에서라면 고양이는 행복해질 수 있을 테니까.

폴리스 고양이 DC는 흥 하고 코웃음 치고 상대를 노려봤다. 카메라에 찍히는 것도 업무 중 하나라는 건 잘 안다. 그냥 찍히는 것뿐이라면 참겠는데, 쇳소리를 내며 마이크를 들이대는 여자 리포터를 참아야 할 이유는 하나도 없다. 얼굴을 할퀴지 않는 걸 고맙게 생각하라고.

젊은 리포터는 DC의 심정 따위는 조금도 살피려 들지 않았다. 변함없이 쇳소리를 내며 참 잘했다느니 어쨌다느니 떠들어댔다. DC는 앙갚음으로 녹화가 무사히 끝나기 직전을 노려 굉장한 소리를 내줬다. 가까이서 보고 있던 아이들이 울음을 터뜨리고 목소리가 뒤집어지는 등, 그 자리는 난리가 났다. 그 틈에 DC는 도망쳤다. 리포터가 어안이 벙벙해져 있는 것을 거들떠보지도 않고.

DC는 외로웠다. 그 젊은 나나세라는 경찰관이 입원한 후 대리로 배속된 경관은 나를 좋아하지 않는 것 같다. 물도 따라주지 않는다. 적어도 그 나나세는 나를 반쯤은 동료로 취급해줬다. 밥을 나눠주고, 인사를 주고받았다. 이번 녀석은 나를 쳐다보지도 않는다. 뭐, 나나세도 내 기준으로 보자면 꽤 얼빠진 녀석이었지. 건들거리기나 하고 애송이에다 순해빠졌다.

DC는 메인스트리트에서 뒷길로 접어들어, 고양이섬 민박집 뒤쪽으로 왔다. 삼 층에 있는 마쓰코의 방으로 들어가기 위해서

다. 이미 낯이 익은 고양이들에게 인사하고 나서 DC는 스르륵 방으로 들어갔다. 한 가지 사항을 확인하기 위해.

DC가 아는 바로는, 스기우라 고지로는 강탈한 돈을 고양이섬에 남기고 은닉 장소에 대한 힌트로 '페르시아'라는 말을 남겼다고 했지. 그렇다면 DC에게 떠오르는 그 돈의 정체는 이것밖에 없었다.

마쓰코의 방에 있는, 페르시아 융단.

마쓰코와 교코의 얘기에 의하면, 이 융단은 마쓰코가 "소중한 사람에게서 받은 소중한 것"이다. 또, 고마지의 탐문 과정에서 드러났듯이, 스기우라 고지로는 마쓰코 앞으로 보낸 편지에 "그 건물은 형수님의 보물이니까 기둥부터 문, 전구, 융단까지 소중히" 하라고 썼다. 그리고 사건이 일어난 것이 십팔 년 전, 캣 아일랜드 리조트가 오픈한 것도 십팔 년 전. 다자키 지배인에 의하면, "이 휴양소가 세워졌을 무렵에는 페르시아 융단을 취급하는, 그쪽 출신으로 보이는 업자분들도 오셨었습니다"라고 했다.

DC는 처음에는 배를 깔고, 마지막에는 온몸으로 융단을 맛봤다. 훌륭한 촉감, 빈틈없이 짜여 조금의 틈도 없고, 이토록 고양이들에게 매일 닦달을 당하면서도 전혀 퇴색하지 않는 품격.

이 정도의 걸작은 좀처럼 찾기 힘들다.

몇 년 걸려 손으로 직접 짠 최고급 페르시아 융단은 몇 천만 엔, 비싼 것은 억대의 금액에 거래된다는 사실을 DC는 알고 있었다.

이 가난한 서양식 민박집에 이런 물건이 있는 이유는 단 하나.

DC는 할 수만 있다면 이 발견을 그 젊은 경찰관에게 가르쳐 주고 싶다. 문제는 인간이란 생물은 너무 멍청해서 고양이의 말을 알아들을 능력이 없다는 것이다.

자, 어떻게 한다?

DC는 융단에 배를 깔고 엎드려 오래오래 생각에 잠겼다. 아직 더위가 물러가지 않은, 고양이섬의 여름 오후였다.

고양이들의 천국, '고양이섬'에 무슨 일이!

『고양이섬 민박집의 대소동』은 일상 미스터리의 여왕 와카타케 나나미의 '하자키 시리즈' 제3권이다. 1권의 창밖으로 바다가 보이는 하자키 목련 빌라와 2권의 하자키역 앞 상점가에 있던 진달래 고서점에 이어, 이 3권은 하자키 반도 끝에 있는 고양이섬으로 소설의 무대를 옮겨왔다.

썰물이 되면 모래톱이 드러나 육지의 해안에서 걸어서 건너갈 수 있는 고양이섬은 백여 마리의 고양이와 서른 명 남짓한 주민이 어울려 사는 평화로운 동네다. 여름 한철에 일 년 벌이를 하는 섬 주민들이 고양이섬을 찾는 관광객들을 상대로 바쁜 나날을 보내던 어느 여름날, 바닷가 모래사장에서 칼에 찔린 고양이의 사체가 발견되는 기묘한 사건이 일어난다. 그러더니 사흘 뒤에는 바다를 질주하던 마린바이크 위로 하늘에서 사람이 떨어져 내려와 충돌하는 기상천외한 일이 발생한다. 그리고 다시 이틀 뒤에는 수리 중인 민박집의 쓰레기 적치장에서…….

사건 해결에 나서는 것은 이번에도 고마지 형사반장. 하자키 경찰서 생활안전과의 여형사 후타무라 기미코와 여름철에만 임시로 설치되는 고양이섬 파출소에 파견 나와 있는 나나세 순경이 그를 돕는다.

수사가 진행되면서, 하늘에서 떨어져 죽은 남자가 고양이 인형을 사 갔으며 고양이섬 민박집에 묵었던 젊은 남녀와 다퉜다는 사실이 드러난다. 이들이 마약과 관련이 있으며, 십팔 년 전의 은행 강도 사건 때 사라진 삼억 엔을 찾으려 했던 게 아닌가, 하는 의문도 제기되는데…….

흐트러진 퍼즐처럼 혼란스럽게 꼬여가던 사건은, 태풍이 몰아치던 날 섬 주민 모두와 고양이들이 피신한 고양이섬 신사에서 그 전모를 드러내며 해결된다. 마지막 조각을 끼워 넣어 퍼즐을 완성하는 쾌거를 이루는 것은, 고양이에게 할퀴이고 바다에 거꾸로 처박히고 스턴 건의 오작동에 기절하는 고역을 감당해낸, 어수룩해 보이지만 나름대로 성실한 파출소 순경 나나세다. 섬 주민들이 소소하게 안고 있던 문제들도 살인사건의 종결과 더불어 해결되면서 소설은 해피 엔딩! 하지만 이번에도 시리즈의 다른 소설과 마찬가지로 고마지 형사반장이 미처 알아내지 못한 으스스한 반전이 있으며, 사라진 삼억 엔의 행방에 대해서도 고양이가 독자들에게만 살짝 귀띔해준다.

이렇게 『고양이섬 민박집의 대소동』은 이 한 권만으로도 충분히 흥미진진하고 재미있지만, 앞선 시리즈에 등장했던 인물들을 소설 곳곳에서 엿보는 재미 또한 쏠쏠하다. 『하자키 목련 빌라의 살인』이나 『진달래 고서점의 사체』를 읽은 독자라면, 어느덧 고등학교 이 학년이 된 아야와 마야가 고양이섬 민박집의 손녀딸 교코의 친구로 나와 여전히 호기심에 가득 차서 주거니 받거니 대화하는 장면이나, 위기의 라디오 방송국에서 고군분투하던 지아키가 라디오 디제이로 건재한 장면에서 저절로 반가운 마음이 들 것이다.

그동안 '하자키 일상 미스터리 시리즈'를 한 권 한 권 번역하는 재미에 푹 빠져 지냈다. 번역이 모두 끝난 지금 나에게는, 하자키 목련 빌라의 후유, 세리나, 쇼코, 진달래 고서점의 마코토, 지아키, 그리고 성실히 하루하루를 살아가는 고양이섬의 주민 등 많은 이웃이 생겼다. 그들과 더불어 성큼 찾아온 이 가을을 행복하게 보내야겠다.

서혜영

고양이섬 민박집의 대소동

초판 1쇄 2010년 10월 15일
개정판 1쇄 2022년 2월 22일

지은이 와카타케 나나미
옮긴이 서혜영
펴낸이 박진숙 ǀ **펴낸곳** 작가정신
편집 황민지 ǀ **디자인** 나영선 ǀ **마케팅** 김미숙
홍보 조윤선 ǀ **디지털콘텐츠** 김영란 ǀ **재무** 오수정
인쇄 및 제본 한영문화사

주소 (10881) 경기도 파주시 문발로 314
대표전화 031-955-6230 ǀ **팩스** 031-944-2858
이메일 editor@jakka.co.kr ǀ **블로그** blog.naver.com/jakkapub
페이스북 facebook.com/jakkajungsin
인스타그램 instagram.com/jakkajungsin
출판 등록 제406-2012-000021호

ISBN 979-11-6026-262-9 03830